Irwin Shaw

Abreise und Heimkehr

Erzählungen

Übertragen von J. Czernicky,
Helmut Kossodo und
Peter Motram

Albrecht Knaus

Titel der englischen Originalausgabe, der die in diesem Band
veröffentlichten Erzählungen entnommen sind:
SHORT STORIES: FIVE DECADES
erschienen im Verlag Jonathan Cape Ldt., London, 1978

Schutzumschlag: Klaus Detjen, unter Verwendung
eines Photos von D. Kirkland/Contact,
Focus «New York, Central Park»
Satz: Utesch Satztechnik GmbH, Hamburg
Gesetzt aus Korpus Janson
Druck und Bindung: Mohndruck Graphische
Betriebe GmbH, Gütersloh
Printed in Germany
ISBN 3-8135-1130-8

Inhalt

Wollte ich das alles noch einmal erleben?

Ich hätte wissen sollen, daß ich mich in Schwierigkeiten begeben würde, als ich mich bereit erklärte, einen Beitrag für die Jubiläumsausgabe zum dreißigsten Geburtstag des *Playboy* zu schreiben, für die, wie mir der Verleger am Telefon sagte, folgendes Thema vorgesehen war: «Die Dinge, die ich über wahre Männlichkeit gelernt habe, und die man nur durch Erfahrung lernen kann.» Männlichkeit ist heutzutage zu einem besonderen Begriff geworden, der von den Damen nicht geschätzt wird, und in dem alle möglichen dubiosen Hemingway'schen Obertöne mitklingen, und ich war mir nicht sicher, ob ich mich des Erlangens dieser zweifelhaften Würde, falls sie wirklich existiert, ausgerechnet in den Seiten einer Zeitschrift rühmen wollte, in der die unverhüllte Gestalt der Frau eine so wichtige Rolle spielt. Oder auch anderswo, wenn ich es mir recht überlege. Da ich vor dreißig Jahren längst meine sexuelle Reife erreicht hatte und nicht annahm, daß man mir genug Platz einräumen würde, um in den Mutterleib zurückzukehren, zu schildern, wie man mich lehrte, auf dem Topf zu sitzen, wie ich von der Mutterbrust entwöhnt wurde, von meiner Schulzeit zu erzählen, meinen ersten sexuellen Erfahrungen, meiner postpubertären Phase und dem Zweiten Weltkrieg, als meine Männlichkeit allen Anforderungen entsprechend in voller Blüte gestanden haben mußte, entschied ich mich für einen verhältnismäßig kurzen und ziemlich impressionistischen Bericht dessen, was ich in den letzten dreißig Jahren getan und gefühlt hatte, und hoffte, daß die Redaktion damit zufrieden sein würde. Das war sie dann auch – bis zu einem gewissen Grad. Jedoch, wie Redakteure nun einmal sind, gaben sie mir einige Anregungen, machten Vorschläge, die ich alle vernünftig fand und von denen einige mir eine Hilfe waren. So nahm ich Schere und Klebeband, fügte einige vielleicht zu weitschweifige Zugaben bei und sagte mehr aus, als ich es ursprünglich für nötig gehalten hatte, über die Umstände, unter denen wenigstens *ein* Mann die letzten dreißig Jahre überlebte. Es bleibt dem Urteil des Lesers überlassen, was diese Jahre, falls überhaupt, wirklich mit Mannestum oder Frauentum oder irgendsonst einem Tum zu tun haben.

Man nehme irgendwelche dreißig Jahre seines Lebens und versuche zu beurteilen, ob sie gut oder schlecht gewesen sind, ob man gelitten hat oder glücklich gewesen ist, ob sie insgesamt wertvoll oder wertlos waren, ob man ihnen in einem verständlichen Satz einen Namen und eine Form geben kann, ob man froh ist, daß sie vorüber sind, oder ob man bereit wäre, seine Seele zu verkaufen, um sie noch einmal mit all ihren Irrtümern und Katastrophen in genau der gleichen Weise zu erleben. Was mich betrifft, so würde ich Jahre des Abwägens und Ausgleichens brauchen, um diese Fragen einigermaßen klar zu beantworten.

Die dreißig Jahre sind vergangen, aber die Bilanz steht noch offen. Wie die Buchhalter sagen würden, ist die letzte Zeile noch nicht erreicht. Wenn man siebzig ist, sind Widersprüche weniger klar, als wenn man vierzig ist – Handlungen und Entscheidungen werden im Rückblick doppeldeutig, nehmen andere Werte an. Habe ich «Nein» gesagt, als ich hätte «Ja» sagen sollen, gab ich nach, wo ein Nachgeben Schwäche war, und beharrte ich zu anderen Zeiten auf Weigerung, als Annahme Stärke gewesen wäre? Habe ich wissentlich Verrat geübt oder bei anderen Verrat gebilligt? Kaufte ich, wenn ich verkaufen sollte, vertraute ich dem falschen Ratgeber, verschwendete ich meine Mittel, sowohl in finanzieller als in künstlerischer Hinsicht, oder ging ich nach bestem Vermögen sparsam mit ihnen um? Verzieh ich zu leicht, oder haßte ich zu lange, ließ ich Menschen frei herumlaufen, die ich ins Gefängnis hätte stecken sollen, ertrug ich Menschen, die mich langweilten, aus Mitleid und Mangel an Mut, und mied ich Menschen, deren Betragen mich ärgerte, aber auf die ich gehört haben sollte? War es nur sinnlose Waghalsigkeit, wenn ich kühne Schritte unternahm, die ich für mutig hielt? Widmete ich der Arbeit zu viel Zeit, und dem Vergnügen zu wenig? Schätzte ich Verhältnisse falsch ein? Ging ich auf die weniger amüsante

Party, brachte ich das nicht zu mir passende Mädchen vom Tanz heim?

Die Fragen bedrängen mich, unbeantwortet, vielleicht unbeantwortbar.

Wo stehe ich jetzt? Bin ich, wie ich bin, weil mein Charakter und mein Handeln vorbestimmt waren, als der planetarische Nebel sich mit dem Sonnensystem verschmolz, oder ist alles, was ich je getan habe, vom Nägelknabbern als Kind bis zum Rausch, den ich mir am letzten Samstagabend antrank, das Ergebnis des ewig freien Willens? Wäre ich in einem anderen Jahrhundert ein anderer Mensch gewesen, oder bin ich, wie die Verhaltensforscher annehmen, ein für allemal von der Ära geformt, in der ich mich befinde? Kein Mensch ist eine Insel, aber auch niemand ist seine eigene Uhr. Endlos und immer wieder versuchen wir herauszufinden, welche Stunde der Schatten auf der Sonnenuhr zeigt. Der Mensch ist ein Tier, das alles messen, klassifizieren und in verständliche Normen einordnen will, und wir suchen Hilfe, wo wir sie finden können, bei den Fachleuten auf diesem Gebiet.

Wegen ihrer Berufe fühlen sich die Historiker und Journalisten (jene sofortigen Täufer und Former von Begriffen) gezwungen, Zeitströmungen und Epochen Namen zu geben. So haben wir das dunkle Zeitalter, die Renaissance, das Zeitalter des Glaubens, das der Vernunft, das der Entdeckungen, den Hundertjährigen Krieg, die Wohlstandsära, die industrielle Revolution, die goldenen Zwanzigerjahre, das Zeitalter des Jazz, das Zeitalter der Angst, die schweigende Generation, das antiautoritäre Jahrzehnt, das Raumzeitalter und viele andere. Für die knospenden Achtzigerjahre unseres Jahrhunderts hat man sich bisher noch auf keine Beschreibung geeinigt, aber das Wort «Schrecken» in irgendeiner seiner Formen sollte bestimmt ganz oben auf der Liste der Kandidaten für diesen Titel stehen.

Es scheint mir wahrlich schwer, eine Fülle von Menschenleben durch Verallgemeinerung auf einen Nenner zu bringen. Äußere Zeichen und Schlußfolgerungen, die man aus ihnen zieht, sind trügerisch. So überzeugt uns die einst als aufklärend betrachtete

Wissenschaft der Phrenologie nicht mehr, daß die Beule auf der Stirn Soundsos Gewähr für eine schöpferische Veranlagung bietet, daß ein Baby je nach seiner Schädelform zum Verbrecher oder zu einem Genie geboren ist. Intelligenztests sagen uns nicht voraus, wer Erfolg haben und wer versagen wird, die Lebenslinien auf unseren Handflächen teilen uns nicht mit, wer lange leben und wer bald sterben wird; Wunderkinder enden als mittelmäßige kleine Beamte, der Virtuose in kurzen Hosen landet schließlich als Organist in einer Provinzkirche oder als Dirigent eines Schulgesangsvereins; Zufall und Gelegenheit, ein Ja oder ein Nein im entscheidenden Augenblick bestimmen allein, ob jemand zu Ruhm gelangt oder unbekannt bleibt. Unsere Jahre neigen dazu, sich in Augenblicke einzuteilen, die durch untypische, individuelle Leistungen gekennzeichnet sind, in Höhen und Tiefen, Abweichungen von Hauptströmungen, die später zu großen Schlüssen werden können. Die Geschichte ist voreingenommen und von Gegenströmungen durchsetzt – gab es im Mittelalter keine leuchtenden Geister, hat es in der Renaissance keine Künstler gegeben, die nicht nach Wiedergeburt, sondern prophetisch nach einer fernen Zukunft strebten? Ich bin sicher, daß wir im Zeitalter des Glaubens viele Ungläubige finden könnten. Im Zeitalter der Nächstenliebe haben bestimmt viele Menschen gelebt, die keinerlei Nächstenliebe verspürten und auf jeden Fall nicht wenige Politiker, die für den Untergang ihrer Rivalen und Kollegen beteten. Was mich anbetrifft, so lebte ich in den goldenen Zwanzigerjahren und sah die durchaus nicht goldenen Slums; ich tanzte nicht in der Jazzära, und während des antiautoritären Jahrzehnts nahm ich mir keine besonderen Freiheiten heraus.

Meine Zeit war meine eigene, und während ich das Wort «Schrecken» für die Achtzigerjahre vorschlage, fühle ich mich im Augenblick, da ich es schreibe, auf absurde Weise glücklich. In den letzten dreißig Jahren ging es bei mir auf und ab, was jeder, der je die Kritiken meiner Bücher und Theaterstücke gelesen hat, bezeugen kann, aber im Augenblick, da ich dies schreibe, bin ich zufrieden, an meinem Schreibtisch zu sitzen und auf meiner Maschine zu tippen. Dieses an Euphorie grenzende Gefühl entspringt nicht einer übertriebenen Hingabe an meinen Beruf oder für die Redaktion dieser Zeitschrift, und ich kann es auch nicht einer narzistischen Einschätzung der Qualität meiner Prosa zuschreiben. Der Grund ist viel einfacher: Vor zwei Jahren wurde ich von den medizinischen Fachgelehrten eines der weltberühmtesten Krankenhäuser als tot aufgegeben, und ich bin es nicht, sitze vergnügt in meinem Zimmer, blicke auf die Frühlingswiese vor meinem Fenster, wo ein leuchtend roter Kardinalvogel mit plusternd gesträubten Federn in einer Pfütze badet. Ich bin nicht so töricht, mir einzubilden, daß meine vorübergehende Herzensbeschwingtheit von meinen Mitbürgern oder den Bewohnern anderer Erdteile oder selbst von meinem nächsten Nachbarn, meiner Frau oder meinem Sohn geteilt wird. Es ist kein Geheimnis, und jeder, der gelegentlich am Fernseher sitzt, weiß, daß Amerika seit dem Mord an Präsident Kennedy eine Periode zunehmender Morosität durchmacht. Kenner der Niedergeschlagenheit in diesem Lande können es noch weiter zurück verfolgen, bis auf das blutige Fiasko der Schweinebucht, eine Tragödie, die inzwischen längst angesichts anderer Morde verblaßt ist, der Erosion unseres moralischen und politischen Kapitals, des Krieges in Vietnam und seiner unaufhörlichen Folge von Massakern, der Ungnade Richard Nixons, dem Ungeschick der Carter-Regierung, der Demütigung durch die iranische Episode, der ungeheuren Zahl von Arbeitslosen und Präsident Reagan, und nicht zuletzt der Verwüstung unserer Städte und der wachsenden Erwartung einer nuklearen Apokalypse. Ich lese die Zeitungen so aufmerksam wie jeder andere, und doch besitze ich die Kühnheit, zu verkünden, daß ich zumindest im Augenblick, da ich diese Worte schreibe, ein glücklicher Mensch bin.

Das ist an sich nichts Neues. Misere ist das Schicksal der Menschheit, aber die sich immer wieder durchsetzende und durch nichts zurückzuhaltende Freude ist es auch. Während die Bomben um sie herum stürzen, spielen die Kinder in den Trümmern, die Liebenden finden sich und entdecken einander mit Entzücken. In den belagerten Städten, die zum Fall verdammt sind, singt man sentimentale Chansons in den Kabaretts, und das Publikum lacht über die Witze der Komiker. Gelehrte setzen noch auf dem Totenbett mit tiefster Zufriedenheit die Arbeit fort, der sie ihr Leben gewidmet haben. Eltern feiern die Geburt ihrer Kinder, während Sippen und Rassen im Dunkel versinken. Soldaten essen und trinken vergnügt, bevor sie zu selbstmörderischen Angriffen befohlen werden. Irgendwo, irgendwie erhellt ein Lichtstrahl, wenn oft auch nur flüchtig, die umgebende Nacht. Sigmund Freud, dieser nicht ganz zuverlässige Berichterstatter des menschlichen Verhaltens, gab uns mit dem Todeswunsch schließlich auch das Lustprinzip.

Wenn ich sage, daß ich heute nicht so glücklich bin, wie ich es vor dreißig Jahren war, so dürfte sich das von selbst verstehen. Trotz der Tatsache, daß ich in jenen erhabenen, ruhigen Tagen den allgemeinen amerikanischen Glauben an die beispiellose und segensreiche Unverletzbarkeit meines Landes teilte und mir nicht vorstellen konnte, daß ein Präsident uns einige Jahre später als einen hilflosen Riesen beschreiben würde, war ich im großen und ganzen ein Optimist. Aber damals stand ich mit vierzig in der Blüte meines Lebens, war gesund und kräftig und verhältnismäßig behende, und jetzt bin ich siebzig, und die Jahre haben ihren Tribut gefordert. Wer auch immer den Ausdruck «die goldenen Jahre» erfand, um die nahende Senilität zu beschreiben, sollte wegen Betrugs vor ein Gericht gestellt werden, und ich wenigstens habe mich nie von diesem sprachlichen und geriatrischen Schwindel foppen lassen.

Die Liste der physischen und geistigen Möglichkeiten, die mir vor dreißig Jahren offenstanden, ist auf höchst unangenehme Weise zusammengeschrumpft. Ich konnte die ganze Nacht hindurch bummeln, am folgenden Morgen von früh an arbeiten, Ski laufen oder Tennis spielen, bis zum Abend, und das wochenlang. Jetzt beginne ich gegen elf Uhr abends mit Sehnsucht an mein Bett zu denken und brauche meine acht Stunden Schlaf, wenn ich am nächsten Tag noch zu etwas gut sein will. Auf einem Berg oder einem Tennisplatz bin ich seit Jahren nicht mehr gewesen, habe dafür ausgiebige Bekanntschaft mit Krankenhäusern gemacht und blicke mit maßlosem Ekel auf meinen vollen Medizinschrank. Das Reisen, einst eine Leidenschaft von mir, beschränkt sich jetzt auf ein Minimum, da ich mich nur noch mit Schwierigkeit fortbewegen kann und einen Stock brauche, und was für ein Reisender ist das, der nicht unbeschwert in einer fremden Stadt, in einem Museum spazierengehen kann? Wenn ich daran denke – was ich zu vermeiden suche – so bin ich von mir selbst enttäuscht. Ich hatte immer geglaubt, ich würde einmal einer jener flinken und gesunden alten Männer sein, einer jener geschwätzigen alten Wunderknaben, die man auf den Tennisplätzen jugendliche Sportler besiegen sieht, die sonnengebräunt und frisch von den Alpen kommen, wo sie eine Woche lang auf Skiern von Gipfel zu Gipfel und von Bergsteigerhütte zu Bergsteigerhütte gewandert sind. Aber es sollte nicht sein – bröckelnd und versehrt vom Messer des Chirurgen und von den übermäßigen Strapazen, denen ich früher meinen Körper ausgesetzt hatte, geschieht es mir jetzt, wenn ich mühsam an Bord eines Flughafenbusses klettere, daß junge Mädchen aufstehen und mir ihre Plätze anbieten, wofür ich sie am liebsten erwürgen möchte. Hätte ich damals nicht das letzte Glas getrunken, nicht die letzte Abfahrt im Dämmerlicht auf dem vereisten Hang gewagt, meine Schreibtischlampe nach dem hirnzermürbenden Tag eine Stunde früher gelöscht, wäre mein Schritt dann jetzt leichter und meine Sehkraft schärfer? Das ist noch lange nicht das Ende der Fragen, die ich mir stelle, wohl aber das der Liste meiner Klagen, aber jeder Leser, der ein gewisses Alter erreicht hat, wird – dessen bin ich sicher – ohne die Phantasie groß bemühen zu müssen imstande sein, seine eigene Liste aufzustellen, die vielleicht noch länger und grauenhafter als meine ist.

Existenz ist ein Wort, mit dem wir uns von früh an im Leben auseinanderzusetzen haben, und wenn wir älter werden, läßt es fast alle mit dem Buchstaben «E» beginnenden Wörter unseres Vokabulars zu Bedeutungslosigkeit verblassen. In dem Film M.A.S.H. lehrt uns der Titelsong, der übrigens von einem vierzehnjährigen Jungen geschrieben wurde, daß der Selbstmord eine höchst einfache und leicht zu bewerkstelligende Sache ist, was auch der Wahrheit entspricht. Ich habe es mehrere Male versucht – einmal, als ich fünfundzwanzig war und mich für den

Rest meines Lebens entehrt fühlte, weil das Publikum bei der Vorschau eines meiner Theaterstücke vor Ende des ersten Akts den Saal zu verlassen begann, und ein anderes Mal, als ich glaubte, das Ende einer Liebesaffäre nicht überleben zu können. Beide Male siegte schließlich die Vernunft – ich schrieb weiter Theaterstücke, liebte andere Frauen und hatte meine Entschlüsse nicht zu bereuen. Das dritte Mal kann man eigentlich nicht wirklich Selbstmord nennen. Ich war im Krankenhaus, litt unerträgliche Schmerzen und wollte nur noch sterben. Aber mein Körper gehorchte den Gehirnzellen nicht mehr. Das Herz fuhr fort, unbeirrt und ohne Rücksicht auf medizinische oder psychologische Fakten zu schlagen, und da meine Hände an die Bettstäbe gefesselt waren, konnte ich nichts unternehmen, um meinen kläglichen Tagen ein Ende zu setzen. Also bin ich noch da und verdanke mein Leben so oder so verschiedenen Entscheidungen, die jeder, der diese Zeilen liest, ohne in Rücksicht auf das religiöse und gesetzliche Verbot des Akts der Selbstzerstörung zu handeln, vielleicht einmal selbst getroffen hat, um sich, wie ich hoffe, seines Daseins noch zu erfreuen.

Mit dem Tod anderer dagegen findet man sich nicht so leicht ab. Für jene, die man auf vornehm amerikanische Art *senior citizens* nennt, wird die Lektüre der Todesanzeigen in den Zeitungen zu einer Art von nostalgischer Sucht. In meinem Fall, da ich ziemlich jung meine schriftstellerische Karriere begonnen und mir in meinen frühen Zwanzigerjahren Freunde beim Theater, beim Film und in der Verlagswelt erworben habe, scheint es so zu sein, daß fast täglich schöne Frauen, die ich einst verehrte, vom Tod hinweggerafft werden und dazu all die weisen und ehrenhaften Männer, denen ich so viel verdanke, die ich bewunderte und liebte, während ich zurückbleiben muß und in vielen melancholischen Stunden über Aufstieg und Niedergang der Generationen nachdenke.

Meine Erinnerungen, wie die der meisten von uns, setzen sich aus Licht und Schatten zusammen. Da ich mich, wie das Thema dieser Betrachtung mir vorschreibt, auf die letzten dreißig Jahre beschränken soll, muß ich die ekstatischen Höhen meiner Jugend und frühen Mannesjahre und die sie begleitenden donnernden Abstürze in Niedergeschlagenheit außer acht lassen. Das heißt allerdings nicht, daß die letzten dreißig Jahre friedlich verliefen – weit davon entfernt –, aber ich glaube, daß ich in meiner Reife zu einer gewissen Nüchternheit in der Reaktion auf Siege und Niederlagen gelangt bin. Wer eine leidenschaftliche Seele besitzt, mag aus diesen Zeilen das Geständnis einer weiteren Niederlage im Kampf gegen das Alter herauslesen, aber wer so denkt wie ich, wird verstehen, daß es nur ein unvermeidlicher Kompromiß mit der Wirklichkeit ist.

Alles in allem muß ich zugeben, daß ich in den letzten dreißig Jahren ein vom Glück ziemlich begünstigter Mensch gewesen bin. Meine erste Ehe war zwar stürmisch, jedoch stets interessant, und die Zeit zwischen meiner Scheidung und meiner zweiten Ehe (übrigens mit der gleichen Frau) fand ich vorübergehend recht unterhaltsam, obgleich es am Ende bestürzend ist, wenn man sich des Unterschieds zwischen einem unternehmungslustigen zwanzigjährigen Junggesellen und einem achtzigjährigen Lüstling bewußt wird. Die Dämmerstunde kommt, wenn der Gedanke, einen netten Abend mit einer schönen jungen Frau zu verbringen, nicht mehr den Wunsch nach Kontinuität aufwiegt, nach gegenseitigem, unausgesprochenem Verständnis, gemeinsamen Späßen, Trost im Unglück, automatischem Beistand in schweren Zeiten, Stunden stillen Beisammenseins an langen und friedlichen Abenden, kurz – Liebe. Es ist nicht die Liebe, die man in den populären Chansons besingt, es ist nicht der allesverblendende Sturm der Leidenschaft, es ist nicht Liebe auf den ersten Blick, sondern Liebe auf den tausendsten Blick. Nicht schrankenlos und geheimnisvoll, wie der Ozean den Männern des Columbus erschien, als sie fürchteten, sie könnten vom Rand der Welt kippen, wenn sie ihre Reise fortsetzten; es ist eine Liebe, die sich in bekannten und freundlichen Grenzen hält, in denen es viele sichere Häfen gibt. Überlassen wir es den alten Literaten, sich auf Goethe zu besinnen, der sich schmachtend und töricht nach Jungfrauen verzehrte, auf Mark Twain, der einer jungen Frau, in die er sich auf dem Schiff nach Europa vernarrt hatte, vor ihrem Haus auflauerte. Natür lich gibt es Ausnahmen, aber ich gehöre nicht dazu. Ich beuge mich der allgemeinen Regel, nach der es, zumindest in der Physik, keine Kraft ohne Gegenkraft gibt. Nicht alle sind gewillt, diesem Gesetz zu folgen, aber es steht da und ist unveränderlich. Was auch immer der Grund sein mag, jedenfalls wurde ich beim zweiten Mal ein viel besserer Ehemann.

Und dann sind auch noch die Kinder da. In meinem Fall nur eins – ein Sohn. Ich bin mit meinem Sohn zufrieden und finde Vergnügen an ihm. Ich glaube, daß er jetzt als erwachsener Mann auch mit mir zufrieden ist, wenn er vielleicht auch nicht immer das gleiche Vergnügen an mir findet, denn langsam und der Tradition entsprechend wird er der Vater, während ich in die Rolle des Sohns zurückkehre, und er hat mich in den ewigen Reigen des Keimens und Wachsens eingeführt, indem er mich, wie es das normale Verhalten eines Sohnes verlangt, nacheinander in allen Sportarten schlug, in denen wir je gewetteifert haben.

Vielleicht ist er nicht der Mann, wie ich ihn mir gewünscht habe, aber ich hoffe, daß er der Mann ist, der *er* sein will. So oder so ist er ein Geschenk des Lebens, für das ich dankbar bin.

Andere Geschenke waren weniger willkommen.

Ich mußte lernen, meine frühere Wut über die Ungerechtigkeiten des Lebens zu bezähmen, mich philosophisch mit dem Gedanken abzufinden, daß ich die Welt nicht nach meinem Geschmack verändern kann, und für all die Dinge dankbar sein muß, die ich wirklich vollenden konnte. Bis zu Gelassenheit und heiterer Ruhe habe ich es zwar nie gebracht, aber immerhin habe ich gelernt – außer bei gewissen denkwürdigen Anlässen, wie an jenem Abend, als ich auf einer Cocktailparty versuchte, einen französischen Kritiker umzubringen – meine Wut im Zaum zu halten und gegenüber den Schwächen und Fehlern anderer und meiner selbst mehr Geduld zu üben.

Falls dieser Aufsatz wie eine freie Nachempfindung Ciceros *De Senectute* klingt, so kann ich es nicht ändern.

Im Laufe der letzten dreißig Jahre hatte ich einige schmerzliche Entscheidungen zu treffen. Eine der bittersten war die, das Theater aufzugeben und mich zu zwingen, keine weiteren Stücke mehr zu schreiben. Das machte mir den unglücklichen Liebhaber verständlich, der seine unerwiderte Leidenschaft an eine launenhafte große Schönheit verschwendet hat, und dem nach erteilter Abfuhr nichts anderes übrigbleibt, als sich von ihr abzuwenden, falls er nicht den Verstand und seine Selbstachtung verlieren will. Inzwischen habe ich mich mit den Auswirkungen meines Entschlusses zum größten Teil abgefunden, obgleich ich, wenn ich mir gewisse Theateraufführungen ansehe, immer noch ein leichtes Zucken in der Brust verspüre und mich mit dem Gedanken trösten muß, mir wahrscheinlich ein spät aufblühendes Magengeschwür erspart zu haben und angenehmeren Morgen entgegenblicken zu können, als denen, die ich in New York erlebte, wenn nach der Premiere eines meiner Stücke die ersten Kritiken erschienen.

Wie alle Schriftsteller, außer den allerschlechtesten, kann ich mich nicht des Gefühls rühmen, die Hoffnungen meiner Jugendjahre erfüllt zu haben. Ich kann jedoch ohne Selbstgefälligkeit behaupten, daß ich nie untätig war, stets meinem eigenen Arbeitsrhythmus nachgegangen bin, und daß ich bis auf wenige Ausnahmen, wie meine kurzen Vorstöße in die Welt des Films, wo ich mir, finanzieller Notwendigkeit gehorchend, von der I.R.S. Arbeiten diktieren ließ, nie einem anderen Diktat als dem meinen folgte. Obgleich ich nur sehr wenige Preise gewonnen und das Gefühl habe, man würde die Polizei rufen, falls ich mich eines Tages aus Versehen im *American Institute of Arts and Letters* zeigen sollte, weiß ich meinen eigenen Wert zu schätzen und brauche nicht gegen den Drang anzukämpfen, schamvoll den Kopf hängen zu lassen, wenn ich meinen Namen in der *New York Times* erwähnt sehe, einer Zeitung, in der eine Kritik meines ersten Erzählungsbandes erschien. Der Rezensent, dessen jetziger Aufenthalt mir unbekannt ist, schloß seinen hochmütigen Artikel mit der Bemerkung, Kritik an meinem Werk zu üben, sei etwa das gleiche wie eine tote Fliege zu zertreten. Seitdem sind mehr als fünfundzwanzig Bücher von mir veröffentlicht worden, und man verzeihe mir, wenn ich mir heute sage: «Nicht schlecht für eine tote Fliege.»

Viele Kritiker, die mir im Laufe meiner Karriere hie und da mit ihren Verrissen übel mitgespielt haben, sind jetzt tot und vergessen, andere sind in wohlverdiente Anonymität zurückgekehrt und zu ihren obskuren Lehrerstellen in drittrangigen Sekundarschulen. Heute darf ich Genugtuung über diese willkommenen Schicksalswendungen empfinden, und es war mir sogar einmal vergönnt, zufällig auf den Roman eines Kritikers zu stoßen, der sich mir gegenüber besonders boshaft gezeigt hatte, und ich gelangte, nicht sonderlich überrascht, mit einiger Schadenfreude zu der Feststellung, daß sein Buch unlesbar war.

Rache ist, wie ich zu meiner Zufriedenheit herausfand, ein Gefühl, das mir ohne Krafteinbuße auch bis ins achte Lebensjahrzent erhalten geblieben ist. Trotz des akademischen Verrufs, den meine sporadische Popularität mir eingebracht hat, finde ich, daß ich mit Gleichmut die Bürde zu tragen vermag, in weiten Kreisen und in vielen Sprachen gelesen zu werden, und ich erinnere mich immer noch lachend der Bemerkung eines meiner Freunde, eines Schriftstellers, dessen Werk stets mit großem Jubel von der Kritik begrüßt wird, aber dessen Einkommen ihm nicht einmal erlaubt, auf der Liste der ersten fünfhunderttausend Steuerzahler des Landes zu stehen: »Natürlich freue ich mich über prächtige Kritiken«, sagte er, «aber ich würde meinem Herzen Zwang antun, wenn ich deshalb prächtige Autorenhonorare verdammen müßte.»

Abgesehen von meinen beruflichen Berg- und Talfahrten finde ich, daß ich, meist rein zufällig, allerlei getan habe, was mein Leben bereicherte. Dazu gehört vor allem mein Entschluß, in Europa zu leben. Ich war mit meiner Frau und meinem kleinen Sohn für die Sommerferien 1951 an die französische Riviera gereist und hatte die Rückfahrt bei der French Line für den September gebucht. Amerikanische Freunde, die in Paris lebten, schickten sich gerade an, für ein paar Monate nach New York zu gehen, und boten uns freundlicherweise ihre Pariser Wohnung bis zu ihrer Rückkehr an. Der herrliche und fast unheilbare Virus der Stadt wirkte auf mich ein, und ein Jahr später war ich so angesteckt, daß ich unsere Schiffskarten nach New York zurückgab, und 1953 kündigte ich meine Wohnung auf der East Side und ließ mich in Frankreich nieder. Ich habe zu viel über

Paris geschrieben, um hier noch einmal zu erklären, warum mir dieser Entschluß vernünftig erschien. Eine ganz neue Zivilisation, so vielfältig, immer wieder überraschend und anregend, öffnete sich mir, und eine Flut neuer Eindrücke versorgte mich mit reichhaltigem Material für meine Arbeit.

Hier war ich nicht nur in Kontakt mit den Europäern von heute, ihren Lebensweisen und ihrer den Zeitströmungen entsprechenden Gedankenwelt, mit den bleibenden Werten ihrer langen Geschichte und Vielfalt an Kulturen, ich geriet auch in die stürmische Gesellschaft einer abenteuerlustigen und ehrgeizigen Gruppe junger Amerikaner und hübscher Amerikanerinnen, die sich um die damals aufblühende *Paris Review* scharten, und da sich unter ihnen Leute wie George Plimpton, Bob Silver, William Styron, Arthur Train, Peter Matthiessen, Ben Bradlee, Tom Guinsberg, Philip Roth, Blair Fuller, Sadr Khan, John Marquand jr. und James Jones befanden, war es ein oft erheiterndes Erlebnis, das allein wegen der geographischen Distanzen und der Altersunterschiede auf unserem heimatlichen Boden kaum denkbar gewesen wäre.

Die frühen Fünfzigerjahre waren eine gute Zeit, solange man Amerika fernblieb. McCarthy und seine Günstlinge verwüsteten damals die politische und kulturelle Landschaft der Vereinigten Staaten. Überall schwarze Listen, Spione der Regierung oder regierungsähnlicher Institutionen, Meineidige beherrschten die Szene, Unschuldige wurden in Armut und Ungnade verjagt, unter Freunden wagte man nur noch, seine Meinungen im Flüsterton zu bekennen, das häufigste Geräusch jener Zeit waren die sich schließenden Türen.

Das Übel breitete sich bald weit über die Grenzen der Vereinigten Staaten aus. Leute, denen ich vertraute, erwiesen sich später als Agenten des CIA oder des FBI oder als bezahlte Spitzel, die, wie ich heute fast mit Sicherheit weiß, über mein Kommen und Gehen berichteten und sich in ihrem denunziatorischen Eifer einer unheimlichen Mischung von unbegründeten Beschuldigungen, krassen Unwahrheiten, Personenverwechslungen, falsch ausgelegten Absichten, Gerüchten und politischer

Hexerei bedienten. Eines denkwürdigen Tages, als ich den Sommer im Baskenland unweit der spanischen Grenze verbrachte, wurde ich aufgefordert, mich auf unserem Konsulat in Bordeaux zu einem Verhör zu melden, das sich, wie ich mit Recht annahm, nur auf den Verdacht der Regierung beziehen konnte, daß ich in das, was man damals unamerikanische Aktivitäten nannte, verwickelt sei. In weiser Voraussicht ließ ich meinen Paß zu Hause, als ich nach Bordeaux fuhr, denn ich hatte gehört, daß derartige Vorladungen oft unter Berufung auf die fadenscheinigsten Gründe oder sogar ohne Angabe eines Grundes zur Beschlagnahme dieses kostbaren Dokuments führten.

Als ich auf dem Konsulat erschien, forderte mich ein Beamter feierlich auf, ihm gegenüber am Schreibtisch Platz zu nehmen, und dann sprach er die verhängnisvollen Worte: «Darf ich bitte Ihren Paß sehen?» Unaufrichtig antwortete ich, ich hätte ihn aus Versehen in St. Jean de Luz gelassen. Ungerührt bat mich der Beamte, ihm ein anderes Ausweispapier vorzulegen. Ich hatte zwar meinen französischen Führerschein in der Brieftasche, aber ich wußte nicht, bis wohin sich der Kompetenzbereich des State Department erstreckte und wollte es nicht riskieren, früher oder später einem reizbaren *gendarme* erklären zu müssen, daß mein *permis de conduire* sich hinter Schloß und Riegel in einem Aktenschrank in Washington befände.

So kramte ich demonstrativ in meinen Taschen, suchte nach irgendeinem Papier, mit dem ich beweisen konnte, daß ich der Mann war, der zu sein ich behauptete, zog schließlich eine Karte hervor, die mich zum Betreten des Spielsaals des Casinos von Biarritz berechtigte, und gab sie ihm. Der Beamte verzog keine Miene, stellte die Karte an den Tintenständer auf dem Schreibtisch vor sich hin, erhob sich, trat an einen altmodischen Wandsafe, drehte einige Knöpfe und kehrte mit einer dicken Akte zurück, die, wie ich im Laufe des folgenden Verhörs erfuhr, eine Liste von in Washington gesammelten Fragen enthielt, die der Beamte mir pflichtgemäß zu stellen hatte.

Was sich in der Akte befand, war eine seltsame Mischung aus wahren und frei erfundenen Tatsachen, und die Liste ging bis auf das Jahr 1936 zurück. Es stellte sich heraus, daß ich eine Reihe von Aufrufen unterschrieben hatte, von denen sich die meisten auf die Unterstützung des republikanischen Spaniens und auf Bürgerrechtsfragen bezogen, aber es gab auch eine Menge anderer Aufrufe und Manifeste, die ich nie unterschrieben, und von denen ich bisher noch nie gehört hatte. Daneben legte er mir Berichte von Versammlungen vor, auf denen ich nie erschienen war, und von Organisationen, von deren Existenz ich nichts wußte, denen ich aber angeblich als Mitglied angehörte.

Doch nichts in dieser Akte war so toll wie die Behauptung, die ich viel später in den Papieren des FBI fand – ich hatte sie unter Berufung auf den *Freedom of Information Act* (Gesetz über Informationsfreiheit) angefordert – die Behauptung, ich sei während des Krieges Oberst der Spionageabteilung in Italien gewesen und habe dort Propaganda verbreitet, eine um so seltsamere Nachricht für mich, als ich zu dieser Zeit ein einfacher Gefreiter war und mich nur ein einziges Mal während einiger Stunden von einer Höhe über Menton aus mit einer 90-mm-Geschützbatterie der italienischen Grenze genähert hatte. Im Laufe des Verhörs, das eine volle halbe Stunde dauerte, ergab sich dann auch nichts, nicht der geringste Hinweis, daß ich je gegen ein Gesetz der Vereinigten Staaten verstoßen hätte, und der Konsulatsbeamte begann höchst verlegen dreinzuschauen, während er eintönig weiterredete und beharrlich auf die vor ihm liegende Karte des Casinos von Biarritz starrte. Schließlich fragte er mich, ob ich beeidigen könnte, daß ich nicht beabsichtigte, die Regierung durch Gewalt zu stürzen, und daß ich die Verfassung der Vereinigten Staaten schützen und notfalls verteidigen würde. Da ich diesen Eid bereits zweimal geschworen hatte, einmal beim Eintritt in den Heeresdienst und einmal bei Empfangnahme meines Passes, schwor ich ein drittes Mal, ließ mir die Klausel über Meineidsstrafe vorlesen und unterzeichnete die notwendigen Papiere, worauf der Beamte erleichtert auflächelte, mir meine Casinokarte zurückgab und erklärte, er sei ohnehin nicht beauftragt worden, meinen Paß zu beschlagnahmen. Wir schüttelten uns die Hände, und als ich hinausging, brachten mir die Sekretärinnen aus den Büros ihre Exemplare der *Jungen Löwen*, die ich signieren mußte. Danach nahmen meine Frau und ich ein ausgezeichnetes Mittagessen in einem der besten Restaurants von Bordeaux ein. Es war teuer, aber wenn es der Regierung der Vereinigten Staaten nichts ausmachte, einen so großen Teil meiner Steuergelder auf die Detektivarbeit zu verschwenden, die nötig gewesen war, um die zumeist frei erfundenen Geschichten meiner Missetaten zusammenzustellen, so fand ich, daß auch ich mir einmal eine kleine Kostspieligkeit leisten konnte.

Obgleich ich meiner Frau gegenüber so tat, als hätte ich die Sache auf die leichte Schulter genommen, ließ dieser Beweis des Mißtrauens der Regierung an meinem loyalen Verhalten zu meinem Heimatland einen bitteren Nachgeschmack in mir zurück, den ich noch jahrelang verspürte, und Frankreich schien mir an diesem warmen Nachmittag in Aquitanien im Vergleich zu Amerika wie eine anachronistische Enklave der Legalität, der Gerechtigkeit, der Vernunft und der Gedanken- und Redefreiheit.

Ich muß allerdings gestehen, daß mir das Mittagessen nicht so gut schmeckte, wie es es verdiente. Nagende Zweifel befielen mich, und ich warf mir vor, im Büro des Konsulats meinen Pflichten als Bürger eines Landes nicht nachgekommen zu sein, dessen Verfassung allen Amerikanern Schutz gegen ungerechtfertigte Suche und Beschlagnahmung garantiert und damit ausdrückt, daß ewige Wachsamkeit der Preis ist, den wir für die Aufrechterhaltung unserer Rechte und der der anderen bezahlen. Da ich keines Verbrechens angeklagt war, konnte es keinen Zweifel geben, daß die auf dem Konsulat an mich gerichteten Fragen einer ungerechtfertigten Suche entsprachen, und aus der Tatsache, daß der Beamte meine Casinokarte vorübergehend in Gewahrsam nahm, ließe sich leicht ein Fall von rechtswidriger Beschlagnahme konstruieren. Hätte ich nicht als wahrer Schützer der Verfassung, die zu verteidigen ich geschworen habe, die Antwort auf alle Fragen verweigern müssen? Das hatte ich nicht getan, und das köstliche Essen lag mir schwer im Magen. Fast automatisch, bedingt durch die Machtanmaßungen, die unsere Regierung im Laufe der Jahre auf sich lud, hatte ich mich der Autorität gebeugt, genauso wie ich meine Steuererklärung ausfülle und dem Befehl eines Feldwebels gehorche, wenn er «Stillgestanden!» ruft. Während ich in meiner Nachspeise herumstocherte, wurde mir bewußt, daß ich mich in einer Grauzone befand, wo Rechte und Pflichten schlecht definiert und widersprüchlich sind, wo die gewissenhafte Abrechnung meiner Einkünfte und Ausgaben mich zm Sklaven einer tyrannischen Bürokratie gemacht hat, denn wenn man weiß, was ein Mensch verdient, spart oder verschwendet, weiß man mehr über ihn, und nicht nur in wirtschaftlicher Hinsicht, als es eine strikte Anwendung des Gesetzes erlauben sollte. Und was den Feldwebel betrifft, so wäre es mir weiser erschienen, er hätte «Rührt euch!» gesagt. Aber ich folgte trotzdem seinem Befehl. Auf der langen Rückfahrt nach St. Jean de Luz wurde mir klar, daß Amerika nicht von Memmen meinesgleichen geschaffen worden ist.

Die psychischen Wunden meines Erlebnisses auf dem Konsulat mögen tief gewesen sein, aber der praktische Schaden erwies sich als sehr gering. Abgesehen davon, daß ich während einiger Jahre bei den großen Fernsehstationen auf der schwarzen Liste stand, was vielleicht sogar ein Segen war, wurde ich seitdem nie wirklich behelligt, wenn auch die *American Legion* die Verfilmung meines Romans *The Troubled Air* verhinderte, eines übrigens ausgesprochen antikommunistischen Romans, der aber ebenso ausgesprochen jene Mächte verdammt, die allen Widerstand gegen ihre Erpressungstaktik in der unterhaltenden Kunst zu ersticken suchen. Wie um zu beweisen, daß die Böswilligkeit sich nicht auf die Westküste beschränkte, wurde ein Produzententeam, das einige höchst erfolgreiche und naive Musicals am Broadway laufen hatte und von dem ich den Auftrag erhielt, *The Troubled Air* für die Bühne umzuschreiben, von Gruppen glühender Patrioten gewarnt, man würde jeden Abend vor ihren Theatern Protestdemonstrationen veranstalten und ihre Schauspielertruppen auf die schwarze Liste setzen, falls sie ihren Plan, mein Stück in New York aufzuführen, nicht aufgäben. Zu ihrer ewigen Schande sei gesagt, daß die Produzenten mir nach Frankreich telegrafierten, das Geschäft sei geplatzt. Ich begann, statt dessen an einem neuen Roman zu arbeiten.

Daß ich gut daran getan hatte, wurde mir von dem Filmmogul Jack Warner bestätigt, dem einzigen meiner Ankläger, dessen Namen ich erfuhr, und der in einem Anfall höchst unmännlicher

Millionärspanik und im Angstschweiß seines Bestrebens, die Reinheit seines staatsbürgerlichen Verhaltens zu beweisen, vor dem Untersuchungsausschuß für unamerikanische Aktivitäten bezeugt hatte, daß ich zu den einst in seiner Firma angestellten Schriftstellern gehörte, die wegen Versuchs, ihre Drehbücher mit roter Propaganda zu durchsetzen, gefeuert worden waren. In einem Restaurant in Cannes, wo er gut bekannt war, hatte ich ihn lauthals und vor allen Gästen einen Lügner geschimpft, ganz zu schweigen von anderen, nicht druckbaren Namen, die ich ihm an jenem Abend an den Kopf warf, und seitdem hatte ich mich hartnäckig geweigert, ihm die Hand zu drücken, wenn wir uns zufällig auf einer festlichen Veranstaltung in Hollywood oder in Paris begegneten. Sehr viel später, als ich eines Tages in Begleitung des weniger furchtsamen Produzenten Darryl Zanuck die Avenue George Cinq entlangschlenderte, sahen wir uns wieder, und ich ließ ihn immer noch mit der mir zum Gruß entgegengestreckten Hand stehen. «Ich verstehe Sie nicht», sagte er betrübt. «Sie sollten mir dankbar sein, daß ich Sie aus dem Filmgeschäft rausgeschmissen habe. Schauen Sie doch nur, wie erfolgreich Sie geworden sind, seit Sie Bücher schreiben.»

Es gab auch viel zu lachen in jenen Jahren.

In meinem privaten Bemühen, in der besten aller Welten zu leben, faßte ich noch einen anderen Entschluß, den ich nie zu bereuen hatte, einen Entschluß, den ich, wie meinen Umzug nach Paris, dem Zufall verdanke.

Der Schriftsteller Peter Viertel, ein guter Freund, der ein begeisterter Skiläufer war, verbrachte den Winter in den Schweizer Alpen, in einer kleinen Stadt namens Klosters, und ich ließ mich von ihm überreden, für einen Monat auf Besuch zu kommen, um Skilaufen zu erlernen. Ich hatte es bereits einmal in Amerika versucht, aber mit kläglichen Resultaten, fand eigentlich, daß ich zu beschäftigt war, um mitten im Winter Ferien zu nehmen, doch Viertel überzeugte mich schließlich doch, daß es mir gut tun würde, einen Monat in Klosters zu verbringen. Aus diesem Monat wurden schließlich einunddreißig Jahre, und ich hoffe, daß ihnen noch viele weitere folgen werden.

Meine früheren, unbeholfenen Versuche hatten mich nicht darauf vorbereitet, wie herrlich es sein kann, wenn man sich mehr oder weniger aufrecht auf seinen Skiern hält, das begeisternde Gefühl der Freiheit und Geschwindigkeit verspürt, die Pracht der in den Himmel ragenden Berge mit ihren in der lebensspendenden Wintersonne glitzernden Schneefeldern genießt. Plötzlich wurde ich gewahr, welche Torheit ich beging, die kalten Monate unter dem grauen Himmel von Paris zu verbringen, zu einer Zeit, da die ohnehin nie übermäßig charmanten Einwohner am verdrießlichsten sind, während es so einfach war, auf diesen köstlich fröhlichen, von attraktiven Hedonisten in farbenfroher Kleidung bevölkerten Spielplatz zu gelangen. Das Städtchen war warm und gemütlich, die Eingeborenen hilfreich und freundlich, und alles, die Post, die Züge, die Skilifts und Banken, funktionierte ausgezeichnet, anders als in fast jedem anderen Ort der Welt, den ich bisher gekannt hatte. Ein weiterer Vorteil, den ich entdeckte, als ich mich dort niederließ, war der, daß ich viel besser in einem kleinen Ort arbeiten konnte, wo man diskret in Ruhe gelassen wird, wenn man Einsamkeit braucht, als im lärmenden Treiben einer Großstadt, wo das Telefon ständig klingelt. Die Tatsache, daß ich es zu einem guten Teil jedes Tages mit Leuten zu tun hatte, deren Sprache ich nicht verstand, war mir eine wunderbare Hilfe, wenn ich mich auf wichtigere Dinge konzentrieren wollte, zum Beispiel wie man in einem Roman von Kapitel Eins zu Kapitel Zwei gelangt.

Als puritanischere Kollegen mich tadelten, weil ich mir zum Leben und zur Ausübung meines Berufs einen ganz auf geistlose Zerstreuung eingestellten Ort gewählt hatte, verteidigte ich mich, nur halb zum Spaß, indem ich sagte, ich könne infolge einer Schrulle meines Charakters und der Erinnerung meiner früheren Notlagen am besten arbeiten, wenn ich eine Art von rudimentärem proletarischen Haß auf die privilegierten Klassen empfände, und in Klosters biete sich mir dazu die beste Gelegenheit, da ich mich in den Abgründen meiner schöpferischen Tätigkeit abmühen muß, während glückliche Feriengäste sich den ganzen Tag lang auf dem großen Spielplatz der Alpen amüsieren.

Ganz gleich woran es lag, ich fand wenigstens, daß es der Beginn der produktivsten Periode meines schriftstellerischen Schaffens war, obgleich ich mich nur wenig abmühte oder Haß verspürte, und dieses Minimum fand einen lohnenden Ausgleich in den frühmorgendlichen Skiausflügen mit meinem Sohn, auf unmarkierten Pisten in federweichem Pulverschnee, und in gemütlichen Abenden mit neuen Freunden verschiedenster Nationalitäten und Berufe, einschließlich vieler Schweizer und Schweizerinnen, die keineswegs dem von ihren Nachbarn erfundenen geringschätzigen Klischee von jenem stumpfsinnigen und habgierigen Volk entsprachen, das in calvinistischer Engstirnigkeit lebt, sich nur für Geld interessiert und Französisch, Deutsch und Italienisch mit einem schreiend komischen Akzent spricht.

Als mir schließlich klar wurde, daß ich in keiner Großstadt ohne einen schrecklichen und unnötigen Aufwand an Nervenenergie arbeiten konnte, gab ich Paris auf, wie ich New York aufgegeben hatte, zog mich nach Klosters zurück und benutzte es fast das ganze Jahr hindurch als Operationsbasis; ich hatte gelernt, es nicht nur in der geschäftigen Wintersaison zu lieben, sondern auch in den stillen Monaten, wenn die Feriengäste und Sportler fort sind, und man sich im Dorf anderen Beschäftigungen widmet, wie der Landwirtschaft, der Försterei, dem Forellenfischen, der Lektüre, den Picknicks an den Ufern schäumender Bäche, dem Tagträumen und dem Streunen über Wiesen und Bergpfade.

Zur Belohnung meiner Treue und Anhänglichkeit wurde ich an meinem siebzigsten Geburtstag, vor noch nicht langer Zeit, vom ganzen Dorf gefeiert. Die Kapelle brachte meiner Frau und mir ein Ständchen vor unserem Balkon dar, die versammelte Bürgerschaft sang *Happy Birthday to You*, und dann wurden wir in einem Schlitten mit zwei Pferden durch die Stadt zum Rathaus gefahren, wo der Bürgermeister eine Rede hielt und mir den Schlüssel zur Stadt übergab, und über das Wochenende hing ein mit Blumen und den Fahnen der Schweiz und Amerikas geschmücktes Schild an der Hauptstraße, auf dem zu lesen stand: «Irwin Shaw Avenue». Als meine Frau es sah, sagte sie: «Das könnte nie vor Elaines Haus passieren.»

Die Schweiz hat nicht nur den Vorteil, sich aus allen Kriegen herausgehalten zu haben, sie hat auch noch den, mitten im westlichen Europa zu liegen, so daß man, wenn man die Lust dazu verspürt, oder wenn man eingeladen wird, in ein bis zwei Stunden in jede beliebige Hauptstadt gelangen und eine neue Sprache und Kultur kennenlernen kann. Man kann also sehr gut in den Alpen leben, ohne sich darauf beschränken zu müssen, ständig dunkle Wälder und Gletscher anzustarren, Kuhglockengeläut und Jodler anzuhören. Abgesehen davon, daß es in den Städten der Schweiz ausgezeichnete Konzerte, Opern und Museen gibt, sind die Attraktionen anderer Länder leicht zugänglich. Einmal, als ich von meiner Bergfestung ins Tal stieg, sah ich Frederic March in Paris, der auf einer Kulturaustauschreise hervorragend den Mr. Tyrone in Amerikas großartigstem Drama *Long Days Journey into Night* (Eines langen Tages Reise in die Nacht) spielte, und danach Sir Oliviers ebenso ergreifende Darstellung in London. Natürlich verpaßte ich auch nicht Oliviers Othello, als ich wieder in London war, und nicht die Mailänder Scala, die mit dem Auto in wenigen Stunden erreichbar ist.

Und um mein Privileg beim Jet Set aufrechtzuerhalten, wohnte ich in London der glanzvollen Premiere von *My Fair Lady* bei, und auch der in meiner Erinnerung denkwürdigsten Party in der gleichen Stadt, die im Claridge für Noel Coward veranstaltet wurde, als er am Ende seines Lebens stand; er sang zum letzten Mal vor dem Publikum, und zum ersten Mal, seit das Claridge existierte, ging der Champagner aus.

Wie sehr ich mich auch zu der Wahl meiner Lebensweise beglückwünschen mochte, so fand sie kaum einmütige Zustimmung in Amerika, wo jemand, der im Ausland lebt, wenn er nicht gerade vor der Polizei fliehen mußte, gewissen fremdenfeindlich eingestellten Leuten sofort höchst verdächtig ist und als eine Art von Verräter gilt, von dem fast zu vermuten wäre, er verkaufe militärische Geheimnisse an die Russen. Kritiker erwähnten zur Genüge den Verlust literarischer Kraft, den Stephen Crane und Bret Harte erlitten, als sie es vorzogen, fern ihrer Wurzeln zu leben, wie die Rezensenten es so gerne nennen, aber sie konnten nichts über irgendwelchen Schaden berichten, den Henry James, T. S. Eliot oder Ernest Hemingway genommen hätten, und der ihrem Leben in fremden Ländern zuzuschreiben wäre. Und soweit es mir bekannt ist, wurde bisher noch nicht behauptet, es fehle James Joyces Beschreibung von Dublin die Schärfe, weil er seinen *Ulysses* in Triest und Paris geschrieben hat.

Harold Robbins, dieser strenge Richter über die amerikanische Sprache, verstieg sich sogar zu der seitdem oft genug zitierten Behauptung, ich hätte meine Einfühlungsgabe für die Nuancen der amerikanischen Sprache verloren, weil ich nicht mehr in New York lebe. In Wirklichkeit bin ich in Europa einer überaus größeren Vielfalt von Amerikanern begegnet als je in den Vereinigten Staaten, wo ich mich gezwungenermaßen meist in Kreisen von Leuten bewegte, die sich wie ich fast nur mit Kunst und Literatur beschäftigten. Zudem ist es töricht, in diesem Jet-Zeitalter von jemandem, der ein paar Dollar in der Tasche hat, zu behaupten, er lebe im Exil. Ich benutze oft genug die Swissair und halte mich lange genug in Amerika auf, um genau zu wissen, wer in diesem Jahr im Baseball den Wimpel gewinnt, und wovon diese Woche bei den Jungens im Hinterzimmer die Rede ist.

Zu den Dingen, die ich im Ausland lernte, gehören die Worte des Lieblingschansons der Piaf *Je ne regrette rien*. Obgleich sie es tapfer und mit echtem Gefühl sang, glaubte ich ihr nicht. Wenn sie auch nur irgendwie ein Mensch wie ich war, und ich glaube, sie war es, zumindest in dem Sinn, daß wir alle Brüder und Schwestern, Männer und Frauen, Söhne und Töchter, Väter und Mütter sind, können wir nicht ehrlich von unserem Leben sagen: «Ich bedaure nichts.»

Was mich betrifft, so könnte ich fast behaupten, daß ich praktisch alles bedaure. Ich bedaure, daß ich nicht einen Meter achtzig groß bin, ich bedaure, nicht Tolstoj zu sein, ich bedaure, keine Melodie richtig singen zu können, weil ich kein musikalisches Gehör habe, ich bedaure, daß ich an einem kalten Herbsttag beim Fußball einen Touchdown verfehlt habe, und sehne mich nach einigen Mädchen zurück, die ich geliebt habe, und nach anderen, deren Angebote ich ausschlug. Ich bedaure, in einer dunklen Nacht in Paris auf der Straße nicht nach links geschaut zu haben, als ein Taxi von der Seite anraste und mich und meine Frau beinahe getötet hätte, ich bedaure die Wahl gewisser Ärzte und gewisser Verleger, deren Verträge ich unterschrieb. Ich bedaure, untreu gewesen zu sein, wo sich mir das Versprechen unendlichen Glücks bot, und treu, wo mich nur lange Monate der Langeweile erwarteten. Ich bedaure Dinge, die ich geschrieben habe, und Dinge, die ich ungeschrieben ließ. Ich bedaure, viele liebe Freunde aus den Augen verloren zu haben, und dafür mit anderen in engem Kontakt zu stehen, die mir weniger lieb sind. Ich bedaure meine schlechte französische Aussprache und meine absolute Unfähigkeit, Deutsch zu lernen. Ich bedaure, daß ich in den letzten dreißig Jahren nicht auf sensationelle Weise besser oder schlechter geworden bin. Ich bedaure, nicht die Zeile «Ich hörte die Nixen singen, die eine der anderen zu» geschrieben zu haben, obgleich ich glaube, daß auch ich die Damen irgendwann leise, weit weg, in der Brandung von Coney Island hörte. Ich bedaure, Hemingway begegnet zu sein, und nie T. S. Eliot, Stephen Crane, Delmore Schwartz, Alexandre Dumas oder Willie Mays.

Ich bedaure, daß ich jeden Beschluß, kaum daß ich ihn gefaßt habe, sofort bereue und finde, ich hätte mich zum Gegenteil entschließen sollen. Ich bedaure diesen Augenblick und seine Frage: «Tat ich recht, mich bereit zu erklären, diesen Text zu schreiben, oder hätte ich nicht lieber meine Zeit auf andere Dinge verwenden sollen, wie Mais pflanzen, Latein lernen, mir eine neue Hüfte einbauen lassen?»

Kommt Zeit, kommt Rat, sagt das alte Sprichwort, aber auch das ist nicht wahr. Ich hatte doch all diese Zeit, um darüber nachzudenken, und noch immer kann ich die Frage nicht beantworten, die ich mir am Beginn dieser Seiten stellte: Wollte ich das alles noch einmal erleben?

Würden Sie? *1984*

Im Lichtkreis

Eine Dunstschicht lag tief über dem Boden, und das Scheinwerferlicht tauchte bei jeder Unebenheit der Straße in eine dünne Milchsuppe hinein. Es war fast ein Uhr morgens, und sie begegneten keinen anderen Wagen, als sie sich auf der kurvenreichen, schmalen Straße zum Haus hinaufschlängelten. Zwischen dem Highway und Willards Haus kamen sie nur an vier anderen Häusern vorbei, und sie lagen alle im Dunkel.

Sie saßen alle drei auf dem Vordersitz, Martin, seine Schwester und ihr Mann. Linda hatte das Radio angestellt, und eine leise Stimme sang, vom Orchester begleitet: *«It's the wrong time and the wrong place . . .»*

John Willard saß behaglich am Steuer, fuhr sehr schnell, lächelte, als Linda sich an ihn schmiegte und ihm mit komisch gespielter Leidenschaft und im Stil einer Nachtklubsängerin die nächste Zeile ins Ohr trällerte: *«Though it's such a pretty fa-aaace . . .»*

«Paß auf», sagte Willard. «Du kitzelst das Ohr des Fahrers.»

«Im letzten Jahr», sagte Martin, «hat das Am-Ohr-kitzeln des Fahrers mehr Unfälle verursacht als Trunkenheit am Steuer, Nationalfeiertage und schadhafte Bremsen.»

«Wer hat das gesagt?» fragte Linda aggressiv.

«Es ist eine allgemein bekannte Statistik», sagte Martin.

«Das ist mir egal», sagte Linda. «Ich bin nun einmal ganz vernarrt in das Ohr des Fahrers.»

Willard kicherte.

«Du brauchst nicht so selbstzufrieden zu grinsen, Gefreiter», sagte Linda.

Willard kicherte wieder, und Linda wandte sich ihrem Song zu, den Kopf an Martins Arm gelehnt, das Gesicht vom Licht des Armaturenbretts schwach erhellt, fröhlich und jung aussehend mit ihrem lockeren dunklen Haar.

Wenn *ich* einmal zehn Jahre verheiratet bin, sagte sich Martin mit einem Seitenblick auf seine Schwester, möchte ich mich auch mit meiner Frau auf dem Heimweg nach einem Abend in der Stadt so wohl fühlen.

Martin war spät am Nachmittag aus Kalifornien angekommen, nachdem er telegraphiert hatte, er habe seinen Job aufgegeben, sei auf dem Wege nach Europa und würde sich freuen, mit ihnen zu essen und bei ihnen schlafen zu können. Als Linda ihn am Flughafen abholte, hatte er sie nach zwei Jahren der Trennung unverändert gefunden, und dann waren sie zu Willard ins Büro gefahren, gemeinsam in ein Restaurant gegangen, hatten ein paar Cocktails getrunken, gut gegessen und, um Martins Ankunft zu feiern, eine sündhaft teure Flasche Wein geleert. Es war Freitag, und Willard brauchte am nächsten Tag nicht zu arbeiten, und so hatten sie noch ein Nachtlokal besucht, und einem Mädchen in einem weißen Kleid zugehört, das französische Chansons sang. Martin und Willard hatten abwechselnd mit Linda getanzt, und Linda hatte gesagt: «Ist es nicht nett? Wenn dein Telegramm ein paar Tage früher gekommen wäre, hätte ich mich verpflichtet gefühlt, dir ein Mädchen für den Abend aufzutreiben, und dann wären wir vier gewesen, und das hätte alles verdorben. Haßt du es nicht auch, zu viert zu sein?»

Martin war sieben Jahre jünger als Linda und ihr Lieblingsbruder. Als er noch auf dem College studierte, hatte er immer seine Sommerferien mit Linda und Willard verbracht, auf Partys als Ersatzmann gedient, mit Willard Tennis gespielt und, wie Linda behauptete, ihre beiden kleinen Söhne in Lebensgefahr gebracht, weil er ihnen das Schwimmen und Tauchen beigebracht hatte, und das Radfahren, und das Fangen eines Baseballs, und auf Bäume zu klettern und herunterzufallen.

«Oh, Gott», sagte Linda, als der Wagen in ein von Efeu überwachsenes Steintor einbog, «zwei Jahre sind zu lang, Martin. Was werden wir ohne dich anfangen, wenn du in Europa bist?»

«Kommt mich besuchen», sagte Martin.

«Hör dir das an», sagte Linda.

«Mit dem Flugzeug seid ihr in einer Nacht da.»

«Kennst du jemanden, der uns per Anhalter mitnehmen würde?» Sie zeigte durch das Wagenfenster auf den dunklen Wald. «Bis wir diese Hektare des Grauens abbezahlt haben, sind mindestens zehn Jahre vergangen.»

«Sieht aber sehr nett aus.» Martin blickte durch das beschlagene Fenster auf die tropfenden, schwarzen Bäume. «Sehr ländlich.»

«Ländlich fürwahr», sagte Linda. «Sieben Hektar Gestrüpp. Ein undurchdringliches Dickicht.»

«Könnt ihr nicht einen Teil abholzen?» fragte Martin, «und etwas darauf pflanzen?»

«Die Steuern», bemerkte Willard kurz und bog aus dem Wald in die kreisförmige Einfahrt vor einem großen Ziegelhaus mit weißen Säulen, das sich verschwommen aus dem Nebel erhob.

Im Erdgeschoß brannte kein Licht, nur ein schwacher Schimmer drang aus einem verhängten Fenster im oberen Stockwerk, und das Haus ragte gespenstisch in die Dunkelheit.

«An der Eingangstür sollte wenigstens ein Licht angeschaltet sein, Linda», sagte Willard.

«Es ist das neue Dienstmädchen. Ich sage es ihr ständig, aber sie ist ein wahrer Teufel an Sparsamkeit.»

Willard hielt den Wagen an, und sie stiegen aus. Martin holte seinen Koffer vom Rücksitz.

«Schau dir die erlesene Architektur an», sagte Linda, als sie die Stufen zwischen den Säulen zur Eingangstür emporstiegen. «Griechischer Geisterstil.»

«Warte, bis du es von innen siehst», sagte Willard, öffnete die Tür und knipste das Licht an. «Das tröstet über alles hinweg. Und das Land ringsum ist ideal für die Kinder.»

«Es hat noch einen anderen glorreichen Vorteil», sagte Linda, während sie sich den Mantel auszog und ihn über einen Stuhl in der tapezierten Eingangshalle warf. «Der Fernsehempfang ist schrecklich.»

Sie traten in den Salon, Linda knipste die Lampen an, und Willard schenkte Whisky ein, damit Martin beim Bewundern des Hauses etwas zu trinken hatte. Das Wohnzimmer war groß, luftig und angenehm, mit ein paar Gemälden an den Wänden, vielen Büchern, Zeitschriften und kleinen, mehr oder weniger nützlichen Gegenständen in ziemlicher Unordnung. Martin lächelte, erkannte den undisziplinierten und heiter sorglosen Geschmack seiner Schwester für bunte Farben, Überfluß an Vasen, Blumen, antikem Kram und eine Atmosphäre behaglicher Unordnung, die selbst jetzt um ein Uhr morgens in diesem Raum herrschte, der den ganzen Abend lang nicht benutzt worden war.

Linda streifte sich die Schuhe ab und setzte sich mit hochgezogenen Beinen in eine Ecke des großen Sofas, das Whiskyglas in beiden Händen, und die beiden Männer setzten sich ihr gegenüber, schläfrig, jedoch nicht gewillt, den Abend des Wiedersehens enden zu lassen. «Also wirklich, Martin», sagte Linda, «es kann doch nicht dein Ernst sein, wenn du uns erzählst, du würdest nicht mindestens eine Woche bei uns bleiben.»

«Ich muß Montag in Boston sein», sagte Martin. «Und von dort nehme ich Mittwoch das Flugzeug nach Paris.»

«Die Jungen werden schwarz vor Enttäuschung sein», sagte Linda. «Vielleicht lernst du über das Wochenende jemanden kennen und besinnst dich noch anders. Wir sind auf drei Partys eingeladen.»

Martin lachte. «Ein Glück, daß ich nach Boston muß. Dort kann ich mich wenigstens ausruhen.»

Linda schwenkte den Whisky in ihrem Glas. «John», sagte sie, «wäre es jetzt nicht der rechte Moment, ihm die Standpauke zu halten?»

«Es ist furchtbar spät, Linda», sagte Willard ein wenig verlegen.

«Was für eine Standpauke?» fragte Martin argwöhnisch und begann sich im voraus als der kleine Bruder zu fühlen.

«Nun», fing Willard zögernd an. «Linda rief mich an, als sie dein Telegramm erhielt, und wir führten ein längeres Gespräch. Wir zählten zusammen . . . wie war es noch, ist es nicht die dritte Stellung, die du seit dem College aufgegeben hast?»

«Die vierte», sagte Martin.

«Zuerst in New York.» Willard tat seine Pflicht als Schwager und als Freund und als ein solider Bürger, der nach Abschluß seines Jurastudiums seit fünfzehn Jahren bei der gleichen Firma arbeitete. «Dann in Chicago, dann in Kalifornien, und jetzt Europa. Du bist kein Kind mehr, und vielleicht würde ein bißchen mehr Standhaftigkeit dir . . .»

«Trag nicht zu dick auf», unterbrach ihn Linda, besorgt über Martins ausdruckslose Miene und seine Art, mäuschenstill dazusitzen und mit seinem Glas zu spielen. «Ich meine, töne nicht so, als ob du eine Einführungsrede vor dem technologischen Institut hältst, oder wie General Patton in einer Ansprache an seine Truppen, John. Worum es uns ging», sagte sie an Martin gewandt, «war, daß du eines Tages plötzlich feststellen könntest, du bist dreißig Jahre alt und hast dein Leben verpaßt . . .»

Willard grinste sie an. «Hast du das festgestellt, als du dreißig wurdest?»

«Ja, das Leben lief mir wie Sand durch die Finger», antwortete Linda. Dann kicherte sie, und Martins Gesicht begann sich wieder aufzuhellen.

«Aber es ist wichtig», fuhr Linda ernsthaft fort. «Gerade für gutaussehende junge Männer ist es leicht, in der Gosse zu enden. Besonders in Frankreich.»

«Ich kann nicht genug Französisch, um in der Gosse zu enden», sagte Martin lachend. Er stand auf, fuhr seiner Schwester mit der Hand über das Haar, ging dann zu dem niedrigen Tisch vor dem Fenster, der als Bar diente, und nahm sich noch etwas Eis in sein Glas.

«Martin», sagte Linda, «unsere Absicht ist ja nur, dich mit allem nötigen Takt ein bißchen zu warnen. Wir wollen nicht . . .»

«Sag mal», unterbrach Martin sie, aus dem Fenster starrend, «erwartet ihr Gäste?»

«Gäste?» fragte Willard überrascht. «Um diese Zeit?»

«Da draußen steht ein Mann und schaut ins Haus herein», sagte Martin. Er streckte den Hals, um die Ecke des Hauses zu sehen. «Und da ist eine Leiter, an den Balkon gelehnt . . . Jetzt ist er fort . . .»

«Eine Leiter!» Linda sprang auf. «Die Kinder!» Sie rannte aus dem Zimmer und die Treppe hinauf, gefolgt von den beiden Männern.

Auf dem Flur vor dem Schlafzimmer der Kinder brannte eine Lampe, und in ihrem Licht sah Martin die beiden kleinen Jungen ruhig in den Betten schlafen, die an den beiden gegenüberliegenden Wänden des Zimmers standen. Durch die halboffene Tür, die zu dem Zimmer daneben führte, drang das stetige Schnarchen des Kindermädchens. Während Linda und Willard sich allmählich von dem Schreck bei ihren Kindern erholten, ging Martin zu den Fenstern. Sie waren offen, aber die hohen, unverändert geschlossenen Fensterläden schlossen das Zimmer vom Balkon ab. Martin hakte die Läden auf und trat auf den Balkon hinaus, der sich, von den Säulen gestützt, über die ganze Vorderfassade erstreckte. Die Nacht war kalt und dunkel, der Nebel hatte sich verdichtet, und das Licht der unteren Fenster flimmerte verschwommen. Martin trat an die Balustrade und blickte hinunter. Er hörte ein Geräusch zu seiner Linken, an der Seite des Hauses, und schaute in diese Richtung. Ein weißer Fleck bewegte sich rasch in den dunklen Hintergrund der Baumstämme, und Martin eilte ins Kinderzimmer zurück, flüsterte Willard zu: «Er ist dort unten. Auf dieser Seite.»

Willard folgte ihm, als er, vier Stufen auf einmal nehmend, die Treppe hinunterrannte, die Eingangstür aufstieß, über die mit Kies belegte Einfahrt eilte, um die Seite des Hauses herum, an der Leiter vorbei. Willard hatte im Eingangsflur nach einer Taschenlampe gegriffen, aber sie war nicht sehr stark, und ihr Strahl huschte vergeblich über den abfallenden, überwachsenen, nassen Rasen und das Gewirr von Sträuchern und Büschen, in dem der Eindringling verschwunden war.

Ohne viel Hoffnung auf Erfolg bahnten sich Martin und Willard ihren Weg weiter durch den Wald, wurden von Büschen zerkratzt, wateten durch Haufen durchnäßten Laubs, ließen das Licht der Stablampe in plötzlichen, suchenden Bewegungen um sich schweifen. Sie taten es in stiller Wut, und wenn sie den Mann gefunden hätten, wäre er ihnen höchstens entkommen, falls er eine Waffe getragen hätte und bereitgewesen wäre, sie zu benutzen. Aber sie sahen nichts, hörten nichts.

Nach fünf Minuten gab Willard es auf. «Es hat keinen Zweck», sagte er. «Kehren wir um.»

Schweigend gingen sie zum Haus zurück. Als sie an den Rand des Rasens gelangten, sahen sie im Licht, das durch die inzwischen offenen Fensterläden des Kinderzimmers fiel, Linda an der Ecke des Balkons stehen, halb in das Dunkel gehüllt. Sie beugte sich vor, stieß die Leiter von sich fort, die schießlich schwankte und dann zu Boden fiel.

«Habt ihr ihn gefunden?» rief sie Martin und Willard zu.

«Nein», rief Willard zurück.

«In keinem der Zimmer ist etwas angerührt worden», sagte Linda. «Er kam nicht herein. Es ist unsere Leiter. Der Gärtner benutzte sie heute nachmittag, und er muß sie draußen gelassen haben.»

«Geh hinein», rief Willard ihr zu. «Du wirst da oben noch erfrieren.»

Martin und Willard warfen einen letzten Blick auf den dunklen Rasen und den Wald, der dahinter aufragte wie eine schwarze Mauer. Sie warteten, bis Linda in das Kinderzimmer zurückgetreten war und die Läden geschlossen hatte. Dann gingen sie ins Haus. Martin blieb unten, während Willard noch einmal nach oben ging, um nach den Kindern zu schauen. Das Wohnzimmer erschien Martin nicht mehr so fröhlich und gemütlich wie zuvor.

Als Willard und Linda wieder herunterkamen, stand Martin am Fenster, aus dem er den Mann draußen auf dem Rasen und die Leiter gesehen hatte.

«Wie idiotisch», sagte er. «‹Erwartet ihr Gäste?›» Er schüttelte den Kopf. «Um diese Zeit in der Nacht.»

«Vergiß nicht, daß du gerade erst aus Kalifornien angekommen bist», sagte Linda.

Sie lachten, fühlten sich besser, und Willard schenkte mehr Whisky ein.

«Jetzt weiß ich, was ich hätte tun sollen», sagte Martin. «So tun, als hätte ich ihn nicht gesehen, mich ganz unauffällig benehmen und durch eine Nebentür hinausgehen . . .»

«So klug sind die Leute nur in den Filmen», sagte Willard. «Im wirklichen Leben sagen sie: ‹Erwartet ihr Gäste?›»

«Weißt du was?» sagte Martin. «Ich glaube, ich würde den Kerl wiedererkennen, wenn ich ihn sähe. Er war schließlich nur zwei Meter von mir entfernt, und das Licht aus dem Fenster fiel direkt auf ihn.»

«Sah er wie ein Verbrecher aus?» fragte Linda.

«Um ein Uhr früh sieht jeder wie ein Verbrecher aus», sagte Martin.

Willard erhob sich. «Ich werde die Polizei anrufen und Anzeige erstatten.» Er wollte aus dem Zimmer gehen, weil das Telefon im Flur war.

Linda legte ihm die Hand auf den Arm, hielt ihn zurück. «Ach, Johnny, warte bis zum Morgen. Wenn du jetzt anrufst, kommen sie her und halten uns die ganze Nacht auf.»

«Wir können es doch schließlich nicht zulassen, daß Leute versuchen, auf Leitern in unser Haus zu steigen und einzubrechen. Da muß man doch etwas unternehmen», sagte Willard.

«Es würde zu nichts führen. Heute nacht finden sie ihn da draußen bestimmt nicht», entgegnete Linda.

«Das stimmt allerdings», meinte Martin.

«Und dann werden sie nach oben gehen und die Kinder wecken und sie in Angst versetzen ...», Linda sprach rasch und nervös. Bis jetzt war sie ziemlich ruhig gewesen, aber die Reaktion auf den Schock hatte inzwischen eingesetzt, und sie schien nicht mehr fähig, still zu sitzen oder mit normaler Schnelligkeit zu reden. «Was hat es für einen Sinn? Sei doch nicht so starrköpfig.»

«Wer ist hier starrköpfig?» fragte Willard überrascht. «Ich habe nur gesagt, daß wir die Polizei rufen sollten. Findest du das starrköpfig, Martin?»

»Nun ...», begann Martin vorsichtig und mit aller Schonung seiner Schwester gegenüber. «Ich finde ...»

Aber Linda unterbrach ihn. «Er hat ja im Grunde nichts getan, oder? Schließlich hat er bloß ins Fenster geschaut. Sollen wir uns um unseren Schlaf bringen, weil ein Mann zufällig in unser Fenster geschaut hat? Ich wette, es war überhaupt kein Einbrecher ...»

«Was willst du damit sagen?» fragte Willard mit Schärfe.

«Nun, was gibt es denn bei uns zu stehlen? Juwelen habe ich nicht, und der einzige Pelzmantel, den ich besitze, ist sieben Jahre alt, und kein Einbrecher, der einigermaßen bei Verstand ist . . .»

«Und die Leiter? Was hat er mit der verdammten Leiter gewollt?» fragte Willard.

«Vielleicht war er nur ein Voyeur», sagte Linda.

«Nur ein Voyeur!» Willard spülte seinen Whisky herunter. «Wenn du bloß nicht immer nackt bei offenen Jalousien herumlaufen würdest . . .»

«Ach, sei doch nicht so prüde. Wer sieht mich schon in diesem Haus? Die Eichhörnchen vielleicht?»

«Es ist nicht nur dieses Haus. Du machst es überall. Die Frauen von heute!» Willard wandte sich bitter an Martin. «Wenn du einmal verheiratet bist, wirst du feststellen, daß du deine halbe Zeit damit verbringst, Jalousien herunterzulassen, damit die amerikanische Bevölkerung nicht sieht, wie deine Frau sich an- und auszieht.»

«John, sei kein Spießer», sagte Linda mit erhobener Stimme. «Wer denkt schon an so etwas, hier, mitten im Wald . . .»

«Der Kerl mit der Leiter hat aber offenbar daran gedacht», sagte Willard. «Oder nicht?»

«Wer weiß, was er gedacht hat? Na schön, du hast gewonnen. Von jetzt an werde ich hinter verschlossenen Jalousien leben. Aber ich finde es schrecklich. Im eigenen Haus. Man kommt sich wie eingesperrt vor.»

«Du könntest dir immerhin gelegentlich mal einen Bademantel überziehen», bemerkte Willard.

«John», sagte Linda mit scharfer Stimme, «du hast eine schreckliche Neigung, dich in einer Krise wie ein Spießer zu benehmen.»

«Kinder, Kinder», sagte Martin. «Ich bin zur Erholung hier.»

«Verzeihung», brummte Willard, und Linda lachte gezwungen.

«Ihr solltet euch einen Hund anschaffen», sagte Martin.

«Er haßt Hunde.» Linda begann die Lampen auszuknipsen. «Er zieht es vor, in einem Kellergewölbe zu leben.»

Dabei blieb es vorläufig, und sie gingen zu Bett, aber im Eingangsflur ließen sie das Licht brennen, obgleich es so gut wie sicher war, daß der Streuner, aus welchem Grunde er auch gekommen sein mochte, zumindest in dieser Nacht nicht mehr zurückkehren würde.

Am nächsten Morgen rief Willard die Polizei an, und sie versprachen, vorbeizukommen. Linda hatte alle Mühe gehabt, die Kinder aus irgendeinem Vorwand bis zum Mittagessen aus dem Hause zu schaffen, denn sie wollte nicht, daß sie den Polizisten begegneten, Fragen stellten und sich in ihrem eigenen Hause unsicher fühlten. Es fiel ihr besonders schwer, weil die Kinder so gern den Vormittag mit ihrem Onkel verbracht hätten, und sie konnten nicht verstehen, warum Martin sie nicht begleiten durfte, und er konnte ihnen nicht sagen, daß er bleiben mußte, um der Polizei die Beschreibung eines Mannes zu geben, der sich in der Nacht, während sie schliefen, vor ihrem Fenster herumgetrieben hatte.

Die Kinder waren endlich fort, als der Streifenwagen vorfuhr. Die beiden Polizisten schritten bedächtig das Gelände ab, untersuchten fachmännisch die Leiter und den Balkon und machten sich Notizen. Als sie Martin fragten, wie der Mann ausgesehen hatte, war es ihm etwas peinlich, ihnen nur eine sehr vage Beschreibung geben zu können, und er bekam das Gefühl, sie enttäuscht zu haben.

«Ich bin ziemlich sicher, daß ich ihn wiedererkennen würde», sagte er, «aber es war nichts Besonderes an ihm, das mir aufgefallen wäre. Ich meine, er hatte keine große Narbe im Gesicht oder eine Augenbinde oder eine gebrochene Nase oder sonst irgendwas in dieser Art.»

«Wie alt war er?» fragte Madden, der ältere der beiden Polizisten. «So im mittleren Alter», antwortete Martin. «Irgendwo zwischen dreißig und fünfundvierzig, würde ich sagen.»

Willard grinste, und Martin sah, daß Madden Mühe hatte, nicht zu grinsen.

«Sie wissen, was ich meine», sagte Martin. «So irgendwie dazwischen.»

«Wie war seine Hautfarbe, Mr. Brackett?» fragte Madden.

«Nun, in diesem Licht, im Nebel ...», Martin zögerte, versuchte sich zu erinnern. «Er sah blaß aus.»

«War er kahlköpfig?» Madden zückte den Bleistift. «Oder hatte er dichtes Haar?»

Wieder zögerte Martin. «Ich glaube, er trug eine Art Hut.»

«Was für eine Art Hut?»

Martin zuckte die Schultern. «Einen Hut.»

«Vielleicht eine Mütze?» fragte Madden.

«Nein, eine Mütze wohl nicht. Eher einen Hut.»

«Was können Sie uns sonst noch über sein Aussehen sagen?» fuhr Madden methodisch fort. «Hochgewachsen? Untersetzt?»

Martin schüttelte verlegen den Kopf. «Ich bin leider keine große Hilfe», gestand er. «Ich sah ihn dort draußen vor mir, unter dem Fenster, und das Licht schien direkt auf seinen Kopf, und ich ... ich weiß wirklich nicht. Er wirkte irgendwie solide gebaut ... soweit ich es beurteilen konnte.»

«Herr Inspektor, haben Sie irgendeine Ahnung, wer es sein könnte?» fragte Willard.

Die beiden Polizisten tauschten bedeutsame Blicke aus. «Nun, Mr. Willard», sagte Madden, «in jeder Stadt kommt es hie und da vor, daß Männer des Nachts herumstreunen. Wir werden es nachprüfen. Neben der Bank wird jetzt dieses neue Einkaufszentrum gebaut, und da sind eine Menge Arbeiter aus New Haven gekommen. Da kann man nie wissen», fügte er mit einigem Argwohn gegenüber den Zugereisten aus New Haven hinzu. Dann klappte er sein Notizbuch zu und steckte es in die Tasche. «Sie hören von uns, falls sich irgend etwas ergibt.»

«Ich bin ziemlich sicher, daß ich ihn wiedererkennen würde», wiederholte Martin, bemüht, bei den Polizisten keinen zu schlechten Eindruck zu machen.

«Falls es sich ergeben sollte», sagte Madden, «werden wir Sie vielleicht bitten, aufs Revier zu kommen, um sich ein paar Verdächtige anzusehen.»

«Ich reise morgen abend ab», sagte Martin. «Nach Frankreich.»

Wieder tauschten die Polizisten bedeutsame Blicke aus, ließen damit klar erkennen, was sie von amerikanischen Staatsbürgern hielten, die Zeugen eines Verbrechens waren und dann nach Frankreich flohen.

«Na schön», sagte Madden gewichtig und ohne Zuversicht. «Wir werden sehen, was wir tun können.»

Martin und Willard blickten dem davonfahrenden Streifenwagen nach. «Ist es nicht komisch», sagte Willard, «wie leicht ein Polizist Schuldgefühle in einem wecken kann?»

Dann gingen sie ins Haus zurück, und Willard rief Linda an, um ihr zu sagen, daß die Polizei jetzt fort sei und sie die Kinder heimbringen könne.

Am Abend waren sie zum Cocktail im Haus eines Freundes eingeladen, und danach bei einem anderen Freund zum Essen, und Linda hatte zuerst erklärt, sie würde nicht mitkommen, weil sie nicht im Traum daran denken könne, die Kinder allein im Haus zu lassen, nach dem, was geschehen war. Aber Willard fragte sie, ob sie vielleicht vorhätte, jeden Abend zu Hause zu bleiben, bis die Kinder zwanzig Jahre alt wären. «Im übrigen», fügte er hinzu, «haben wir dem Kerl einen gehörigen Schrecken eingejagt, und er wird sich hüten, es noch einmal zu versuchen.» Schließlich meinte Linda, er habe recht, aber jetzt müsse sie es dem Mädchen sagen. Es sei unmoralisch, fand sie, auszugehen und das Mädchen in Unwissenheit zu lassen. Aber, warnte sie ihren Mann, es sei sehr gut möglich, daß das Mädchen die Koffer packen und verschwinden würde. Das Mädchen war erst seit sechs Wochen bei ihnen, kam in die Jahre und schien manchmal etwas schwierig zu sein. So ging Linda in die Küche, während Willard unruhig im Wohnzimmer auf und ab lief und zu Martin sagte: «Der Gedanke, nach einem neuen Mädchen zu suchen, ist mir unerträglich. Seit wir hier eingezogen sind, haben wir schon fünf gehabt.»

Aber Linda kam lächelnd aus der Küche und sagte, das Mädchen sei viel ruhiger, als sie angenommen hätte, und habe die Nachricht gelassen hingenommen. «Sie ist zu alt, um vergewaltigt zu werden, und sie liebt die Kinder. Also wird sie bleiben.»

Willard stellte die Leiter in die Garage, verriegelte die Tür, überzeugte sich, daß die Fensterläden im Kinderzimmer und in Lindas Schlafzimmer und in seinem Schlafzimmer und im Badezimmer dazwischen von innen geschlossen waren, denn all diese Zimmer gingen auf den Balkon hinaus, an den in der letzten Nacht die Leiter gelehnt gewesen war.

Auf der Cocktailparty, die genauso war wie tausend andere Cocktailpartys an diesem Samstagabend in einem Umkreis von hundert Meilen um New York, erzählten Willard und Linda von dem Streuner, und Martin mußte ihn wieder beschreiben, hatte wieder, wie schon den Polizisten gegenüber, das Gefühl, daß er mit seiner Ungenauigkeit einen bedenklichen Mangel an Intelligenz bewies. «Er hatte den Hut über die Augen gezogen, und sein Gesicht war ausdruckslos, und er schien ziemlich blaß, wie ich dem Polizisten sagte, und er hatte einen starren Blick...» Während er sprach, wurde er gewahr, daß er dem Porträt des Mannes vor dem Fenster in der Nebelnacht neue Elemente hinzufügte, daß der starre Blick eine neue Entdeckung war, die sein Gedächtnis freigab, daß das Gesicht seiner Erinnerung sich vereinfachte, intensivierte, wie zu einem Wappenzeichen wurde, einem Symbol, einer fremdartigen, gefährlichen Erscheinung, die aus dem Dunkel des nassen Waldes in die zerbrechliche Sicherheit, in die Geborgenheit des Lichtkreises starrte.

Der nächtliche Besucher der Willards gab jedem Anregung, seine eigenen Geschichten von Einbrechern, Streunern und Kidnappern zu erzählen.

»... da starrte dieser Kerl also plötzlich von der Dachluke herunter, es war Sommer, und die Luke war offen, es muß West 23. Street gewesen sein, und mein Freund rannte aufs Dach und jagte ihn über die Dächer und stellte ihn schließlich, und der Kerl schnellte sein Messer hervor, und es brauchte drei Bluttransfusionen, bis mein Freund außer Gefahr war. Natürlich hat die Polizei ihn nie gefunden.»

«... eine geladene 45iger, und die liegt immer auf meinem Nachttisch. Heutzutage, mit all diesen verrückten Halbstarken. Wer in meinem Hause etwas versucht, kann sich auf einen heißen

Empfang gefaßt machen. Und glaubt nur nicht, ich würde einen solchen Kerl nicht totschießen.»

«... die Kette an der Tür, und der ganze Inhalt der Schubladen und des Schranks in einem Haufen auf dem Teppich. Und ich kann Ihnen gar nicht erzählen, was sie sonst noch angestellt haben, aber bei der gemischten Gesellschaft können Sie es sich leicht vorstellen. Die Polizei meinte, das käme alle Tage vor, besonders wenn sie wegen der Ausbeute enttäuscht sind. Aber natürlich hat man es sich selber zuzuschreiben, in einer Gegend, wo all diese Puertoricaner leben.»

«... es ist natürlich schon lange her, er hatte damals noch seinen Hundezwinger, wo er dänische Doggen züchtete, aber am Tage nach der Kindesentführung bei Lindbergh hat er alle seine Hunde bis auf den letzten verkauft. Und der Preis war dreimal so hoch wie der, den er früher verlangte.»

Das Glas in der Hand, hörte Martin höflich zu, stellte mit einiger Überraschung fest, daß all diese soliden, bequemen Leute in ihren gemütlichen und sauberen Wohnsiedlungen in einer gemeinsamen Angst lebten, einem Gefühl der Unsicherheit, und daß das Gesicht vor dem Fenster der Willards sie alle daran erinnert hatte, daß um ihr gemütliches Heim herum finstere und überraschende Gefahren auf sie lauerten und daß sie trotz all ihrer Türschlösser und all ihrer Polizei und all ihrer geladenen 45iger ständig einem Angriff ausgesetzt waren.

«Du hast ihnen allen einen köstlichen Schauder eingejagt», sagte Linda zu ihrem Bruder.

«So köstlich auch wieder nicht», sagte er gedankenvoll und schaute sich die ernsthaften Gesichter der Hausbesitzer an. Linda hatte sich, wie er sah, entschlossen, die Sache auf die leichte Schulter zu nehmen und nicht mehr an ihre zerrütteten Nerven von gestern und den Ärger mit der Polizei am Vormittag zu denken. Er bewunderte sie dafür, aber es beunruhigte ihn auch, denn der Gedanke, sie da draußen in diesem widerhallenden Säulenhaus in der Einöde zu lassen, gefiel ihm nicht, besonders da Willard mehrere Male in der Woche lange in der Stadt arbeitete und oft nicht vor Mitternacht heimkehrte. Schließlich hinderte nichts diesen Mann, der immer noch frei und unverdächtigt herumlief, in einer Woche, in einem Monat oder zwei zurückzukommen ... in einer regnerischen, mondlosen Nacht.

«Wir sollten jetzt lieber aufbrechen», sagte Linda. «Um halb neun werden wir zum Essen erwartet.» Sie blickte sich schalkhaft im Zimmer um. «Irgend jemand, den du mitnehmen möchtest? Die Charles' haben gesagt, es sei nur ein Buffet-Dinner, und du könntest dir ruhig ein Mädchen mitbringen, wenn du unbedingt willst.»

«Nein danke», sagte Martin lächelnd. «Sie sind zwar alle sehr nett, aber ...» Dann hielt er inne. Eine hochgewachsene, blonde Frau in einem blauen Kleid war gerade eingetreten und entschuldigte sich bei der Gastgeberin für ihr spätes Erscheinen. Sie trug das Haar im Nacken zu einem Knoten geflochten, was ihr ein stattliches und etwas altmodisches Aussehen verlieh. Ihre Stimme klang leise und melodiös, und sie war bei weitem die hübscheste Frau am Platze. «Warte», sagte Martin grinsend zu seiner Schwester, «vielleicht diese dort. Gib mir zehn Minuten.»

Linda schüttelte den Kopf. «Das geht leider nicht, lieber Bruder. Das ist Anne Bowman, und sie ist verheiratet. Ihr Mann steht gerade in der Tür.»

Linda zeigte mit dem Glas in die Richtung der Tür, und Martin sah einen ziemlich großen Mann im maßgeschneiderten dunklen Anzug, der ihm den Rücken zukehrte und sich mit Willard und dem Gastgeber unterhielt.

«In diesem Fall können wir ruhig jetzt schon gehen», sagte Martin und warf einen letzten Blick auf die schöne Mrs. Bowman.

«Du wirst sie morgen sehen», sagte Linda, als sie zur Tür gingen. «Ich glaube, Willard hat sich für morgen früh bei ihnen zum Tennis verabredet.»

Sie schlenderten auf die Tür zu, um Willard zu holen, der noch mit dem Gastgeber sprach. Bowman hatte sich einige Schritte entfernt und einer anderen Gruppe zugesellt.

«Gehen wir?» fragte Willard, als Linda und Martin auf ihn zukamen. «Gut, es ist auch höchste Zeit.» Er ging hinüber und klopfte Bowman auf die Schulter. «Harry, ich möchte dir meinen Schwager vorstellen. Er kommt morgen zum Tennisspiel zu euch mit.»

Bowman beendete gerade eine Geschichte und drehte sich erst zu ihnen um, als lautes Gelächter über das, was er gesagt hatte, erklang. Über sein blasses, wohlgepflegtes Gesicht huschte ein Lächeln, und er streckte Martin die Hand entgegen. «Es ist mir ein Vergnügen», sagte er. «Ich habe so viel von Ihnen gehört. Ihre Schwester erzählt mir alles. Ist es wirklich wahr, daß Sie einmal Herb Flam in einem Satz geschlagen haben?»

«Damals waren wir beide zwölf Jahre alt», erwiderte Martin und bemühte sich, ein normales Gesicht zu machen und sich zu benehmen wie jeder andere, der eine Cocktailparty verläßt und ein paar verbindliche Worte sagt, wenn er jemandem vorgestellt wird. Aber es fiel ihm nicht leicht, denn nach wenigen Sekunden war er überzeugt, in diesem Bowman mit seinem unschuldigen, gesunden und an Erfolg gewöhnten Gesicht den Mann wiedererkannt zu haben, den er in der letzten Nacht vor dem Fenster gesehen hatte.

«Schlaf dich heute nacht gut aus», sagte Bowman zu Willard. «Morgen gibt es ein heißes Doppel.» Er beugte sich vor, küßte Linda zum Abschied auf die Wange. «Du kannst deine Jungen mitbringen», sagte er zu ihr. «Sie können mit unseren Kindern spielen und werden uns nicht im Wege sein.» Er winkte, wandte sich wieder den anderen Leuten zu, höflich, manierlich, gut angezogen, überall zu Haus, umgeben von Freunden, ganz die Art von Mann in den Vierzigern, dem man auf Klassentreffen in einem guten College begegnet oder hinter dem Schreibtisch des Vizepräsidenten einer jener vornehmen Firmen, wo jeder einen dicken Teppich in seinem Büro hat und wo man nur flüsternd und hinter verschlossenen Türen über Geld spricht.

Martin folgte Willard und seiner Schwester schweigend aus dem Haus und antwortete nicht, als Willard sagte: «Er spielt verdammt gut, besonders im Doppel. Er rennt nicht mehr gern so viel herum.» Und er schwieg auch im Wagen, als sie zur Dinnerparty fuhren, versuchte die Stücke des Puzzles zusammenzufügen, fühlte das Bedürfnis, allein zu sein, um nachzudenken, dachte an Bowmans offenes und klares Lächeln, als er ihm die Hand geschüttelt hatte, dachte an den harten Druck von Bowmans trockener Tennisspielerhand, dachte an die zutrauliche und familiäre Art, in der Bowman Linda zum Abschied geküßt hatte.

«Linda», sagte Willard am Steuer, während sie über die schmale Landstraße holperten, «eins mußt du mir versprechen.»

«Und das wäre?» fragte Linda.

«Jedes Mal, wenn wir auf eine Cocktailparty gehen, mußt du verkünden: ‹Willard, du bist zu alt für Gin.›»

Auf der Dinnerparty mußte Martin den Gästen, die nicht bei den Slocums beim Cocktail gewesen waren, noch einmal die Beschreibung des Mannes vor dem Fenster wiederholen. Doch jetzt bemühte er sich, möglichst ungenau zu sein. Das war nicht leicht. Die Vorstellung von Bowmans Gesicht und Gestalt (um die vierzig, blaue Augen, sandfarbenes, kurzgeschnittenes Haar, breiter, lächelnder Mund, weiße, ebenmäßige Zähne, Größe etwa eins achtzig, Gewicht etwa achtzig Kilo, Hautfarbe hell, breite Schultern, allgemeiner Eindruck gut bürgerlich, Familienvater, ehrbarer Geschäftsmann) drängte sich immer wieder auf, manipulierte die Statistik, kam in den Vordergrund, lag ihm auf der Zunge und erschwerte es ihm, sich seiner früheren vagen und allgemeinen Beschreibung zu erinnern. Aber er fand es zwecklos, vorzeitig ein Urteil abzugeben, und es würde nur zu Ärger führen, wenn er auch nur mit einem zufälligen Wort den Verdacht auf Bowman lenkte, bevor er absolut sicher war, daß Bowman allein der Mann, den er gesehen hatte, sein konnte.

Auf der Heimfahrt mit Linda und Willard und beim Gutenacht-Drink vor dem Zubettgehen sagte er auch ihnen noch nichts. Er starrte seine Schwester an und erinnerte sich, wie sehr sie sich gesträubt hatte, die Polizei anzurufen, wie sie mit Willard darüber in Streit gekommen war und gewonnen hatte, wie bereitwillig sie sich von Bowman an der Tür hatte küssen lassen. Und dann fiel ihm ein, daß sie und Willard in getrennten Zimmern schliefen, die beide auf den Balkon hinausgingen, und daß Willard zwei- oder dreimal in der Woche bis spät in die

Nacht in der Stadt blieb... Martin schämte sich seines Verdachts, aber er konnte nicht anders. Linda war seine Schwester, und er liebte sie, aber wie gut kannte er sie nach all den Jahren? Er dachte an seine eigene Sinnlichkeit und an die bedauerlichen Dinge, die er sich ihretwegen zuschulden hatte kommen lassen. Sie war seine Schwester, und so unschuldig und treu und entzückend ehefraulich sie auch scheinen mochte, so war sie vom gleichen Blute wie er. Nein, sagte er sich, warte ab.

Um elf Uhr am nächsten Morgen waren sie auf dem Tennisplatz. Willard und Martin spielten gegen Bowman und einen gewissen Spencer, der einen guten Aufschlag hatte, was aber auch schon fast alles war. Bowman erwies sich als geschickt und schlau und war stets gut gelaunt und fair, ob er verlor oder gewann.

Martin und Willard hatten die beiden Jungen mitgebracht, und sie spielten am Rande des Tennisplatzes mit Bowmans drei Kindern, zwei Jungen und einem Mädchen im Alter von sechs bis elf, alle drei ziemlich blaß und nachgiebig, zu höflich und zurückhaltend für Kinder ihres Alters, wie Martin fand.

Nach dem zweiten Satz trat Mrs. Bowman aus dem Haus mit einem Tablett, auf dem eine Karaffe Orangensaft und einige Gläser standen. Sie wirkte überraschend formell in ihrem schwarzen Baumwollkleid mit weißem Kragen und dem schweren Knoten ihres vollen, dunkelblonden Haars. Während sie dem Spiel eine Weile zuschaute, machte Martin mehr Fehler als gewöhnlich, denn er blickte immer wieder zu ihr hinüber, beobachtete sie aufmerksam, versuchte fast unbewußt, einen Blickwechsel zwischen ihr und ihrem Mann zu erhaschen, irgendein Zeichen, einen Hinweis... Aber sie saß ruhig da, sagte nichts, zollte den guten Schlägen keinen Beifall, kommentierte nicht die schlechten. Sie schien auch den fünf Kindern, die um sie herum spielten, keine Aufmerksamkeit zu schenken, und nach einigen Minuten stand sie auf, mitten in einem Endspiel, und schritt langsam ins Haus zurück, hochgewachsen, erstaunlich elegant, kühl und unbeteiligt, eine stille und dekorative Gestalt auf dem makellos grünen Rasenhang, der zu dem großen, weißen, stattlichen Gebäude hinaufführte.

Während des dritten Satzes kam plötzlich ein starker Wind auf, machte das Hochziehen und die Lobs schwierig, und sie beschlossen, das Spiel abzubrechen. Sie schüttelten sich die Hände, verließen den Platz und tranken ihre Orangeade. Die beiden Willard-Jungen kletterten ihrem Vater auf den Schoß und wollten auch ein Glas, aber die Bowman-Kinder standen abseits, schweigend, blickten zu ihrem Vater und kamen erst, nachdem er jedem von ihnen ein Glas eingegossen hatte und sie rief. Sie sagten «danke» mit schüchterner Stimme und zogen sich gleich wieder zurück, um ihre Orangeade zu trinken.

«Zu schade, daß Sie nicht den ganzen Sommer hier sein werden», sagte Bowman zu Martin. «Sie würden das Niveau des Tennissports in der Gegend beträchtlich heben. Vielleicht könnten Sie sogar Ihren armen alten Schwager gelegentlich einmal ans Netz bringen.» Er lachte gutmütig, zwinkerte Martin zu und wischte sich mit dem Handtuch den Schweiß von der Stirn.

«Ich muß gegen Ende der Woche in Paris sein», sagte Martin und suchte in Bowmans Gesicht nach einem Zeichen der Erleichterung, nach irgendeinem Hinweis.

Aber Bowman lächelte und fuhr fort, sich in aller Ruhe den Schweiß von der Stirn zu wischen. «Wir werden Sie vermissen», sagte er, «besonders an den Wochenenden. Aber Sie kommen doch heute abend zum Essen, nicht wahr?»

«Er will den Sechsuhrzug nach New York nehmen», sagte Willard.

«Ach, wie dumm», sagte Bowman. «Wir machen ein Barbecue im Garten. Falls es nicht regnet. Bleiben Sie doch noch eine Nacht. Am Sonntag ist New York sowieso tot.» Er klang freundlich und einladend.

«Vielleicht bleibe ich», sagte Martin in einem plötzlichen Entschluß.

«Wunderbar», rief Bowman aus, während Willard Martin leicht überrascht anschaute. «Sie werden es nicht zu bereuen haben, dafür sorge ich schon. Ich werde unsere langweiligen Hinterwäldler mal ordentlich auf Trab bringen. Und jetzt los, Kinder», rief er, «macht euch zum Mittagessen bereit.»

Auf dem Heimweg blickte Willard vom Steuer auf. «Was hat

dich zu deinem Entschluß bewogen, Martin?» fragte er. «Mrs. Bowman?»

«Sie ist eine Schönheit, nicht wahr?» Martin ließ seinen Schwager in dem Glauben.

«Bei der hat schon jeder hiesige Don Juan sein Glück versucht», sagte Willard grinsend. «Ergebnis gleich null.»

«Daddy», rief der ältere Junge vom Rücksitz, «was ist ein Don Juan?»

«Das war ein Mann, der vor langer Zeit gelebt hat», antwortete Willard.

Während des Nachmittags stellte Martin über die Bowmans so viele Fragen, wie nur möglich. Er erfuhr, daß sie seit vierzehn Jahren verheiratet waren, daß sie als schwerreich galten (Mrs. Bowmans Familie besaß große Baumwollspinnereien, und Bowman leitete das New Yorker Büro), daß sie viele Partys gaben, daß sie bei allen beliebt waren, daß die Willards sie zwei oder drei Mal in der Woche sahen, daß Bowman, im Gegensatz zu vielen anderen Ehemännern in der Gegend, sich nicht im geringsten für andere Frauen zu interessieren schien.

Während Martin sich für den Abend umzog, kam ihm die ganze Sache immer verwirrender vor. Gestern abend, als er Bowman auf der Party gesehen hatte, war er überzeugt gewesen, in ihm den Streuner vor dem Wohnzimmerfenster erkannt zu haben, und heute früh auf dem Tennisplatz hatte sich diese Überzeugung noch gefestigt. Aber das Haus, seine Frau, die Kinder, alles das, was Willard und Linda über Bowman erzählten, und vor allem die unbefangene und herzliche Art, in der Bowman ihn begrüßt und ihn gedrängt hatte, zum Abendessen zu kommen, seine so offenbar gute Stimmung, hinter der sich kein Hinweis, kein Schatten eines Zweifels zu verbergen schien, ließen ihn wieder schwanken. Falls es wirklich Bowman gewesen war, müßte er Martin mit Bestimmtheit erkannt und sich ziemlich sicher sein, daß er von ihm ebenfalls erkannt worden war, denn schließlich hatten sie sich mindestens zehn Sekunden lang im vollen Licht und aus einer Distanz von etwa anderthalb Metern angestarrt. Und wenn es Bowman gewesen war, so hätte er doch sehr leicht einen Vorwand finden können, das Tennisspiel abzusagen, er hätte sagen können, er habe einen Kater, es sei zu windig oder sonst irgend etwas.

«Ach, Scheiße», sagte Martin zu sich selbst, als er vor dem Spiegel seine Krawatte knotete, weil er wußte, daß er noch an diesem Abend etwas unternehmen mußte, aber in Zeitnot war, ganz allein, seiner nicht einmal ganz sicher, und daß sein Vorhaben groteske, wenn nicht sogar tragische Folgen haben konnte. Als er hinunterging, saß Willard mit den Sonntagszeitungen allein im Wohnzimmer und Martin war versucht, ihm alles zu erzählen, um wenigstens einen Teil der Verantwortung loszuwerden. Aber gerade als er sich dazu anschickte, kam Linda fix und fertig angezogen herein, und er mußte schweigen. Er ging mit ihnen zum Wagen hinaus, immer noch an seiner Bürde schleppend, wünschte sich, er hätte zwei Wochen oder einen Monat Zeit, um zu beobachten, auf diskrete Art und wohlüberlegt zu handeln. Aber er hatte keine zwei Wochen. Es blieb ihm nur ein Abend. Zum ersten Mal, seit er sich entschlossen hatte, seine Stelle in Kalifornien aufzugeben, bereute er bitter seinen Entschluß, nach Paris zu gehen.

Es war eine große Party mit über zwanzig Gästen. Auf dem Rasen hatte man Tische aufgestellt, weil der Abend warm genug war, und Windlaternen mit Kerzen, die ein mildes und schmeichelhaftes Licht auf die Leute warf, während zwei von Bowman für den Anlaß engagierte Kellner geschäftig zwischen den Tischen und dem großen Barbecue am Ende des Gartens hin- und herrannten, wo Bowman, rosig schimmernd in der Hitze des Feuers, mit Schürze und Küchenchefmütze Steaks grillte.

Martin saß am gleichen Tisch wie Mrs. Bowman, zwischen ihr und einer hübschen jungen Frau namens Winters, die mit einem Mann am Nebentisch flirtete. Im Laufe der Mahlzeit erfuhr Martin zu seiner Überraschung, daß der Mann, dem Mrs. Winters schöne Augen machte, ihr eigener Ehemann war. Mrs. Bowman unterhielt sich mit Martin über Frankreich, das sie vor dem Krieg als junges Mädchen besucht hatte, und dann noch einmal vor einigen Jahren. Es stellte sich heraus, daß sie sich ganz besonders für Wandteppiche interessierte, und sie riet Martin, sich unbedingt die herrlichen großen Gobelins in der Kathedrale von Bayeux anzusehen und das Museum für moderne Kunst in Paris, wo die Werke zeitgenössischer Künstler auf diesem Gebiet ausgestellt seien. Ihre Stimme war leise, sanft, sehr gleichmäßig und ohne Modulierung, und man hatte das Gefühl, sie würde wahrscheinlich im gleichen melodisch dahinplätschernden, teilnahmslos unpersönlichen Ton über andere, intimere Dinge sprechen – es war wie ein Lied in moll, eine sich auf wenige Noten einer tiefen Oktave beschränkende Litanei.

«Haben Sie vor, bald wieder einmal nach Frankreich zu kommen?» fragte Martin.

«Nein», sagte sie, «ich reise nicht mehr.»

Dann wandte sie sich dem Tischnachbarn zu ihrer Rechten zu, Martin hatte keine Gelegenheit, sie zu fragen, warum sie nicht mehr reiste, und der Satz blieb endgültig in der Luft hängen, eine kurze und bündige Erklärung ohne jeden weiteren Kommentar. Während der übrigen Mahlzeit wurde die Konversation allgemein, und Martin beteiligte sich nur sporadisch am Gespräch, warf von Zeit zu Zeit verstohlene Blicke zum Tisch hinüber, dem Bowman präsidierte, immer noch in seiner weißen Schürze, mit rotem Gesicht, die Stimme ein wenig zu laut, ständig mit der Weinflasche beschäftigt, immer bereit, über die Witze seiner Gäste zu lachen, kein einziges Mal in die Richtung des Tisches blickend, wo seine Frau neben Martin saß.

Es war fast Mitternacht geworden, und einige Gäste hatten sich bereits verabschiedet, als Martin endlich eine Chance sah, mit Bowman unter vier Augen zu sprechen. Bowman stand an dem Tisch vor der Hauswand, der als Bar diente, und goß sich einen Cognac ein. Die Schürze trug er nicht mehr, und nachdem er die Flasche auf den Tisch gestellt hatte, stand er da, starrte in sein Glas, das Gesicht wieder blaß und plötzlich sehr müde, abwesend, als habe er die Party, seine Gastgeberrolle und die allmählich aufbrechenden Leute im Augenblick ganz vergessen. Martin trat auf ihn zu, entschlossen, mit der Eröffnung zu beginnen, die er sich im Laufe der letzten halben Stunde zurechtgelegt hatte.

«Mr. Bowman», sagte er.

Zuerst schien Bowman ihn nicht gehört zu haben. Dann schüttelte er sich fast unmerkbar, hob den Kopf, setzte das freundlich gutmütige Lächeln auf, das er den ganzen Abend hindurch gezeigt hatte.

«Harry, mein Junge», sagte Bowman. «Sagen Sie Harry zu mir.»

«Harry», sagte Martin gehorsam.

«Ihr Glas ist leer, mein Lieber.» Bowman griff nach der Cognacflasche.

«Nein danke», sagte Martin. «Ich habe für heute genug getrunken.»

«Sie haben ganz recht. Cognac ist schlecht für den Schlaf.»

«Ich habe nachgedacht», sagte Martin. «Über Ihr Problem.»

«Mein was?» Bowman blinzelte ihn an.

«Wegen Ihres Tennisplatzes», fügte Martin rasch hinzu. «Ich finde, er liegt zu hoch, und immer, wenn es windig wird, wie heute vormittag ...»

«Ach so», sagte Bowman. «Ja, zu blöde, nicht wahr? Ich glaube, wir haben die Lage schlecht gewählt, nach Norden offen, aber der Bauunternehmer hat darauf bestanden. Ich weiß nicht mehr, es handelte sich um den Abfluß oder etwas Ähnliches ...» Er winkte schwach in die Richtung, nippte wieder an seinem Cognac.

«Wissen Sie was?» sagte Martin. «Ich könnte Ihnen zeigen, wie dem abzuhelfen wäre.»

«Das könnten Sie? Fein. Sehr nett von Ihnen.» Bowmans Zunge klang ein wenig schwer. «Kommen Sie doch mal vorbei, und dann werden wir sehen.»

«Ich muß morgen fort.»

«Ach ja, natürlich.» Bowman schüttelte den Kopf, wie verärgert über seine Vergeßlichkeit. «Frankreich, Paris, die Stadt des Lichts. Sie Glücklicher. In Ihrem Alter ...»

«Ich dachte mir», sagte Martin, «ich könnte es Ihnen vielleicht jetzt zeigen. Es dauert höchstens zwei Minuten.»

Bowman stellte nachdenklich sein Glas nieder, blickte Martin leicht blinzelnd an.

«Selbstverständlich», sagte er. «Sehr liebenswürdig von Ihnen.»

Sie schlenderten den Garten hinunter, zwischen den Tischen hindurch, in Richtung des Tennisplatzes, dessen Zaun sich mit seinem Drahtnetz und den Gitterstäben etwa hundert Meter vor ihnen vom sternenhellen Himmel abhob.

«Martin», rief Linda. «Wo wollt ihr beide hin? Es ist Zeit, nach Hause zu gehen.»

«Ich bin in ein paar Minuten zurück», sagte Martin.

Sie stiegen den grünen Hang zum Tennisplatz empor, lautlos schreitend im taubedeckten Gras.

«Hoffentlich war die Party nicht zu langweilig für Sie», sagte Bowman. «Leider hatten wir nicht genug junge Leute. Wir haben nie genug junge Leute . . .»

«Es war durchaus nicht langweilig», beteuerte Martin. «Ich fand die Party wunderbar.»

«Tatsächlich?» Bowman zuckte die Schulter. «Na ja, es gibt einem wenigstens etwas zu tun», fügte er rätselhaft hinzu.

Jetzt waren sie am Tennisplatz, und die Mondsichel warf ein Schattenmuster auf die markierten Flächen. Kein Wind wehte, es war sehr still hier oben, und die Geräusche der im Kerzenlicht verklingenden Party, hundert Meter entfernt, drangen leise, aber immer noch recht deutlich zu ihnen.

«Ein Freund von mir hatte das gleiche Problem», begann Martin und beobachtete Bowman sehr aufmerksam, «mit einem Tennisplatz, den er in der Gegend von Santa Barbara hatte anlegen lassen, und er pflanzte einfach eine Buchsbaumhecke an die Nordseite. Auf diese Weise fällt kein Schatten auf den Platz. Zwei Jahre später war die Hecke etwa zweieinhalb Meter hoch, und man konnte selbst bei starkem Wind ganz normal spielen – Lobs natürlich ausgeschlossen. Die Hecke muß etwa sechzig Zentimeter hinter dem Zaun gepflanzt werden, damit sie nicht durchwächst und die Bälle in ihr steckenbleiben. Hier oben würde ich sie anpflanzen.» Martin zeigte in die Richtung.

«Gute Idee», sagte Bowman. «Ich werde noch diese Woche mit dem Gärtner reden.» Er fummelte am Reißverschluß seiner Hose. «Wollen Sie sich mir anschließen», fragte er. «Eine der reinsten Freuden. In unserem übermechanisierten Zeitalter etwas Tau auf einen mondbeschienenen Rasen zu sprenkeln.»

Martin wartete schweigend, bis Bowman sich wieder seinen Hosenschlitz zugezogen hatte. «Das war gut», sagte Bowman wie ein Kind, das eine gute Leistung vollbracht hat. «Und jetzt sollte ich wieder zu meinen Gästen zurückkehren.»

Martin legte Bowman die Hand auf den Arm. «Bowman.»

«Was?» Bowman klang erstaunt.

«Was haben Sie Freitag nacht vor dem Fenster meiner Schwester gemacht?»

Bowman trat einen Schritt zurück, beugte den Kopf etwas zur Seite, blickte Martin verwirrt an. «Was soll das?» Er lachte. «Ach so, es soll wohl ein Witz sein. Ihre Schwester hat mir nie erzählt, daß Sie ein Spaßvogel sind. Nach dem, was sie erzählte, nahm ich eher an, Sie seien ein ernsthafter junger Mann. Sie machte sich sogar darüber Sorgen, jetzt erinnere ich mich . . .»

«Was taten Sie vor dem Fenster?» wiederholte Martin.

«Junge, ich glaube, Sie sollten jetzt lieber nach Hause gehen.»

«Schön, ich werde nach Hause gehen. Aber ich werde meiner Schwester und Willard sagen, daß Sie es gewesen sind, und ich werde es auch der Polizei mitteilen.»

«Junge, Sie fangen an, mir auf die Nerven zu gehen.» Bowman lächelte im Licht des Mondes. «Sie werden nur jeden hier in Verlegenheit bringen. Und sich selbst am allermeisten. Kein Mensch wird Ihnen das abnehmen.»

«Meine Schwester wird es mir abnehmen. Und Willard.» Martin schickte sich an, zu den Tischen im Kerzenlicht zurückzukehren. «Das Übrige werden wir ja dann sehen.» Er hörte Bowmans Schritte hinter sich.

«Warten Sie einen Augenblick», sagte Bowman.

Martin blieb stehen, und die beiden Männer blickten einander schweigend an.

Dann kicherte Bowman in sich hinein. «Haben Sie sich deshalb entschlossen, noch eine Nacht zu bleiben, Junge?»

«Ja.»

Bowman nickte. «Wußte ich's doch.» Er fuhr sich mit dem

Handrücken über das Gesicht, rieb sich die Bartstoppeln. «Na schön», sagte er mit tonloser Stimme. «Angenommen, ich war's. Was wollen Sie?»

«Ich will wissen, was Sie dort gemacht haben», sagte Martin.

«Was spielt das schon für eine Rolle?» Jetzt klang Bowman wie ein starrköpfiges, ungezogenes Kind, und seine Stimme nahm einen weinerlichen, hohen Ton an. «Wurde irgend etwas gestohlen? Oder etwas kaputtgemacht? Sagen wir es mal so – ich machte einen Besuch.»

«Mit einer Leiter? Ein schöner Besuch!»

«Die Leute sollten keine Leitern herumliegen lassen», sagte Bowman müde. «Warum lassen Sie mich nicht in Ruhe? Warum verschwinden Sie nicht nach Frankreich und lassen mich in Ruhe?»

«Was haben Sie dort gemacht?» beharrte Martin.

Bowman hob die Hände in einer unbeholfenen, unbestimmten Geste. «Ich machte meine Runden», sagte er.

«Ich warne Sie zum letzten Mal. Ich gehe zur Polizei.»

Bowman seufzte. «Ich schaue doch nur», flüsterte er. «Ich tue niemandem weh. Warum lassen Sie mich nicht in Ruhe, Junge?»

«Sie schauen? Was meinen Sie damit?»

Bowman kicherte fast geräuschlos. «Ich beobachte die Glücklichen», sagte er. Jetzt klang er kokett wie ein junges Mädchen, und Martin fragte sich zum ersten Mal, ob der Mann, der vor ihm im taubedeckten Gras im Mondlicht stand, geistig normal war. «Sie würden es nicht glauben», murmelte Bowman, als ob er ein Geheimnis verriete, «wie viele glückliche Menschen es in dieser Gegend zu geben scheint. In jedem Alter, von jeder Größe, jeder Religion . . . Sie laufen mit einem breiten Lächeln herum, schütteln einander die Hände, gehen am Morgen zur Arbeit, küssen ihre Frauen auf dem Bahnhof, wenn sie abends heimkehren, singen auf Partys, legen beim Gottesdienst brav ihr Geld in den Teller, halten Reden bei den Elternversammlungen in der Schule über die Erziehung der jüngeren Generation, fahren zusammen in die Ferien, laden ihre Freunde ein, bumsen ihre Frauen, bringen ihr Geld zur Bank, kaufen Versicherungen, machen Geschäfte, erzählen einander, wie erfolgreich sie sind, kaufen neue Häuser, heißen ihre Schwiegersöhne und Schwiegertöchter willkommen, taufen ihre Kinder, lassen sich alle zwölf Monate auf Krebs untersuchen, kurz, sie scheinen alle zu wissen, was sie tun, was sie wollen, was sie erreichen ... Wie ich zum Beispiel.» Er kicherte wieder, das gleiche krächzende Kichern. «Die große Frage ist nur, wem machen sie etwas vor? Wem mache ich etwas vor? Schauen Sie mich an.» Er trat ganz nahe auf Martin zu, blies ihm seinen nach Gin und Wein und Cognac riechenden Atem heiß ins Gesicht. «Das größte Haus in der Umgebung, die hübscheste Frau. Ich kann mit Stolz sagen, daß mindestens zehn Männer in der Gegend sich bei ihr bemüht haben, und sie hat nicht einmal mit der Wimper gezuckt. Drei Kinder, die stets ‹ja, Vater› und ‹nein, Vater› sagen, am Abend beten, ‹Ich bin klein, mein Herz ist rein›, und ‹nimm dich der lieben Eltern an›. Und das ist alles nur Mache. Glauben Sie keine Minute daran. Manchmal schlafe ich mit meiner Frau, aber es bedeutet gar nichts. Wie ein Tier, das im Dschungel über ein anderes Tier herfällt. Das eine seinem Trieb gehorchend, das andere – wie soll ich es sagen – in sein Schicksal ergeben. Mehr ist es nicht. Ich steige aus ihrem Bett und lege mich in mein Bett und schäme mich, fühle mich nicht wie ein Mensch. Können Sie das verstehen? Ich bin betrunken, zugegeben, aber wenn ich nüchtern wäre und den Mut hätte, ehrlich zu sein, würde ich das gleiche sagen. Und was bedeutet es meiner Frau? Sie interessiert sich mehr dafür, ob sie im nächsten Jahr grüne Vorhänge für das Speisezimmer kaufen soll, als ob ich lebe oder tot bin. Wenn ich morgens zur Arbeit gehe, habe ich sogar das Gefühl, sie müßte mindestens dreimal am Tage scharf nachdenken, um sich an meinen Namen zu erinnern. Und meine Kinder – die sind ein fremder Staat hinter Grenzen und warten nur auf den geeigneten Moment, um den Krieg zu erklären. Schaut doch mal, die Überraschung – die Bombe platzt, und Daddy ist tot. Das ist doch ganz normal. Lesen Sie die Zeitungen. Jeden Tag bringen Kinder ihre Väter um. Ganz zu schweigen von denen, die ihre Eltern vergessen und sie einfach sterben lassen. Schauen Sie sich die Leute in den Altersheimen an oder in den Krankenhaussälen für die, die man aufgegeben hat. Ich sitze den ganzen Tag im Büro, stelle Leute ein, entlasse sie, tue mich wichtig wie ein großer Geschäftsmann, und was ist die ganze Zeit hinter mir? Eine Leere, eine große Leere.»

Martin trat ein wenig zurück, unangenehm berührt von dem nach Schnaps riechenden Atem und von diesem plötzlichen Redeschwall eines Mannes, der noch kurz vorher wie jeder andere geklungen hatte, dem Martin während dieses Wochenendes begegnet war. Er fragte sich auch, ob Bowman versuchte, ihn mit seinem zusammenhanglosen, heruntergerasselten, kläglichen Geständnis vom Wesentlichen abzulenken, und so sagte er: «Gut und schön, aber was hat das mit dem Besteigen von Balkons und dem Spähen durch Fenster zu tun?»

Bowman grinste verschmitzt. «Ich suche nach einer Antwort. Ich bin ein Forscher und auf der Suche nach einer Oase in der großen amerikanischen Wüste, und ich bin ein Optimist, denn ich glaube, daß es eine Antwort gibt. Ich glaube, daß es Menschen gibt, die sich nichts vormachen, die nicht nur glücklich zu sein scheinen, sondern es auch sind. Man muß sie nur beobachten und überraschen, wenn sie glauben, daß niemand sie sieht, und dann kommt man hinter das Geheimnis. Jeder lächelt, wenn er sich beobachtet weiß, stellt sich in Positur – wie in den Ferien zu einer Aufnahme vor irgendeiner Sehenswürdigkeit. Aber mich interessiert etwas anderes. Das Tier in seiner natürlichen Umgebung, und vorzugsweise in unbewachten Augenblikken, wie die Fotografen sagen, wenn das Geheimnis bloßgelegt ist. Da sitzt zum Beispiel einer spät am Abend mit seiner Frau in der Küche bei einer Tasse Kaffee und unterhält sich mit ihr über sein Leben. Was drückt sein Gesicht aus? Haß oder Langeweile? Plant er, mit einer anderen Frau nach Florida abzuhauen? Oder er hilft seinem zehnjährigen Sohn bei den Schularbeiten. Was läßt da sein Gesicht erkennen? Hoffnung? Oder er macht es mit seiner Frau. Sind sie zärtlich zueinander wie menschliche Wesen, berühren sie sich wohlwollend und dankbar, oder fallen sie wie die Tiere übereinander her, wie ich es beispielsweise mit meiner Frau tue?»

«Soll das heißen, daß Sie tatsächlich versuchen, die Leute in solchen Situationen zu beobachten?» fragte Martin ungläubig.

«Natürlich», antwortete Bowman ruhig.

«Sie sind verrückt!»

«Na schön, wenn Sie so reden ...», Bowman zuckte die Schultern, er klang traurig und als ob er sich ungerecht behandelt fühlte, «dann hat es keinen Sinn, es Ihnen zu erklären. Was ist verrückter – die Art, wie ich Jahr für Jahr lebe, ohne etwas zu empfinden, immer mit dem Gedanken, einer kennt das Geheimnis, es ist da, ich muß es nur herausfinden und dann dementsprechend handeln – oder es einfach aufzugeben und die Flinte ins Korn zu werfen? Was ist es? Soll das ganze Leben eine leere Einöde sein? Sind wir alle zur Einsamkeit verdammt? Wissen Sie es?» Er fügte verächtlich hinzu: «Vielleicht sollten auch Sie mal bei Gelegenheit in ein paar Fenster schauen, Sie mit Ihrem ehrlichen, strebsamen kalifornischen Gesicht. Bleiben Sie noch eine Weile hier, und ich werde Sie herumführen. Dann wissen Sie über einige der Leute hier besser Bescheid.» Er wies mit einer Geste auf den Garten im Kerzenlicht. «Diese Hübsche da, die beim Essen rechts von Ihnen saß, zum Beispiel. Mrs. Winters. Die, die ihren Mann ständig mit Zärtlichkeiten überhäuft, die über seine Witze lacht, als verdiente er damit Millionen im Jahr beim Fernsehen, und die auf Partys mit ihm Händchen hält, wie ein verliebtes Brautpaar, das in drei Tagen heiraten wird. Ich bin bei ihnen gewesen, ich habe sie gesehen ... Wissen Sie, was sie tun, wenn sie abends nach Hause kommen?»

«Ich will es nicht hören», sagte Martin. Mrs. Winters hatte ihm gefallen.

«Keine Bange», sagte Bowman spöttisch, «es wird Ihre angeborene Sittsamkeit nicht verletzen. Sie sagen nie ein Wort zueinander. Sie geht nach oben in ihr Schlafzimmer, schluckt eine Handvoll Pillen, cremt sich das Gesicht ein, zieht sich zum Schlafen noch eine Gesichtsmaske drüber, und er sitzt unten ganz allein, im Licht einer einzigen Lampe, und trinkt Whisky pur. Und nachdem er eine halbe Flasche geleert hat, legt er sich aufs Sofa, ohne die Schuhe auszuziehen, und schläft. Pillen, Whisky, Schweigen. Das ist das Leben dieser ortsbekannten

Turteltauben! Mein Gott, ist es nicht lachhaft? Und die anderen ... selbst wenn sie allein leben. Kennen Sie unseren Pfarrer, Hochwürden Fenwick?»

«Nein.»

«Natürlich nicht. Wir spielten ja heute Tennis, anstatt in Andacht dem Herrn zu huldigen.» Bowman kicherte. «Auch diesen Gottesmann habe ich vor ein paar Sonntagen besucht. Sein Schlafzimmer liegt im Erdgeschoß. Er ist ein fabelhaft aussehender älterer Herr mit grauem Haar. Beim Film würde man ihn mit Handkuß nehmen, wenn man jemanden sucht, der den Papst spielt. Stets ein demütiges Lächeln um die Lippen, und seine göttliche Vergebung strahlt er über den ganzen Staat Connecticut aus. Und was, glauben Sie, tat er, als ich ihn beoachtete? Er stand vor einem großen Wandspiegel, nur in Unterhosen, zog den Bauch ein, betrachtete sich kritisch und selbstgefällig im Profil. Sie ahnen nicht, in welch guter Form er ist, er macht bestimmt seine fünfzig Liegestütze am Tag. So stand er da, zupfte sich das Haar in kleinen Strähnen nach vorn, wie eine kokette Frau, um die Wirkung des Unbekümmertseins um weltlichen Tand zu erzielen, für die er so berühmt ist. Er sieht nämlich immer so aus, als sei er zu sehr in sein inneres Gespräch mit Gott vertieft, um auf irdische Geringfügigkeiten wie das Haarekämmen achtzugeben. Und dann schnitt er Gesichter, hob die Hände in segnender Gebärde, probte seinen Auftritt für den kommenden Sonntag – aber nackt bis auf die Unterhosen, und mit Beinen wie ein alter Fußballspieler. Der alte Schwindler! Ich weiß nicht, was ich mir erhofft hatte. Vielleicht, ihn auf den Knien zu sehen, betend, im Zwiegespräch mit Gott, und auf seinem Gesicht etwas von jener geheimnisvollen Glückseligkeit, die ich in der Kirche immer ein wenig an ihm vermisse ... Und für die Freuden des Fleisches», fuhr Bowman plötzlich im vertraulichen Flüsterton fort, und ganz nahe an Martin tretend, «habe ich es bei unseren afrikanischen Freunden versucht.»

«Was soll denn das nun wieder heißen?» fragte Martin verwirrt.

»Unsere farbige Bevölkerung», erklärte Bowman. «Dem Urtrieb näher. Einfacher, dachte ich mir, weniger gehemmt. Die

Slocums haben ein farbiges Ehepaar. Sie haben sie gestern abend bestimmt gesehen. Sie reichten die Getränke herum. Beide etwa fünfunddreißig Jahre alt. Der Mann ist ein Riese und sieht aus, als könnte er mit der bloßen Hand ganze Mauern verschieben. Und die Frau ist eine Schönheit, Übergroß, schwarz, enorme Brüste und einen phantastischen Arsch. Ich saß einmal im Kino hinter ihnen, und wenn sie lachten, klang es wie eine Salve von einundzwanzig Kanonen. Da sollte man doch meinen, man müßte, wenn man die im Bett sieht, vor Scham über die eigene weiße, kleinliche, sündenbewußte, puritanisch verklemmte Fummelei zusammenschrumpfen, nicht wahr? Nun, ich habe sie einmal gesehen. Ihr Zimmer liegt bei den Slocums direkt hinter der Küche, und man kann sie ganz aus der Nähe beobachten. Ich sah sie also, und sie waren auch im Bett, aber was taten sie da? Sie lasen. Und wissen Sie, was die Frau las?» Bowman lachte wiehernd. ‹Das andere Geschlecht.› Dieses französische Buch, in dem beschrieben wird, wie schlecht die Frauen seit dem Pleistozän behandelt worden sind. Und er las die Bibel. Die erste Seite. Die Schöpfungsgeschichte. Am Anfang was das Wort.» Wieder lachte Bowman, schien seine Erzählung zu genießen. «Ich bin noch ein paarmal zurückgekehrt, aber da hatten sie die Vorhänge zugezogen, und so weiß ich nicht, was sie dieser Tage lesen . . .»

«Harry, Harry!» Es war Mrs. Bowmans Stimme. Sie stand etwa dreißig Meter von ihnen entfernt, eine weißschimmernde Gestalt im Mondlicht. «Was macht ihr da draußen? Die Leute verabschieden sich bereits.»

«Ja, Liebste», rief Bowman zurück. «Wir kommen gleich. Laß mich nur noch schnell meinen Witz zu Ende erzählen, der junge Martin hier wartet gespannt auf die Pointe. Ich bin sofort da.»

«Beeile dich. Es ist spät.» Mrs. Bowman drehte sich um und kehrte im Mondlicht zum Haus zurück. Bowman blickte ihr schweigend, grübelnd und leicht verwirrt nach.

«Was wollten Sie von meiner Schwester und Willard?» fragte Martin, erschüttert über das, was er gehört hatte, und unschlüssiger als je zuvor an diesem Abend darüber, was er unternehmen sollte.

«Sie waren meine letzte Hoffnung», erklärte Bowman mit leiser Stimme. «Wir sollten jetzt lieber zu den anderen zurückkehren.» Er ging langsam über den Rasen, Martin neben ihm.

«Falls zwei Leute je» – Bowman zögerte – «sich wirklich nahe waren, in engem Einverständnis zueinander ... Ich fuhr an diesem Abend im gleichen Zug wie Willard, und die Frauen warteten auf dem Bahnhof. Ihre Schwester schien sich immer irgendwie von den anderen zu unterscheiden ... fast wie in Vorbereitung auf etwas, und wenn sie ihn sieht, geht etwas in ihrem Gesicht vor ... Natürlich betatschen sie sich nicht ständig wie die Winters, aber manchmal berühren sie sich ganz leicht mit den Fingerspitzen. Und dann das Verhältnis zu ihren Kindern ... Sie wissen etwas, sie haben etwas gefunden, das ich nicht weiß und nicht gefunden habe. Wenn ich sie sehe, habe ich das Gefühl, ganz nahe dran zu sein. Es ist fast da, ich habe es fast. Deshalb hätten Sie mich in jener Nacht beinahe erwischt. Mein Gott, ich habe das jahrelang getan, und niemand ist je dahintergekommen. Ich bin vorsichtig wie eine Katze. Aber Freitag nacht, als ich euch drei im Wohnzimmer sah, vergaß ich, wo ich war. Als Sie ans Fenster traten, wollte ich ... wollte ich lächeln, wollte sagen, gut für euch ... aber vielleicht habe ich mich auch in bezug auf sie geirrt.»

«Nein», sagte Martin. «Sie haben sich nicht geirrt.»

Jetzt waren sie in der Nähe der Tische im Kerzenlicht angelangt, und jemand hatte im Haus das Radio eingeschaltet. Musik ertönte aus einem Lautsprecher auf der Terrasse, und einige Paare tanzten. Willard und Linda tanzten, natürlich und ungezwungen, nicht zu eng aneinander, nur ganz leicht umschlungen. Martin blieb stehen, legte Bowman die Hand auf den Arm, hielt ihn zurück. Bowman zitterte, und Martin fühlte das leichte Beben unter dem Ärmel, als ob der Mann fröstelte.

«Hören Sie», sagte Martin, den Blick auf seine Schwester und ihren Mann gerichtet, «ich sollte ihnen alles erzählen. Und ich sollte es der Polizei melden. Selbst wenn niemand es Ihnen beweisen kann, wissen Sie doch, welche Folgen es für Sie hier in der Gegend haben würde, nicht wahr?»

«Ja.» Bowman starrte wie gebannt auf die Willards, sehnsüchtig, verwirrt, verzweifelt. «Ach, machen Sie doch, was Sie wollen», sagte er gleichgültig. «Mir ist es egal.»

«Ich werde jetzt nichts sagen.» Martin legte mehr Strenge in seine Stimme, als er empfand, er versuchte, um Bowmans willen, sich kein Mitleid anmerken zu lassen. «Aber meine Schwester schreibt mir jede Woche. Falls ich hören sollte, daß jemand einen Mann vor ihrem Fenster gesehen hat . . . und sei es auch nur ein einziges Mal . . .»

Bowman zuckte die Achseln, starrte immer noch auf die Tanzenden. «Sie werden nichts hören. Ich bleibe von jetzt ab am Abend zu Hause. Erfahren werde ich sowieso nie etwas. Warum soll ich mich verrückt machen?»

Er schritt davon, frisch, gesund und verrückt, ein Spion, im Dunkel eines fremden Landes verirrt, die Taschen vollgestopft mit wirren Informationen, die er nicht zu entziffern vermochte. Langsam drängte er sich durch die Tanzenden, und einen Augenblick später hörte Martin vom Bartisch her sein lautes, liebenswürdiges Lachen, sah ihn mit einigen Gästen plaudern, unter ihnen Mr. und Mrs. Winters, zärtlich umschlungen, sich um die Taille fassend.

Martin wandte sich von der Gruppe an der Bar ab und sah zu seiner Schwester und ihrem Mann hinüber, wie sie auf der Terrasse tanzten, bei den Klängen der leisen, späten Nachtmusik, die wie aus weiter Ferne in den Garten hinaustönte. Während er sie mit neuem Verständnis betrachtete, hatte er das Gefühl, daß Willard nicht das Bedürfnis verspürte, zu führen, und daß Linda nicht geführt werden wollte, daß sie sich sanft und harmonisch im Einklang bewegten, geheimnisvoll verbunden und sicher vor Gefahr.

Der arme Harry, sagte er sich. Doch trotzdem beschloß er, als er auf Linda zuging, um ihr zu sagen, er sei jetzt bereit, nach Hause zu gehen, ihnen morgen einen Hund zu kaufen.

Eine schlaflose Nacht

Cahill trat in das schweigende Haus und schloß leise die Tür. Er hängte Hut und Mantel auf und spürte den angenehmen, flüchtigen Duft der Nachtfeuchtigkeit, der aus dem Stoff aufstieg. Dann sah er den Zettel neben dem Telefon. In der ungelenken, kindlichen Handschrift des Dienstmädchens, die ihn insgeheim immer ein wenig belustigte, stand darauf geschrieben: «Mr. Reeves hat angerufen. Er muß mit Ihnen sprechen. Sagt, es sei sehr wichtig.»

Cahill hatte den Hörer abgenommen und wollte schon die Nummer wählen, als ihm einfiel, daß es bereits nach ein Uhr war. Jetzt ist es zu spät, fand er; ich werde bis morgen warten. Er betrachtete sich im Spiegel und stellte mit Befriedigung fest, daß sein Gesicht noch immer hager und jugendlich aussah und seine Augen, trotz der drei Drinks, die er bei der Konferenz vorhin zu sich genommen hatte, nicht blutunterlaufen waren. Er bemerkte aber auch mit Mißfallen, daß die grauen Haare an den Schläfen allmählich die Überhand gewannen und die Linien unter den Augen eine Dauererscheinung geworden waren. Halb melancholisch, halb befriedigt seufzte er auf und dachte: Man wird halt älter...

Er schaltete das Licht aus und stieg die Treppe hinauf. Obwohl er ein kräftiger, hochgewachsener Mann war, bewegte er sich auf den mit einem Läufer belegten Treppenstufen seines Hauses elastisch und fast graziös. Er berührte leicht das glatte Holz des Treppengeländers und sog die verschiedenen Düfte, die das Leben des Hauses erzeugte, in der Dunkelheit in sich ein – den schwachen, irgendwie an Zitronen erinnernden Geruch der Möbelpolitur, den herbstlichen Geruch der Chrysanthemen aus dem Wohnzimmer, den kleinen Rest von Duft, der noch von dem Parfüm seiner Frau im Raum hing – die Überreste des vergangenen Tages mit seinem Kommen und Gehen.

Er schritt an den beiden nebeneinanderliegenden Türen vorbei, hinter denen sein Sohn und seine Tochter schliefen. Er dachte an das dunkelhaarige, siebzehn Jahre alte Mädchen, das jetzt im Bett unter der Steppdecke lag, den schon fast frauenhaft anmutenden Mund im Schlaf in kindlicher Art halb geöffnet. Er fuhr in einem leichten Anfall von Sentimentalität mit den Fingerspitzen flüchtig über die Türfüllung. Als er am Zimmer seines Sohnes vorüberging, konnte er ihn leise im Traum murmeln hören und vernahm plötzlich deutlich: «Hierher den Ball! Hierher!» Dann brach Charlies Stimme ab. Lächelnd dachte Cahill, wie die klaren und einfachen Begebenheiten des Sportplatzes noch im Schlaf seines fünfzehnjährigen Sohnes lebendig blieben. Cahill, der Geizhals, dachte er, während er an den geschlossen Türen vorbeischritt und zu mitternächtlicher Stunde die Schätze seines Hauses zählte.

Er betrat das Badezimmer und entkleidete sich dort, um seine Frau nicht zu wecken. In Pyjama und Pantoffeln blieb er kurz vor dem Arzneischränkchen stehen und überlegte, ob er die Magentropfen, die ihm Dr. Manners am Dienstag verordnet hatte, nehmen sollte oder nicht. Nachdenklich klopfte er sich auf den Magen. Die Mittelpartie wölbte sich ein wenig nach vorn; aber das hatte sie bereits vor sieben oder acht Jahren getan. Er fühlte sich gesund und frisch. Zum Teufel auch, dachte er. Ich werde dieser Tablettenwirtschaft ein Ende machen.

Ohne ein Medikament genommen zu haben, drehte er das Licht im Badezimmer aus und schlurfte ins Schlafzimmer. Leise setzte er sich auf den Bettrand und zog sorgfältig die Pantoffeln aus. Dabei blickte er zu seiner Frau hinüber, die im anderen Bett schlief. Sie rührte sich nicht. Der Mond schien, durch die Fenstervorhänge gefiltert, schwach herein und zeichnete weich die Umrisse des Kopfes auf dem Kissen. Sie schlief ruhig und bewegte sich auch dann nicht, als Cahill aus Versehen gegen die Lampe auf dem Nachttisch stieß und ein metallisch hartes Geräusch verursachte. Sie wirkte jung, hübsch und ergeben in dem Halbdunkel, das im Zimmer herrschte, obwohl Cahill nicht umhin konnte, mit einer leichten Grimasse festzustellen, daß sie die Haare mit Lockenwicklern aufgesteckt hatte und lediglich eine kleine Haarsträhne auf der Stirn frei und unbekümmert herunterhing, gewissermaßen als Köder für eheliche Zuneigungsbekundungen. Eine Frau muß sich ihres Ehemannes wohl sehr sicher sein, dachte er, um jede Nacht, die Gott werden läßt, mit diesen scheußlichen Lockenwicklern zu Bett zu gehen. Er lächelte still vor sich hin, während er unter die Bettdecke schlüpfte, und fand es irgendwie belustigend, daß er sich hierüber überhaupt Gedanken machte.

Die Wärme breitete sich allmählich um ihn herum aus, und er streckte sich und genoß die Weichheit des Bettes, während seine Muskeln, angespannt von der ermüdenden Arbeit des Tages, sich langsam lösten. Die Fenstervorhänge bauschten sich kaum wahrnehmbar leise im Mondlicht. Ein Gefühl des Friedens nahm von ihm Besitz, während er den Schlaf herannahen spürte. Seine Kinder schliefen wohlbehütet drüben in ihren Zimmern. Seine nächste Vorlesung begann am anderen Morgen erst um zehn Uhr. Seine Frau verunstaltete ihre Haare mit Hilfe lächerlich aussehender Klammern, weil sie wußte, daß nichts ihrer Ehe etwas anhaben konnte. Bei der Konferenz hatte er recht gut gesprochen, und Professor Edwards, sein unmittelbarer Vorgesetzter, war hinterher an ihn herangetreten und hatte sich anerkennend geäußert. Unter seinen Hörern am nächsten Morgen, bei der Vorlesung über klassische Philosophie, würden sich drei der begabtesten jungen Studenten des ganzen Colleges befinden – zwei junge Männer und ein Mädchen, und das Mädchen war sogar recht hübsch –, und sie hatten ihm gegenüber mehr als einmal durchblicken lassen, daß sie ihn außerordentlich verehrten, und zitierten ihn dauernd gegenüber den anderen Lehrern. Cahill bewegte sich ein wenig unter der Bettdecke und ließ diese angenehmen, verschwommenen Bilder der Zufriedenheit an seinem geistigen Auge vorüberziehen. Morgen wird es, laut Wettervorhersage, heiter und wärmer sein, dachte er. Ich werde meinen neuen braunen Anzug anziehen.

Kurz vor dem Einschlafen fiel ihm plötzlich der Zettel mit der Nachricht von Joe Reeves wieder ein. Wichtig, dachte er etwas unwirsch, wichtig – was könnte das sein? Er zuckte fast zusammen, hatte ein unbehagliches Gefühl und war fast wieder wach.

Dann fiel er in Schlaf, während das gleichmäßige Atmen seiner Frau aus dem Nachbarbett herüberklang.

Die Sirene mußte schon geraume Zeit geheult haben, bevor Cahill aufwachte, denn sie hatte sich irgendwie in seinen Traum eingeschlichen, und er fühlte sich nach London zurückversetzt, in das kalte Zimmer, und die Flugzeuge waren über der Stadt, und die Flak feuerte wild, während die Häuser in der Nachbarschaft in Flammen standen.

Er blinzelte an die dunkle Decke hinauf und fühlte, wie ihm aus unerklärlichen Gründen der kalte Schweiß ausbrach. Was ist denn los? dachte er. Was ist eigentlich los? Dann fiel ihm ein, daß er zu Hause war, in seinem eigenen Bett, und daß der Krieg zu Ende war. Die Sirene draußen in der stillen Straße heulte weiter – ein Polizeiauto, das zu einem Einbruch gerufen worden war oder einen Betrunkenen abholen wollte –, und das Echo hallte zwischen den Häusern wider. Er schüttelte den Kopf und ärgerte sich über sich selbst. Er warf einen Blick zu seiner Frau hinüber. Sie schlief weiter, ihr Atem ging gleichmäßig, die Arme hatte sie an der Seite ausgestreckt, und ihre Haare mit den Lockenwicklern lagen immer noch unberührt auf dem Kissen, unerreichbar für Sirenen und Sirenen-Erinnerungen.

Er war auf einmal ganz munter. Jedes Geräusch nahm er plötzlich mit großer Deutlichkeit wahr: den Wind, der die gestärkten Vorhänge rhythmisch bewegte; das kaum merkliche Knarren der Treppe, die damit auf die vielen Jahre reagierte, die sie in diesem Hause ihren Dienst versehen hatte; das geräuschvolle Schalten eines Lastkraftwagens an einer weit entfernten Straßenkreuzung; sogar das schwache Atemgeräusch seiner Frau, das man eigentlich nicht mit Schnarchen bezeichnen konnte, das ihn aber plötzlich ärgerte, wie der Klang einer laut gehenden Uhr – alle diese Geräusche und insbesondere die Regelmäßigkeit, mit der seine Frau neben ihm atmete, brachten ihm zum Bewußtsein, daß jede durchwachte Minute die Müdigkeit am nächsten Morgen nur noch vergrößern würde.

Cahill blickte auf das erleuchtete Zifferblatt der Uhr auf dem Nachttisch. Vier Uhr dreißig. Er ließ sich schwer in die Kissen zurückfallen. Zu spät zum Einnehmen eines Schlafmittels. Wenn er jetzt eine Tablette nähme, wäre er den ganzen Tag über benebelt; er hatte nicht mehr genug Zeit, um sich richtig auszuschlafen. Das immer wiederkehrende Problem der modernen Zivilisation, dachte er: Ist es für eine Tablette zu spät? Oder zu früh? Wie wird es morgen schlimmer sein: mit oder ohne Tablette? Überall im Lande griffen schlaftrunkene, nervöse Hände nach der Nachttischuhr, stellten geplagte Hirne dieselben Berechnungen an. Nach sechs Stunden wird die Wirkung vergangen sein, aber ich muß schon in vier Stunden aufstehen. Die Zermürbung der Nerven, die trotz aller privaten und öffentlichen Gegenmaßnahmen unaufhaltsam fortschreitet.

Er lag steif im Bett und empfand auf einmal allerlei dumpfe und unangenehme körperliche Erscheinungen. Die Augenlider fühlten sich hart und grobkörnig an und schienen auf dem Augapfel zu kratzen, sobald er sie bewegte. Ihm war zwar warm, aber ein feuchter Luftzug vom Fenster her umspielte kalt und unfreundlich seine Stirn. Im rechten Bein verkrampften sich die Muskeln, und er hatte das eigenartige Gefühl, als ob die von der Ferse die Wade entlanglaufende Sehne zu kurz geworden wäre. Dicht unter dem Zwerchfell rieselten Spasmen über seinen Magen. Er legte die Hand auf die Stelle und spürte das ungesunde, unregelmäßige Flattern. In der Kehle schmeckte er sauer den Whisky, den er getrunken hatte. Die verfluchte Sirene, dachte. Ich hatte mich so wohl gefühlt . . .

Dann fiel Cahill der Zettel wieder ein. Es mußte wirklich etwas Dringendes sein, dachte er, wenn Joe Reeves deswegen eigens anrief. Cahill konnte sich nicht daran erinnern, daß Joe ihm während ihrer langjährigen Bekanntschaft eine derartige Nachricht hinterlassen hätte. Schon von Beginn seiner wissenschaftlichen Laufbahn an hatte Joe die Dinge meist auf die leichte Schulter genommen und war allen Unannehmlichkeiten aus dem Wege gegangen. Um so erstaunlicher, daß ausgerechnet Joe in einer angeblich dringenden Angelegenheit plötzlich um seinen Anruf gebeten hatte. Schließlich sah er ja Joe fast täglich beim Mittagessen. Man sollte also eigentlich annehmen, daß die Sache wenigstens bis zum nächsten Mittag Zeit hätte. Es sei denn, es handelte sich um eine ungewöhnlich dringliche und unaufschiebbare Angelegenheit . . .

Cahill wälzte sich ruhelos in seinem Bett und versuchte, die Augen geschlossen zu halten. Ich werde mich morgen damit befassen, nahm er sich vor. Ich werde mich morgen damit befassen. Aber die ersehnte, ruhebringende Leere des Gehirns wollte nicht eintreten. Es war irgendwie unangenehm, sich vorzustellen, daß Joe womöglich guten Grund hatte, ihn anzurufen. Im Unterbewußtsein wurde ihm halb klar, daß er auf ein solches Vorkommnis beinahe schon gewartet hatte. Er hatte Angst davor. Zum soundsovielten Male überlegte er sich, ob Joe vielleicht doch erfahren hatte, was er, Cahill, vor zwei Wochen in der Fakultät über ihn erzählt hatte. Er war die ganze Zeit ein gewisses Schuldgefühl nicht losgeworden. Ein bißchen schämte er sich auch. Auch die Entschuldigung, er habe neulich vielleicht zu viel getrunken, half nicht recht. Bei einer Diskussion über pädagogische Methoden hatte man über die Frage gesprochen, woher wohl Joes Beliebtheit herrühren könne, und Cahill hatte ziemlich brutal gemeint: «Joe Reeves läßt seine Hörer in dem Glauben, sie lernten bei ihm die Grundzüge der Volkswirtschaft – in Wirklichkeit lernen sie höchstens, wie charmant Joe Reeves zu lehren versteht.» Es war natürlich dumm, so etwas zu sagen, auch wenn ein Körnchen Wahrheit darin lag, und Lloyd und Evarts, mit denen er sprach, hatten auf maliziöse Weise gelächelt. Reeves war in den letzten beiden Wochen ziemlich kühl ihm gegenüber gewesen und Cahill war sich ziemlich sicher, daß man ihm diese Äußerung hinterbracht hatte, was bei der engen Zusammenarbeit im Lehrkörper kaum zu vermeiden war. Eine dumme Sache. Er war mit Joe Reeves seit über zwanzig Jahren eng befreundet, und wenn auch ihre Beziehungen vielleicht nicht mehr ganz so herzlich waren wie früher (kann man überhaupt noch wirkliche Freunde haben, sobald man verheiratet ist?), so war es einfach töricht, diese Freundschaft wegen eines voreiligen und leicht hingeworfenen Urteils bei einem Glas Whisky aufs Spiel zu setzen. Und dabei entsprach diese Äußerung auch gar nicht dem, was Cahill von Reeves dachte. Gewiß, Reeves legte eine gewisse Oberflächlichkeit an den Tag, besonders in den letzten Jahren, vermutlich hervorgerufen durch seine leichten Erfolge bei aller Welt – bei Professoren, deren Ehefrauen, bei den Studenten –, aber unter dieser Oberfläche wohnten Klugheit, Gemeinsinn und andere positive Eigenschaften, die seinerzeit zu dieser Freundschaft geführt hatten. Eifersucht, dachte Cahill, und schämte sich. Wie kann ein erwachsener Mann sich so leicht eifersüchtig machen lassen? Wahrscheinlich, dachte Cahill, hatte Reeves gleich am nächsten Morgen von der Bemerkung gehört und hatte sie vierzehn Tage lang mit sich herumgetragen; dabei war er immer ärgerlicher und zorniger geworden, bis er sich heute abend entschlossen hatte, Cahill deswegen zur Rede zu stellen. Und Cahill konnte diese Äußerung auch gar nicht in Abrede stellen, und deshalb war das Ende seiner Freundschaft mit Reeves beinahe unvermeidlich geworden. Denn Joe war bei aller seiner Selbstsicherheit ungewöhnlich empfindlich, eitel und nachtragend. Cahill versuchte sich vorzustellen, was es für ihn bedeuten würde, wenn er Joe nicht mehr zu seinen Freunden zählen könnte. Sie hatten zusammen das College besucht, waren gemeinsam nach Europa gefahren, hatten sich gegenseitig mit Geld, Büchern, Meinungen, Krawatten ausgeholfen, hatten gemeinsam gefeiert und getrauert. Auch jetzt noch aßen sie und ihre Frauen wöchentlich ein- oder zweimal zusammen zu Abend und bemühten sich, die alten Erinnerungen wachzuhalten. Das sollte alles auf einmal wegen einer oberflächlichen, wenn auch ätzenden Bemerkung zu Ende sein.

Voll bitterer Gefühle starrte Cahill zur Zimmerdecke hinauf. Die Zunge, dachte er, wird mit den Jahren spitzer und schärfer. Man braucht einem geschwätzigen Menschen nur die entsprechenden Zuhörer zur Verfügung zu stellen, und er versetzt Berge mit seinen Indiskretionen.

Die Vorhänge bewegten sich leicht im Wind. Natürlich, dachte Cahill, ist es auch durchaus möglich, daß Joe von der Äußerung nichts gehört hat. Sein Anruf konnte sich auch auf irgend etwas anderes beziehen. Aber worauf? Joe war so eng mit seinem Leben verknüpft, mit Menschen und Ereignissen, die in seiner Vergangenheit eine Rolle gespielt hatten, mit den Problemen und Gedanken der Gegenwart, daß sein Anruf schlechterdings alles zum Gegenstand haben konnte – seine Frau, seine Kinder, Arbeit, Gesundheit, Geld, alles.

Edith nebenan bewegte sich ein wenig, seufzte – ein verlorenes, schlaftrunkenes, heimatloses, unbewußtes Einatmen – und fiel dann wieder in die gleichmäßigen Atemzüge zurück. Cahill sah zu ihr hinüber. Sie schlief, ruhig, sicher, unbewegt, und schien so unbeteiligt, daß eine Hilfe von ihrer Seite nicht zu erwarten war. Urplötzlich mißtraute er ihr. So ruhig und glückselig zu schlummern, wenn der Ehemann wach lag und sich vor Zweifel und Gewissensqualen verzehrte, war eine Art absichtlicher Abwesenheit, stillschweigender Untreue, eine Form von rücksichtsloser Abgebrühtheit.

Cahill betrachtete seine Frau mit kalten Blicken. Ihr Gesicht wirkte überrraschend jung. Achtundzwanzig, könnte man sagen – vielleicht dreißig. Frivole Unbekümmertheit, dachte er, hatte ihr die Jugend erhalten. Das Altern mußte durch Gedanken und Gefühle untermauert sein, damit es sich im Gesicht eingraben konnte, und in Ediths Fall konnte der Alterungsprozeß auf diese Bundesgenossen nicht zurückgreifen. Sie sah hübsch und reizvoll aus, trotz des Haarnetzes und der Lockenwickler. Warum scheute sie eigentlich keine Mühe, sich dieses Aussehen zu erhalten? Sicherlich nicht seinetwegen. Das war klar. Wegen eines anderen Mannes? Ließ sich das überhaupt feststellen? Vorlesungen an anderen Universitäten führten ihn gelegentlich von Hause fort. Es gab also lange Tage, an denen sie tun und lassen konnte, was sie wollte. Vielleicht wollte ihm Joe hierüber etwas mitteilen – etwas, das keinen Aufschub duldete.

Unwillkürlich mußte Cahill an den Abend vor einer Woche denken, als sie bei Crowells eingeladen waren; er war auf die Veranda hinausgegangen und hatte Joe und Edith überrascht, die dort dicht beieinandersaßen und sich leise und angeregt miteinander unterhielten. Beide schienen irgendwie peinlich berührt, als Cahill auftauchte. Und Joes platter Scherz von wegen «in flagranti ertappt» hatte auch nicht dazu beigetragen, die Atmosphäre zu reinigen. Cahill war einen Augenblick unruhig geworden, hatte dann aber nicht länger darüber nachgedacht. Es konnte hundert verschiedene Gründe geben, lauter harmlose

Gründe, die Joe und Edith veranlaßt hatten, sich insgeheim miteinander zu besprechen. Beide waren seit jeher eng miteinander befreundet gewesen. Plötzlich fiel Cahill ein, daß sie sich jedesmal küßten, wenn sie sich trafen. Warum eigentlich? Er, Cahill, küßte Joes Frau nie, außer ganz zeremoniell zu Silvester und am Geburtstag. Heutzutage, dachte Cahill angewidert, wird überhaupt viel zu viel geküßt. Man hat immer Hintergedanken und spürt unausgesprochene Aufforderungen und versteckte Einladungen, wenn sich verheiratete Leute in aller Öffentlichkeit einen Kuß geben. Und, dachte er kalt, Joe war sicherlich einem Experiment nicht abgeneigt. Joe und seine Frau verstanden sich nicht sehr gut. Sie langweilte Joe; das lag auf der Hand. Bei Unterhaltungen wurde er gern ungeduldig, wenn sie etwas sagte, und oft hatte man den Eindruck, daß sie vor Ankunft der Gäste geweint hatte. Und sie gehörte zu denjenigen Frauen, die häufig auf lange Besuchsreisen zu ihren Familien in den Mittleren Westen fahren. Keine Frau, die eine glückliche Ehe führt, unterhält auf die Dauer ein so übertrieben herzliches Verhältnis zu ihren Eltern. Und der Himmel mochte wissen, was Joe als Strohwitwer tat. Außerdem wußte Cahill, daß Joe in seiner Jugend nicht gerade wie ein Mönch gelebt hatte, und wenn man seine Redeweise bedachte, so schien er sich in der Zwischenzeit kaum verändert zu haben. Ein weiterer Punkt: Edith lachte stets, wenn Joe einen Scherz machte. Bedenklich, dachte Cahill, höchst bedenklich. Über seine eigenen Witze lachte sie höchst selten. Gewiß, er, Cahill, war nicht sehr witzig, und nach achtzehnjähriger Ehe suchte eine Frau vielleicht eine Alternative auf diesem Gebiet. Es war eigentlich bedauerlich, daß er so wenig Sinn für Humor hatte, und es war um so bedauerlicher, daß ihm dieser Umstand jetzt, im Alter von vierzig Jahren, plötzlich zum Bewußtsein kam. In jüngeren Jahren hatte er eine höhere Meinung von sich selbst gehabt. Damals hatte Edith über seine Witze gelacht, genau wie andere Leute, aber jetzt wußte er, daß es weniger Schlagfertigkeit und Mutterwitz als vielmehr eine gewisse gutmütige Veranlagung und jugendliche Vitalität gewesen waren, die ihn mit jener Aura der Heiterkeit umgeben hatten. Damit war es jetzt vorbei – endgültig vorbei –, und es wäre töricht und auch peinlich, diese Tatsache leugnen zu wollen. Ich muß mich, dachte er, mit so viel Anstand wie möglich in die Rolle des gesetzten älteren Herrn begeben. Meinetwegen sollen Leute wie Joe Reeves, die die Veranlagung dazu haben, ihre Geistesblitze von sich geben. Er dachte an Reeves mit den hochgewölbten Augenbrauen des Schauspielers und der trockenen und wohlberechneten Ausdrucksweise, der bei Gesellschaften im Mittelpunkt stand und stets von aufmerksam lauschenden und zum Lachen bereiten Menschen umgeben war. Solche Männer hatten auf Frauen immer ihre Wirkung, dachte Cahill bekümmert. Außerdem war Reeves nicht dick. Er hatte zwar nie Sport getrieben, aber er war noch immer schlank und ebenso gutaussehend wie vor Jahren. Der liebe Gott hat seine Gaben, dachte Cahill, eigentlich ungerecht verteilt. Wenn man das Für und Wider objektiv gegeneinander abwog, hätten die Frauen sich eigentlich um Cahill reißen und Reeves links liegen lassen müssen. Cahill dachte an all die vielen Geschichten, die er im Laufe der Jahre gehört hatte, von guten Freunden, die ihre Frauen getauscht hatten. Und er dachte an den Mann, der ihm einmal im Krieg begegnet war und der nach seiner Rückkehr aus Europa am Kai von seiner Frau und seinem Bruder abgeholt worden war; beide hatten ihn mit der ehrlichen und tapferen Feststellung begrüßt, sie liebten sich und wollten heiraten, allerdings nicht ohne seine Einwilligung. Was könnte er Joe Reeves und seiner schlafenden Ehefrau erlauben? Und was hatten sie sich vielleicht schon ohne seine Erlaubnis herausgenommen?

In tiefer Abneigung gegen Edith drehte sich Cahill unter der Steppdecke auf die andere Seite und stöhnte leise. Ich hätte doch die Tablette nehmen sollen, als ich aufwachte, ohne Rücksicht auf den Zeitpunkt, dachte er.

Vielleicht hatte es auch gar nichts mit Edith zu tun, dachte Cahill und hielt die Augen krampfhaft geschlossen; vielleicht ging es um die Mitchell. Natürlich, es ging um die Mitchell. Daß ihm dieser Gedanke nicht gleich gekommen war! Dora Mitchell hatte im vorigen Jahr zu seinen Schülerinnen gehört und war offenbar in ihn verliebt. Sie war neunzehn Jahre alt, hatte einen dunklen, unruhigen Blick und besaß jene Art schwer zu beschreibender Schönheit, die Cahill höchst anziehend fand. Sie waren sich mehrere Male außerhalb der Vorlesungen rein zufällig begegnet. (Wenigstens hatte Cahill geglaubt, es wäre rein zufällig, bis ihm Dora eröffnete, daß sie ihm außerhalb des Hörsaals auf seinem Weg zur Bibliothek aufgelauert hatte.) Und dann hatten sie sich häufiger, als Cahill jetzt lieb war, in kleinen, abgelegenen Restaurants getroffen, und er hatte sie aufs Land mitgenommen und war mit ihr in ländlichen Gasthäusern, weit außerhalb der Stadt, eingekehrt. Ihre Anbetung hatte ihm geschmeichelt, und er hatte sich in dem Bewußtsein gesonnt, daß er als Mann in reiferen Jahren immer noch auf junge Mädchen eine starke Anziehungskraft ausübe. Er war natürlich so klug gewesen, die Mitchell nie anzurühren. Er hatte sie nicht einmal geküßt. Wer würde ihm das aber glauben? Es brauchte ihn nur einer im Red Wheel Inn gesehen zu haben, den angeregten und offenbar in bester Laune befindlichen Mann, und das junge, offensichtlich verliebte Mädchen. Und er wußte, daß man ihn mehrfach beobachtet hatte. Und außerdem hatte Dora in sentimentalem Überschwang ein- oder zweimal beinahe hysterisch erklärt, es ginge so nicht weiter und sie bestehe auf einer Aussprache mit Edith.

Cahill schauderte bei dem bloßen Gedanken. Es war nur zu wahrscheinlich, daß Dora zu Reeves gegangen war (den sie ja kannte) und sich ihm anvertraut hatte, schluchzend und schier überfließend vor unerfüllter, jugendlicher Leidenschaft. Vielleicht war sie gerade heute abend zu Reeves gegangen, und das war auch der Grund, warum er Reeves so dringend anrufen sollte. Zärtlichkeit, dachte Cahill, die blinde, doppelschneidige Waffe, mit der man Narren wie ihn zu Fall brachte. Voller Bitterkeit versuchte er sich vorzustellen, wie er dastehen würde, wenn Elizabeth, die selbst nur zwei Jahre jünger war als Dora, eines Tages davon erfahren würde (zum Beispiel aus dem Munde einer gehässigen Mitschülerin, durch einen Zeitungsartikel, durch den Scheidungsanwalt, vielleicht sogar von Dora selbst, bei einer Portion Himbeereis nach einer Tennispartie). Es ist wirklich grotesk, dachte er, seine ganze Existenz wegen ein paar

Stunden leichter Konversation, wegen des Nervenkitzels einer Sünde, die man dann gar nicht begeht, aufs Spiel zu setzen! Vielleicht sollte ich zu einem Psychotherapeuten gehen, dachte er voller Verzweiflung, der Drang zur Selbstzerstörung hat mich überwältigt.

Aber das kam natürlich gar nicht in Frage. Er konnte es sich nicht leisten. Er mochte so verrückt und von Sinnen sein, wie er nur wollte – er würde nicht einmal die erste Rechnung bezahlen können, die ihm der erste beste Nervenarzt ins Haus schickte. Ob vollkommen normal oder verrückt wie ein Baumaffe, er würde trotzdem seine Vorlesungen in Philosophie, Psychologie und Geistesgeschichte halten müssen. Das leidige Geld. Er dachte an Geld und stöhnte leise. Noch drei Ratenzahlungen für den Wagen. Das Ausbildungsgeld für Elizabeth, fällig in zwei Wochen. Butter, wieviel Cent kostete eigentlich ein Pfund? Einmal in der Woche Roastbeef, achtzig Cent das Pfund, und Charles, sein Sohn, und das Dienstmädchen Margaret verschlangen allein jedesmal eine ganze Wochenration. Die Versicherung, Steuern, Bekleidung, der Zahnarzt, Arztrechnungen aller Art, Geschenke an die weitverzweigte Familie seiner Frau, Vergnügungen. Vielleicht hatte ihn Reeves angerufen, um ihm etwas über seine Beförderung zu sagen. Er stand längst zur Beförderung an, weiß der Himmel, und der alte Edwards würde sowieso bald in den Ruhestand treten und damit eine Planstelle freimachen. Reeves stand mit dem Präsidenten auf freundschaftlichem Fuße. Aß einmal im Monat mit ihm zu Abend. Anrede mit Vornamen und Gespräche unter vier Augen und so. Reeves war gestern nachmittag beim Präsidenten gewesen. Das wußte Cahill, weil Lloyd, der immer das Gras wachsen hörte, ihm unter dem Siegel der Verschwiegenheit davon erzählt hatte. Vielleicht hatte Reeves die frohe Botschaft gehört und wollte sie ihm gleich weitergeben. Hingebungsvoll spielte Cahill mit dem Gedanken an Beförderung. Zwölf- bis fünfzehnhundert mehr im Jahr. Einführung in die Philosophie, die eintönigste Vorlesung, würde für ihn wegfallen. Keine Vorlesung mehr morgens um acht Uhr. Dann erlosch seine Begeisterung. Wahrscheinlich, dachte er, ist es ganz anders. Der Präsident war ihm bisher stets nur mit formeller Höflichkeit entgegengetreten, und es stand fest, daß er schon zweimal bei der Beförderung übergangen worden war, zugunsten von Kennedy und O'Rourke, die beide jünger waren als er. Es würde ihn kaum überraschen, wenn man sich entschlossen hätte, ihn überhaupt abzuschieben. Was Ansehen und Beliebtheit anlangte, so rangierte er keineswegs an erster Stelle. Wenn er ehrlich war, so würde er es den Leuten sogar nicht einmal übelnehmen, wenn sie ihm den Stuhl vor die Tür setzten. Seit seiner Rückkehr aus dem Krieg hatte ihn die Arbeit gelangweilt. Nicht daß es irgend etwas anderes gegeben hätte, eine andere Tätigkeit, zu der er sich hingezogen gefühlt hätte. Bloß dasitzen und ins offene Feuer starren – vielleicht das. Etwas mehr Whisky trinken, als gut für ihn war. Bloß nicht so tun, als ob man viel wüßte und als ob es darauf ankäme, dieses Wissen anderen Menschen mitzuteilen. Ein gefährlicher Leitsatz für Professoren, Dozenten und Lektoren. Vielleicht hatten andere das Rennen gewonnen. Wenn er es sich genau überlegte, so war der Präsident bei der letzten Fakultätskonferenz ihm gegenüber eigentlich ... frostig gewesen. Ja, das war der richtige Ausdruck – frostig. Wie Rauhreif auf jungen Blüten. Eine Hinrichtung à la Universität. Ein höflicher Tod unter Bücherregalen. Er konnte förmlich Joe Reeves' besorgte Stimme am Telefon hören, wie er versuchte, ihm die Nachricht schonend beizubringen und ihm gleichzeitig Hoffnungen zu machen, daß es ja schließlich für einen Mann seines Formats noch viele andere gute Posten gäbe ...

Cahill lag im Bett und versuchte sich vorzustellen, wie es wohl sein würde, wenn man keine Arbeit hätte. Miete, Steuern, Roastbeef, Ausbildungskosten, Kleidung. Der Vorteil, mit einer reichen Frau verheiratet zu sein. Ganz schlimm konnte es da nie werden. Es gab immer noch einige wohlhabende Verwandte, auf die man zurückgreifen konnte, wie ein Seiltänzer, der ins Netz fällt. Ediths Vater war für die Pennsylvania-Eisenbahngesellschaft tätig gewesen und hatte sich mit einer Pension von hundertundfünfunddreißig Dollar pro Monat ins Privatleben zurückgezogen. Der konnte kaum das Netz für einen Seiltänzer abgeben. Cahill dachte an die reichen Frauen, die er hätte heiraten können. Rovena ... wie hieß sie doch mit Nachnamen?

Vor zwanzig Jahren, in Chicago. Schiffahrtsgesellschaft. Vater besaß einige Dampfer. Konnte man eigentlich von einem Mann erwarten, ein Mädchen zu heiraten, das Rovena hieß? Außerdem hatte sie hundertsechzig Pfund gewogen. Ohne Übertreibung. Es mochten auch hundertundsiebzig gewesen sein. Und dazu noch liebeshungrig wie eine Stubenfliege. Wer konnte sich schon so eine Frau wünschen – Dampfer hin oder her – besonders bei dem Gewicht? Jedenfalls war das seine einzige Chance gewesen, in eine reiche Familie einzuheiraten. Es gab natürlich auch Glückspilze. Sie lernten hübsche und nette Mädchen kennen, deren Väter Präsidenten der Chase National Bank waren oder riesige Kupferminen in Südamerika besaßen. Und doch, wenn er Rovena geheiratet hätte – Rovena Grummann, ja, so hieß sie; großer Gott, was für ein Name –, dann hätte er es nicht nötig, sich heute nacht derartig den Kopf zu zerbrechen. Siebenhundert Dollar auf der Bank, dreihundertfünfundfünfzig Schulden, das war alles. Noch ein Monat, und es war aus. Wahrscheinlich befanden sich neun Zehntel der Bevölkerung in einer ähnlichen Lage und wandelten hart am Abgrund entlang. Und dabei lächelten sie noch, konnten nachts häufig nicht schlafen und nur hoffen, daß die Nerven durchhalten würden. Und dann die Menschen in China, die auf den Bürgersteigen nach verschütteten Reiskörnern suchten und vor den Soldaten mit zwei Pfannen und einer Decke auf dem Rücken davonzurennen versuchten; stets höflich und durch nichts aus der Ruhe zu bringen, sterben sie nach guter alter orientalischer Sitte den Hungertod. Vielleicht sollte Reeves auch sie einmal anrufen. Vielleicht hatte er auch den Chinesen etwas Wichtiges mitzuteilen. Alle philosophischen Spitzfindigkeiten nützten nichts mehr, wenn der Frost erst einmal eingesetzt hatte. Ich hätte mir mein Leben doch irgendwie besser einrichten können, dachte er bekümmert. Irgendwann und irgendwo habe ich eine Gelegenheit ungenutzt vorübergehen lassen, war ich zu faul, zu dumm, zu bequem.

Natürlich konnte es sich bei Reeves' Anruf auch um etwas ganz anderes gehandelt haben. Zum Beispiel um Elizabeth. Reeves hatte einen Neffen namens Richard; er und Elizabeth waren seit neuestem beinahe unzertrennlich. Am vergangenen Sonnabend

abend hatte Cahill die beiden sogar erwischt, als sie sich vor der Haustür küßten. Eine schöne Überraschung. Frage: Was tut man, wenn man seine siebzehnjährige Tochter dabei ertappt, wie sie den Neffen seines besten Freundes küßt? Eine Tochter zu erziehen war ungefähr dasselbe, wie auf einem Blindgänger zu sitzen, der während des Krieges in einen Keller gefallen war. Ein Jahr geht ins Land, vielleicht auch zwei Jahre. Es geschieht gar nichts. Die Welt war voll von Frauen, die auf die schiefe Bahn geraten waren, und sie alle waren einmal siebzehn Jahre alt gewesen und der Liebling ihrer Väter. Töchter von Pfarrern, Töchter von Admirälen, Töchter der berühmtesten Leute. Wie konnte er als Vater ahnen, welchen dunklen Trieben, welchen Versuchungen des Fleisches seine Tochter da im Nebenzimmer mit der Blümchentapete, den Collegewimpeln und den Fotos an der Wand erlag? Aus Elizabeth selbst war nicht viel herauszubringen. Sie war immer ein verschlossenes und eigenwilliges Kind gewesen, das seinen eigenen Weg ging, alle guten Ratschläge in den Wind schlug und zwar nicht gerade log, aber nur so viel Wahrheit von sich gab wie unbedingt nötig. Er versuchte sich Elizabeth als Tochter eines anderen Vaters vorzustellen, um zu einem objektiveren Urteil zu gelangen. Ein hübsches Mädchen, für ihr Alter gut entwickelt, würde sein Urteil lauten, gelegentlich etwas herausfordernd in ihren Blicken und von einer versteckten Sinnlichkeit, ganz wie ihre Mutter. Oh, mein Gott, dachte er gequält, hoffentlich hat der Anruf nichts mit ihr zu tun!

Oder Reeves wollte mit ihm über Charlie sprechen. Cahill erwog das Problem Charlie. Nicht nur, daß Charlie ungeheure Portionen teures Roastbeef verschlang, wo immer er konnte, er war auch ein sehr schlechter Schüler (ob er nicht vielleicht doch im Grunde genommen dumm war?) und hatte ständig irgendwelche Zusammenstöße mit den Lehrern. Ein nie um eine Ausrede verlegener Schulschwänzer, ein Raufbold auf allen Schulhöfen, Missetäter bei Sport und Unterricht. Wegen Charlie hatte Cahill immer wieder den Canossagang zu den Eltern von Mitschülern antreten müssen, denen Charlie das Nasenbein eingeschlagen hatte, hatte aufs höchste empörte und aufgebrachte Lehrer beruhigen müssen und war sogar einmal bei der Polizei erschienen, als Charlie bei einem Tennisklub eingebrochen und ein Dutzend Kartons mit Tennisbällen gestohlen hatte. Wann würde der Augenblick eintreten, wo aus dem ausgelassenen Schuljungen ein jugendlicher Verbrecher wurde? Cahill stellte sich Charlies aufgewecktes Gesicht mit den blonden, unordentlichen Haaren vor. Betrachte deinen Sohn einmal objektiv. Was siehst du? Die Wirkungen des Radio- und Comiczeitalters. Die Gewalttätigkeit und Verantwortungslosigkeit einer Generation von Filmgangstern und Filmliebhabern. Die ruhelose Oberflächlichkeit von Buchverächtern, die auf die schiefe Bahn gerieten und bei Whisky, Scheidungsanwälten, Bankrott und Schlimmerem landeten. Cahill stellte sich in einer plötzlichen Vision vor, daß er noch als alter Mann von siebzig Jahren seinen Sohn werde unterhalten, Alimente an ein halbes Dutzend Frauen zahlen und den mißratenen Sprößling aus dem Polizeigewahrsam auslösen müssen. Morgen noch werde ich mit dem jungen Mann einmal ein ernstes Wort reden. Aber ob das viel nützte? John Dillingers Vater hatte daheim auf seiner Farm in Indiana wahrscheinlich mehr als einmal ein ernstes Wort mit seinem Sohn geredet, und der alte Mr. Capone dürfte ebenfalls mehr als einmal den Ortsgeistlichen zu Hilfe gerufen haben, um seinem mißratenen Sohn ins Gewissen zu reden.

Cahill hoffte, daß Reeves mit ihm nicht über Charlie reden würde, wenn sie sich morgen früh trafen.

Im Bett war es jetzt unerträglich heiß, und Cahill konnte spüren, wie sich die Schweißtropfen auf seinem Brustbein sammelten. Er stieß die Decken zurück. Durch die Reibung entstand eine elektrische Spannung. Es knisterte, und kleine blaue Funken waren um ihn. Auf das Geräusch hin bewegte sich Edith ein wenig, allerdings ohne aufzuwachen. Wenn sie zu Hause gewesen wäre, wie sie versprochen hatte, dann wäre sie am Apparat gewesen, als Reeves anrief. Sicher hätte er ihr irgendeine Andeutung darüber gemacht, was er Cahill sagen wollte, und er hätte sich jetzt nicht diese quälenden Gedanken zu machen brauchen. Morgen, dachte Cahill, werde ich sie auch einmal ins Gebet nehmen. Nein, dachte er, ich werde vorsichtiger zu Werke gehen. Wenn es so aussieht, als wolle ich sie zur Rede stellen, wird sie nur Verdacht schöpfen oder tagelang schmollen, und der häusliche Friede ist dahin. Außerdem werde ich ihr bis Ostersonntag in allen Dingen nachgeben müssen. Nein, ich werde so tun, als wäre gar nichts geschehen – werde die Zeitung lesen und ganz nebenbei ein paar Fragen über die Kinder stellen und auf diese Weise vielleicht das eine oder andere aus ihr herauslocken. Dann schämte er sich über sich selbst, daß er derartig finstere Pläne gegen seine Frau hegte, die vertrauensvoll und unschuldig im Nachbarbett schlief. Er spürte den Impuls in sich, hinüberzugehen und sie in die Arme zu schließen. Er setzte sich sogar halb entschlossen auf. Aber dann besann er sich eines Besseren. Edith war immer schrecklich unwirsch, wenn er sie mitten in der Nacht aufweckte, und ließ ihn am nächsten Tag dafür büßen. Er starrte sie an und ärgerte sich über sie. Die Sache mit den beiden Betten. Bis zum Krieg hatten sie in einem einzigen breiten, alten Ehebett geschlafen, wie es sich für verheiratete Leute gehörte. Man kam sich wirklich als Ehepaar vor, zwei Menschen, die sich gemeinsam gegen die feindliche Welt zur Wehr setzten. Zwei Betten waren unweigerlich die Vorboten der Trennung, des Alleinseins, des Zurückgewiesenwerdens. Und als er aus dem Krieg heimkehrte, hatte Edith gesagt, so könne sie nicht mehr schlafen; sie sei jetzt zu sehr daran gewöhnt, allein zu schlafen. Und er war dumm genug gewesen, sein Einverständnis zu geben. Die beiden Betten hatten mit Matratzen und Decken fast dreihundert Dollar gekostet.

Es war albern, sich jetzt noch Gedanken darüber zu machen. Es war eine Schlacht, die er verloren hatte, schon vor langer Zeit. Schlaflosigkeit überfiel ihn jetzt allein. Fast jede Nacht. Heute nacht, dachte er – und jetzt war sein Kopf klar, und seine Gedanken schwangen sich fast zu rhetorischer Begeisterung auf –, wollen wir einmal das Problem Joseph Reeves und seinen Telefonanruf behandeln.

Am besten war es, den Fall systematisch und mit wissenschaftlicher Exaktheit anzupacken. Wie in der *Times:* Geschäftliches, Außenpolitik, Innenpolitik, Wissenschaft, Religion, Erotik. Alles hatte seinen festen Platz. Zwei Minuten für jedes Kapitel, und man hatte genug Stoff, um sich bis zur nächsten Nummer weiterzuhelfen.

Innenpolitik. Im zwanzigsten Jahrhundert, hatte Reeves vor drei Tagen beim Lunch gesagt, ist die Innenpolitik zu einem Euphemismus für Metzeleien geworden. Metzeleien – abgeschlossen, noch im Gange, geplant: Totschlag in drei Vollzugsformen also, bei einem entsprechenden Anschwellen des Staatshaushaltes. In den letzten Monaten war Reeves von dem Gedanken an einen möglichen Krieg geradezu besessen gewesen. Bei demselben Essen hatten sie sich über die Möglichkeit eines baldigen Kriegsausbruches unterhalten. Reeves, der sonst im Grunde genommen so optimistisch gewesen war, hatte sich in Zeitungen und Zeitschriften vergraben, um neue und immer besorgniserregendere Anzeichen über den bevorstehenden Ausbruch eines bewaffneten Konflikts und über die furchtbaren modernen Kriegsgeräte ausfindig zu machen. Cahill hatte in letzter Zeit sogar versucht, Reeves aus dem Wege zu gehen, weil er über dieses Thema einfach nicht nachdenken wollte. Und die düsteren Statistiken, die sein Freund zitierte, über die Reichweite atomarer Geschosse und die vernichtende Wirkung biologischer Kriegsmittel, waren nicht geeignet, den Appetit zu fördern. Reeves war außerdem auf die verschiedenen geschichtlichen Epochen zu sprechen gekommen, in denen ganze Völker, ja sogar ganze Kulturen Selbstmord begangen hatten, und hatte daraus die Möglichkeit abgeleitet, daß sich eine derartige Katastrophe in den nächsten Jahren durchaus wiederholen könne. Wenn man den klaren Verstand behalten wollte, dachte Cahill, sollte man sich vor derartigen Spekulationen hüten. Ohnmächtig und hilflos gefangen in dem langsam, aber stetig anschwellenden Ablauf der Ereignisse, auf die man keinen Einfluß ausüben konnte, durfte man höchstens hoffen, die schlaflose Nacht zu überstehen und sich bei Tage, wenn die Nerven wieder ruhiger waren, vernünftiger damit auseinanderzusetzen. Krieg, dachte er in hilflosem Zorn, der Krieg. Er dachte an die Friedhöfe in Frankreich und das Heulen der Granaten. Gerade jetzt, in diesem Augenblick, gingen an zahlreichen Stellen auf dem ganzen Erdball Menschen aufeinander los, führten Völker gegeneinander Krieg und versuchten die Amerikaner, Russen, Berber, Malaien, Jugoslawen, Finnen und Bulgaren mit in ihre Auseinandersetzungen hineinzuziehen.

Man brauchte nur eine Zeitung in die Hand zu nehmen, einer Nachrichtensendung im Rundfunk zuzuhören oder kurz vor Sonnenaufgang eine halbe Stunde wach im Bett zu liegen, und der Tod war nichts Ungewöhnliches mehr. Als er 1945 nach Hause gekommen war, hatte er gedacht, das alles läge jetzt hinter ihm. Ich, hatte er immer gesagt, habe genug mit diesem einen Krieg. Aber für andere Leute, einflußreichere als er, schien das nicht genug zu sein. Solange es sich nur darum handelte, mit dreiunddreißig Jahren die Uniform anzuziehen und in einen relativ altmodischen Krieg zu gehen, in dem bekannte Waffen wie Maschinengewehr und Sprengbomben verwendet wurden – nun gut. Es war aber etwas ganz anderes, sieben Jahre danach, als nicht mehr ganz so rüstiger Vierziger, damit rechnen zu müssen, daß man sich und seine Familie Atomen und Mikroben aussetzte und jeden Augenblick erwarten mußte, daß sich Frau und Kinder in radioaktiven Staub auflösten oder das Opfer von Pestbazillen wurden. Er blickte zu seiner Frau hinüber, die in tiefem Schlaf lag. Eigentlich ist es ein wahres Wunder, daß man in diesen Zeiten überhaupt noch schlafen kann, dachte er.

Die blasse Morgendämmerung drang durch die Vorhänge herein. Mein Gott, dachte Cahill grimmig, als er das bemerkte, sicher werde ich mich den ganzen Tag total erledigt fühlen. Selbstquälerisch fuhr er mit seiner Liste fort. Die Politik. Reeves hatte von Lloyd, der gestern nachmittag mit dem Präsidenten gesprochen hatte, erfahren, daß eine Senatorendelegation aus Washington angekommen war, um den kommunistischen Einflüssen in der Universität nachzugehen. Lloyd, der Jahre hindurch in einigen mehr oder weniger zweifelhaften Organisationen tätig gewesen war und Reeves nicht traute, war darüber keineswegs glücklich. «Ein Managertyp», hatte Lloyd in Cahills Gegenwart über Reeves gesagt, «der seinen besten Freund für ein Lächeln der Aktionäre verkauft.» Lloyd hatte Cahill dabei bedeutungsvoll angesehen. Der Ausdruck «seinen besten Freund» war ganz offensichtlich auf Cahill gemünzt gewesen.

Cahill dachte an so mancherlei, das Reeves der Untersuchungsdelegation erzählt haben mochte, und spürte ein unbehagliches Gefühl in sich aufkeimen. In den Vorkriegsjahren, als der Kommunismus fast eine gesellschaftsfähige Weltanschauung gewesen war, hatte Cahill verschiedenen Komitees angehört, die von der Kommunistischen Partei gefördert wurden, und hatte seinen Namen mehrfach für Petitionen und Veröffentlichungen hergegeben, die vielleicht nicht direkt auf kommunistischen Einfluß zurückgingen, sicher aber die Billigung der Partei hatten. Einmal war er sogar mit Reeves in eine kommunistische Parteiversammlung gegangen, auf der mehrere ihm bekannte Leute wirre Reden und Ansprachen gehalten und dem Sinne nach etwa erklärt hatten, der Kommunismus sei der Amerikanismus des zwanzigsten Jahrhunderts. Man hatte ihm sogar nahegelegt, der Partei beizutreten, wenn er sich auch jetzt nicht erinnern konnte, wer ihm das Angebot gemacht hatte. Er war nicht beigetreten, hatte auch keine weitere Versammlung besucht. Was sollte er jetzt tun? Einen Meineid schwören und sagen, er habe nie etwas mit der KP zu tun gehabt? Oder die Wahrheit sagen und allen Folgen ins Auge sehen? Dann mußte er auf viele peinliche Fragen gefaßt sein. War Professor Kane auch dort? Hat Mr. Ryan, der Dozent für anorganische Chemie, eine Rede über die Arbeitsweise der Kommunistischen Partei gehalten? Wollen Sie, bitte, so freundlich sein und diese Liste einmal genau durchsehen; kreuzen Sie bitte alle diejenigen Personen an, von denen Sie beschwören können, daß sie auch an der Versammlung teilgenommen haben. Was machte man in einer solchen Situation? Professor Kane war da gewesen und hatte eine Rede gehalten, aber Cahill wußte, daß Kane nach dem Hitler-Stalin-Pakt aus der Partei ausgetreten war und seither nichts mehr mit ihr zu tun gehabt hatte. Und wer konnte wissen, was Kane selbst der Untersuchungskommission gesagt hatte? Kane war mit ihm befreundet; er war auf sein Einkommen als Dozent angewiesen. Und Cahill wußte, daß man Kane mit Schimpf und Schande entlassen würde. Und dann der arme Ryan. Er war bereits auf den bloßen Verdacht hin vom Dienst suspendiert worden, seine Frau war schwer krank, und er mußte sich einen Anwalt nehmen, der viel

Geld kostete. Kommunist hin oder her – Ryan war in Cahills Augen ein bescheidener, anständiger und vollkommen harmloser Mensch gewesen. Cahill hatte Ryan erst kürzlich heimlich fünfzig Dollar zugesteckt, zur Bestreitung der Anwaltskosten. Warum er das getan hatte, wußte er eigentlich selbst nicht recht. Er lehnte Ryans politische Einstellung ab, hatte ihn selbst aber gern, und fünfzig Dollar waren ja schließlich keine große Summe. Cahill hatte Reeves von den fünfzig Dollars erzählt und ihn gebeten, Ryan auch seinerseits zu helfen. Doch Reeves hatte eine solche Hilfe mit der kalten Bemerkung abgelehnt, Ryan geschehe eigentlich recht. Was aber jetzt, wenn Reeves vor der Kommission etwas über die fünfzig Dollar verlauten ließ? Was würde Cahill auf eine entsprechende Frage zur Antwort geben? Wie würde er reagieren? Würde er tapfer und rücksichtsvoll bleiben und sich ehrenhaft verhalten? Wo lag aber in einer derartigen Situation die Ehrenhaftigkeit? War Meineid ehrenhaft? Oder bestand die Ehre darin, daß man seine Freunde ans Messer lieferte? Oder sich selbst? War er denn tatsächlich zutiefst davon überzeugt, daß Ryan zum Beispiel ein harmloser, idealistisch veranlagter Bursche war und nicht womöglich – bei aller Umgänglichkeit, Bescheidenheit und Gelehrsamkeit – ein potentieller Verräter, ein Mörder, ein gefährliches Subjekt, das eine Welt, die Cahill lieb und wert war, aus den Angeln heben wollte? Ich bin zu müde und abgespannt, um diese Frage ausgerechnet jetzt zu entscheiden. Und wenn man ihn nach der Versammlung fragte? Wo hat sie stattgefunden und wann? An welchem Tag? In welchem Jahr? Von wem sind Sie eingeladen worden? Die Erinnerung an jenes Ereignis war im Laufe der Zeit immer verschwommener geworden. Was immer man auch antwortete – es war in jedem Falle falsch. Und wenn man der Wahrheit entsprechend antwortete: «Ich kann mich nicht mehr genau erinnern», wie würde sich das im Protokoll und später dann in der Presse ausnehmen? Wie ein Eingeständnis der Schuld, wie eine fadenscheinige Ausflucht. Er würde nur Unglauben und Verachtung ernten.

So weit kam er mit seinen kurzgefaßten, treffenden zwei Minuten über Politik. Es war einfacher in der Zeitung, wo der nächste Artikel eine Woche später rauskam, angefüllt mit weiteren netten, kleinen, glänzend formulierten, anonymen, stromlinienförmigen facts. Jede Woche sollte jemand anderer erscheinen, dachte Cahill, unter einem anderen Titel und ohne Namensnennung. Jeder Artikel müßte sich mit einer anderen Vorgabe befassen. Der Ehrenwerte. Der Meineidige. Der Sinnliche. Der Religiöse. Der Ökonomische. Zweiundfünfzigmal im Jahr etwas Neues und Interessantes in jeder Ausgabe. Es gäbe keine Widersprüche in der jeweiligen Nummer. Weihnachten könnte man daran denken, den Leuten den freundlichen Mann zu spendieren. Gleich danach käme der Betrüger, und das alles in stattlichen, unbegrenzten Auflagen. Und als Dividende für die Aktionäre gäbe es dann den Skeptiker, in Blut getaucht, mit Nervenenden zusammengeheftet, von den führenden Künstlern der Zeit illustriert, mit zahlreichen Anmerkungen. Daran mußten die Redakteure dreihundert Jahre lang unter hohem Personalaufwand arbeiten.

Ein schwacher, seufzender Ton vom Fenster her. Cahill sah, daß der Wind stärker geworden war und daß es zu schneien begonnen hatte. Ein dünner Schauer aus Schneeflocken drang durch das offenstehende Fenster herein und bildete ein kleines Muster auf dem Fußboden. Heiter und wärmer, hatte die Wettervorhersage erklärt. Märchenerzähler der Wissenschaft, die einen dauernd mit falschen Zukunftsaussichten in die Irre führen. Genau wie Dr. Manners, der ihm, bewaffnet mit Stethoskop und Röntgenapparaten, am vergangenen Dienstag herzhaft auf den Rücken geklopft hatte und dann meinte, er werde natürlich gelegentlich, mal hier, mal dort, ein leichtes Stechen oder Ziehen spüren; er sei ja schließlich nicht mehr so jung wie früher. Wie viele Männer starben an Sonntagen, denen im Laufe der Woche von ihren Ärzten versichert worden war, sie seien ja schließlich nicht mehr so jung wie früher? Jene leicht hingeworfene Feststellung berufsmäßiger Mediziner, Schmerz und Elend sei eigentlich der Normalzustand im Leben. Manners, dachte er mürrisch, würde wahrscheinlich längst nicht so von oben herab urteilen, wenn das gelegentliche Stechen und Ziehen in seiner eigenen Brust spürbar wäre. Versuchsweise hob Cahill den linken Arm und streckte ihn aus. Und wieder, wie schon so oft in den letzten Monaten, fühlte er jenen kleinen Druck auf der Brust, lauernd und dumpf, der vom Herzen auszugehen schien. «Eine geringfügige Unregelmäßigkeit», hatte Manners gesagt. «Nervös bedingt. Machen Sie sich darüber keine Sorgen.» Ja, Manners brauchte sich darüber wahrhaftig keine Sorgen zu machen. Und die Krampfzustände in der Magengegend. Auch sie waren, laut Manners, nervös bedingt. Die Nerven – für den modernen Menschen ein Äquivalent für Schicksal, die neuzeitliche Auflage des Teufels aus dem Mittelalter, der die Menschheit mit Seuchen und Pestilenz heimzusuchen pflegte. Nerven – die Allerweltsformel für den trägen Diagnostiker. Oder – Cahill spürte, wie sich ihm die Kehle zusammenschnürte – vielleicht verheimlichte ihm Manners aus reiner Rücksichtnahme, wie es wirklich um ihn stand. Ein freundschaftlicher Klaps auf den Rücken, ein harmloses Rezept, Zuckerwasser und Belladonna, und hinterher, wenn er wieder draußen war, ein nachdenkliches Achselzucken und die unheilvolle Eintragung auf der Karteikarte: «Philip Cahill: Prognose negativ».

Cahill legte sich unter der Pyjamajacke die flache Hand auf den Magen, als ob er durch die Berührung von Fleisch mit Fleisch das furchtbare Geheimnis ergründen könnte, das dort verborgen lag. Unter der Hand konnte er in seinem Innern ein schwaches, unregelmäßiges Zittern spüren. Das ist nicht in Ordnung, dachte er, das ist ganz und gar nicht in Ordnung. Ihm lag das unheilvolle Wort schon halb auf der Zunge. Die Zeitungen waren voll davon, von den Plakaten schrie es herab, im Radio hielt man lange Vorträge darüber. Und wenn es den Magen befallen hatte, betrug die Sterblichkeit mindestens achtzig Prozent. Und meist kam man erst dann darauf, wenn es ohnehin zu spät war. Vielleicht war das der eigentliche Grund, warum Reeves angerufen hatte. Vielleicht hatte sich Manners mit Reeves beraten und ihn gefragt, was seiner Meinung nach getan werden müsse. Liebesdienste, die man sich unter Freunden erwies. Man spielt als Kind zusammen, geht gemeinsam auf den Tennisplatz, schwimmt um die Wette miteinander in den sommerlichen Seen, begießt sich fröhlich miteinander die Nase und muß dann, zwanzig Jahre später, hingehen und seinem Freund eröffnen, daß er nicht mehr lange zu leben hat.

Lächerlich, dachte Cahill. Ich habe keine Lust, noch länger im Bett herumzuliegen. Er stand auf. Seine Beine fühlten sich müde und unsicher an, und vom Magen her fühlte er wieder das Ziehen, während er sich den Morgenmantel anzog. Er sah zu Edith hinüber. Sie schlief noch immer, ihre Atemzüge gingen regelmäßig. Vorsichtig und leise verließ er das Schlafzimmer. Er ging die Treppe hinunter, sich am Geländer festhaltend, und erschauerte leicht in der nächtlichen Kühle. Drunten in der Halle ging er zum Telefon. Er blieb stehen und starrte den Apparat an. Auf der Uhr im Wohnzimmer war es zehn Minuten vor sieben. Er nahm den Hörer ab und wählte Joe Reeves' Nummer. Während er dem Rufton lauschte, betrachtete er sich im Spiegel an der gegenüberliegenden Wand. Sein Gesicht war eingefallen und fahl, die Augen verquollen und von dunkelblauen Schatten umgeben. Er machte einen erschöpften und gejagten Eindruck. Einen Augenblick betrachtete er so sein eigenes Ebenbild und drehte dann dem Spiegel den Rücken zu.

Schließlich war zu hören, daß jemand am anderen Ende der Leitung den Hörer abnahm. Aber sonst rührte sich nichts. Schließlich sagte Cahill ungeduldig: «Hallo! Hallo!» Dann hörte er eine verschlafene Stimme ärgerlich und ziemlich undeutlich sprechen: «Hier ist die Wohnung von Mr. Reeves. Wer ist da?»

«Hallo», sagte Cahill eifrig. «Violet?»

«Ja. Hier ist Violet. Wer ist denn dort?»

«Violet», sagte Cahill und befleißigte sich absichtlich eines möglichst gleichmäßigen und beruhigenden Tonfalls, da er wußte, welches Mißtrauen Violet dem Telefon entgegenbrachte. «Hier ist Mr. Cahill.»

«Wer?»

«Cahill. Mr. Cahill.»

«Es ist ja noch mitten in der Nacht, Mr. Cahill», sagte Violet vorwurfsvoll.

«Ich weiß», sagte Cahill, «aber Mr. Reeves hat eine Nachricht für mich. Er hat mich extra gebeten, ihn so bald wie möglich anzurufen. Ist er schon auf?»

«Ich weiß nicht, Mr. Cahill», sagte Violet. Er konnte hören, wie sie am anderen Ende der Leitung hingebungsvoll gähnte. «Er ist nicht hier.»

«Nicht da?»

«Er ist fortgefahren. Gestern abend. Er und seine Frau. Sie sind über das Wochenende fortgefahren. Ich bin das einzige lebende Wesen im ganzen Haus. Und» – ihre Stimme nahm einen fast kläglichen Tonfall an – «ich friere hier im Nachthemd in dem zugigen Korridor.»

Cahill konnte sich ausmalen, daß Violet im Begriff war, den Hörer wieder auf die Gabel fallen zu lassen – eine amüsante Gewohnheit von ihr, mit der sie manchmal Telefongespräche mitten im Satz abschnitt. Jetzt war es allerdings gar nicht amüsant. «Violet», sagte er eindringlich, «legen Sie nicht auf. Wohin sind sie gefahren?»

«Woher soll ich das wissen?» sagte Violet. «Mir haben sie nichts davon gesagt. Sie kennen doch Mr. Reeves. Er saß gestern abend im Wohnzimmer und war ziemlich nervös, was er ja häufig ist, und ganz plötzlich sprang er auf und sagte zu Mrs. Reeves: ‹Komm, steigen wir ins Auto und fahren wir über's Wochenende weg.› Sie haben bloß einen kleinen Koffer gepackt und mitgenommen. Mrs. Reeves hatte lange Hosen an und hat sich nicht einmal die Mühe gemacht, sich etwas anderes anzuziehen. Am Montag sind sie bestimmt wieder da.»

Langsam legte Cahill den Hörer nieder. Er hob den Blick und sah Elizabeth auf der untersten Treppenstufe stehen, in einem fast durchsichtigen Nachthemd, über das sie lose und vorne offen den Bademantel geworfen hatte. Die Haare fielen ihr in dichten Locken bis zum Hals herab. Auf ihren Gesichtszügen spielte ein belustigtes, fast herablassendes Lächeln, als sie sagte: «Aber Daddy, wen rufst du denn zu dieser unmöglichen Tageszeit an? Etwa eines deiner Mädchen?»

Cahill starrte sie mit dumpfen Blicken an. Durch das Nachthemd hindurch konnte er deutlich ihre schwellenden Brüste erkennen, die sich prall unter dem dünnen Nylongewebe abzeichneten. «Das geht dich gar nichts an», sagte er rauh. «Geh hinauf. Und wenn du wieder herunterkommst, dann sorge dafür, daß du anständig angezogen bist. Du bist hier in deinem Elternhaus und nicht in einem Nachtclub. Ist das klar?»

Er konnte sehen, wie Ungläubigkeit und Verletztheit ihre Züge fast zur Grimasse verzerrten und wie dann ein tiefes Rot vom Hals her ihr ganzes Gesicht überzog. «Ja», sagte sie schwach, «ja, Daddy.» Sie wandte sich um und zog den Mantel fester um den Leib. Cahill sah ihr nach, wie sie langsam und beschämt die Stufen hinaufstieg. Er wollte etwas sagen, wollte sie zurückrufen, aber er wußte, daß es nichts mehr zu sagen gab und das Kind nicht wieder zurückkommen würde.

Er ging ins Wohnzimmer und ließ sich in einen Sessel fallen. Ihn fror. Er fragte sich wütend, wie er die Zeit bis Montag durchstehen würde.

Auf französische Art

Am Vormittag kam Beddoes aus Ägypten zurück. Er fuhr in sein Hotel, schüttelte dem Concierge die Hand und sagte, die Reise sei schön gewesen, die Ägypter aber seien unmöglich. Vom Concierge erfuhr er, daß die Stadt voll von Menschen war, wie üblich, und daß der Zimmerpreis wieder gestiegen war, wie üblich.

«Die Touristensaison dauert jetzt zwölf Monate im Jahr», sagte der Concierge, als er Beddoes den Schlüssel gab. «Niemand bleibt mehr zu Hause. Es macht einen fertig.»

Beddoes ging nach oben in sein Zimmer und wies den Portier an, seine Schreibmaschine in den Schrank zu stellen, denn er wolle sie eine Weile nicht mehr sehen. Er öffnete das Fenster und sah mit Vergnügen die Seine vorbeifließen. Dann nahm er ein Bad, zog sich um und gab am Telefon der Frau in der Vermittlung Christinas Nummer. Sie hatte die enervierende Gewohnheit, Nummern auf englisch zu wiederholen, und Beddoes stellte mit einem Lächeln fest, daß sich das nicht geändert hatte. Es gab das gewohnte hysterische Kauderwelsch in den Leitungen, bis sie schließlich zu Christinas Nummer durchkam. Das Telefon in Christinas Hotel war unten im Foyer, und Beddoes mußte den Namen langsam buchstabieren – Mlle. «T» wie Théodore, «A» wie Andrée, «T» wie Théodore, «E» wie Edouard –, ehe der Mann am anderen Ende verstand und sich auf den Weg machte, um Christina auszurichten, ein amerikanischer Herr wünsche sie am Telefon zu sprechen.

Beddoes hörte Christinas Schritte durch das Foyer auf das Telefon zukommen, und er dachte, er könne am Schall erkennen, daß sie hohe Absätze trug.

«Hallo», sagte Christina. Plötzlich war ein Knacken in der Leitung, als sie sprach, aber dennoch konnte Beddoes den atemlosen, erregten Ton ihrer Stimme erkennen. Christina reagierte auf Anrufe, als erwartete sie jedesmal eine Einladung auf eine Party.

«Hi, Chris», sagte Beddoes.

«Wer ist dort?»

«Die Stimme Ägyptens», sagte Beddoes.

«Walter!» sagte Christina erfreut. «Wann bist du angekommen?»

«Gerade eben», sagte Beddoes und log um eine Stunde, um ihr eine Freude zu machen. «Hast du hohe Absätze an?»

«Was?»

«Du hast hohe Absätze an, nicht?»

«Warte einen Moment, ich sehe einmal nach», sagte Christina. Dann, nach einer Pause: «Bist du in Ägypten zum Hellseher geworden?»

Beddoes lachte. «Pseudo-orientalischer Schwindel», sagte er. «Ich habe ihn auf Vorrat mitgebracht. Wo lunchen wir?»

«Walter», sagte Christina, «ich bin verzweifelt.»

«Du hast eine Verabredung.»

«Wann wirst du endlich lernen zu telegraphieren?»

«Das macht nichts», sagte Beddoes gleichmütig. Er hatte es sich zum Prinzip gemacht, nie enttäuscht zu klingen. Er hatte das Gefühl, daß Christina die Verabredung absagen würde, wenn er sie darum bat, aber er hatte es sich gleichfalls zum Prinzip gemacht, niemals um etwas zu bitten. «Wir treffen uns später.»

«Wie steht's mit einem Drink am Nachmittag?»

«Damit könnten wir anfangen», sagte Beddoes. «Fünf?»

«Sagen wir um fünf Uhr dreißig», sagte Christina.

«In welcher Gegend bist du dann?» fragte Beddoes und war nun doch ärgerlich wegen der Verschiebung.

«In der Nähe vom Étoile.»

«Bei Alexandre?»

«Fein», sagte Christina. «Wirst du ausnahmsweise pünktlich sein?»

«Etwas mehr Höflichkeit», sagte Beddoes, «am ersten Tag, an dem der Mann wieder da ist.»

«A tout à l'heure», sagte Christina.

«Wie sagten Madame?»

«Alle Welt spricht dieses Jahr französisch.» Christina lachte. «Schön, daß du wieder da bist.»

Es klickte, als sie aufhängte. Beddoes legte langsam den Hörer auf und ging ans Fenster. Er starrte auf den Fluß, und es kam ihm in den Sinn, daß dies das erstemal seit langem war, daß Christina nicht sofort zu ihm kam, wenn er nach Paris zurückkehrte. Der Fluß sah kalt aus, und die Bäume waren kahl, und der Himmel sah aus, als wäre er seit Monaten schon grau. Aber desungeachtet wirkte die Stadt vielversprechend. Selbst das sonnenlose, schneelose Winterwetter vermochte Paris nicht daran zu hindern, vielversprechend auszusehen.

Er lunchte mit einem Mann von der AP, der gerade aus Amerika zurück war. Der Mann von der AP sagte, daß in Amerika gräßliche Zustände herrschten und daß der Lunch mindestens anderthalb Dollar koste, selbst wenn man in einem Drugstore aß, und Beddoes könne von Glück sagen, nicht dort zu sein.

Beddoes kam leicht verspätet in das Café, aber Christina war noch nicht da. Er saß auf der glasverkleideten Terrasse, direkt bei dem großen Fenster, und fühlte die Kälte des winterlichen Nachmittags am Arm. Es wimmelte von teetrinkenden Frauen und von Männern, die die Abendblätter lasen. Draußen unter den Bäumen formierte sich ein Parademarsch, die Veteranen eines Regiments aus dem Ersten Weltkrieg, ältliche Männer, die sich frierend in ihren Mänteln mit ihren Fahnen und Orden formierten, um hinter einer Militärkapelle zum Arc hinaufzumarschieren und am Grabmal des Unbekannten Soldaten einen Kranz niederzulegen. Die Franzosen, dachte Beddoes säuerlich, weil Christina sich verspätet hatte und der Nachmittag seinen Glanz verloren hatte, finden doch immer eine Gelegenheit, den Verkehr zu blockieren. Sie haben einen unerschöpflichen Vorrat von Toten, die sie feiern können.

Er bestellte ein Bier, weil er zum Lunch zuviel getrunken hatte. Gegessen hatte er in der ersten Woge von Völlerei nach der ägyptischen Kost auch zuviel. Er hatte ein unbehagliches Gefühl im Magen, und er war auf einmal todmüde von all den vielen

Kilometern, die er die letzten vierundzwanzig Stunden geflogen war. Wenn man erst über fünfunddreißig ist, dachte er in abendlicher Melancholie, registrieren die Knochen, ungeachtet der Fluggeschwindigkeit, der ruhigen Windverhältnisse, der weichen Sitzpolster, unweigerlich die Kilometer. Vor drei Monaten war er fünfunddreißig geworden und hatte begonnen, sich über das Alter Gedanken zu machen. Er starrte in Spiegeln sein Gesicht an, bemerkte Fältchen unter den Augen und graue Barthaare, wenn er sich rasierte. Er erinnerte sich, gehört zu haben, daß älter werdende Baseballspieler sich zwei-, dreimal am Tage rasierten, damit Manager und Sportberichterstatter die verräterisch gesprenkelten Bartstoppeln nicht sahen.

Vielleicht, dachte er, sollten Karrierediplomaten im Auswärtigen Amt das auch tun. Siebzig weniger fünfunddreißig bleibt fünfunddreißig, dachte er. Eine unheilvolle Rechnung, die ihm seit dem letzten Geburtstag öfter und öfter in den Sinn kam, besonders am späten Nachmittag. Er starrte durch das kalte Glas auf die mit den Füßen scharrenden Veteranen, die sich in schäbigen Häuflein hinter ihren Fahnen aufgestellt hatten. Ihr Atem, vermischt mit Zigarettenrauch, stieg in kleinen Wölkchen über ihren Köpfen hoch. Er wünschte, sie würden mit dem Marsch beginnen und verschwinden. «Veteran» – das Wort klang ihm plötzlich unangenehm im Ohr.

Er wünschte auch, Christina würde kommen. Es sah ihr gar nicht ähnlich, sich zu verspäten. Sie gehörte zu der seltenen Art von Mädchen, die auf die Minute genau am verabredeten Ort aufkreuzten. Er erinnerte sich auch, daß sie sich mit Windeseile anzog und nur ein, zwei Minuten zum Kämmen brauchte. Sie trug ihr blondes Haar im kurzen Pariser Schnitt, der den Nacken frei ließ. Beddoes dachte an Christinas Nacken und fühlte sich besser.

Sie würden einen fröhlichen Abend miteinander verbringen, dachte er. In Paris sollte man es nicht zulassen, daß man sich müde oder alt fühlte. Sollte das Gefühl je chronisch werden, sagte er sich, werde ich ein für allemal von hier verschwinden.

Er dachte an den Abend, der vor ihm lag. Sie würden in ein paar Bars herumziehen, ihren Freunden aus dem Wege gehen, nicht zu viel trinken und in ein Bistro bei den Markthallen gehen, wo es dicke Steaks und einen schweren Roten gab, und danach vielleicht noch in den Nachtclub, wo es ein verrücktes, originelles Puppentheater gab und drei junge Männer, die komische Songs sangen, Songs, die, anders als die in so vielen anderen Nachtklubs, wirklich komisch waren. Wenn man nach der Vorstellung auf die Straße hinaustrat, war man aufgekratzt und amüsiert und hatte das Gefühl, daß das genau die Art war, wie man sich in Paris um zwei Uhr morgens fühlen sollte.

Am Abend vor seinem Abflug nach Kairo war er mit Christina dort gewesen. Die Vorstellung, am ersten Abend nach seiner Wiederkehr wieder hinzugehen, verschaffte ihm – er wußte auch nicht, weshalb – ein angenehmes Gefühl der Befriedigung. Christina hatte entzückend ausgesehen, das hübscheste Mädchen in einem Raum voll schöner Frauen, hatte er gefunden, und er hatte sogar, zum erstenmal seit Monaten, getanzt. Für die Musik war ein Pianist zuständig gewesen und ein Mann, der seiner elektrischen Gitarre volle, vibrierende Töne entlockte, und sie hatten diese beliebten französischen Lieder gespielt, bei denen man immer fühlte, wie süß und wie schmerzlich die Liebe in der Stadt war.

Die Musik hatte Christina etwas träumerisch gemacht, erinnerte er sich, was bei ihr ungewöhnlich war, und sie hatte während der Darbietungen seine Hand gehalten und ihn geküßt, wenn zwischen den Nummern das Licht ausging. Ihre Augen hatten sich einen Moment mit Tränen gefüllt, und sie hatte gesagt: «Was tue ich nur zwei Monate ohne dich?», als er von seinem Abflug am nächsten Morgen sprach. Er war etwas vorsichtig, weil es auch ihn gepackt hatte, und es kam ihm der Gedanke, daß es im Grunde genommen ein Glück war, daß er abreiste, wenn sie in diese Phase geriet. Es war die Phase, die kurz vor dem Wunsch zu heiraten kommt, und man mußte sich davor in acht nehmen, besonders spätabends in Paris in schummrigen Räumen, wo Pianisten und Männer mit elektrischen Gitarren Lieder von toten Blättern und toten Lieben und Liebenden spielten, die durch Kriege getrennt waren.

Beddoes war einmal verheiratet gewesen, und er war der

Meinung, das sei vorerst genug. Frauen hatten die Neigung, Kinder zu kriegen und schlechter Laune zu sein und sich dem Alkohol oder anderen Männern in die Arme zu werfen, wenn ihre Gatten für drei, vier Monate auf Missionen ans andere Ende der Welt geschickt wurden.

Christinas Verhalten hatte ihn etwas überrascht. Sentimentalitäten waren sonst gar nicht ihre Art. Er kannte sie, wenn auch bis vor kurzem noch nicht sehr gut, fast seit der Zeit, als sie vor vier Jahren aus den Staaten gekommen war. Sie arbeitete ein wenig als Fotomodell und hätte, hübsch wie sie war, Karriere damit machen können, wäre sie sich nicht, wie sie sagte, zu blöd vorgekommen, während sie die modischen, schwül-erotischen Grimassen schnitt, die man von ihr verlangte. Sie konnte tippen und stenografieren und fand hier und da Beschäftigung bei amerikanischen Geschäftsleuten in Paris, die ein, zwei Monate lang Arbeit für sie hatten. Sie konnte in kürzester Zeit französisch sprechen und fuhr ein Auto, und von Zeit zu Zeit bekam sie merkwürdige kleine Jobs als Begleiterin ältlicher Amerikanerinnen, die Châteaus abklappern oder in die Schweiz fahren wollten. Schlaf schien sie nicht zu brauchen (dabei war sie jetzt gerade erst sechsundzwanzig), und es machte ihr nichts aus, mit Gott und der Welt die ganze Nacht aufzubleiben, und sie ging auf alle Parties und hatte, soviel Beddoes bekannt war, mit zweien seiner Freunde etwas gehabt – einem selbständigen Pressefotografen und einem Flugzeugführer vom Lufttransportkommando, der bei einem Absturz bei Frankfurt ums Leben gekommen war. Man konnte sie zu jeder beliebigen Tag- und Nachtzeit anrufen, ohne daß sie hochging, und man konnte sich in jeder Art von Gesellschaft mit ihr sehen lassen. Sie wußte, welches Bistro zur Zeit in war, wer in welchem Nachtklub sang, wessen Bilder es sich lohnte anzusehen, wer gerade in Paris war und wer nächste Woche eintreffen würde und welche kleinen Hotels außerhalb der Stadt sich für einen netten Lunch oder ein nettes Weekend besonders eigneten. Offensichtlich hatte sie nicht viel Geld, aber sie zog sich entzückend an, französisch genug, um ihre französischen Freunde zufriedenzustellen, und doch wieder nicht *so* französisch, daß Amerikaner das Gefühl bekamen, sie versuche so zu tun, als sei sie Europäerin. Alles in allem war sie vielleicht nicht genau die Art von Mädchen, von dem die eigene Großmutter begeistert wäre, doch war sie auf jeden Fall, wie Beddoes ihr einmal gesagt hatte, eine Zierde der wirren Wanderjahre der zweiten Hälfte des zwanzigsten Jahrhunderts.

Die Veteranen bewegten sich endlich von der Stelle, die Fahnen schlugen müde in der Dämmerung, als die Marschkolonne am TWA-Büro vorbei die Champs-Elysées hinauftrottete. Beddoes dachte bei ihrem Anblick flüchtig an andere Marschkolonnen, andere Fahnen. Dann erblickte er Christina, die, ohne sich vom Verkehr einschüchtern zu lassen und ihrer Sache sicher, quer über die Straße lief. Sie könnte für den Rest ihres Lebens in Europa sein, dachte Beddoes, der sie lächelnd beobachtete, und brauchte nur zehn Schritt zu gehen, und jeder wüßte, daß sie auf der anderen Seite des Ozeans zur Welt gekommen war.

Er war aufgestanden, als sie die Glastür zur Terrasse öffnete. Sie trug keinen Hut, und Beddoes bemerkte, daß ihr Haar viel dunkler war, als er es in Erinnerung hatte, und daß es auch länger war. Als sie an seinen Tisch trat, küßte er sie, erst auf die eine, dann auf die andere Wange. «Willkommen», sagte er, «auf französische Art.»

Sie umarmte ihn kurz. «Na also», sagte sie, «da ist der Mann ja wieder.»

Sie öffnete ihren Mantel, während sie sich setzte, und lächelte ihn über den Tisch an. Ihre Wangen waren von der Kälte gerötet, ihre Augen glänzten, und sie sah strahlend jung aus.

«Der Geist von Paris», sagte er und berührte ihre Hand auf dem Tisch. «Sektion Amerika. Was trinken wir?»

«Tee bitte. Ich bin so froh, dich zu sehen.»

«Tee?» Beddoes zog ein Gesicht. «Stimmt etwas nicht?»

«Wieso?» Christina schüttelte den Kopf. «Ich möchte einfach Tee.»

«Ein sonderbarer Willkommenstrunk für einen, der aus der Ferne wiederkommt», sagte Beddoes.

«Mit Zitrone bitte», sagte Christina.

Beddoes zuckte die Achseln und bestellte beim Kellner einen Tee.

«Wie war Ägypten?» fragte Christina.

«War ich in Ägypten?» Beddoes starrte Christina an und freute sich an ihrem Gesicht.

«So stand es jedenfalls in der Zeitung.»

«Ach ja», sagte Beddoes. «Eine neue Welt, die um ihre Geburt ringt», sagte er mit sonorer Expertenstimme. «Zu spät für den Feudalismus, zu früh für die Demokratie.»

Christina verzog das Gesicht. «Wunderbare Sätze für das Archiv des Auswärtigen Amtes», sagte sie. «Ich meine, nur so bei einem Drink: Wie ist Ägypten?»

«Heiß und traurig», sagte Beddoes. «Nach zwei Wochen Kairo tut dir jeder leid. Wie ist Paris?»

«Zu spät für die Demokratie», sagte Christina, «zu früh für den Feudalismus.»

Beddoes lächelte und lehnte sich über den Tisch und gab ihr einen sanften Kuß. «Ich meine, nur so bei einem Kuß: Wie ist Paris?»

«Genauso», sagte Christina. Sie zögerte. «Fast genauso.»

«Wer ist da?»

«Die Clique», sagte Christina gleichgültig. «Die üblichen fröhlich Exilierten. Charles, Boris, Anne, Teddy . . .»

Teddy war der Pressefotograf. «Seht ihr euch oft?» fragte Beddoes ganz leichthin.

«Hm?» Christina lächelte ihn ein klein wenig an.

«Nur der Kontrolle halber», grinste Beddoes.

«Nein, gar nicht», sagte Christina. «Seine Griechin ist hier.»

«Immer noch die Griechin?»

«Immer noch die Griechin», sagte Christina.

Der Kellner kam und stellte den Tee vor sie auf den Tisch. Sie goß ein und preßte ein paar Tropfen Zitrone hinein. Sie hatte lange, gewandte Finger, und Beddoes fiel auf, daß sie keinen farbigen Nagellack mehr benutzte.

«Was ist mit deinem Haar?» fragte er.

Christina faßte sich abwesend ans Haar. «Ach», sagte sie. «Das hast du bemerkt?»

«Wo sind die Blondinen vom letzten Jahr?»

«Ich habe beschlossen, sie nicht mehr zu färben.» Christina rührte in ihrem Tee. «Zur Abwechslung mal sehen, wie das ist. Magst du es?»

«Ich habe mich noch nicht entschieden. Länger ist es auch.»

«Hm ja. Für den Winter. Ich fror am Nacken. Es soll mich jünger machen, sagen die Leute.»

«Da haben sie absolut recht», sagte Beddoes. «Jetzt siehst du aus wie elf.»

Christina lächelte und hob die Teetasse. «Auf die Rückkehrer», sagte sie.

«Ich akzeptiere keinen Toast mit Tee», sagte Beddoes.

«Du bist ein pingeliger, alkoholversessener Mann», sagte Christina und schlürfte mit Genuß ihren Tee.

«Also jetzt», sagte Beddoes, «der Abend. Ich denke, wir lassen unsere lieben Freunde schießen und essen in dem Lokal in den Markthallen zu Abend, denn ich bin versessen auf ein Steak, und danach –» Er brach ab. «Was ist? Können wir nicht zusammen Dinner essen?»

«Das ist es nicht gerade.» Christina hielt den Kopf gesenkt und rührte langsam in ihrem Tee. «Ich bin verabredet –»

«Sag ihm ab», sagte Beddoes prompt. «Sag dem Hund ab.»

«Das geht nicht.» Christina blickte ruhig zu ihm auf. «Wir treffen uns hier. Er kann jeden Augenblick kommen.»

«Ach so.» Beddoes nickte. «Das ändert die Sache, nicht?»

«Ja.»

«Können wir ihn nicht abwimmeln?»

«Nein», sagte Christina. «Wir können ihn nicht abwimmeln.»

«Es gibt keinen, der nicht abzuwimmeln geht», sagte Beddoes. «Ein alter Freund, sagst du einfach, der gerade von den Schrekken der Wüste heimkommt, der mit knapper Mühe und Not der Ruhr und dem Heiligen Krieg entgangen ist, braucht die lindernde Hand, sagst du, braucht zarte Pflege für seine zerrütteten Nerven und so weiter.»

Christina lächelte, schüttelte jedoch den Kopf. «Tut mir leid», sagte sie. «Es geht nicht.»

«Soll ich es tun?» sagte Beddoes. «Von Mann zu Mann. Hören

Sie zu, alter Knabe, wir sind doch alle erwachsene, zivilisierte Leute, nicht wahr – so in der Art?»

«Nein», sagte Christina.

«Warum denn nicht?» fragte Beddoes und war sich bewußt, daß er eine seiner uralten eisernen Regeln brach, nämlich, niemals um etwas zu betteln. «Warum können wir das nicht?»

«Weil ich es nicht will», sagte Christina.

«Ach», sagte Beddoes, «aus *der* Richtung weht der Wind.»

«Veränderlich», sagte Christina leise, «aus der Richtung. Wir könnten zusammen zu Abend essen. Wir alle drei. Er ist ein sehr netter Mann. Er wird dir gefallen.»

«Mir gefällt nie ein Mann am ersten Tag, an dem ich in Paris bin», sagte Beddoes.

Sie saßen einen Augenblick lang schweigend, während Beddoes sich an die vielen Male erinnerte, wo Christina am Telefon gesagt hatte: «O. K., es ist zwar eine Sünde, aber ich werde ihn abhalftern. Ich sehe dich um acht.» So wie er ihr da gegenübersaß, ohne eine Veränderung in der Art zu spüren, wie sie ihn ansah, der Art, wie sie seine Hand berührte, wollte er kaum glauben, daß sie das nicht in der nächsten oder übernächsten Minute wieder sagen würde.

«Zwei Monate sind eine lange Zeit, wie?» sagte Beddoes. «In Paris.»

«Nein», sagte Christina. «Das ist keine lange Zeit. Weder in Paris noch sonstwo.»

«Hallo, Christina.» Es war ein hochgewachsener, ziemlich massiger junger Mann, der lächelnd und blond, Hut in der Hand, am Tisch stand. «Ich habe ganz gut hergefunden.» Er lehnte sich vor und küßte sie auf die Stirn.

Beddoes stand auf.

«Jack», sagte Christina, «dies ist Walter Beddoes. John Haislip. Dr. Haislip.»

Die beiden Männer schüttelten sich die Hände.

«Er ist Chirurg», sagte Christina, als Haislip Hut und Mantel der Bedienung gab und neben ihr Platz nahm. «Letztes Jahr hätte er fast sein Bild in ‹Life› gehabt für etwas, was er mit den Nieren gemacht hat. In dreißig Jahren wird er wahnsinnig berühmt sein.»

Haislip lachte. Er war ein großer, ruhiger, selbstbewußt wirkender Mann mit dem Aussehen eines Athleten, der wahrscheinlich älter war, als er aussah. Und Beddoes konnte mit einem einzigen Blick erkennen, was dieser Mann gegenüber Christina empfand. Haislip machte kein Hehl daraus.

«Was trinken Sie, Doktor?» fragte Beddoes.

«Limonade bitte.»

«Un citron pressé», sagte Beddoes zum Kellner. Er lugte neugierig zu Christina hinüber, aber sie verzog keine Miene.

«Jack trinkt nicht», sagte Christina. «Er sagt, wenn man davon lebt, an anderen Leuten herumzuschneiden, sei das nicht fair.»

«Wenn ich mich einmal zur Ruhe setze», sagte Haislip fröhlich, «lasse ich mich vollaufen; dann sollen meine Hände von mir aus zittern wie Laub im Wind.» Er wandte sich Beddoes zu, und es war unschwer zu erkennen, daß er sich dazu zwingen mußte, Christina nicht mehr anzusehen. «War es schön in Ägypten?» fragte er.

«Ach», sagte Beddoes überrascht. «Sie wußten, daß ich in Ägypten war?»

«Christina hat mir alles über Sie erzählt», sagte Haislip.

«Ich habe einen heiligen Eid geschworen, Ägypten einen Monat lang zu vergessen, sobald ich wieder hier bin», sagte Beddoes.

Haislip lachte. Er hatte ein tiefes, ungezwungenes Lachen, und sein Gesicht war freundlich und unbefangen. «Ich kann Ihre Gefühle verstehen», sagte er. «Ich empfinde zuweilen das gleiche gegenüber dem Krankenhaus.»

«Wo steht das Krankenhaus?» fragte Beddoes.

«Seattle», sagte Christina rasch.

«Wie lange sind Sie schon hier?» Beddoes bemerkte, wie Christina ihn heimlich ansah, während er sprach.

«Drei Wochen», sagte Haislip. Er wandte sich wieder Christina zu, als könne er es anders nicht aushalten. «Was sich in drei Wochen so ändern kann. Du lieber Gott!» Er tätschelte Christinas Arm und lachte wieder. «Noch eine Woche und dann zurück ins Krankenhaus.»

«Zum Vergnügen hier oder beruflich?» fragte Beddoes und verfiel hilflos in die Standardunterhaltung aller Amerikaner, die sich im Ausland zum erstenmal treffen.

«Ein wenig von beidem», sagte Haislip. «Hier war ein Chirurgenkongreß, zu dem ich eingeladen war, und ich habe mich nebenbei in einigen Krankenhäusern umgesehen.»

«Was halten Sie von der französischen Medizin, nachdem Sie etwas davon zu sehen bekommen haben?» fragte Beddoes, dessen innerer Spürhund automatisch zu arbeiten begann.

«Nun» – Haislip brachte es fertig, den Blick einen Moment von Christina fortzuwenden – «sie gehen hier anders vor als bei uns. Intuitiv. Sie haben nicht die Ausrüstungen wie wir oder das Geld für Forschung, und das müssen sie durch gute Beobachtung und Intuition wettmachen.» Er lächelte. «Wenn Sie sich nicht wohl fühlen, Mr. Beddoes, zögern Sie nicht, sich in ihre Hände zu begeben. Sie werden hier genauso gut versorgt wie irgendwo anders.»

«Mir geht's gut», sagte Beddoes und merkte, daß er etwas ganz Dummes gesagt hatte. Die Unterhaltung begann ihm unbehaglich zu werden, nicht wegen des Gesagten, sondern weil der Mann so unverhüllt und ungeniert und hingebungsvoll Christina anblickte. Eine kleine Pause entstand, und Beddoes hatte das Gefühl, daß sie Jahre so dasitzen würden, wenn er nicht einsprang. «Etwas Sightseeing gemacht?» fragte er lahm.

«Nicht so viel, wie ich wollte», sagte Haislip. «Nur in und um Paris. Ich wäre gern um diese Jahreszeit in den Süden gefahren. Dieser Ort da, von dem Christina immer redet. St. Paul de Vence. Ich stelle mir vor, er ist so verschieden von Seattle, wie man es sich nur wünschen kann, und fließend warmes Wasser und christliche Ernährung bekommt man noch dazu. Sie waren ja dort, Mr. Beddoes, nicht wahr?»

«Ja», sagte Beddoes.

«Christina sagte es mir», sagte Haislip. «Oh, danke schön», sagte er zum Kellner, der ihm die Limonade hinstellte.

Beddoes blickte Christina an. Sie hatten im Frühherbst dort

eine Woche miteinander verbracht. Er hätte gern genauer gewußt, was sie dem Doktor davon erzählt hatte.

«Wir machen es das nächste Mal», sagte Haislip.

«Oh», sagte Beddoes, dem das «wir» nicht entgangen war. Auf wen es sich wohl bezog? «Haben Sie vor, bald wiederzukommen?»

«In drei Jahren.» Haislip fischte sorgsam das Eis aus seiner Limonade und tat es auf die Untertasse. «Ich rechne, ich werde alle drei Jahre sechs Wochen im Sommer loskommen. Im Sommer werden die Leute nicht so viel krank.» Er stand auf. «Sie entschuldigen mich», sagte er, «ich muß ein paar Anrufe machen.»

«Die Treppe hinunter und dann rechts», sagte Christina. «Die Frau wird dich verbinden. Sie kann englisch.»

Haislip lachte. «Christina traut meinem Französisch nicht», sagte er. Im Fortgehen blieb er noch einmal stehen. «Ich hoffe doch, Sie werden mit uns essen können, Mr. Beddoes?»

«Hm», sagte Beddoes. «Ich habe Leuten unverbindlich zugesagt, mich mit ihnen zu treffen. Aber wir werden sehen, was sich machen läßt.»

«Gut.» Haislip berührte Christina leicht an der Schulter, als wolle er sich unauffällig ihrer versichern, und ging zwischen den Tischen davon.

Beddoes sah ihm nach und dachte etwas unfair: Na, wenigstens eines – ich sehe besser aus. Dann wandte er sich zu Christina um. Sie rührte abwesend mit dem Löffel in den Teeblättern auf dem Boden ihrer Tasse. «Also deshalb ist das Haar lang und nicht gefärbt», sagte Beddoes. «Oder?»

«Ja, deshalb.» Christina rührte weiter in ihren Teeblättern.

«Und der Nagellack.»

«Und der Nagellack.»

«Und der Tee.»

«Und der Tee.»

«Was hast du ihm von St. Paul de Vence erzählt?»

«Alles.»

«Schau von der verdammten Tasse auf.»

Langsam legte Christina den Löffel hin und hob den Kopf. Ihre Augen glänzten, aber nur ein bißchen, und ihr Mund war, wie in einer Anstrengung, fest zusammengepreßt.

«Was meinst du mit ‹alles›?» fragte Beddoes.

«Alles.»

«Wieso?»

«Weil ich nichts vor ihm zu verbergen habe.»

«Wie lange kennst du ihn schon?»

«Das hast du ja gehört», sagte Christina. «Drei Wochen. Eine Freundin von mir in New York bat ihn, mir Grüße auszurichten.»

«Was wirst du mit ihm machen?»

Christina blickte ihm gerade in die Augen. «Ich werde ihn nächste Woche heiraten und mit ihm nach Seattle gehen.»

«Und in drei Jahren wirst du im Sommer auf sechs Wochen herkommen, weil die Leute im Sommer nicht so viel krank werden», sagte Beddoes.

«Genau.»

«Und das ist so in Ordnung?»

«Ja.»

«Das hast du zu trotzig gesagt», sagte Beddoes.

«Versuch nicht, den Analytiker zu spielen», sagte Christina heftig. «Mit all dem bin ich fertig.»

«Kellner!» rief Beddoes. «Bringen Sie mir bitte einen Whisky.» Er sagte es auf englisch, denn er hatte im Augenblick vergessen, wo er war. «Und du», sagte er zu Christina, «nimm um Himmels willen einen Drink.»

«Noch einen Tee», sagte Christina.

«Ja, Madame», sagte der Kellner und ging.

«Möchtest du mir ein paar Fragen beantworten?»

«Ja.»

«Kann ich mit offenen Antworten rechnen?»

«Ja.»

Beddoes holte tief Atem und sah hinaus. Ein Mann im Regenmantel ging vorüber, er las eine Zeitung und schüttelte den Kopf.

«Also gut», sagte Beddoes. «Was ist so großartig an ihm?»

«Was soll ich darauf antworten?» fragte Christina. «Er ist ein lieber, guter, nützlicher Mann. Bist du nun viel klüger?»

«Was noch?»

«Er liebt mich», sagte sie mit leiser Stimme. Während der ganzen Zeit ihres Zusammenseins hatte Beddoes dieses Wort nicht einmal von ihr gehört. «Er liebt mich», wiederholte Christina schlicht und einfach.

«Das habe ich gesehen», sagte Beddoes. «Maßlos.»

«Maßlos», sagte Christina.

«Und jetzt frage ich dich etwas anderes», sagte Beddoes. «Würdest du gern von diesem Tisch aufstehen und mit mir heute abend losziehen?»

Christina schob ihre Tasse weg und drehte sie dabei nachdenklich. «Ja», sagte sie.

«Aber du tust es nicht», sagte Beddoes.

«Nein.»

«Warum nicht?»

«Reden wir von etwas anderem», sagte Christina. «Wohin geht deine nächste Reise? Kenia? Bonn? Tokio?»

«Warum nicht?»

«Weil ich Menschen wie dich satt habe», sagte Christina unmißverständlich. «Ich habe sie über, die Korrespondenten und Flugzeugpiloten und aufstrebenden Jungstaatsmänner. Ich habe sie satt, all diese brillanten jungen Herren, die immerzu irgendwohin müssen, über eine Revolution berichten oder einen Staatsvertrag aushandeln oder im Krieg fallen. Ich habe Flugplätze satt, und ich habe es satt, Leuten nachzuwinken. Ich habe es satt, erst weinen zu dürfen, wenn die Maschine von der Rollbahn abhebt. Ich habe es satt, ans Telefon zu gehen. Ich habe diese ganzen verwöhnten, verkaterten, internationalen Schätzchen satt. Ich habe es satt, mich mit Menschen zu Tisch zu setzen, die ich einmal geliebt habe, und zu ihren Griechinnen nett zu sein. Ich bin es satt, in der Clique herumgereicht zu werden. Ich bin es satt, Menschen mehr zu lieben als sie mich. Beantwortet das deine Frage?»

«Mehr oder weniger», sagte Beddoes. Es wunderte ihn, daß niemand an den Nachbartischen ihnen besondere Aufmerksamkeit schenkte.

«Als du nach Ägypten abflogst», fuhr Christina in ruhigem Ton fort, «habe ich mich entschieden. Ich habe an dem Drahtzaun gelehnt und zugesehen, wie sie all diese Riesenmaschinen auftankten, mit den Bordscheinwerfern an, und ich habe mir die Tränen abgetrocknet und meine Entscheidung getroffen. Das nächste Mal sollte es einer sein, der todunglücklich würde, wenn *ich* abflog.»

«Und den hast du gefunden.»

«Ich habe ihn gefunden», sagte Christina schlicht. «Und ich werde ihn nicht todunglücklich machen.»

Beddoes streckte die Hände aus und nahm die ihren. Sie lagen schlaff in seinem Griff. «Chris», sagte er. Sie blickte durchs Fenster. Ihr Profil hob sich gegen die leuchtende Dämmerung hinter dem Scheibenglas ab, blitzblank und jung und unerbittlich, und in wirrer Folge ging es ihm durch den Sinn, wie er sie kennengelernt hatte, wie es mit seinen anderen Auserwählten gewesen war, und wie sie ausgesehen hatte, als sie neben ihm lag in der frühen Herbstmorgensonne, die – drei Monate war es erst her – in das Hotelzimmer im Süden hereinströmte, das Zimmer mit dem Blick auf die braunen Voralpen und das ferne Meer. Er hielt ihre Hände und fühlte die gewohnte Berührung der mädchenhaften Finger an den seinen, und er dachte, daß, könnte er sie nur dazu bringen, den Kopf zu wenden, alles gut würde.

«Chris», flüsterte er.

Aber sie wandte den Kopf nicht. «Schreib mir nach Seattle», sagte sie und starrte aus dem Fenster mit den Nässestreifen, in dem sich die Lampen vom Innern des Cafés und die Lichter des Restaurants gegenüber spiegelten, vergrößerten und verzerrten.

Beddoes ließ ihre Hände los. Ihr farbloser Nagellack glänzte blaß auf dem fleckigen Holztisch. Beddoes stand auf. «Besser, ich gehe jetzt.» Das Sprechen fiel ihm schwer, seine Stimme klang ihm fremd im Kopf, und er dachte, guter Gott, ich werde senil, mir kommen schon die Tränen in Restaurants. «Ich möchte nicht auf die Rechnung warten», sagte er. «Sag deinem Freund, es täte mir leid, daß ich nicht mit euch essen kann, und daß ich mich entschuldige, weil ich ihm die Rechnung überlasse.»

«Das ist schon in Ordnung», sagte Christina ruhig. «Er wird das gern bezahlen.»

Beddoes beugte sich vor und küßte sie, erst auf die eine Wange, dann auf die andere. «Leb wohl», sagte er und dachte, er lächelte. «Auf französische Art.»

Er holte rasch seinen Mantel und ging hinaus. Er ging am TWA-Büro vorbei zum großen Boulevard und dann um die Ecke, wo die Veteranen vor einer halben Stunde entlangmarschiert waren. Blindlings ging er in Richtung auf den Arc, wo die Lorbeerblätter des Kranzes schon im Abendnebel vor Grab und Flamme gleißten.

Er wußte, daß dies kein guter Abend zum Alleinsein war und daß er irgendwohin gehen und jemand anrufen sollte, ob er nicht mit ihm essen wolle. Er ging an zwei, drei Lokalen vorbei, wo man telefonieren konnte, und obgleich er vor jedem zögerte, trat er nicht ein. Denn in der ganzen Stadt gab es niemanden, den er an diesem Abend hätte sehen mögen.

Ein Indianer in tiefer Nacht

Die City um den Central Park herum lag in tiefem Frieden. Es war vier Uhr morgens. Vom Himmel drang ein mildes Sternenlicht herab. Schwacher Dunst erhob sich. Hin und wieder glitt leise ein Wagen vorbei, mit einem matten Seufzen von Reifen und Wind, ein Lichtkegel huschte ins Ungewisse – dann hatte die Nacht die flüchtige Erscheinung wieder verschluckt. Die Vögel waren still und die Autobusse und Straßenbahnen. Taxis warteten schweigend an Straßenecken. Die Betrunkenen lagen längst in den Toreinfahrten, und die Lichter der hohen, schmalbrüstigen Häuser waren gelöscht, nur hier und da brannte noch eine Lampe hinter dem Fenster, wie ein Signal der Lust oder des Elends. Die Luft stand still, und der Erdgeruch, lastend und fremdartig in der Betonstadt, stieg mit dem Bodennebel auf.

O'Malley ging langsam von Ost nach West durch den Park, der jetzt von Kinderschwestern und Polizeibeamten und Professoren und herzkranken Pensionisten verlassen war. Die Wege waren leer; nur die weiche Nacht und der Nebel und der Geruch nach Frühlingserde lagen auf ihnen – und die Erinnerung an all die Füße, die seit undenklichen Zeiten über sie dahingegangen waren.

O'Malley ging mit langsamen Schritten. Er trug den Kopf in der selbstbewußten und etwas betonten Art eines Mannes, der das Empfinden hat, einen Whisky über das für die absolute Klarheit noch gerade zulässige Maß hinaus getrunken zu haben. Er sog die ungewohnte, duftende Luft des frühen Morgens tief in sich ein. Es schien O'Malley, daß Gott in Seiner übergroßen Gnade und Duldsamkeit diese Luft besonders für diejenigen geschaffen hatte, die ihrer nach einem Glas Whisky zuviel am ehesten bedurften.

O'Malley blickte sich um und sah die Stadt in all ihrer Großartigkeit hinter den Bäumen des Parks schlummern. Das

Bewußtsein, daß sein Heim dort lag und seine Arbeit und seine Zukunft, dieses Bewußtsein machte ihn glücklich. Er schritt langsam von Ost nach West, atmete die stille Luft ein und trug den Kopf mit Bedacht, aber locker und bequem erhoben.

«Verzeihen Sie.» Ein Mann tauchte aus dem Dunkel vor ihm auf. «Haben Sie vielleicht Feuer?»

O'Malley blieb stehen und strich ein Streichholz an. Er hielt das Streichholz an die Zigarette des Mannes und bemerkte den Anflug von Rouge auf den Wangen, das lange, sorgfältig gewellte Haar, die weißen, zitternden Hände, die die Flamme umschlossen, das leicht verschmierte Rot auf den Lippen.

«Danke.» Der Mann hob den Kopf und sah O'Malley von der Seite einladend an. O'Malley schob die Streichhölzer in die Tasche und setzte sich wieder in westlicher Richtung in Bewegung.

«Eine herrliche Nacht», sagte der Mann rasch. Seine Stimme klang schrill, wie die eines Mädchens; sie war atemlos, nervös, fast hysterisch. «Ich liebe es, in diesen Nachtstunden im Park spazieren zu gehen. Atmen Sie doch», sagte er. «Atmen Sie nur die Luft ein.»

O'Malley atmete die Luft ein.

«Ganz allein?» fragte der Mann nervös.

«Hmhmhm», sagte O'Malley.

«Fühlen Sie sich denn nicht einsam?» Beim Sprechen strich sich der Mann über die Hände. «Haben Sie keine Angst, in dieser späten Stunde allein durch den Park zu gehen?»

«Nein», sagte O'Malley. Nach all den Drinks und in der köstlichen Frische der Luft und mit dem Gefühl, in dieser herrlichen Stadt nicht nur zu leben, sondern sie in gewissem Sinne auch zu besitzen, war O'Malley bereit, aller lebenden Kreatur ein freundliches Wort zu schenken. «Ich fühle mich nie einsam und gehe gern im Park spazieren, wenn es leer und dunkel ist, so wie jetzt.»

Der Mann nickte und machte ein unglückliches Gesicht. «Wollen Sie wirklich keine Gesellschaft haben?» fragte er verzweifelt und blickte O'Malley wieder mit dem einladenden, beinahe herausfordernd wirkenden Seitenblick an. Es war der

Blick einer verängstigten, aber entschlossenen Frau auf einen Mann, den sie nicht mehr gehenlassen will.

«Nein, wirklich nicht», sagte O'Malley sanft. «Verzeihen Sie bitte.» Und er ließ den Mann mit den sorgfältig ondulierten Haaren an einem Baum stehen und schritt langsam weiter, erfüllt von Mitleid und von Befriedigung darüber, daß er immerhin zu so viel Anteilnahme und menschlichem Verständnis fähig war für einen solchen Mann, der mit Rouge auf den Wangen und mit einem lasterhaften Vorhaben durch den Park strich und mit dem er mitten in der Nacht sechzig Sekunden zusammengewesen war.

«He, Buddy», sagte ein anderer Mann, der plötzlich hinter einem Baum hervortrat. Er war klein von Wuchs, aber breit und kräftig. «Ich brauche einen Groschen.»

O'Malley suchte träumerisch in seiner Tasche herum. Er fand nichts. «Ich habe keinen Groschen», sagte er.

«Ich brauche einen Groschen», sagte der Mann. O'Malley sah, daß das Gesicht des Mannes dunkel und wild aussah. Es war kein Stadtgesicht; es war beschmiert und hart und leuchtete schwach im Lichtschein einer Laterne, die etwas weiter unten neben dem Weg stand. Die Kleider des Mannes waren etwas zu groß; sie sahen aus, als seien sie zusammengesucht, und waren vielfach zerrissen. Der Mann hob beständig den Arm, um den Rockärmel vom Handgelenk zurückzustreifen, wodurch er bettlerhaft und frömmelnd wirkte.

«Ich sage Ihnen doch, daß ich keinen Groschen habe», sagte O'Malley.

«Geben Sie mir einen Groschen!» sagte der kleine Mann laut. Seine Stimme klang rauh und ungehobelt, als ob er jahrelang Ausrufer auf Jahrmärkten gewesen wäre.

O'Malley nahm seine Brieftasche heraus, klappte sie auf und zeigte sie dem Mann. «Es ist nichts drin», sagte er. «Sehen Sie selbst.»

Der Mann sah selbst. Er hob die Arme, um seine Handgelenke von den Ärmeln freizumachen, und blickte unruhig über O'Malleys Schulter hinweg zu der Laterne hinüber. O'Malley steckte die Brieftasche wieder fort.

«Geben Sie mir einen Dollar», sagte der Mann.

«Ich habe Ihnen meine Brieftasche gezeigt», sagte O'Malley. «Ich habe keinen Dollar. Ich habe überhaupt nichts mehr. Ich bin pleite.»

Der Mann schritt nachdenklich um O'Malley herum. Er ging vorsichtig auf den Zehenspitzen, als ob er einen Überraschungsangriff auf O'Malley plante.

«Ich werde Sie zusammenschlagen», sagte er. «So groß wie Sie sind. Ich bin Preisboxer. Ich bin Indianer. Ich bin ein Creek-Indianer. Ich heiße Billy Elk. Geben Sie mir einen Groschen!» Er streckte O'Malley die Hand hin, als ob er seiner Sache vollkommen sicher sei und O'Malley ihm das Geldstück in die Handfläche legen würde.

«Ich bin pleite», sagte O'Malley. «Wirklich.»

Billy Elk umkreiste O'Malley; seine weiten und zerschlissenen Kleider schlotterten ihm um die Glieder. O'Malley war stehengeblieben. Er war bereit, im Duft und in der Einsamkeit und dem Frieden der Nacht, freundlich zu einem bettelarmen Preisboxer und Creek-Indianer zu sein, der sich weit von zu Hause hierher in den Central Park verirrt hatte.

Billy Elk legte sein Gesicht in nachdenkliche Falten, während er um O'Malley herumschlich. «Geben Sie mir die Brieftasche», sagte er plötzlich. «Ich kriege einen Dollar für die Brieftasche.»

«Sie hat nur fünfundsiebzig Cent gekostet», sagte O'Malley.

Billy Elk legte das Gesicht wieder in tiefe Falten. Halb unbewußt beschrieb er leichtfüßig seine Kreise um O'Malley, der verträumt auf dem Parkweg stand und zu den Türmen der Stadt emporsah, die sich dunkel und großartig gegen den klaren Nachthimmel abhoben – hier und da war ein Licht zu sehen, Zeichen von Lust oder Elend, so daß die Stadt in der Tiefe der Nacht nicht völlig zu Schlaf und Ruhe kam.

Plötzlich sprang ihn Billy Elk an und zog ihm aus der äußeren Brusttasche den Füllfederhalter, den O'Malley dort trug. Billy Elk umschloß seine Beute stolz und liebevoll mit den rauhen Händen und beugte sich tief darüber. Sein dunkles, wildes Gesicht schien von Genugtuung erhellt. «Dafür kann ich einen Dollar kriegen», sagte er.

«Er hat nur fünfundzwanzig Cent gekostet», sagte O'Malley sanft. «Im Einheitspreisgeschäft.»

Billy Elk betrachtete den Füllfederhalter in seinen Händen. «Gut», sagte er. «Dann kriege ich fünfundzwanzig dafür.»

«Wer wird Ihnen fünfundzwanzig dafür geben?» fragte O'Malley.

Billy trat drei Schritte zurück, um diese Frage zu überlegen. Er seufzte, kam wieder näher und gab O'Malley den Füllfederhalter zurück. O'Malley steckte ihn in die Tasche und lächelte dem Indianer auf eine freundliche und brüderliche Weise zu.

«Geben Sie mir einen Dollar!» sagte Billy Elk rauh.

O'Malley lächelte noch einmal und klopfte ihm auf die Schulter. «Gute Nacht», sagte er und setzte sich wieder in Bewegung.

«Wenn Sie mir keinen Dollar geben», rief Billy Elk und ging neben ihm her, «dann melde ich Sie der Polizei.»

O'Malley blieb stehen. «Weswegen denn?» fragte er, verträumt vor sich hinlächelnd. Es gefiel ihm, daß die Stadt und die Nacht, nach einem Whisky zuviel, dieses wilde kleine Wesen auf der Bildfläche hatte erscheinen lassen.

«Weil Sie mit einem Schwulen gesprochen haben», rief Billy Elk. «Ich habe Sie gesehen!»

«Was haben Sie gesehen?» fragte O'Malley milde.

«Ich habe Sie mit dem Schwulen gesehen», sagte Billy Elk. «Ich bringe Sie zur Polizei. Versuchen Sie nicht zu fliehen. Ich bin Preisboxer. Halten Sie die Hände in den Taschen!»

«Bringen Sie mich zur Polizei», sagte O'Malley. Er hielt es irgendwie für seine Pflicht als einer der wenigen Bürger der Stadt, die zu dieser Stunde noch wach waren, sich angenehm und entgegenkommend zu zeigen, insbesondere gegenüber Fremden, Bettlern, Irren, verlaufenen Kindern und jungen Mädchen, die von daheim weggelaufen waren.

Sie traten schweigend aus dem Park heraus. Billy Elks Antlitz war von harten Linien gezeichnet, seine Augen glitzerten, und seine Lippen waren fest zusammengepreßt. An einer Ecke am Westrand des Parks sprach ein dicker Polizist träge mit einem Taxifahrer, der tief auf seinem Sitz hinter dem Steuerrad saß.

Das ganze Gewicht der Nacht hing über ihnen, der Tod in den Kliniken, die ausgestandenen Schmerzen, alle im Dunkel verübten Verbrechen, die gebrochenen Herzen und die Qualen der Männer, die von Frauen betrogen wurden, während die City schlief – all das ergoß sich gefiltert durch das trübe Licht der Straßenlaterne über den Hüter des Gesetzes und den müden Mann hinter dem Steuerrad des alten Taxis unter dem Laternenpfahl.

O'Malley blieb in zehn Meter Entfernung stehen, und Billy Elk trat auf den Polizeibeamten zu, der gerade mit klagender Stimme erzählte, daß seine Frau ein Nierenleiden habe und seine Tochter schon mit den jungen Männern herumlaufe, obwohl sie noch lange nicht aus der Schule sei.

Der Polizist verstummte, als Billy Elk vor ihn hintrat. Er warf dem Indianer einen langen und bekümmerten Blick zu, denn er erwartete Arbeit und Ärger, das ständige Geschenk der Nacht an ihn.

«Na?» fragte er Billy Elk traurig.

Billy Elk warf einen unsteten, wilden Blick über die Schulter in Richtung auf O'Malley und wandte sich dann wieder dem Polizeibeamten zu. «Gibt es hier in der Nähe ein Indianerreservat?» fragte er laut.

Dankbar, daß kein Mordfall eingetreten, kein Einbruch, keine Vergewaltigung, keine Brandstiftung, kein Raubüberfall verübt worden waren, dachte der Polizeibeamte eine ganze Minute lang angestrengt nach. «Nein», sagte er. «Ich kenne in dieser Gegend hier kein Indianerreservat.»

«Es gibt da einen Ort namens Indian Point», sagte der Taxichauffeur. «Er liegt etwas oberhalb am Fluß.»

Billy Elk nickte gemessen, mit uralter Würde, und kam zu O'Malley zurück. Der Polizeibeamte berichtete dem Taxichauffeur weiter von seiner Tochter, die trotz ihrer sechzehn Jahre schon in jeder Hinsicht so aussehe wie eine erwachsene Frau.

Billy Elk stand vor O'Malley und lächelte. Sein Antlitz brach plötzlich auf, und in das Leuchten seiner Augen trat warme Kindlichkeit. «Sehen Sie», sagte er, «ich bin gar nicht so ein schlechter Mensch.»

Er winkte kurz und ging in den Park zurück, wo er stumm und mit geräuschloser Behendigkeit zwischen den Bäumen verschwand, wie weiland die Krieger des Häuptlings Tekumseh und die tapferen roten Verteidiger der Jagdgründe von Kentucky.

O'Malley schritt langsam nach Hause. Er atmete tief die klare Morgenluft ein und war glücklich, in einer Stadt zu leben, wo Indianer auf den Straßen anzutreffen waren – Indianer, die einem auf umständliche Weise klarzumachen versuchten, daß sie im Herzen freundliche und gute Menschen seien.

Das Martyrium des Gefreiten Hawkins

Der Gefreite Alfred Hawkins stand am Kai von Haifa. Er hielt mit feuchten Händen den langen Schlagstock, und der ungewohnte Helm wog schwer auf seinem Kopf. Im Hafenbecken, vor seinen Augen, schob eine Marinebarkasse langsam den Zweimastschoner Hope herein, dessen Deck und zerschlissenes Takelwerk dicht mit Menschen besetzt waren, die in der Entfernung wie zusammengeklumpte Haufen dunkler Bienen und gar nicht wie Menschen aussahen. Bitte, lieber Gott, betete er stumm, während er mit seinem Zug in Rührt-euch-Stellung in der gelben Mittelmeersonne stand und wartete, bitte bewahre mich davor, daß ich einen von ihnen schlage.

«Laßt euch von dem Gesindel nichts gefallen», sagte Leutnant Madox, der vor ihnen stand. «Verpaßt ihnen ein paar, dann werden sie sich wie gottverdammte Gentlemen benehmen.» Er wandte sich um und warf einen Blick auf den abgerissenen Schoner, der sich langsam dem Kai näherte, und Hawkins war sicher, daß der Ausdruck auf dem feisten, roten Gesicht voll freudiger Erwartung war. Hawkins schaute sich die anderen Leute seines Zuges an. Außer bei Hogan war aus ihren Gesichtern nichts abzulesen. Im Krieg hatte Hawkins einmal einen amerikanischen Luftwaffenmajor in London sagen hören: «Die Briten könnten zuschauen, wie Hitler gehängt wird, wie ihre Töchter jemand aus der Königsfamilie heiraten oder wie ihnen die eigenen Beine am Knie abgehackt werden, ohne daß sie mit der Wimper zucken. So eine Armee ist nicht zu schlagen.» Natürlich war der Major betrunken gewesen, doch als Hawkins jetzt um sich blickte und auch an andere Gelegenheiten dachte – an jenen Tag vor Caën und an den Tag auf dem Rhein und den Tag, als seine Kompanie in das KZ Belsen einrückte –, konnte er nur zu gut verstehen, was der Amerikaner gemeint hatte. In zehn bis fünfzehn Minuten konnten die Männer um ihn herum sich mitten in einem abscheulichen Kampf gegen Knüppel, Messer und vielleicht sogar selbstgebastelte Bomben an Bord des Schoners befinden, und doch – wieder mit Ausnahme Hogans – machten sie alle den Eindruck, als seien sie zu einem gewöhnlichen Morgenappell vor der Baracke angetreten. Und Hogan war Ire, ein Sonderfall. Er war ein kleiner, drahtiger Bursche mit einem hübschen, grimmigen Gesicht und einem gebrochenen Nasenbein, und jetzt zappelte er unruhig herum, das Kinn erregt nach vorn gestreckt, rückte seinen Helm auf dem Kopf nach vorn und hinten, schob seinen Schlagstock von einer Hand in die andere und atmete so laut, daß man es trotz der Geräusche des Hafens und der Männer um ihn herum hörte.

Auf dem Schoner sangen sie jetzt. Die fremdartige Melodie stieg und fiel und kam dünn und herausfordernd über das ölige, grüne Wasser. Hawkins verstand ein paar hebräische Worte, aber er konnte nicht ausmachen, wovon das Lied handelte. Es klang wild und irgendwie bedrohlich, als sollte es eigentlich nicht im morgendlichen Sonnenschein von Frauenstimmen gesungen werden, sondern in dunkler Wüstennacht von gesetzlosen, zu allem entschlossenen Männern. In den letzten Wochen hatte Esther einige hebräische Lieder für Hawkins übersetzt, und es war ihm aufgefallen, daß die Worte «Freiheit» und «Gerechtigkeit» häufig darin vorkamen, doch schienen diese Worte nicht zu den dumpfen, heiseren, drohenden Rhythmen zu passen, die von dem langsam sich nähernden alten Schiff über den Hafen dröhnten.

Hawkins wünschte, sie würden nicht singen. Es machte alles noch schlimmer, wenn sie sangen, und jeder wußte, daß sie von Freiheit und Gerechtigkeit sangen. Schließlich sangen sie für ihn und die Männer neben ihm, und was sollte er nach ihrer Meinung tun?

Hawkins schloß die Augen, als ob er den rauhen und trotzigen Klang der jüdischen Stimmen nicht hören würde, wenn er das dunkle, unerbittlich auf den Kai zutreibende Schiff, die Schlagstöcke und den Transportdampfer, der sie in das Internierungslager auf Zypern bringen sollte, nicht mehr sah.

Er schloß die Augen, und sein junges, fast kindliches Gesicht, schweißgebadet unter dem drückenden Helm, war krampfhaft gelassen, er war krampfhaft darauf bedacht, vor dem Leutnant oder den Männern um ihn oder vor den Blicken der Flüchtlinge, die er mit Schlägen vorwärtstreiben sollte, nichts zu verraten. Er schloß die Augen. Er fühlte sich unbehaglich in seiner wollenen Uniform mit dem strammen Khakigürtel, und es tat ihm in der Seele leid, in Palästina zu sein, leid, Soldat zu sein, leid, ein Engländer, leid, am Leben zu sein. So etwas hatte er nicht erwartet, als er, ein halbes Jahr nach Kriegsende, wieder zur Armee gegangen war. Was er wirklich erwartet hatte, konnte er selbst nicht genau sagen. Er wußte nur, daß er nicht in Southampton mit dem ewigen Nebelwetter und den zerbombten Docks und Häusern leben wollte; im gleichen Haus mit seinem Vater, der 1941 bei einem Luftangriff einen Arm verloren hatte; im gleichen Haus mit seiner Schwester, deren Mann 1943 in Bari gefallen war; im gleichen Haus, in dem er nur so kurze Zeit mit Nancy gewohnt hatte, die sich dann von ihm scheiden ließ und einen amerikanischen Feldwebel vom Hafenbataillon heiratete – ein schöner Drückebergerposten das! Er wußte nur, daß er nach vier Jahren Soldat – von siebzehn an – nicht anfangen wollte, sich auf den kaputten Werften nach Arbeit umzusehen, nicht in langen Arbeitslosenschlangen stehen, nicht die Kälte des ungeheizten englischen Winters erleben wollte, nachdem er Afrika und Frankreich im Sommer gesehen hatte. Und außer dem Soldatenhandwerk hatte er nichts gelernt. Sie hatten es etwas attraktiver gemacht – sie hatten den Sold erhöht und eine Menge ziemlich vager Vergünstigungen versprochen – und, um die Wahrheit zu sagen, das einzige Mal, daß irgend jemand für ihn gesorgt hatte, war in der Zeit bei der Armee gewesen. Soviel war sicher: Niemand sorgte für einen, wenn man Zivilist war – sozialistische Regierung oder nicht. Obwohl er natürlich seine Stimme für sie abgegeben hatte. Er hatte alle Broschüren gelesen, und er wußte, was er tat – ein gemeiner Soldat in der Armee des Königs, Sohn eines Arbeiters, Enkel eines Arbeiters und Urenkel eines Arbeiters. Es gab noch etwas zugunsten der Armee zu sagen: Sie hatte ihm zum erstenmal in seinem Leben Gelegenheit zum Lesen gegeben. Besonders die beiden Male, als er im Lazarett gelegen hatte, erst mit dem Hüftschuß und dann mit dem Schrapnellstück, das er sich zwölf Tage vor Kriegsende noch eingefangen hatte. In der Lazarettbibliothek war eine Gesamtausgabe von H. G. Wells, und er hatte sich langsam und gründlich durch sie hindurchgelesen und war mit den Ansichten des energischen alten Herrn von Grund auf einverstanden. Bis er aus dem Lazarett kam, war er ein überzeugter Sozialist geworden, der daran glaubte, daß Bildung die Welt verändern könne, daß Gewalt ein Überbleibsel aus primitiven Zeiten sei und daß die Menschheit mit Sicherheit von Jahr zu Jahr besser würde. Einen Moment lang öffnete er die Augen und blickte auf den Schoner. Das Schiff war schon ganz nahe, und er konnte es sogar riechen. Etwa dreihundert Menschen waren darauf zusammengepfercht, Männer und Frauen, und offensichtlich hatten sie nicht die besten hygienischen Verhältnisse gehabt. Er wünschte, H. G. Wells würde jetzt in der Uniform eines Infanteriegefreiten auf dem Kai stehen; es wäre interessant gewesen, zu sehen, was er wohl getan hätte.

Im Krieg war alles soviel einfacher. Da waren die Deutschen auf der anderen Seite des Feldes oder auf einem zwei Meilen entfernten Hügel, und man schoß auf sie, und sie schossen auf einen. Sie hatten eine Bombe auf das Elternhaus geworfen und dem Vater den Arm von der Schulter gerissen und den Schwager umgebracht, und weiter brauchte man nicht über sie nachzudenken. Und alle anderen ringsum hatten genauso empfunden wie man selbst, ganz gleich, wer sie waren. Aber jetzt ... Da war Leutnant Madox, der alle Juden haßte und von seinem Einsatz auf dem Kai an diesem Morgen entzückt war. Natürlich haßte Madox alle Leute, die keine Engländer waren, und wäre er in Indien oder Malaya oder Frankreich gewesen, hätte er sich ebensosehr darauf gefreut, indische oder malaiische oder französische Schädel aufzuknacken. Aber er war nun mal in Palästina und freute sich nun darauf, auf Juden loszuschlagen. Dann war da der Gemeine Fleming, ein ruhiger, tüchtiger Mann von fünfunddreißig. Der Gemeine Fleming war Kommunist. Kommunisten, wußte Hawkins, hielten nicht viel vom Zionismus, aber sie waren auch nicht gerade darauf erpicht, Juden den Schädel einzuschlagen, und doch stand der Gemeine Fleming, ein ausgezeichneter Soldat, ruhig da in Rührt-euch-Haltung, bereit, seine Pflicht zu tun, den Schlagstock fest im Griff wie alle anderen. Und dann Hogan, einer von Hawkins' besten Freunden, mit dem er in Jerusalem und Tel Aviv sein Bier trank und der katholisch war wie Hawkins und Sonntag morgens mit ihm zusammen zur Messe ging und dessen Vater 1916 bei den Unruhen in Dublin von den Briten umgebracht worden war. Hogan ging auch oft mit ihm und Esther aus. Esther brachte eine Freundin mit, und sie schwammen in der Bucht von Tel Aviv und gingen abends ins Kino, wenn ein Musical gespielt wurde. Aber Hogan haßte die Juden, weil ein Vetter zweiten Grades von ihm, der bei den Sechsten Fallschirmjägern gewesen war, vor zwei Monaten durch eine jüdische Tellermine auf der Straße nach Rehovot den Fuß verloren hatte. Was hätte wohl H. G. Wells zu diesem Waisenjungen aus Dublin gesagt, hätte er erlebt, wie er an diesem Morgen auf dem sonnigen Kai stand und angespannt vor aufgestauter Wut auf die Marinebarkasse starrte, die langsam die zerlumpten, dunklen, singenden Flüchtlinge auf ihn zuschob?

Und angenommen, H. G. Wells wäre ein Jude gewesen und hätte an diesem Morgen oben an Deck der Hope gestanden, nach den Mordjahren in Deutschland, nach den Lagern für «displaced persons», nach der illegalen Irrfahrt durch Europa und der gewundenen Schiffsreise durchs Mittelmeer – welchen klugen, hoffnungsreichen Ausspruch hätte er dann von sich gegeben, während er wie ein alter Bulle im Schlachthof dastand und auf die Schlagstöcke und den Stacheldraht in Zypern wartete?

Ein arabischer Arbeiter mit einem Schubkarren kam vorbei. Er stellte den Schubkarren direkt vor dem angetretenen Zug nieder. Lange, dünne Mahagoniarme schlenkerten aus dem zerschlissenen Hemd. Er hatte einen kleinen, schwarzen, zottigen Bart und roch nicht allzu gut. Er grinste die Soldaten an. Er hatte nicht mehr alle Zähne, doch als er sie lächelnd zeigte, sah er gewinnend aus wie ein Kind, und manche gaben ihm das Lächeln zurück. Der Araber schaute über die Schulter auf das herankommende Schiff, sein Grinsen wurde noch breiter, und er strich sich mit dem Zeigefinger in einer Geste des Kehledurchschneidens über den Adamsapfel.

«Mach, daß du weiterkommst, alter Drecksack», sagte Leutnant Madox und grinste über das ganze Gesicht. «Los, los. Verzieh dich. Wir wollen hier keine internationalen Verwicklungen bekommen.»

Der Araber nickte, noch immer grinsend, mit dem Kopf und wiederholte die Geste, so wie ein Kind den gleichen Unsinn noch einmal macht, wenn es sieht, daß es den Erwachsenen gefällt. Dann bückte er sich, ergriff die Holmen des Schubkarrens und schob ihn kichernd weiter.

Hawkins erinnerte sich nicht, was H. G. Wells über die Araber zu sagen hatte. Er war ganz sicher, daß da irgend etwas über sie gestanden hatte, denn in dem Buch des alten Herrn hatte etwas über jeden Gegenstand gestanden, nur wußte er es nicht mehr. Die Araber, das mußte Hawkins zugeben, waren viel angenehmere Zeitgenossen als die Juden. Sie taten, was man ihnen sagte, und man mußte nicht stets darauf gefaßt sein, in eine Ecke gezogen und in eine laute politische Diskussion verwickelt zu werden. Esther wohnte im selben Haus mit einer gewissen Familie Friedmann, deutschen Flüchtlingen, deren zwei Söhne den Krieg über in der jüdischen Brigade gewesen waren. Die beiden Jungen lagen immer auf der Lauer, wenn er Esther besuchen kam, und bombardierten ihn mit Fragen: «Warum anerkennt England nicht die Balfour-Erklärung?» Oder: «Warum erlaubt England dem Groß-Mufti von Jerusalem, der im Krieg mit den Nazis zusammengearbeitet hat, wiederzukommen und die Araber von Kairo aus zu führen?» Es war schon eine merkwürdige Sache, in dem kleinen, weißen Wohnzimmer des Mietshauses zu sitzen, das Gewehr an die Wand gelehnt (von Zeit zu Zeit kam vom Divisionshauptquartier Befehl, daß alle Truppen außerhalb ihrer Quartiere bewaffnet sein mußten), Tee zu trinken, kleine Kuchen zu knabbern, die Frau Friedmann einem fortgesetzt aufdrängte, und höflich mit den beiden hitzigen jungen Veteranen zu debattieren, die vermutlich der jüdischen Untergrundbewegung angehörten, die vermutlich am Morgen einen britischen Hauptfeldwebel in die Luft gejagt hatte.

«Das ist nicht fair», hatte er nach einer dieser Unterhaltungen zu Esther gesagt, nachdem es ihm endlich gelungen war, sie aus dem Haus hinauszubekommen. «Die reden so, als wäre ich persönlich verantwortlich.»

Esther hatte ihm einen schrägen Blick zugeworfen und dann weggeschaut. «Vielleicht», sagte sie, «nehmen sie das von jedem britischen Soldaten an.»

«Bist du der gleichen Meinung?»

Esther hatte den Kopf geschüttelt und sich fester an seinen Arm gedrückt. «Nein», hatte sie gesagt, und ihre leise, weiche Stimme klang ernst und warm. «Nein, für mich bist du kein britischer Soldat.» Sie waren zusammen in der klaren, südlichen Abendluft die stille, weiße Straße hinuntergegangen; seine genagelten Stiefel hallten metallisch auf dem Trottoir, der Gewehrriemen zerrte ihn an der Schulter, und neben ihm ging das Mädchen in ihrem dünnen, weißen Kleid mit blauem Sweater darüber, und ihr Haar, weich und hellbraun, wehte sanft im Wind.

«Hör dir das Gesinge an», sagte Hogan wuterfüllt. «Die verdammten Heiden! Na, in einer Stunde werden sie was anderes singen, darauf kannst du Gift nehmen.»

Hawkins öffnete die Augen. Das Schiff war jetzt zum Greifen nahe, und die Gesänge von dem überfüllten Deck klangen laut über das Wasser, die Soprane der Frauen schrill und glitzernd über den drohenden Männerbässen. Hawkins mußte daran denken, daß auch Hogan Lieder in einer fremden Sprache sang – Gälisch – und daß auch in ihnen die Worte «Freiheit» und «Gerechtigkeit» an vorderster Stelle standen. Es waren Lieder, die Hogans Großvater ihn zur Erinnerung an seinen toten Vater gelehrt hatte, der auf einem Bürgersteig in Dublin umgekommen war – von Männern durch die Kehle geschossen, die die gleiche Uniform trugen wie Hogan jetzt, weit weg davon, fünfundsiebzig Meilen nördlich von Jerusalem.

Hawkins schloß die Augen wieder. Es hatte keinen Sinn, zuzuschauen, wie das Schiff Meter für Meter näher kam. Nachher war noch genug Zeit zum Schauen. Er dachte an Esther. Er hatte sich für den Abend mit ihr in Tel Aviv verabredet und wollte mit ihr ins Kino gehen, falls er früh genug Dienstschluß hatte. Allerdings hatte er da noch nicht gewußt, was für eine Art von Dienst er haben würde, und er glaubte nicht, daß er es ihr später sagen würde. Es war ohnehin schon kompliziert genug mit Esther. Sie sah so vergnügt und nett aus, so hübsch und jung wie das allernetteste Mädchen, das man, wenn man großes Glück hatte, daheim kennenlernen konnte, aber da gab es immer wieder jene furchtbaren Augenblicke, wo sie aus heiterem Himmel und ohne ersichtlichen Grund zusammenbrach und heftig und untröstlich in seinen Armen schluchzte, ihn an sich riß, als wolle sie sich wieder und wieder vergewissern, daß er da war und am Leben. Sie war eine Deutsche. Ihre Eltern waren in München umgekommen, und ihr Mann war 1939 von den Briten in der Nähe von Haifa beim Ausladen illegaler Immigranten erwischt worden. Man hatte ihn in ein Lager gesteckt, wo er Typhus bekam und starb. Die Behörden hatten Esther Erlaubnis gegeben, ihn am Tage seines Todes zu besuchen, und einmal hatte Esther Hawkins davon erzählt, obgleich sie meist vermieden, über diese Dinge zu reden. Esthers Mann, ein robuster, lebensfroher Mensch (Hawkins hatte ein Photo von ihm gesehen), war durch die Krankheit auf neunzig Pfund abgemagert und schrie im Delirium, als Esther ihn sah. Er erkannte sie gar nicht, als sie hereinkam, und das war Esthers bitterste Erinnerung – das schreiende Gerippe, das einmal ihr Mann gewesen war, das ohne Bewußtsein in dem kahlen, vergitterten Raum den Kopf zur Wand drehte. Esther selbst hatte den ganzen Krieg über unter Hausarrest gestanden und durfte von Sonnenuntergang bis zur Morgendämmerung nicht auf die Straße gehen. Als Hawkins sie kennenlernte, war sie sehr still, fast ängstlich gewesen, und vielleicht hatte er sie zu lieben begonnen, weil das seiner eigenen Schüchternheit und Furcht so sehr entsprach.

In den letzten paar Monaten hatte Hawkins, wenn er irgendwo wartete und die Augen schloß wie jetzt, einen ständig wiederkehrenden Tagtraum. Es war Winter in dem Traum, eine kalte, windige Nacht, und er saß mit Esther vor einem warmen Kamin in ihrer beider Haus. Er wußte nie recht, ob das Haus in England in einem stillen Dorf stand oder in den Orangenhainen einer

Farm in Palästina, eingebettet zwischen den niedrigen, alten Hügeln. Sie lasen beide, und ab und zu sahen sie von ihren Büchern hoch und lächelten sich im Schein des Feuers zu. Zu sagen brauchten sie sich nichts. Nach einer Weile klopfte es an die Tür, und Gäste kamen; nicht viele, nur wenige, gute Freunde. Hogan, der sein wüstes Haar manierlich glattgekämmt hatte. Fleming mit seiner Frau, der Lehrerin aus Leeds, von der er ständig sprach. Robinson, der mit Hawkins in Afrika im selben Zug gewesen war – es war immer schwer, besonders in einem Tagtraum, sich daran zu erinnern, daß Robinson tot war und auf dem kleinen, zugigen Friedhof bei Constantine lag. Sie unterhielten sich gemütlich in dem warmen Zimmer, und Hawkins machte die hohen Bierflaschen auf, und später sang Hogan mit seiner heiseren Knabenstimme die tristen, aufwühlenden Lieder, die ihm sein Großvater beigebracht hatte, dem Vater zu Ehren. Lieder, deren Worte niemand verstand, doch deren Melodien einen irgendwie traurig und stolz stimmten.

Hawkins blinzelte und versagte sich die Freude, den Tagtraum bis zum stillen Ende fortzusetzen. Es war lächerlich, sich so treiben zu lassen, und es machte alles nur schlimmer, wenn er aufwachte. Da stand er am Kai in der heißen, nackten Sonne, den Schlagstock in der Hand, und wartete darauf, daß Leutnant Madox ihm den Befehl gab loszuschlagen. Und in den Hügeln hinter ihm, in den Orangenhainen, versteckten Leute Gewehre und Messer und Maschinengewehre, um sich in den langen Winternächten gegenseitig abzuschlachten. Und in England – das war aus allen Briefen zu entnehmen, die er von seiner Familie bekam – bereiteten sie sich darauf vor, zur Feier des Sieges zu hungern und zu frieren. Schade, daß er nicht älter war. Mit dreißig, vierzig, fünfzig hätte er vielleicht alles besser verstanden. Im Kriege hatten sie es warm gehabt, im Kriege waren sie satt geworden, im Kriege hatten die Russen sie geliebt, die Amerikaner sie bewundert, die Franzosen hatten sie geküßt, wenn sie in eine Stadt einzogen; wo sie hinkamen, waren sie Helden und Retter gewesen. Er dachte an den Tag, als die Wahlresultate bekanntgegeben wurden. Er war noch in Deutschland gewesen, in Hamburg, und ein amerikanischer Feldwebel trat auf ihn zu und sagte ganz feierlich zu ihm: «Kamerad, ich heiße McCarthy, ich bin ein vollbezahltes C.I.O.-Mitglied aus Indianapolis. Ich dachte, ich wollte einem Engländer sagen, wie großartig ich euch finde, und du bist der erste, den ich treffe, seit ich mir das vorgenommen habe. Ihr habt der ganzen Welt gezeigt, wie zivilisierte Menschen sich verhalten sollten.» Der Amerikaner war natürlich sternhagelvoll (konnte es sein, daß die Amerikaner nur dann von anderen Völkern etwas hielten, wenn sie zehn Drinks intus hatten?), aber er hatte Hawkins todernst die Hand geschüttelt und ihm auf den Rücken geklopft, und Hawkins war stolz und strahlend weitergegangen, weil er für Attlee und die anderen gestimmt hatte, die beweisen würden, daß man ein Land ohne Gewalt und Katastrophen zum Wohle der Arbeiter regieren konnte. Er war froh, daß der Amerikaner ihn heute nicht sehen konnte, wie er mit Helm und Schlagstock hier am Kai stand, in diesem Land der Witwen und Waisen, in diesem Land, in dem es keine vollständigen Familien mehr gab, nur Überlebende, in diesem Land, in dem jeder – jedes Mädchen auf der Straße, jedes Kind im Klassenzimmer, jeder Bauer, der die Furche pflügte – eine Geschichte wie Esther hatte, Erinnerungen wie Esther, Alpträume wie Esther, wo die Erinnerung an die Öfen auf jedermanns Gesicht flackerte, das Pochen der Verhaftung um Mitternacht in jeden Traum einbrach, wo Seelenangst etwas so Alltägliches war, daß niemand sie auch nur erwähnte. Was für eine verwirrende und trostlose Sache war es doch, heute ein Engländer zu sein, dachte Hawkins und starrte auf das Schiff, das jetzt schon so dicht vor ihm war. War er in England, so war er gefangen zwischen Hunger und Kälte, in Palästina zwischen Juden und Arabern, in Indien zwischen Hindus und Moslems, in Indonesien zwischen Holländern und Javanern, und nirgends Freunde, nirgends Anerkennung, nur gerade der Helm und der Schlagstock, der Stacheldraht und der Leutnant, die fremdsprachigen Gesänge, die einem wie Handgranaten an den Kopf geschmissen wurden. Da konnte man alle politischen Broschüren lesen, bei allen Wahlen wählen, alle Sonntage beten, und jeden Tag wurde es schlimmer, jeden Tag wurde man ein größerer Lump, jeden Tag wurde die Uniform, die man trug, in den

Straßen von immer mehr Städten und in immer mehr Sprachen verwünscht. Er schloß die Augen.

«Hawkins!»

Hawkins fuhr zusammen und nahm Haltung an. Leutnant Madox stand vor ihm. «Verdammt noch mal, Hawkins», sagte Madox. «Halten Sie gefälligst Ihre gottverdammten Augen auf. Gehen Sie dort rüber!»

«Jawohl, Sir», sagte Hawkins. Er faßte seinen Schlagstock fester und begab sich an die Stelle, wo zwei Matrosen einen Laufsteg zur Reling des Schoners hinaufschwangen. Das Schiff hatte schon festgemacht, und eine beängstigende Stille herrschte an Deck.

«Ausschwärmen, ausschwärmen», rief Madox seinen Leuten zu. «Laßt keinen auf den Kai springen. Sie müssen alle über den Laufsteg.»

Der Gestank war jetzt fürchterlich, und in der Stille starrten die Juden mit kaltem, verzehrendem Haß auf den Leutnant und die Soldaten hinab. Aus einem Lautsprecher kam eine kühle, freundliche Stimme.

«Meine Damen und Herren», sagte die Stimme, und sie klang, als gehöre sie mindestens einem Gardeoberst, «wir möchten dies so ordnungsgemäß wie möglich abwickeln. Kommen Sie bitte zu Zweien den Laufsteg herunter und biegen Sie nach rechts ab und gehen Sie an Bord des Schiffes, das direkt hinter Ihrem Schiff vor Anker liegt. Sie werden nach Zypern verbracht, wo man Sie in Lagern der Britischen Armee betreuen wird. Die Erkrankten unter Ihnen werden behandelt werden, und man wird sich in jeder Weise um Sie bemühen. Wollen Sie jetzt bitte mit dem Verlassen Ihres Schiffes beginnen.»

Die Stimme verstummte mit einem metallischen Knacken. Keiner rührte sich.

«Gut», sagte Madox. «Gehen wir an Bord.»

Langsam und entschlossen stiegen die Soldaten den Laufsteg hinauf. Hawkins befand sich unmittelbar hinter dem Leutnant, neben ihm war Hogan. Am oberen Ende des Laufstegs blieb er stehen. Er blickte auf das Deck des Schoners hinunter. Er sah ein Geflimmer von Augen, dunklen, wild starrenden Augen; ein

Gewirr von hageren, zerstörten Gesichtern; eine schwankende Masse zerlumpter Kleidungsstücke, die aussahen, als habe man sie aus einem umgegrabenen Friedhof geholt. Hawkins wankte einen Augenblick und fühlte benommen: Das habe ich schon einmal erlebt. Dann fiel es ihm ein. Belsen, dachte er – wohin man kommt, ist Belsen. In Belsen, erinnerte er sich, war auch dieser Gestank gewesen, und die gleichen Augen, die gleichen Lumpen, und da war der alte Mann gewesen (später hatte Hawkins herausgefunden, daß er erst dreißig war), der eine der Hüttentüren geöffnet hatte und, die Hände vor sich haltend, langsam herausgekommen war, Hände wie Klauen, das Gesicht entstellt und totenschädelähnlich und entsetzlich verzogen zu etwas, das, wie es Hawkins später klar wurde, ein strahlendes Lächeln des Willkommens hatte sein sollen, das ihm aber in dem Augenblick unheimlich und drohend erschien. Als er bei Hawkins angekommen war, brach er zusammen, und als sich Hawkins über den am Boden Liegenden beugte, war er schon tot. Hier aber kam keiner auf Hawkins zu; keiner hatte einen Ausdruck auf dem Gesicht, von dem man später hätte sagen können, daß es ein Lächeln war. Auf der anderen Deckseite waren die Frauen, und wo der Laufsteg war, standen die jüngeren Männer, und Hawkins wußte, daß es einen Kampf geben würde. Unsinnigerweise ging ihm der Gedanke durch den Kopf: Ich wette, einige sind hier dabei, die mich von Belsen her wiedererkennen werden. Was werden die von mir denken!

«Los, los!» schrie Madox wütend. «Los, Hawkins, ran!»

Langsam, wie im Traum gehorchend, ging Hawkins auf die Vordersten zu. Ich werde sie nicht schlagen, dachte er, als er sich durch die stinkende, unwirkliche Stille vorwärts bewegte. Komme, was will, ich werde sie nicht schlagen. Dann sah er, wie Hogan zuschlug, und hörte das dumpfe, gräßliche Geräusch des Schlagstocks, der auf eine Schulter traf. Dann setzten die Schreie ein, und das Gebrüll, das einen in ein wildes, grausam widerhallendes Klanggewölbe einschloß: Fremde Körper rammten einen, heiß und schlüpfrig spürte man irgend jemandes Blut im Gesicht, Arme schlugen ziellos um sich, schwarzglänzendes Holz blitzte auf gegen den gelben Himmel, und aus der Takelage fiel kreischend eine dunkle Gestalt. Hawkins versuchte, die Arme über dem Kopf zu halten, um nicht hilflos eingezwängt zu werden, aber Hände grapschten nach seinem Stock, stießen ihm ins Gesicht, und er mußte wild mit den Armen fuchteln, damit der Stock ihm nicht entrissen wurde. Dann waren plötzlich ein paar Hände um seine Kehle, und er starrte in ein finsteres, grimassierendes Gesicht, sah erbarmungslose, halbverrückte Augen, nicht mehr als zwanzig Zentimeter von den seinen entfernt, während starke Finger zudrückten und zudrückten. Hawkins versuchte sich loszureißen, aber die Hände gaben nicht nach. O Gott, dachte Hawkins und fühlte das Blut in seinem Schädel hämmern, o Gott, er wird mich umbringen. Nicht, wollte er sagen, Sie verstehen nicht. Ich tue Ihnen nichts. Ich war in Belsen. Ich war einer von den Leuten in Belsen. Aber die Hände drückten fester und fester, die Augen stierten kalt und triumphierend dicht vor den seinen, als wolle der Mann, der ihn erdrosselte, endlich Rache nehmen für das Ghetto in Polen, den Tod seiner Kinder, die verriegelten Eisenbahnwagen, die Verbrennungsöfen, die Gräber von Europa. Hawkins wurde es dunkel vor Augen, seine Kehle schien zu platzen, die Knie gaben langsam nach. Er versuchte, den anderen fortzudrücken, während Schreie der Not und Pein und die nassen, klatschenden Laute der Schläge rings um ihn ertönten. Mit schwindender Kraft riß er sich los. Dann schlug er den Mann. Der Mann ließ nicht los. Hawkins schlug ihn abermals, quer über das Gesicht, und das Gesicht des Mannes verschwand in einem Blutsprudel, aber immer noch preßten die Finger mit nicht nachlassender Gewalt. Dann hieb Hawkins mit aller noch vorhandenen, verzweifelten Kraft auf den Mann ein, der ihn erdrosseln wollte. Das Gesicht des Mannes schien sich in rotes, zerbröckelndes Gewebe aufzulösen, sein Kiefer hing in einem zerbrochenen Grinsen seltsam schief zur Seite, nur seine Augen starrten immer noch unbeirrt und haßerfüllt auf Hawkins. Ein letzter, konvulsivischer Krampf der Finger an Hawkins' Kehle, und der Mann rutschte langsam und geräuschlos hinunter und verschwand. Hawkins starrte auf ihn hinab, dann fiel er selbst, und etwas krachte ihm an den Kopf, und als er die Augen wieder öffnete, lag er auf dem Kai. Alles war sehr still, bis auf das leise Frauenwimmern in der Ferne.

Hawkins setzte sich auf. Sie holten jetzt die Frauen vom Schiff herunter, und daher kam das Weinen – von den lebenden Bündeln aus rötlichen Lumpen, die von den Soldaten auf den Boden Palästinas und wieder zurück auf das andere, daneben liegende Schiff getragen wurden. Hawkins befühlte seine Kehle. Sie war zerschunden, und aus einem Riß unter seinem Ohr kam noch immer Blut. Er fühlte sich krank, und ihm war schwindlig. Er wandte den Kopf von den Frauen fort. Er wollte sie nicht sehen. Neben ihm auf dem Kai lag, mit dem Gesicht nach unten, still und stumm ein Mann. Er trug ein amerikanisches Armeehemd und Royal-Air-Force-Hosen. Er war barfuß, und seine Füße waren furchtbar zugerichtet, geschwollen und mit schwarzer Blutkruste bedeckt. Langsam griff Hawkins den Mann bei der Schulter und rollte ihn auf den Rücken. Die Augen standen noch offen. Das Gesicht war eingeschlagen, der Kiefer grinste ausgerenkt, die Zähne waren zerbrochen und an den Wurzeln rot. Aber die Augen waren auf, und es waren die Augen des Mannes, der versucht hatte, ihn an Bord des Schoners Hope zu töten.

Hawkins stand auf. Das Gehen fiel ihm schwer, aber er ging langsam zu dem Tor im Stacheldrahtzaun am anderen Ende des Kais hinüber. Madox war da, er schwitzte, sah aber zufrieden aus.

«Gute Arbeit, Hawkins», sagte Madox. «Ich habe Sie beobachtet. Sind Sie verletzt?»

«Eine Kleinigkeit, Sir», sagte Hawkins, erstaunt über die fremdartigen Krächzlaute, die ihm aus der Kehle kamen. «Es ist nichts weiter.»

«Gut», sagte Madox. «Wir sind hier so ziemlich fertig. Wir fahren gleich ins Camp zurück.» Er schaute besorgt Hawkins' zerschundenen Hals an. «Sie fahren lieber nicht mit den anderen im LKW. Ich nehme Sie in meinem Jeep mit.»

«Jawohl, Sir», sagte Hawkins tonlos. Er ging langsam zu dem Jeep und kletterte mit Mühe auf den Rücksitz. Er lehnte sich zurück. Er schloß die Augen und dachte an nichts.

Nach zehn Minuten stiegen Madox und sein Fahrer ein, und der Jeep rollte durch das Tor. Hawkins schaute sich absichtlich nicht um, aber der Kai kam in sein Blickfeld, er sah die beiden Schiffe, den alten, stillen, halb kaputten und verlassenen Schoner und das überfüllte Transportschiff, das für die Fahrt nach Zypern Dampf machte. Sie sangen wieder auf dem Transporter, leiser jetzt, mit matten Stimmen, und Hawkins dachte, ich muß mir dieses Lied von Esther übersetzen lassen. Und auf dem Kai lag der Tote. Er war allein; nur der arabische Arbeiter, noch immer mit dem Schubkarren, stand da und beugte sich neugierig über ihn. Hawkins schloß die Augen, während der Jeep landeinwärts davonschoß.

Ob ich wohl, dachte er, und das Denken fiel ihm schwer, denn sein Kopf schien kein Teil mehr von ihm zu sein, ob ich wohl heute abend rechtzeitig wegkomme und mit Esther nach Tel Aviv ins Kino gehen kann . . . Dann kam die Explosion, und noch während er sich durch die Luft wirbeln fühlte, dachte Hawkins: Sie müssen sich Tellerminen aus dem Armeedepot geholt haben. Dann schlug er auf. Er schob sich kriechend, mit stockenden Bewegungen auf dem Boden entlang, und alles um ihn war schlüpfrig und wich zurück, und er dachte dumpf und starrköpfig: Ich muß es ihnen sagen, unbedingt, sie dürfen das mit mir nicht machen, sie verstehen nicht, ich war doch in Belsen. Dann lag er still.

Die Bewohner der Venus

Er war seit dem frühen Morgen Ski gelaufen und hätte gern eine Pause gemacht und zu Mittag gegessen, aber Mac sagte: «Machen wir noch eine Abfahrt vor dem Lunch», und da es Macs letzter Tag war, erklärte sich Robert einverstanden, noch einmal hinaufzufahren. Das Wetter war bewölkt, aber gelegentlich wurden Flecken von blauem Himmel sichtbar, und bisher war es klar genug gewesen, um den Vormittag über recht anständig Ski zu laufen. Die Kabine der Seilbahn war überfüllt, und sie mußten sich zwischen hellen Pullovern, Anoraks und durch die dichtgedrängte Menge der Menschen mit ihren Picknickpaketen, Rucksäcken und Seehundsfellen für den Aufstieg drängen. Die Türen schlossen sich, und die Kabine glitt schwankend aus der Seilbahnstation über die Reihen der Tannen am Fuße des Berges hinweg.

Die Passagiere waren so eng aneinandergepreßt, daß es schwer war, ein Taschentuch hervorzuziehen oder sich eine Zigarette anzuzünden. Robert stand zu seinem Glück in Körperfühlung mit einer recht hübschen Italienerin, die allerdings ein unzufriedenes Gesicht machte und gerade jemandem über seine Schulter hinweg erklärte, warum sie das Leben in Mailand im Winter so scheußlich fand. *«Milano si trova in un bacino deprimente»*, sagte sie, *«bangnato dalla pioggia durante tre mesi all' anno. E, nonostante il loro gusto per l'opera, i Milanesi non sono altro volgari materialisti che solo il denaro interessa»*, und Robert verstand genug Italienisch, um zu verstehen, daß das Mädchen sagte, Mailand läge in einer deprimierenden Talmulde, sei drei Monate im Jahr von Regen überschwemmt, und die Mailänder seien trotz ihrer Liebe für die Oper im Grunde ordinär und materialistisch und interessierten sich nur für Geld.

Robert lächelte. Obgleich nicht in den Vereinigten Staaten geboren, war er seit 1944 amerikanischer Staatsbürger, und es tat wohl, mitten im Herzen Europas einmal zu hören, daß nicht nur die Amerikaner als Materialisten verschrien waren, die nur ans Geld denken.

«Was sagt die Contessa?» fragte Mac flüsternd über das rote Haar einer kleinen Schweizerin hinweg, die zwischen Robert und Mac eingeklemmt war. Mac diente als Leutnant bei einer Einheit in Deutschland und verbrachte seinen Urlaub hier. Er lebte seit fast drei Jahren in Europa, und um zu zeigen, daß er kein gewöhnlicher Tourist war, nannte er alle hübschen Italienerinnen Contessas. Robert hatte ihn vor einer Woche in der Bar des Hotels, in dem sie beide wohnten, kennengelernt. Sie waren beide begeisterte Skiläufer, achteten nicht auf die Gefahr, suchten sich immer die schwierigsten Abfahrten aus, hatten jeden Tag gemeinsam die gewagtesten Ausflüge gemacht und sich sogar bereits für die nächsten Winterferien hier verabredet, falls Robert es einrichten konnte, von Amerika wegzukommen.

«Die Contessa sagt, daß die Leute in Mailand sich nur für das Geld interessieren», antwortete Robert und bemühte sich, leise zu sprechen, obgleich es in diesem Stimmengewirr höchst unwahrscheinlich war, daß man belauscht wurde.

«Wenn ich in Mailand wäre», sagte Mac, «und sie auch, so würde ich mich für andere Dinge als Geld interessieren.» Er starrte die Italienerin mit unverhohlener Bewunderung an. «Kannst du herausfinden, welche Piste sie nehmen wird?»

«Wozu?» fragte Robert.

«Weil ich die gleiche zu nehmen beabsichtige», erwiderte Mac grinsend. «Ich werde ihr wie ein Schatten folgen.»

«Mac», ermahnte ihn Robert, «verschwende doch nicht deine Zeit. Es ist dein letzter Tag.»

«Eben gerade. Am letzten Tag passiert einem immer das Beste.» Mac war ein Hüne, mit offenem Gesicht, unkompliziert, und er strahlte das Mädchen an. Sie nahm keine Notiz von ihm, war zu beschäftigt, ihren Freunden von den Eingeborenen Siziliens zu erzählen.

Die Sonne kam für ein paar Minuten heraus, es wurde heiß in der winzigen Kabine, wo sich vierzig Personen in schweren

Kleidern auf engem Raum aneinanderpreßten, und Robert döste halb vor sich hin, schenkte all den französischen, italienischen, englischen, schweizerdeutschen und deutschen Stimmen um ihn herum keine Aufmerksamkeit. Robert liebte es, inmitten dieses unbeschwerten Sprachgewirrs zu sein. Das war einer der Gründe, weshalb er für die Wintersportsaison in die Schweiz kam, so oft er es sich leisten konnte, von seiner Arbeit wegzukommen. In den bösen Zeiten, die die Welt durchmachte, war es ein tröstliches und hoffnungsvolles Gefühl, unter all diesen gutwilligen Menschen der verschiedensten Sprachen zu sein, die sich einmal nicht gegenseitig bedrohten und allen Andersartigen freundlich zulächelten, die sich in diesen leuchtend weißen Bergen versammelten, um die unschuldigen Freuden der Sonne und des Schnees zu genießen.

Das Gefühl herzlich empfundener Zusammengehörigkeit, das Robert auf diesen Reisen empfand, wurde noch durch die Tatsache hervorgehoben, daß die meisten Leute auf den Skilifts und den Pisten ihm mehr oder weniger vertraut schienen. Skifahrer bildeten eine Art von lockerem, internationalen Klub, und man begegnete oft den gleichen Gesichtern ein Jahr später in Mégève, Davos, St. Anton oder Val d'Isère, so daß man nach einer Weile den Eindruck gewann, fast jeden in den Bergen zu kennen. Da waren zum Beispiel vier oder fünf Amerikaner, bei denen Robert sicher war, daß er sie zu Weihnachten in Stowe gesehen hatte, und die in einem jener Charterflugzeuge herübergekommen waren, die die Wintersportler zu ermäßigten Tarifen in die Schweiz brachten. Diese Amerikaner waren jung und begeistert, keiner von ihnen hatte je zuvor Europa besucht, und sie gaben ziemlich lautstark ihre Freude an allem kund – an den Alpen, am guten Essen, dem Schnee, dem Wetter, den Bauern in ihren blauen Kitteln, dem Schick einiger besonders attraktiver Skihäschen, dem Können und dem guten Aussehen der Skilehrer. Bei den Dorfbewohnern waren sie beliebt, weil sie sich offen und ungezwungen gaben und an allem Freude hatten. Außerdem verteilten sie großzügige Trinkgelder im amerikanischen Stil, was die Schweizer, auf deren Rechnungen fünfzehn Prozent Bedienung bereits inbegriffen sind, als eine willkommene und unerwartete Zugabe betrachteten. Zwei der Mädchen waren sehr attraktiv, sehr jugendlich und typische «hübscheste Mädchen der Nachbarschaft», und einer der jungen Männer, ein schlaksiger Bursche aus Philadelphia, der inoffizielle Führer der Gruppe, war ein ausgezeichneter Skiläufer, führte die anderen auf den Abfahrten an und half den Anfängern, wenn sie in Schwierigkeiten gerieten.

Dieser junge Mann aus Philadelphia, der in Roberts Nähe stand, wandte sich an ihn, als die Kabine über der Mitte des Berghangs schwebte. «Sie sind doch nicht zum ersten Mal hier?» fragte er.

«Nein», sagte Robert. «Ich kenne mich ganz gut aus.»

«Und welche Piste ist Ihrer Meinung nach wohl die beste um diese Tageszeit?» Er sprach mit jenem etwas affektierten, eintönigen Tonfall der guten Schulen Neuenglands, den die Europäer gern nachahmen, wenn sie sich über reiche und vornehme Amerikaner lustig machen wollen.

«Heute sind sie alle gut», sagte Robert.

«Aber wie heißt diese Piste, die alle so fabelhaft finden?» fragte der junge Mann. «Der Kaiser . . . irgendwas?»

«Ach ja, der Kaisergarten», sagte Robert. «Wenn Sie oben aussteigen, ist es die erste Mulde rechts.»

«Ist sie schwer?»

«Sie ist jedenfalls nicht für Anfänger», erklärte Robert.

«Sie haben doch diese Gruppe hier schon fahren gesehen?» Der junge Mann wies auf seine Freunde. «Glauben Sie, sie könnten es schaffen?»

«Ich weiß nicht.» Robert zögerte. «Etwa auf halbem Wege kommt man auf einen Steilhang mit sehr vielen Buckeln, und dann sind da ein oder zwei Stellen, an denen es nicht ratsam ist, zu stürzen, weil man dann nämlich riskiert, die ganze weitere Abfahrt hinunterzurutschen . . .»

«Ach, wir werden es trotzdem versuchen», sagte der Mann aus Philadelphia. «Es wird ihnen gut tun. Mal herhören», rief er seinen Freunden zu. «Wer feige ist, bleibt oben und nimmt seinen Lunch. Die Helden folgen mir. Wir nehmen die Kaisergartenabfahrt . . .»

«Francis», sagte das eine der hübschen Mädchen, «ich glaube, du hast dir geschworen, mich auf dieser Reise umzubringen.»

«So schlimm ist es nicht», sagte Robert und lächelte ihr besänftigend zu.

«Sagen Sie mal . . .» Das Mädchen blickte Robert mit Interesse an. «Haben wir uns nicht schon irgendwo gesehen?»

«Gestern in dieser Kabine», sagte Robert.

«Nein.» Das Mädchen schüttelte den Kopf. Sie trug eine schwarze, wuschlige Lammfellmütze, und sah wie eine High-School-Majorette aus, die sich als Anna Karenina ausgeben möchte. «Es muß lange vorher gewesen sein. Irgendwo.»

«Ich bin Ihnen in Stowe begegnet», gestand Robert. «Zu Weihnachten.»

«Ach, da war es», sagte sie. «Ich habe Sie Skifahren gesehen. Mein Gott, Sie sind richtig *geschmeidig*.»

Über diese Beschreibung des Skistils von Robert brach Mac in lautes Gelächter aus.

«Lassen Sie sich von meinem Freund nicht stören», sagte Robert und genoß die Bewunderung des Mädchens. «Er ist ein rauher Soldat, und er versucht, den Berg mit brutaler Kraft in die Knie zu zwingen.»

«Moment mal», sagte das Mädchen und machte ein etwas überraschtes Gesicht. «Sie reden irgendwie komisch. Sind Sie Amerikaner?»

«Allerdings», sagte Robert. «Seit einiger Zeit. Ich wurde in Frankreich geboren.»

«Aha, das erklärt alles», sagte das Mädchen. «Sie stammen sicher aus den Bergen.»

«Nein, aus Paris.»

«Und leben Sie jetzt dort?»

«Ich lebe in New York.»

«Verheiratet?» fragte das Mädchen gespannt.

«Barbara, benimm dich», ermahnte sie der junge Mann aus Philadelphia.

«Ich habe dem Mann nur eine ganz einfache, freundliche Frage gestellt», wehrte sich das Mädchen. «Sie nehmen es mir doch nicht übel, Monsieur?»

«Nicht im geringsten.»

«*Sind* Sie verheiratet?»

«Ja», gestand Robert.

«Und er hat drei Kinder», fügte Mac hilfreich hinzu. «Der Älteste wird bei den nächsten Wahlen für die Präsidentschaft kandidieren.»

«Ach, das ist aber schade», sagte das Mädchen. «Ich hatte mir auf dieser Reise fest vorgenommen, wenigstens *einen* unverheirateten Franzosen kennenzulernen.»

«Das schaffen Sie bestimmt noch», tröstete sie Robert.

«Wo ist Ihre Frau jetzt?» fragte das Mädchen.

«In New York.»

«Schwanger», fügte Mac hinzu, hilfreicher als je.

«Und sie läßt Sie ganz alleine zum Wintersport fahren?» fragte das Mädchen ungläubig.

«Ja. Eigentlich bin ich geschäftlich in Europa, und ich habe mich für zehn Tage heimlich davongeschlichen.»

«Was für Geschäfte?» wollte das Mädchen wissen.

«Ich bin Diamantenhändler. Ich kaufe und verkaufe Diamanten.»

«Genau der Mann, dem ich schon immer begegnen wollte», sagte das Mädchen. «Jemand, der in Diamanten schwimmt. Nur verheiratet darf er nicht sein.»

«Barbara!» ermahnte sie der Mann aus Philadelphia.

«Ich handle fast ausschließlich mit Industriediamanten», erklärte ihr Robert. «Das ist nicht das gleiche.»

«Trotzdem», sagte das Mädchen.

«Barbara, versuche dich mal wie eine Dame zu benehmen», sagte der Mann aus Philadelphia.

«Wenn man sich nicht einmal in aller Offenheit mit einem amerikanischen Landsmann unterhalten darf», sagte das Mädchen, «mit wem denn sonst?» Sie schaute durch die Plexiglasscheibe der Kabine. «O weh», rief sie aus, «dieser Berg ist ja ein wahres Ungeheuer, nicht wahr? Ich zittere direkt vor Angst.» Wieder musterte sie Robert sehr aufmerksam. «Sie sehen wirklich wie ein Franzose aus», stellte sie fest. «Furchtbar elegant und höflich. Sind Sie wirklich ganz sicher, daß Sie verheiratet sind?»

«Barbara, ich bitte dich», stöhnte der Mann aus Philadelphia.

Robert lachte, Mac und die anderen Amerikaner lachten, und das Mädchen lächelte unter ihrem Wuschelhut, vergnügt über ihre Clownerie und den Erfolg, den sie damit hatte. Die anderen Leute in der Kabine, die kein Englisch verstanden, lächelten gutmütig, freuten sich über das Gelächter, wenn sie auch nicht wirklich daran teilhatten und nur Zeugen dieser jugendlich ausgelassenen Heiterkeit waren.

Doch dann hörte Robert eine Männerstimme über dem Gelächter, die auf Deutsch und in einem Ton kühler Verachtung sprach. «Schaut euch diese dummen amerikanischen Gesichter an! Und diese Leute bilden sich ein, sie wären berufen, die Welt zu regieren.»

Robert hatte als Kind bei seinen elsässischen Großeltern Deutsch gelernt, verstand also sehr gut, zwang sich jedoch, nicht den Kopf zu drehen, um zu sehen, von wem die Worte kamen. Er hätte gerne von sich selbst geglaubt, daß er seine Jahre des Zorns längst hinter sich gelassen hätte, und falls niemand außer ihm das eben Gesagte gehört oder verstanden hatte, wollte er nicht derjenige sein, der eine große Sache daraus machte und den man dann zur Rede stellte. Schließlich war er zu seinem Vergnügen hier und hatte keine Lust, einen Streit vom Zaun zu brechen oder gar Mac und die anderen jungen Leute mit hineinzuziehen. Vor langer Zeit hatte er gelernt, daß es manchmal klüger ist, sich taub zu stellen, wenn man derartige Dinge oder sogar noch Schlimmeres hört. Wer schert sich schon darum, was irgendein blöder Deutscher daherredet, und als Erwachsener ignoriert man das einfach. So schaute er sich nicht um; er wußte, daß er sich nicht beherrschen würde, wenn er den Mann ausfindig gemacht hatte. Jetzt war es nur eine anonyme, wenn auch hassenswerte Stimme, die er mit all dem anderen, das er in seinem Leben von Deutschen gehört hatte, aus seiner Erinnerung verdrängen konnte.

Es fiel ihm allerdings schwer, sich nicht umzublicken, und so schloß er die Augen, über sich selbst verärgert, daß einige dahergeschwatzte böse Worte ihn so aufregten. Bis jetzt waren seine Ferien in jeder Beziehung schön und angenehm gewesen, und es wäre doch so dumm, sie sich von einer Stimme aus der Menge verderben zu lassen. Wenn man zum Skifahren in die Schweiz kommt, sagte er sich, kann man es nicht vermeiden, auch Deutsche anzutreffen. Immerhin begegnete man jedes Jahr mehr von diesen stämmig gewachsenen, wohlhabend aussehenden Männern und ihren argwöhnisch dreinblickenden Frauen, die sich aufführten, als seien sie ständig in Gefahr, übers Ohr gehauen zu werden. In den Schlangen vor den Skilifts und Seilbahnen drängten sie sich immer etwas mehr als notwendig vor, mit einer Art von unpersönlichem Egoismus, einem rassisch bedingten, von keinem Skrupel getrübten Anspruch auf Vortritt. Beim Skilaufen schlossen sie sich mit grimmigem Eifer in kompakten Gruppen zusammen, wie unter militärischem Befehl, und abends, wenn sie sich in den Bars und Stüblis entspannten, war ihre Fröhlichkeit fast noch unerträglicher als der tierische Ernst und die junkerhafte Arroganz, mit denen sie tagsüber ihren wintersportlichen Tätigkeiten nachgingen. Dann saßen sie, rotgesichtig in langen Reihen, tranken fässerweise Bier, brüllten und lachten oder grölten schunkelnd ihre studentischen Trinklieder. Das Horst-Wessel-Lied hatte Robert sie noch nicht singen gehört, aber es war ihm nicht entgangen, daß sie schon seit langem nicht mehr vorgaben, Schweizer, Österreicher oder gebürtige Elsässer zu sein. Irgendwie schienen die Deutschen dem Skisport, der doch vor allem ein individueller Ausdruck leichtbeschwingten Freiheitsstrebens sein sollte, den Begriff der Herde aufzuzwingen. Mehr als einmal, als er vor dem Lift fast von ihnen niedergetrampelt wurde, hatte er Mac sein Mißfallen über diese Leute kundgetan, aber Mac, der trotz seines etwas plumpen und babyhaften Aussehens eines Fußballers durchaus kein Narr war, hatte zu ihm gesagt: «Da gibt es einen ganz einfachen Trick, mein Junge. Du mußt sie isolieren. Nur in Gruppen gehen sie einem auf die Nerven. Ich lebe seit Jahren in Deutschland und habe eine Menge sehr anständiger Kerle und ein paar ganz tolle Mädchen kennengelernt.»

Robert mußte Mac wohl oder übel zustimmen. Tief in seinem Herzen wollte er glauben, daß Mac recht hatte. Vor dem Krieg und während des Krieges hatte das Problem der Deutschen ihn alle Tage so sehr beschäftigt, daß ihm der V-E-Day wie eine persönliche Befreiung von ihnen erschienen war, wie die Abschlußfeier einer Schulzeit, in der er sich Jahre hindurch vergeblich mit der Lösung einer einzigen langweiligen und schmerzlichen Aufgabe abgemüht hatte. Und er war schließlich soweit gekommen, zu glauben, die Deutschen seien durch die Niederlage endlich wieder vernünftig geworden. So empfand er es – über die Erleichterung hinaus, sein Leben nicht mehr von ihnen bedroht zu sehen – als eine fast ebenso willkommene Erlösung, nicht mehr weiter an sie *denken* zu müssen.

Als der Krieg vorüber war, hatte er sich, sobald es ihm möglich schien, für normale Beziehungen zu den Deutschen eingesetzt, sowohl aus politischen als auch aus humanitären Gründen. Er trank deutsches Bier, fuhr sogar einen Volkswagen, hegte jedoch immer noch, in Anbetracht der den Deutschen latent innewohnenden Neigung zu Katastrophen, starke Bedenken, die deutsche Armee mit der Wasserstoffbombe auszurüsten. Geschäftlich hatte er sehr wenig mit Deutschen zu tun, und nur hier in diesem Graubündner Dorf, wo ihre Anwesenheit sich mit jedem Jahr deutlicher bemerkbar machte, verspürte er wieder eine gewisse Unruhe beim bloßen Gedanken an sie. Aber er liebte das Dorf, und die Idee, nur wegen der vielen Münchner und Düsseldorfer Autoschilder auf seinen gewohnten jährlichen Ferienaufenthalt zu verzichten, war ihm zuwider. Vielleicht, so sagte er sich, würde er von jetzt an zu einer anderen Zeit kommen, im Januar, nicht im späten Februar. Von Mitte Februar bis Mitte März, wenn die Sonne länger schien und erst gegen sechs Uhr unterging, herrschte die deutsche Saison. Die Deutschen waren Sonnenfanatiker, und man sah sie überall auf den Hügeln, mit nacktem Oberkörper, auf Felsen hockend, ihr Picknick verzehrend, gierig jeden Strahl der Sonne nutzend. Es war, als kämen sie aus einem ständig in Nebel gehüllten Land, vom Planeten Venus, und müßten während der kurzen Ferienzeit möglichst viel Licht und Leben in sich aufspeichern, um die Härte und Trübsal und das Benehmen der übrigen Venusbewohner für den Rest des Jahres ertragen zu können.

Robert lächelte über sich selbst wegen der Toleranz seiner

Theorie und fühlte sich sogleich besser gelaunt gegenüber all den Leuten, die um ihn herum waren. Er stellte sich sogar vor, er hätte vielleicht, wenn er noch Junggeselle gewesen wäre, ein nettes bayrisches Mädchen kennenlernen und sich verlieben können und damit die ganze Sache ein für allemal erledigt.

«Francis, ich warne dich», sagte das Mädchen mit der Lammfellmütze, «wenn du mich auf diesem Berg da in den Tod schickst, bekommst du es mit drei Junioren aus Yale zu tun, und die werden dich bis ans Ende der Welt verfolgen.»

Dann hörte er wieder den Deutschen. Die Stimme kam ganz aus seiner Nähe, leise, doch sehr deutlich, und es war ohne jeden Zweifel richtiges Hochdeutsch und kein Züridütsch oder sonst irgendein Schweizer Dialekt. «Warum haben die Amerikaner nicht genügend Verstand, ihre dummen kleinen Nutten zu Hause zu lassen, wo sie hingehören?»

Jetzt gab es für Robert kein Ausweichen mehr. Er mußte den Mann finden und etwas tun. Zuerst blickte er Mac an, um zu sehen, ob dieser, der ein bißchen Deutsch verstand, es auch gehört hatte. Mac war ein Riese und konnte sehr gefährlich werden, trotz all seiner Gutmütigkeit. Falls er ahnte, was der Kerl da eben gesagt hatte, würde er ihn zusammenschlagen. Aber Mac strahlte immer noch friedlich die Contessa an. Gott sei Dank, sagte sich Robert erleichtert. In bezug auf Schlägereien verstand die Schweizer Polizei keinen Spaß, und wenn Mac einmal richtig in Wut geriet, war er fähig, schrecklichen Schaden anzurichten, und würde höchstwahrscheinlich im Gefängnis landen. Für einen amerikanischen Berufssoldaten, der in Frankfurt diente, könnte eine solche Schlägerei sehr ernsthafte Folgen haben. Mir dagegen kann nichts Schlimmeres passieren, sagte sich Robert, während er sich nach dem Mann umschaute, als ein paar Stunden im Kittchen und eine Moralpredigt vom Polizeibeamten über Mißbrauch der Schweizer Gastfreundschaft.

Fast automatisch beschloß Robert, dem Mann, wenn sie oben angekommen waren, aus der Kabine zu folgen, ihm in aller Ruhe zu sagen, was er, Robert, von ihm gehört hatte, und dann gleich zuzuschlagen. Er hoffte nur, der Mann – wer er auch sein mochte – würde nicht zu verdammt groß und stark sein.

Es dauerte eine Weile, bis Robert den Mann erkannte. Neben der Italienerin stand ein großer Kerl, der Robert den Rücken zuwandte. In der dicht gedrängten Menge sah Robert nur den Kopf und die breiten und kräftigen Schultern in einem schwarzen Parka. Er trug eine weiße Mütze, ähnlich denen des Afrikakorps während des Krieges, und er war in Begleitung einer dicken Frau mit hartem Gesicht, die ihm eindringlich etwas zuflüsterte, aber nicht laut genug, daß Robert es hören konnte. Doch dann antwortete der Mann sehr vernehmbar und auf Deutsch: «Es ist mir völlig egal, wie viele von denen die Sprache verstehen. Sollen sie es ruhig hören.» Jetzt wußte Robert, daß er seinen Mann gefunden hatte.

Ein erhebendes Vorgefühl stieg in ihm auf, die Muskeln seiner Hände und Arme zuckten und spannten sich. Er bedauerte nur, daß die Kabine erst in etwa fünf Minuten oben ankommen würde. Jetzt, nachdem er sich entschlossen hatte und der Kampf unvermeidlich war, konnte er es kaum erwarten. Wie gebannt starrte er auf den breiten, schwarzen Nylonrücken des Mannes, wünschte sich, er würde sich endlich umdrehen und sein Gesicht zeigen. Er fragte sich, ob der Mann beim ersten Schlag umkippen, ob er sich entschuldigen, ob er sich mit seinen Skistöcken wehren würde. Jedenfalls fand Robert es ratsam, seine eigenen Skistöcke bereitzuhalten, um ganz sicher zu sein, obgleich er sich auf Macs sofortiges Eingreifen verlassen konnte, falls dieser sah, daß mit Waffen gekämpft wurde. Kurz entschlossen zog Robert die schweren, wattierten Handschuhe ab und steckte sie sich in den Gürtel. Mit nackten Fäusten wäre die Zurechtweisung bestimmt wirkungsvoller. Allerdings bestand die Möglichkeit, daß der Mann einen schweren Siegelring trug. Unverwandt starrte er auf den Nacken des Kerls, wollte sein Gesicht sehen. Die dicke Frau bemerkte es schließlich. Sie flüsterte dem Mann im schwarzen Parka etwas zu, und nach einigen Sekunden drehte er sich endlich um, gab vor, es ganz zufällig zu tun. Jetzt sah der Mann Robert direkt ins Gesicht, und Robert sagte sich: Wenn man lange genug Ski gelaufen ist, begegnet man jedem Skiläufer, den man je gekannt hat. Im gleichen Augenblick wußte er, daß es kein einfacher, netter kleiner Faustkampf auf dem Gipfel des

Berges sein würde. Er wußte, daß er diesen Mann töten mußte, diesen Mann mit den eiskalten blauen Augen und den blaßblonden Wimpern, die ihm von unter dem Schirm der weißen Afrikakorpsmütze herausfordernd entgegenblickten.

Es war vor langer Zeit gewesen, im Winter 1938, im französischen Teil der Schweiz, und er war vierzehn Jahre alt, die Sonne ging hinter den Bergen unter, es war zehn Grad unter Null, und er lag im Schnee, den Fuß auf jene komische, unnatürliche Weise verdreht, obgleich die Schmerzen noch nicht begonnen hatten, und diese Augen schauten auf ihn hinab ...

Er hatte eine große Dummheit gemacht und war im Augenblick mehr über das besorgt, was seine Eltern sagen würden, als über sein gebrochenes Bein. Er war am späten Nachmittag ganz allein hinaufgefahren, als fast alle sich ins Dorf zurückgezogen hatten, und er war nicht der normalen Piste gefolgt, sondern quer durch den Wald gelaufen, um Pulverschnee zu finden, wo es keine anderen Skispuren gab. Ein Ski hatte sich in einer verborgenen Baumwurzel verfangen, und er war gestürzt und hatte dabei, kurz bevor er mit dem Gesicht im Schnee landete, ganz deutlich das unangenehme Knacken in seinem rechten Bein gehört.

Bemüht, nicht in Panik zu geraten, hatte er sich aufgesetzt, das Gesicht der Piste zugewandt, deren Markierungen er etwa hundert Meter weiter zwischen den Bäumen sehen konnte. Falls noch irgendwelche Skiläufer vorbeikamen, würden sie ihn vielleicht, wenn er Glück hatte, rufen hören. Vorläufig machte er nicht den Versuch, bis zu den Markierungsstäben zu kriechen, denn bei der leisesten Bewegung verspürte er ein seltsam stechendes Gefühl, das von seinem Knöchel das Bein hinauf bis in seinen Magen stieg und einen Brechreiz auslöste.

Die Schatten im Wald wurden immer länger, und nur noch die höchsten Gipfel hoben sich rosa gegen den frostigen, grünen Himmel ab. Er fing an, entsetzlich zu frieren, und von Zeit zu Zeit hatte er Anfälle von Schüttelfrost.

Ich werde hier sterben, sagte er sich. Ich werde heute nacht hier sterben. Er dachte an seine Eltern und seine Schwester, die wahrscheinlich beim Tee saßen, bequem und behaglich im warmen Speisezimmer ihres Chalets zwei Meilen von hier, und er biß sich auf die Lippen, um gegen die Tränen anzukämpfen. Vor ein oder zwei Stunden würden sie sich keine Sorgen um ihn machen, und auch dann, falls sie etwas unternahmen, um ihn zu finden, würden sie nicht wissen, wo sie zu suchen anfangen sollten. Von den sieben oder acht Leuten, die mit ihm in der letzten Seilbahn heraufgekommen waren, kannte er niemanden, und er hatte auch niemandem erzählt, welche Abfahrt er zu nehmen beabsichtigte. Es gab drei Berge und drei verschiedene Seilbahnen und zahllose Abfahrtsmöglichkeiten, und ihn in der Nacht zu suchen, wäre ein fast hoffnungsloses Unternehmen. Er blickte zum Himmel hinauf. Wolken zogen langsam vom Osten heran, eine hohe, schwarze Mauer, die den bereits dunklen Himmel verdeckte. Falls es in dieser Nacht noch schneien sollte, würde man wahrscheinlich seine Leiche nicht vor dem Frühling finden. Er hatte seiner Mutter fest versprochen, er würde auf keinen Fall alleine Ski laufen, und jetzt hatte er sein Versprechen gebrochen und wurde dafür bestraft.

Dann hörte er das Geräusch von Skiern, das rasche Scharren der Metallkanten auf dem gefrorenen Schnee der Piste. Bevor er den Skiläufer sah, begann er mit all der Kraft seiner Lungen zu schreien: *«Au secours! Au secours!»*

Der dunkle Schatten einer Gestalt, die sich sehr schnell bewegte, erschien eine Sekunde lang hoch über ihm, verschwand hinter einer Baumgruppe, schoß dann wieder viel tiefer in Sichtweite vorbei, fast in gleicher Höhe der Stelle, wo Robert saß. Er schrie wild, hysterisch, und es waren keine Worte mehr, nur noch ein unartikulierter, leidenschaftlicher, die Kehle zersprengender Verzweiflungsruf an die Menschheit, die sich in dieser Dämmerstunde auf dem kalten Berg in der dunklen, behenden, mit den Metallkanten der Skier scharrenden, im Winde zischenden und in rasender Geschwindigkeit auf das Dorf zusausenden Gestalt verkörperte.

Dann, wie durch ein Wunder, bremste die Gestalt, blieb in einer aufwirbelnden Schneewolke stehen. Robert schrie mit all seiner Verzweiflung, und das Echo seiner Stimme hallte schrill durch den Wald. Einen Augenblick lang rührte sich der Skiläufer nicht, und Robert zitterte vor Angst, es könnte eine Halluzination gewesen sein, eine Sinnestäuschung, es stünde niemand dort auf dem verhärteten Schnee am Waldrand, er bilde sich nur ein, daß er schreie, und so sehr er auch seine Lungen und seine Kehle anstrengte, er bliebe doch stumm und ungehört.

Plötzlich sah er nichts mehr. Es war ihm, als sei irgendwo in seinem Inneren ein Vorhang niedergegangen, als überschwemmte eine warme, betäubende Flüssigkeit alle Leitungen und Kanäle seines Körpers. Er winkte schwach mit den Händen und verfiel langsam in Bewußtlosigkeit.

Als er wieder zu sich kam, kniete ein Mann über ihm, rieb Schnee auf seine Wangen. «Sie haben mich gehört», sagte Robert auf Französisch zu dem Mann. «Ich hatte Angst, Sie würden mich nicht hören.»

«Ich verstehe nicht», antwortete der Mann auf Deutsch. «Nicht parler Französisch.»

«Ich hatte Angst, Sie würden mich nicht hören», wiederholte Robert auf Deutsch.

«Du bist ein dummer kleiner Junge», sagte der Mann, und sein Deutsch war akzentfrei und zeugte von guter Schulbildung. «Und du hast großes Glück gehabt. Ich bin der Letzte hier auf dem Berg.» Er betastete Roberts Knöchel mit harter, jedoch geschickter Hand. «Nett», bemerkte er ironisch, «sehr nett. Du wirst mindestens drei Monate lang in einem Gipsverband herumhumpeln. So ... liege ganz still. Ich werde dir deine Skier abnehmen, dann ist es dir etwas bequemer.» Rasch und behende löste er die Riemen und stellte die Skier aufrecht in den Schnee. Darauf trat er einige Schritte zurück, wischte den Schnee von einem Baumstumpf, kam wieder auf Robert zu und griff ihm unter die Achseln. «Entspanne dich», sagte er. «Versuche nicht, mir zu helfen.» Er hob Robert auf.

«Zum Glück wiegst du nichts», sagte er. «Wie alt bist du denn? Elf?»

«Vierzehn», antwortete Robert.

Der Mann lachte. «Was ist denn mit dir los? Gibt man dir in der Schweiz nichts zu essen?»

«Ich bin Franzose», sagte Robert.

«Ach so.» Die Stimme des Mannes wurde ausdruckslos. «Franzose.» Halb trug, halb schleppte er Robert zum Baumstumpf und setzte ihn sanft darauf nieder. «Da», sagte er, «wenigstens liegst du nicht mehr im Schnee. Du wirst nicht erfrieren – vorläufig nicht. Jetzt höre mir gut zu. Ich werde deine Skier in die Skischule hinunterbingen und dort Bescheid sagen, wo du bist, damit man dir einen Schlitten schickt. Sie sollten in weniger als einer Stunde bei dir sein. Bei wem wohnst du im Dorf?»

«Bei meinen Eltern. Im Chalet Montana.»

«Gut.» Der Mann nickte. «Chalet Montana. Sprechen sie auch deutsch?»

«Ja.»

«Ausgezeichnet. Ich werde sie anrufen und ihnen sagen, daß ihr dummer Junge sich das Bein gebrochen hat und daß die Rettungsmannschaft ihn ins Krankenhaus bringt. Wie ist dein Name?»

«Robert.»

«Robert was?»

«Robert Rosenthal», sagte Robert. «Bitte erzählen Sie ihnen nicht, daß ich schlimm verletzt bin. Sie werden sich ohnehin genug Sorgen machen.»

Der Mann antwortete nicht sofort. Er band Roberts Skier zusammen und schwang sie sich über die Schulter. «Keine Bange, Robert Rosenthal», sagte er. «Ich werde sie nicht mehr als nötig beunruhigen.» Und dann schoß er plötzlich davon, schlängelte sich geschickt durch die Bäume hindurch, die Skistöcke in der einen Hand, Roberts Skier mit der anderen auf der Schulter balancierend.

Sein rasches Verschwinden überraschte Robert, und erst als der Mann weit fort und fast hinter den Bäumen verschwunden war, fiel es Robert ein, daß er seinem Lebensretter nicht gedankt hatte. «Vielen Dank», rief er in die anbrechende Dunkelheit hinein. «Vielen herzlichen Dank.»

Der Mann drehte sich nicht um, und Robert sollte nie wissen, ob er seinen Dankesruf gehört hatte oder nicht. Denn eine

Stunde später, als es völlig finster war und die vom Osten heranziehenden Wolken das letzte Sternenlicht ausgelöscht hatten, war immer noch keine Rettungsmannschaft erschienen. Robert hatte eine Uhr mit Leuchtzifferblatt. An dieser orientierte er sich, wartete genau anderthalb Stunden bis zehn Minuten nach sieben und war dann sicher, daß niemand mehr kommen würde, um ihn zu holen, und daß ihm, falls er die Nacht überleben wollte, nur noch die Hoffnung blieb, irgendwie aus dem Wald zu kriechen und mit eigenen Kräften ins Dorf zurückzugelangen.

Inzwischen war er steif vor Kälte und litt unter der Schockwirkung. Seine Zähne klapperten schrecklich, als wären seine Kiefer Teile einer aus den Fugen geratenen Maschine, über die er keine Kontrolle hatte. Aus seinen Fingern war alles Gefühl gewichen, und der Schmerz in seinem Bein pulsierte in immer stärkeren Wellen wie flüssiges Metall durch seinen Körper. Er hatte sich die Kapuze seines Parka aufgesetzt, drückte den Kopf so tief wie möglich auf seine Brust, und der Stoff seines Parka wurde steif von seinem frostigen Atem. Irgendwo in seiner Nähe vernahm er ein wimmerndes Geräusch, und erst einige Minuten später wurde er sich gewahr, daß es sein eigenes Wimmern war und daß er nicht damit aufhören konnte.

Steif, mit äußerster Vorsicht, versuchte er, sich vom Baumstumpf zu erheben, ohne das Gewicht auf sein verletztes Bein zu verlagern, aber im letzten Augenblick rutschte er aus und verdrehte es, während er stürzte. Er schrie zweimal auf, lag mit dem Gesicht im Schnee, dachte schon daran, einfach liegen zu bleiben, alles zu vergessen, sich die unerträgliche Anstrengung, am Leben zu bleiben, zu ersparen. Später, als er viel älter war, gelangte er zu dem Schluß, daß das einzige, was ihn wieder in Bewegung setzte, der Gedanke an seine Mutter und seinen Vater war, die dort unten im Dorf mit wachsender Angst und Verzweiflung auf ihn warteten.

Er robbte auf dem Bauch vorwärts, zog sich mit den Händen durch den Schnee, griff nach Felsstücken, niedrig hängenden Zweigen, schneebedeckten Wurzeln, um sich Meter für Meter aus dem Wald zu schleppen. Seine Uhr war ihm irgendwo unterwegs verlorengegangen, und als er endlich an die Reihe der Markierungsstäbe an der Piste gelangte, wo die Strecke des harten Schnees begann, wußte er nicht mehr, ob er fünf Minuten oder fünf Stunden für die hundert Meter gebraucht hatte, die er von der Stelle seines Sturzes gekrochen war. Keuchend, schluchzend, auf die Lichter des Dorfes unter ihm starrend, lag er da, wußte, daß er es unbedingt schaffen mußte. Die Anstrengung des Kriechens durch den hohen Schnee hatte ihn wieder aufgewärmt, sein Gesicht war schweißnaß, das Blut kehrte in seine betäubten Hände und Füße zurück, prickelnd wie mit tausend Nadelstichen.

Jetzt konnte er sich an den Lichtern des Dorfes orientieren, und er sah, wie sich die Markierungspfosten hie und da gegen das schwache, weihnachtlich behagliche Flimmern abhoben. Es schien auch etwas weniger schwierig, auf dem festgestampften Schnee der Piste vorwärtszukommen, und in Abständen gelang es ihm, zehn bis fünfzehn Meter in einem Rutsch auf dem Bauch bergab zu rodeln, gelegentlich aufschreiend, wenn der Fuß seines gebrochenen Beins locker an einen Eisklumpen stieß, oder auf ebenen Boden, wenn er einen Steilhang heruntergerutscht war. Einmal konnte er nicht bremsen, fiel in einen Bach, brauchte ganze fünf Minuten, um wieder herauszukommen, die Handschuhe, der Bauch und die Knie pitschnaß vom eisigen Wasser. Und die Lichter des Dorfes schienen immer noch so weit entfernt wie je zuvor.

Schließlich hatte er das Gefühl, sich nicht mehr bewegen zu können. Er war erschöpft, hatte zweimal anhalten müssen, um sich zu erbrechen, und das Erbrochene war Blut gewesen. Er versuchte sich aufzusetzen, so daß sein Kopf noch sichtbar war, falls es in der Nacht schneite, und daß man ihn am frühen Morgen finden könnte. Während er sich verzweifelt hochkämpfte, huschte ein Schatten zwischen ihm und den Lichtern des Dorfes vorbei. Der Schatten war sehr nahe, und er schrie mit der letzten Kraft seiner Lunge. Später erzählte der Bauer, der ihn gerettet hatte, Robert habe «Verzeihung» geschrien.

Der Bauer beförderte Heu auf einem großen Schlitten aus einem Heuschuppen ins Tal hinunter, und er rollte das Heu beiseite und legte Robert hinein. Dann führte er den Schlitten behutsam bremsend über einen Pfad, der an mehreren Stellen die Piste überquerte, und brachte Robert ins Krankenhaus.

Als seine Eltern benachrichtigt worden waren und im Krankenhaus ankamen, hatte der Arzt ihm eine Morphiumspritze gegeben und war gerade dabei, das Bein zu richten. So konnte er erst am nächsten Morgen, während er vor Schmerzen schwitzend, das Bein hochgehängt, im grauen Krankenhauszimmer lag, seinen Eltern ungefähr erzählen, was ihm geschehen war.

«Und dann sah ich diesen Mann, der sehr schnell und ganz allein auf seinen Skiern den Hang hinunterraste», sagte Robert und bemühte sich, normal zu sprechen, sich die Schmerzen nicht anmerken zu lassen, seine panisch verängstigt dreinschauenden Eltern zu beruhigen und so zu tun, als ob ihm das Bein kaum weh täte und der Vorfall an sich ganz harmlos wäre. «Er hörte mich, kam zu mir, nahm mir meine Skier ab, setzte mich etwas bequemer auf einen Baumstumpf, und dann fragte er mich, wie mein Name sei und wo meine Eltern wohnten, und verspach mir, zur Skischule zu gehen, dort Bescheid zu sagen, wo ich sei, und eine Rettungsmannschaft nach mir auszuschicken, und dann wollte er euch im Chalet anrufen, um euch mitzuteilen, daß man mich ins Krankenhaus bringt. Als dann mehr als eine Stunde vorbei war und als es stockfinster wurde und niemand kam, beschloß ich, lieber nicht länger zu warten und es irgendwie alleine herunterzuschaffen, und dann sah ich diesen Bauern mit dem Schlitten, und ...»

«Du hast großes Glück gehabt», sagte Roberts Mutter tonlos. Sie war eine kleine, gepflegte, rundliche Frau mit schlechten Nerven, die sich nur in großen Städten wohl fühlte. Sie haßte die Kälte, haßte die Berge, haßte den bloßen Gedanken, daß ihre Lieben sich, wie sie es nannte, in die unsinnige Gefahr begaben, sich beim Skilaufen alle Knochen zu brechen, und sie kam nur in diese Ferien mit, weil Robert, sein Vater und seine Schwester so leidenschaftlich gern Ski liefen. Jetzt war sie blaß vor Müdigkeit und Sorge, und wenn Robert nicht transportunfähig gewesen wäre, hätte sie ihn mit dem nächsten Zug aus den verfluchten Bergen nach Paris zurückgebracht.

«Jetzt hör mal, Robert», sagte sein Vater. «Wäre es nicht möglich, daß du dir, wie es manchmal geschieht, unter der Einwirkung der Schmerzen von deinem gebrochenen Bein nur *eingebildet* hast, einen Mann gesehen zu haben, und daß du dir nur eingebildet hast, er habe dir versprochen, uns anzurufen und die Leute von der Skischule mit einem Schlitten auszuschicken?»

«Ich habe es mir nicht eingebildet, Papa», erwiderte Robert. Er war noch etwas betäubt vom Morphium, fühlte sich schwach im Kopf und war um so mehr erstaunt, daß sein Vater so zu ihm sprach. «Warum sollte ich es mir eingebildet haben?»

«Weil», sagte sein Vater, «niemand uns gestern abend angerufen hat. Erst um zehn rief der Arzt aus dem Krankenhaus an. Und es hat sich auch niemand bei der Skischule gemeldet.»

«Ich habe ihn mir nicht eingebildet», wiederholte Robert. Es verletzte ihn, daß sein Vater glaubte, er lüge ihn möglicherweise an. «Wenn er in dieses Zimmer käme, würde ich ihn sofort erkennen. Er trug eine weiße Mütze, war sehr groß, mit einem schwarzen Anorak, und er hatte blaue Augen, die ein bißchen komisch wirkten, weil seine Wimpern fast weiß waren und man schon genau hinschauen mußte, um zu sehen, daß er überhaupt Wimpern hatte ...»

«Wie alt könnte er wohl gewesen sein?» fragte Roberts Vater. «In meinem Alter?» Roberts Vater war fast fünfzig.

«Nein», sagte Robert. «Ich glaube nicht.»

«War er so alt wie dein Onkel Jules?» fragte Roberts Vater.

«Ja. So ungefähr.» Robert wünschte, seine Eltern würden ihn in Ruhe lassen. Er war ja jetzt außer Gefahr. Er lebte, hatte das Bein im Gipsverband, und der Doktor sagte, in drei Monaten würde er wieder gehen können. Also wollte er an die letzte Nacht im Wald überhaupt nicht mehr denken.

«Gut», sagte Roberts Mutter, «er war also ein Mann von etwa fünfundzwanzig, mit weißer Mütze und blauen Augen.» Sie nahm den Telefonhörer ab und verlangte die Nummer der Skischule.

Roberts Vater zündete sich eine Zigarette an, trat ans Fenster und blickte hinaus. Es schneite. Seit Mitternacht hatte es ständig geschneit, und die Skilifte waren heute außer Betrieb, weil mit dem Schnee ein starker Wind eingesetzt hatte und auf den Höhen Lawinengefahr drohte.

«Habt ihr mit dem Bauern gesprochen, der mich gefunden hat?» fragte Robert.

«Ja», sagte sein Vater. «Er meinte, du seist ein sehr tapferer kleiner Junge. Er erzählte aber auch, du hättest keine fünfzig Meter mehr geschafft, wenn er dich nicht gefunden hätte. Ich gab ihm zweihundert Francs. Schweizer Francs.»

«Psst», machte Roberts Mutter. Sie hatte jetzt ihre Verbindung mit der Skischule. «Hier ist noch einmal Madame Rosenthal. Ja, vielen Dank, es geht ihm so gut, wie man es erwarten kann», sagte sie in ihrem gezierten, melodiösen Französisch. «Wir haben mit ihm gesprochen, und etwas an seiner Geschichte erscheint uns recht seltsam. Er sagt, ein Mann habe auf sein Rufen hin angehalten und ihm geholfen, seine Skier abzunehmen, als er sich gestern abend das Bein brach, und dieser Mann hat ihm angeblich versprochen, zur Skischule zu gehen, seine Skier dort zu lassen und zu bitten, daß man ihm einen Schlitten heraufschickt. Wir möchten gern wissen, ob der Mann wirklich bei Ihnen war und den Unfall gemeldet hat. Das müßte so gegen sechs Uhr gewesen sein.» Sie wartete mit gespanntem Gesicht. «Ich verstehe», sagte sie. Kurzes Schweigen. «Nein», fuhr sie fort, «wir wissen nicht, wie er heißt. Mein Sohn sagt, er sei etwa fünfundzwanzig Jahre alt, mit blauen Augen und mit einer weißen Mütze. Einen Augenblick bitte, ich werde ihn fragen.» Sie wandte sich Robert zu. «Robert, was für eine Art von Skiern hattest du? Sie wollen nachsehen, ob sie vorne im Skiständer stehen.»

«Attenhoffers. Ein Meter siebzig. Mit meinem Monogramm in roten Buchstaben auf den Spitzen.»

«Attenhoffers», wiederholte seine Mutter am Telefon. «Und mit seinem Monogramm. R. R. in roten Buchstaben. Vielen Dank. Ich warte.»

Roberts Vater kam vom Fenster zurück, drückte seine Zigarette in einem Aschenbecher aus. Unter der Ferienbräune wirkte sein Gesicht müde und abgespannt. «Robert», sagte er mit traurigem Lächeln, «du mußt lernen, ein bißchen vorsichtiger zu sein. Du bist der einzige männliche Erbe, und ich glaube kaum, daß ich noch einen zweiten produzieren werde.»

«Ja, Papa, ich werde vorsichtig sein.»

Die Mutter winkte ihnen ungeduldig zu, still zu sein, und horchte wieder am Apparat. «Ich danke Ihnen», sagte sie dann. «Rufen Sie mich bitte wieder an, falls Sie etwas hören.» Sie hängte auf. «Nein», sagte sie zu Roberts Vater, «die Skier sind nicht da.»

«Das ist doch nicht möglich», sagte Roberts Vater. «Ein Mann kann doch nicht einen kleinen Jungen erfrieren lassen, nur um ihm seine Skier zu stehlen.»

«Den möchte ich mal in meine Finger kriegen», sagte Roberts Mutter. «Nur für zehn Minuten. Robert, Liebling, denke noch mal nach. Schien er dir ... schien er dir *normal?*»

«Er schien mir ganz normal», antwortete Robert. «Ich nehme es jedenfalls an.»

«Ist dir sonst noch irgend etwas an ihm aufgefallen? Denke gründlich nach. Irgend etwas, das uns helfen könnte, ihn zu finden. Es ist ja nicht nur unseretwegen, Robert. Falls sich in diesem Dorf ein Mann aufhält, der dir so etwas antun würde, ist es wichtig, daß die Leute darüber Bescheid wissen, bevor er anderen Jungen vielleicht noch Schlimmeres antut ...»

«Mama.» Robert fühlte sich bei dem beharrlichen Verhör seiner Mutter den Tränen nahe. «Ich habe dir alles genau erzählt. Alles. Ich lüge nicht, Mama.»

«Wie hat er *geklungen*, Robert? Hatte er eine tiefe oder eine hohe Stimme, klang er wie wir, wie jemand, der in Paris lebt, klang er wie irgendeiner deiner Lehrer, klang er wie sonst irgendwelche Leute, die du in dieser Gegend kennst?»

«Oh ...», Robert erinnerte sich.

«Was ist es? Was wolltest du sagen?» fuhr ihn seine Mutter an.

«Ich mußte deutsch mit ihm sprechen», sagte Robert. In all der Aufregung, den Schmerzen, der Nachwirkung des Morphiums war es ihm erst jetzt eingefallen.

«Warum mußtest du deutsch mit ihm sprechen?»

«Ich sprach zuerst auf Französisch zu ihm, aber das verstand er nicht. Dann sprachen wir deutsch.»

Seine Eltern tauschten Blicke aus. Dann fragte seine Mutter sehr sanft: «War es richtiges Deutsch? Oder war es Schweizerdeutsch? Du kennst doch den Unterschied, nicht wahr?»

«Natürlich», sagte Robert. Es gehörte zu den Lieblingsspäßen seines Vaters, in Gesellschaft die Stimmen seiner Schweizer Freunde nachzuahmen, wenn sie Französisch oder Schweizerdeutsch redeten. Robert hatte ein gutes Ohr für Sprachen, war von frühester Kindheit an gewöhnt, seine elsässischen Großeltern Deutsch sprechen zu hören, studierte deutsche Literatur in der Schule und kannte lange Gedichte von Goethe, Schiller und Heine auswendig. «Es war richtiges Hochdeutsch.»

Langes Schweigen. Sein Vater trat wieder ans Fenster, blickte auf den in dichten Flocken fallenden Schnee hinaus. «Wußte ich's doch», sagte er sehr ruhig, «daß es nicht wegen der Skier war.»

Sein Vater setzte sich schließlich durch. Die Mutter wollte zur Polizei gehen und den Mann suchen lassen, obgleich der Vater ihr klarzumachen versuchte, daß an die zehntausend Wintersportgäste für die Ferien im Dorf wohnten, von denen ein guter Prozentsatz deutschsprachig und blauäugig war, und daß ganze Zugladungen fünfmal täglich hier ankamen und abfuhren. Roberts Vater war sicher, daß der Mann noch in der gleichen Nacht, als Robert sich das Bein gebrochen hatte, aus dem Dorf verschwunden war, aber trotzdem durchkämmte Monsieur Rosenthal während des ganzen Rests seines Aufenthalts die schneebedeckten Straßen und die Bars, um vielleicht unter den Gesichtern eines zu erkennen, das Roberts Beschreibung entsprach. Aber er fand, es hatte keinen Zweck, zur Polizei zu gehen, und konnte nur schaden, weil sich, falls die Geschichte herauskäme, eine Menge Leute beklagen würden, die Juden hätten in ihrem hysterischen Verfolgungswahn wieder einmal irgendwelche Greuel erfunden. «In der Schweiz gibt es viele Nazis, und nicht nur deutsche», hatte er der Mutter im Laufe eines wochenlangen Streits erklärt, «und das wird ihnen nur noch mehr Munition geben, denn dann können sie sagen: ‹Da seht ihr es wieder, überall wo die Juden sind, machen sie Ärger.› »

Roberts Mutter, die aus härterem Holz war als ihr Mann und Verwandte in Deutschland hatte, deren herausgeschmuggelte Briefe immer beunruhigender wurden, wollte Gerechtigkeit um jeden Preis, doch nach einer Weile sah auch sie ein, daß es hoffnungslos war, die Sache weiter zu verfolgen. Vier Wochen nach dem Unfall, als Robert wieder transportfähig war und sie neben ihrem Sohn im Krankenwagen saß, der sie zuerst nach Genf und von dort nach Paris brachte, hielt sie Roberts Hand und sagte mit tonloser Stimme: «Bald werden wir Europa verlassen müssen. Ich ertrage es nicht länger, in einem Teil der Welt zu leben, wo derartige Dinge geschehen können.»

Viel später, während des Krieges, nachdem Monsieur Rosenthal im besetzten Frankreich gestorben war und Robert mit seiner Mutter und Schwester in Amerika lebte, hörte ein Freund Roberts, der früher auch zu den begeisterten Skisportlern in Europa gehört hatte, die Geschichte von dem Mann mit der weißen Mütze und behauptete, er sei fast sicher, den Mann nach Roberts Beschreibung erkannt zu haben. Es war ein Skilehrer aus Garmisch oder aus Oberstdorf oder Freudenstadt, der mit einigen reichen österreichischen Kunden jeden Winter von einem Wintersportort zum andern zu reisen pflegte. Den Namen des Mannes kannte sein Freund nicht, und Robert war nur ein einziges Mal gegen Ende des Krieges mit den französischen Truppen in Garmisch gewesen, zu einer Zeit also, als niemand ans Skilaufen dachte.

Jetzt stand der Mann einen Meter vor ihm, neben der hübschen Italienerin, das Gesicht von den schwarzen, geraden Linien der Skier eingerahmt, die Augen kühl, mit unverschämter Amüsiertheit, jedoch ohne ihn wiederzuerkennen, auf Robert gerichtet, leicht zwinkernd mit den fast albinohaften Wimpern. Er mußte inzwischen um die fünfzig sein, das Gesicht war fleischig, doch hart und von gesunder Farbe, mit einem schmalen, verkniffenen Mund, der ihm einen Ausdruck von strenger Selbstbeherrschung verlieh.

Robert haßte ihn. Er haßte ihn für den Mordversuch an einem vierzehnjährigen Jungen im Winter 1938; er haßte ihn für die Taten, die er gebilligt hatte oder an denen er während des Krieges beteiligt war; er haßte ihn für den Tod seines Vaters und das Exil seiner Mutter; er haßte ihn für das, was er über die hübsche kleine Amerikanerin mit der Lammfellmütze gesagt hatte; er haßte ihn für die zuversichtliche Frechheit seines Blicks und die gesunde, wohlkonservierte Kraft seines Gesichts und Nackens; er haßte ihn, weil er ihm, der ihn zu töten versucht hatte und ihn jetzt nicht wiedererkannte, direkt in die Augen schaute; er haßte ihn, weil er hier war und den Gedanken an den Tod und an schmachvoll unerfüllte Rache in diese silbrig schimmernde, friedlich emporschwebende Luftblase brachte, die Luft dieses liebenswürdigen und gastlichen Landes verpestend.

Doch vor allem haßte er den Mann mit der weißen Mütze, weil er sich von diesem Kerl betrogen fühlte, der seinen seit Ende des Krieges mühsam erworbenen Frieden für ihn selbst, seine Frau, seine Kinder und seine Arbeit, seine bequeme, gelassene, großmütig vergeßliche amerikanische Lebensanschauung zu einem schlechten Witz gemacht hatte.

Dieser Deutsche nahm ihm sein Gefühl für das Normale. Es war nicht normal, mit einer Frau und drei Kindern in einem sauberen und fröhlichen Haus zu leben, nicht normal, mit seinem Namen im Telefonbuch eingetragen zu sein, nicht normal, vor dem Nachbarn den Hut zu lüften und seine Rechnungen zu bezahlen, nicht normal, die Gesetze zu befolgen und sich auf den Schutz der Polizei zu verlassen. Der Deutsche versetzte ihn um Jahre zurück in eine ältere und wahrere Normalität – die des Mordes, des Blutes, der Flucht, der Verschwörung, des Plünderns und der Trümmer. Seit einiger Zeit hatte Robert sich einer Täuschung hingegeben und geglaubt, die Natur des Alltags könnte sich ändern. Der Deutsche in der überfüllten Kabine hatte ihm wieder die Augen geöffnet. Die Begegnung mit ihm war ein Zufall gewesen, aber dieser Zufall zeigte ihm, was in seinem Leben und im Leben der Menschen um ihn herum unabänderlich und nicht dem Zufall ausgesetzt war.

Mac sagte etwas zu ihm, und das Mädchen mit der Lammfellmütze sang mit leiser Stimme ein amerikanisches Lied vor sich hin, aber er hörte nicht, was Mac sagte, und die Worte des Lieds ergaben keinen Sinn für ihn. Er hatte sich von dem Deutschen abgewandt, blickte auf den felsigen Steilhang des Berges, den eine wirbelnde Wolke jetzt fast verdunkelte, und er überlegte, wie er Mac am besten loswerden, den jungen Amerikanern entkommen, dem Deutschen folgen, ihn stellen und töten könnte.

Er hatte nicht die Absicht, ein Duell auszufechten. Er beabsichtigte nicht, dem Mann eine Chance zu geben, um sein Leben zu kämpfen. Ihm kam es nur auf Bestrafung an, nicht auf ein Symbol der Ehre. Andere Geschichten von Männern fielen ihm ein, die während des Krieges in Konzentrationslagern gewesen waren, später ihre Peiniger aufgespürt und sie den Behörden ausgeliefert hatten, und denen dann die Genugtuung zuteil wurde, Zeugen ihrer Hinrichtung zu sein. Aber wem konnte er diesen Deutschen ausliefern – der Schweizer Polizei? Für welches Verbrechen und auf Grund welches Paragraphen im Strafgesetzbuch?

Oder er könnte tun, was ein ehemaliger Häftling drei oder vier Jahre nach dem Krieg in Budapest gemacht hatte, als er einem seiner Kerkermeister auf einer Donaubrücke begegnet war und den Mann einfach gepackt und ins Wasser geworfen hatte, um ihn ertrinken zu sehen. Dieser ehemalige Häftling hatte dann erklärt, wer er und wer der Ertrunkene war, er wurde freigelassen und wie ein Held gefeiert. Aber die Schweiz war nicht Ungarn, die Donau weit von hier und der Krieg seit langem beendet.

Nein, er mußte dem Mann folgen, ihm dicht auf den Fersen bleiben, ihn irgendwo allein auf den Hängen überraschen, sich eine Mordart ausdenken, die als Unfall gelten könnte, das Land verlassen, bevor irgend jemand Fragen stellte, niemanden benachrichtigen, die Leiche möglichst an einem abgelegenen Ort liegen lassen, wo der Schnee sie verdecken würde und wo man sie erst finden konnte, wenn die Bauern ihre Kuhherden auf die Sommerweiden in den Bergen trieben. Und er mußte sehr rasch handeln, bevor der Mann merkte, daß Robert ihm besondere

Aufmerksamkeit schenkte, bevor er sich fragte, warum der Amerikaner ihm folgte, bevor sein Gedächtnis zu arbeiten begann und er sich an das Gesicht des schmächtigen vierzehnjährigen Jungen auf dem dunklen Berghang im Winter 1938 erinnerte und es in den haßerfüllten Zügen des Erwachsenen wiedererkannte.

Robert hatte noch nie einen Menschen getötet. Während des Krieges war er amerikanischer Verbindungsoffizier bei einer französischen Division gewesen, und obgleich oft genug auf ihn geschossen wurde, hatte er während seiner ganzen Dienstzeit in Europa keinen einzigen Schuß abgefeuert. Als der Krieg vorüber war, hatte er es insgeheim als eine Gnade empfunden, daß ihm die Notwendigkeit des Tötens erspart geblieben war. Doch jetzt verstand er – es blieb ihm nicht erspart; sein Krieg war noch nicht vorbei.

«He, Robert ...», Macs Stimme drang endlich in sein Bewußtsein. «Was ist denn mit dir los? Ich rede seit einer halben Minute auf dich ein, und du hast kein Wort gehört. Ist dir nicht wohl? Du siehst mir recht seltsam aus, mein Junge.»

«Ich bin völlig in Ordnung», sagte Robert. «Nur ein bißchen Kopfschmerzen, das ist alles. Vielleicht sollte ich lieber etwas essen und etwas Warmes trinken. Mach deine Abfahrt nur ohne mich.»

«Kommt nicht in Frage», sagte Mac. «Ich warte auf dich.»

«Sei doch nicht dumm.» Robert bemühte sich, natürlich und freundlich zu klingen. «Du wirst die Contessa verlieren. Eigentlich habe ich keine große Lust mehr, heute noch Ski zu laufen. Das Wetter wird schlecht.» Er zeigte auf die Wolke, die sie zu umhüllen begann. «Man sieht überhaupt nichts. Wahrscheinlich nehme ich die Seilbahn zurück ...»

«Du fängst an, mir Sorgen zu machen», sagte Mac beunruhigt. «Ich bleibe bei dir. Soll ich dich zu einem Arzt bringen?»

«Mac, ich bitte dich, laß mich in Ruhe.» Robert mußte Mac irgendwie loswerden, auch auf die Gefahr hin, seine Gefühle zu verletzen. Später würde er es schon wieder gutmachen. «Wenn ich diese Kopfschmerzen habe, ziehe ich es vor, allein zu sein.»

«Bist du sicher?» fragte Mac.

«Ganz sicher.»

«Okay. Sehen wir uns beim Tee im Hotel?»

«Ja.» Nach dem Mord wird mir der Tee bekommen, sagte sich Robert. Er hoffte inständig, die Italienerin würde sich oben gleich ihre Skier anschnallen und rasch verschwinden, damit Mac fort wäre, bevor Robert dem Mann mit der weißen Mütze folgte.

Die Kabine schaukelte jetzt über dem letzten Pfeiler und schwebte langsamer der Gipfelstation zu. Die Passagiere kamen ein bißchen in Bewegung, zupften ihre Kleidung zurecht, prüften die Bindungen, bereiteten sich auf die Abfahrt vor. Robert warf dem Deutschen einen verstohlenen Blick zu. Seine Begleiterin knüpfte sich einen Seidenschal um den Hals, bieder und hausfraulich. Sie sah wie eine Köchin aus. Weder sie noch der Mann blickten in seine Richtung. Das Problem mit der Frau werde ich lösen, wenn es soweit ist, sagte sich Robert.

Die Kabine hielt an, und die Passagiere begannen auszusteigen. Robert war nahe an der Tür und trat mit den Ersten heraus. Ohne sich umzuschauen, ging er rasch die Stufen hinunter und in den grauen Dunst des Berggipfels hinein. Auf der einen Seite fiel der Berg in einem steilen Felshang ab, und dorthin ging Robert, stellte sich auf einen Felsvorsprung und blickte aus. Falls der Deutsche aus irgendeinem Grunde zufällig in seine Nähe kommen sollte, um die Aussicht zu genießen oder sich vom Zustand der Kaisergartenpiste zu überzeugen, die in einiger Entfernung von hier begann, dann aber wieder viel weiter unten an dieser Klippe vorbeiführte, wo der Hang sich ein wenig ebnete, bot sich Robert vielleicht die Chance, den Mann mit einer raschen Bewegung über den Felsen zu stoßen und in hundert Meter Tiefe zu stürzen, und dann wäre der Fall erledigt. Robert beobachtete den Ausgang der Liftstation und suchte in der Menge der buntgekleideten Skiläufer nach der hohen Gestalt mit der weißen Mütze.

Er sah Mac mit der Italienerin. Mac sprach angeregt mit ihr, trug ihre Skier, und sie lächelte freundlich. Mac winkte Robert zu, kniete dann nieder und half dem Mädchen mit den Skiern. Robert atmete auf. Mac war wenigstens aus dem Wege. Und die amerikanische Gruppe hatte beschlossen, auf dem Gipfel zu Mittag zu essen, und war zum Restaurant neben der Seilbahn gegangen.

Immer noch keine Spur von der weißen Mütze. Der Deutsche und die Frau waren noch nicht herausgekommen. Das mußte an sich nichts Besonderes bedeuten. Viele Leute wachsten ihre Skier in der Station, wo es warm ist, oder suchten vor der Abfahrt noch einmal die Toilette auf. Um so besser. Je mehr Zeit sich der Deutsche nahm, desto weniger Leute würden Robert bemerken, wenn er ihm folgte.

Robert wartete auf dem Klippenrand. In der wirbelnden, kalten Wolke fühlte er sich warm, mächtig, zu allem fähig, in seltsam heiterer Stimmung. Zum ersten Mal in seinem Leben verstand er, wie stark und sinnlich die Freude am Zerstören sein kann. Er winkte Mac und der Italienerin fröhlich zu, als sie miteinander den Weg zu einer der leichteren Pisten auf der anderen Seite des Berges einschlugen.

Dann öffnete sich wieder die Tür des Bahnraums, und die Frau, die den Deutschen begleitete, kam heraus. Sie hatte ihre Skier an, und jetzt wußte Robert, daß sie so lange drinnen geblieben waren, weil sie sich ihre Skier im Warteraum angeschnallt hatten. Das tat man oft bei schlechtem Wetter, um die Hände vor der Berührung mit dem eiskalten Metall und dem beißenden Wind zu schützen. Die Frau hielt die Tür auf, und Robert sah den Mann mit der weißen Mütze über die Schwelle treten. Aber er tat es nicht wie jeder andere. Er hüpfte, mit erstaunlicher Geschicklichkeit, auf einem Bein. Das andere Bein war in Wadenhöhe abgeschnitten, und um sich im Gleichgewicht zu halten, hatte der Deutsche Miniaturski an den Enden seiner Stöcke statt den üblichen Ringen.

Im Laufe der Jahre war Robert schon einigen einbeinigen Skisportlern begegnet, Veteranen der Armeen Hitlers, die sich weigerten, wegen ihrer Verstümmelung auf die geliebten Berge zu verzichten, und er hatte ihren Mut und ihre Geschicklichkeit bewundert. Aber für den Mann mit der weißen Mütze fühlte er keine Bewunderung. Nur bittere Enttäuschung, das Gefühl, im letzten Augenblick einer versprochenen Belohnung beraubt zu sein, die er sich verzweifelt gewünscht hatte und als lebenswichtig empfand. Und weil er wußte, daß ihm die innere Kraft fehlte, einen Krüppel zu töten, einen bereits Bestraften zu bestrafen, haßte er sich und warf sich seine Schwäche vor.

Er beobachtete den Mann, der sich so rasch wie eine Krabbe über den Schnee bewegte, auf seine Stöcke mit den Babyskiern an den Enden gestützt. Zwei oder drei Mal, während sie hügelan stiegen, trat die Frau schweigend hinter ihn und half ihm hinauf, bis er sich wieder mit eigener Kraft bewegen konnte.

Die Wolke hatte sich verzogen, und die Sonne strahlte einen kurzen Augenblick, schaffte genug klare Sicht, daß Robert den Mann und die Frau zum Start der steilsten Piste des Berges gehen sehen konnte. Ohne Zögern beugte sich der Mann vor, glitt davon, rasch, meisterhaft, kühn, die furchtsameren oder schwächeren Skiläufer, die sich vorsichtig den Steilhang hinunterbegaben, überholend.

Bald waren die beiden nur noch zwei kleine Punkte auf der großen, weißen Fläche unter ihm, und Robert wußte, daß ihm nichts mehr zu tun blieb, daß er nichts mehr zu erwarten hatte als ein kaltes, hoffnungsloses, endgültiges Verzeihen.

Die beiden Gestalten verschwanden aus dem Sonnenlicht, drangen in die dichte Wolkenwand ein, die sich über den unteren Teil des Berges erstreckte. Dann ging Robert zurück, wo er seine Skier gelassen hatte, und schnallte sie an. Er tat es unbeholfen und mit steifen Fingern, weil er sich in der Seilbahnkabine die Handschuhe ausgezogen hatte, in jener hoffnungsvollen und unschuldigen Vergangenheit vor zehn Minuten, als er noch in dem Glauben war, das schändliche Unrecht des Deutschen mit ein paar Schlägen seiner nackten Fäuste heimzahlen zu können.

Mit ein paar raschen Stößen begab er sich auf die Piste, die Mac und die Italienerin genommen hatten, und holte sie auf halbem Wege ein. Es begann zu schneien, als sie im Dorf ankamen, und sie gingen ins Hotel, aßen in ausgelassener Stimmung zu Mittag, tranken eine Menge Wein, und das Mädchen gab Mac ihre Adresse und bat ihn, sie unbedingt zu besuchen, wenn er das nächste Mal nach Mailand käme.

Peter der Zweite

Es war Samstagabend, und auf dem kleinen Bildschirm brachten die Leute einander reihenweise um. Polizisten wurden im Dienst erschossen, Gangster wurden von Dächern gestoßen, eine ältere Dame wurde ihrer Perlen wegen langsam vergiftet, und ihren Mörder lieferte eine Zigarettenfirma nach längeren Diskussionen im Büro eines Privatdetektivs der Gerechtigkeit aus. Tapfere, unbewaffnete Schauspieler sprangen auf Schurken mit 9mm-Pistolen los, und unschuldige junge Frauen wurden durch die blitzschnellen Reaktionen diverser gutaussehender und unerschrockener junger Männer vor dem Tod durch das Messer bewahrt.

Peter saß in dem großen Sessel vor dem Bildschirm, die Beine über der Armlehne, und verschlang Weintrauben. Seine Mutter war nicht daheim, und deshalb aß er Kerne und alles mit, während er die Gewalttaten, die sich vor seinen Augen abspielten, kritisch verfolgte. War seine Mutter da, so hing stets die Gefahr einer Blinddarmentzündung in der Luft, und sie achtete genau darauf, daß jeder Traubenkern fein säuberlich herausgebohrt und in einen Aschenbecher getan wurde. Außerdem gab es, wenn sie da war, gereizte kleine Vorträge über die Eignung oder Nichteignung gewisser Fernsehdarbietungen für junge Menschen und ein hektisches Herumgeschalte, um irgendeine Sendung zu finden, die mit Ach und Krach als erzieherisch bezeichnet werden konnte. Alleingelassen und kühnerweise um elf Uhr nachts noch auf, zermalmte Peter die Traubenkerne zwischen den Zähnen und genoß die rücksichtslos aufgedrehte Lautstärke, die Einsamkeit und Freiheit der leeren Wohnung. Während der TV-Reklame schloß er die Augen und stellte sich im Geiste vor, wie er unrasierten, bewaffneten Typen Flaschen an die Köpfe warf und sich auf leisen Sohlen die Treppen hinaufschlich zu jener Tür, hinter der unvermeidlich der Gangsterboß wartete, unter dessen gestreiftem Flanellanzug sich unübersehbar der Schulterhalfter seiner Pistole abzeichnete.

Peter war dreizehn Jahre alt. In seiner Klasse hatten drei andere Schüler den gleichen Vornamen, und der Geschichtslehrer, der sich für sehr witzig hielt, rief sie Peter den Ersten, Peter den Zweiten (der gerade Weintrauben mit Kernen und allem aß), Peter den Dritten und Peter den Großen. Natürlich war Peter der Große der Kleinste in der Klasse. Er wog nur etwa dreißig Kilo, und er trug eine Brille, und bei Mannschaftsspielen wurde er immer als letzter gewählt. Die Klasse lachte jedesmal, wenn der Geschichtslehrer «Peter der Große» rief, und Peter der Zweite lachte mit, aber er fand es nicht so furchtbar komisch.

Vor vierzehn Tagen hatte er etwas sehr Anständiges für Peter den Großen getan, und jetzt waren sie so etwas wie Freunde. Alle diese Peter waren auf Grund des Witzboldes von einem Geschichtslehrer so etwas wie Freunde. Sie waren nicht wirkliche Freunde, aber sie hatten etwas gemeinsam, etwas, das die anderen Buben nicht hatten. Es gefiel ihnen nicht, aber es war nun einmal so, und es machte sie füreinander verantwortlich. Nun hatte vor vierzehn Tagen Charley Blaisdell, der etwa sechzig Kilo wog, in der Pause Peter dem Großen die Mütze weggenommen und angefangen, darauf herumzutrampeln, und als es aussah, als kämen Peter dem Großen die Tränen, nahm Peter der Zweite die Mütze an sich und gab sie ihm wieder und baute sich vor Blaisdell auf. Natürlich gab es einen Kampf, und Peter dachte schon, er würde die dritte Niederlage der Saison einstekken müssen, aber etwas Wunderbares geschah. Mitten im Kampf, als Peter gerade hoffte, einer der Lehrer würde kommen (sie kamen doch sonst dauernd, wenn man sie nicht brauchte), schlug Blaisdell hart zu. Peter duckte sich, und Blaisdell traf ihn an der Schädeldecke und brach sich den Unterarm. Es war nicht zu verkennen, daß er sich den Arm gebrochen hatte, denn er fiel zu Boden und schrie, und der Arm hing wie ein Fetzen Stoff herunter. Walters, der Turnlehrer, erschien schließlich auf der Bildfläche und trug den unausgesetzt schreienden Blaisdell fort, und Peter der Große kam und sagte bewundernd: «Junge, das muß man sagen, du hast einen harten Kopf.»

Blaisdell kam erst nach zwei Tagen wieder in die Schule. Er trug den Arm immer noch in der Schlinge, und jedesmal, wenn er nicht an die Tafel zu kommen brauchte, weil doch sein Arm gebrochen war, durchrieselte Peter ein herrliches, warmes Gefühl. Peter der Große war ständig um ihn herum, las ihm seine Wünsche von den Augen ab und kaufte ihm Brauselimonaden, denn die Eltern von Peter dem Großen waren geschieden und gaben ihm Geld, soviel er wollte, um ihr Gewissen zu beruhigen. Und das war in Ordnung so.

Aber das Beste an der Sache war das Gefühl, das er seit dem Kampf hatte. Es war wie das Gefühl, das die Leute auf dem Bildschirm haben mußten, wenn sie in ein Zimmer voller Feinde hineingegangen waren und mit dem Mädchen wieder herauskamen oder mit den Schriftstücken oder dem vermutlichen Täter und hinter sich Tod und Verzweiflung gelassen hatten. Blaisdell wog sechzig Kilo, aber das hatte Peter ebenso wenig zurückgehalten, wie die Tatsache, daß alle Spione zwei Pistolen hatten, jemals die FBI-Männer auf dem Bildschirm zurückhielt. Sie sahen, was sie zu tun hatten, und sie gingen los und taten es, das war alles. Peter konnte es nicht recht in Worte fassen, aber zum erstenmal in seinem Leben hatte er bewußt dieses Gefühl von Selbstvertrauen und Stolz erlebt.

«Laß sie nur kommen», murmelte er finster vor sich hin, während er Traubenkerne kaute und mit zusammengekniffenen Augen auf den Bildschirm starrte, «laß sie nur kommen.»

Er würde ein gefährlicher Bursche werden, dachte er, wenn er erst groß war, aber einer, zu dem die Schwachen und die unschuldig Gejagten jederzeit kommen konnten. Er würde bestimmt über eins achtzig groß werden, denn sein Vater war über eins achtzig und alle seine Onkel auch, und das wäre schon eine große Hilfe. Aber er mußte seine Muskeln noch trainieren. Die Arme waren einfach zu dünn. Schließlich konnte man sich nicht darauf verlassen, daß die Leute einem jedesmal auf den Schädel trafen und sich den Arm dabei brachen. Seit einem Monat machte er regelmäßig morgens und abends Liegestütze. Bisher schaffte er erst fünfeinhalb, aber er würde nicht aufhören, bis er Arme wie Stahlträger hatte. Solche Arme konnten später, wenn man jemanden, der einen Revolver in der Hand hatte, unterlaufen und entwaffnen wollte, tatsächlich den Unterschied zwischen Leben und Tod ausmachen. Natürlich mußte man auch blitzschnell reagieren und vor dem entscheidenden Augenblick mit den Augen eine Scheinbewegung nach der Seite machen können. Am allerwichtigsten aber war, daß man sich, wie auch immer die Chancen waren, nicht fürchtete. Das kleinste Zögern konnte Leichenschauhaus bedeuten. Aber jetzt, nach der Schlacht um die Mütze Peters des Großen, hatte er in dieser Hinsicht keinerlei Befürchtungen mehr. Von jetzt ab würde es nur noch eine Frage der Technik sein.

Inzwischen gab es auf allen Sendern Komiker, die mit unheimlich vielen Zähnen lachten. Peter ging in die Küche und versorgte sich mit einer neuen Ladung Trauben und zwei Mandarinen. Er knipste das Licht nicht an, und es war komisch, wie geheimnisvoll so eine Küche um Mitternacht sein konnte, wenn niemand anders in der Wohnung war und wenn es nur den Lichtschein vom offenen Kühlschrank gab, der die Schatten der Milchflaschen auf das Linoleum warf. Bis vor kurzem hatte er die Dunkelheit nicht allzusehr gemocht und überall, wo er hinging, das Licht angemacht, aber man mußte eben Furchtlosigkeit genauso trainieren wie alles andere.

Nur so zum Training verspeiste er die beiden Mandarinen aufrecht in der Dunkelheit stehend. Auch die Kerne aß er, um es seiner Mutter zu zeigen. Dann ging er mit den Trauben ins Wohnzimmer zurück.

Die Komiker waren immer noch da und lachten immer noch. Er versuchte es auf anderen Sendern, aber überall trugen sie komische Hüte und lachten und erzählten Witze über die Einkommensteuer. Hätte seine Mutter ihm nicht das Versprechen abgenommen, um zehn ins Bett zu gehen, hätte er ausgeschaltet und wäre schlafen gegangen. Er wollte seine Zeit aber nicht nutzlos vergeuden, und so ging er zu Boden und fing an, Liegestütze zu machen, wobei er sich eisern bemühte, die Knie durchgedrückt zu halten. Er war bei vier angelangt und wurde langsamer, als er den Schrei vernahm. Er hielt mitten in einem

Liegestütz an und wartete, um sich zu vergewissern. Der Schrei wiederholte sich. Es war eine Frau, und es war ganz laut. Er schaute auf den Bildschirm. Da war ein Mann, der über Bohnerwachs sprach, mit einem Schnauzbart und vielen Zähnen, und es war klar, daß *der* nicht schrie.

Dem nächsten Schrei folgte ein Stöhnen und Reden und das Geräusch von Fäusten, die an die Wohnungstür schlugen. Peter stand auf und stellte das Gerät ab, nur um ganz sicher zu sein, daß die Geräusche nicht doch irgendwie gesendet wurden.

Das Getrommel an der Tür fing wieder an, und eine Frauenstimme schrie: «Bitte, bitte, *bitte*...» Kein Zweifel war mehr möglich.

Peter sah sich in dem leeren Zimmer um. Die Lampen brannten, das Zimmer war schön hell, und das Licht spiegelte sich in den Weintrauben wider und in dem Glas über dem Bild von Cape Cod, das Tante Martha damals, als sie dort war, gemalt hatte. Der Fernseher stand in der Ecke wie ein großes blindes Auge, jetzt, wo er aus war. Die Polster in dem Sessel, wo er gesessen und das Programm angeschaut hatte, waren zerknautscht, und er wußte, seine Mutter würde kommen und sie aufschütteln, ehe sie zu Bett ging, und das ganze Zimmer sah wie ein Ort aus, wo man unmöglich eine Frau mitten in der Nacht kreischen und mit den Fäusten gegen die Tür hämmern und «bitte, bitte, *bitte*...» schreien hören konnte.

Die Frau an der Tür kreischte: «Hilfe, Mord, er bringt mich um!», und zum erstenmal bedauerte Peter, daß seine Eltern diesen Abend ausgegangen waren.

«Machen Sie die Tür auf!» schrie die Frau. «Bitte, *bitte*, machen Sie auf!» Daß sie nicht aus purer Höflichkeit *bitte* sagte, mußte jetzt auch dem Dümmsten einleuchten.

Peter sah sich unruhig um. Das Zimmer trotz all seiner Beleuchtung kam ihm unheimlich vor. Überall waren Schatten. Dann schrie die Frau wieder, diesmal kam nichts weiter. Entweder ist einer furchtlos, dachte Peter kalt, oder er ist es nicht. Er setzte sich langsam zur Wohnungstür in Bewegung. In der Diele hing ein hoher Spiegel, und er sah sich genau darin an. Seine Arme sahen sehr dünn aus.

Die Frau fing wieder an, gegen die Tür zu schlagen, und Peter schaute genau hin. Es war eine große Tür aus Stahl, aber sie zitterte ein wenig, als ob jemand mit einer Maschine daran arbeitete. Zum erstenmal hörte er eine andere Stimme. Es war eine Männerstimme, nur klang sie nicht ganz so wie eine Männerstimme. Sie klang nach einem Tier in einer Höhle, das knurrte und etwas Unvernünftiges tun wollte. In keiner der bedrohlichen, gewalttätigen Szenen auf dem Bildschirm hatte Peter je etwas Ähnliches gehört. Er bewegte sich langsam auf die Tür zu und fühlte sich dabei, als ob er die Grippe hätte. Er dachte daran, wie dünn seine Arme im Spiegel ausgesehen hatten, und bedauerte den Entschluß, furchtlos zu sein.

«O Gott!» kreischte die Frau. «O Gott, tu's nicht!»

Dann kam wieder das Gehämmer an der Tür und der tiefe, tierische Laut der Bestie in der Höhle, den man nie im Fernsehen hörte, und er riß die Tür auf.

Auf dem Vorplatz im Treppenhaus kniete Mrs. Chalmers, das Gesicht ihm zugewandt, und hinter ihr stand an die Wand gelehnt Mr. Chalmers. Die Tür seiner Wohnung stand offen. Mr. Chalmers gab diesen seltsamen Ton von sich, und er hatte eine Pistole in der Hand und richtete sie auf Mrs. Chalmers.

Es war ein kleiner Vorplatz mit einer Tapete, die Peters Mutter «frühamerikanisch» nannte, und einem Wandleuchter aus Messing. Nur diese beiden Türen gingen auf das Treppenhaus, und vor der Tür der Chalmers lag eine Fußmatte mit dem Wort «Willkommen» darauf. Die Chalmers waren etwa Mitte Dreißig, und Peters Mutter sagte von ihnen: «Eines muß man unseren Nachbarn lassen, ruhig sind sie.» Sie sagte auch, daß Mrs. Chalmers einen Haufen Geld für ihre Frisur und ihre Garderobe ausgäbe.

Mrs. Chalmers war etwas füllig, und ihr Haar war ziemlich blond, und ihr Teint war glatt und rosig, und sie sah stets so aus, als habe sie den ganzen Nachmittag im Schönheitssalon zugebracht. Sie sagte immer zu Peter: «Nein, was du aber für ein großer Junge wirst», wenn sie ihn im Fahrstuhl traf. Sie sagte es mit leiser Stimme, und es klang, als wolle sie gleich in Lachen ausbrechen. Mittlerweile hatte sie es vielleicht schon fünfzigmal gesagt. Sie hatte auch immer einen schönen, starken Parfümgeruch an sich.

Mr. Chalmers trug meistens einen Kneifer und bekam eine Glatze, und an vielen Abenden der Woche arbeitete er bis spät in die Nacht in seinem Büro. Wenn er Peter im Fahrstuhl traf, sagte er im allgemeinen: «Es wird kälter», oder: «Es wird wärmer», mehr nicht, und Peter konnte sich keine Meinung über ihn bilden, außer daß er aussah wie ein Schuldirektor.

Aber jetzt lag Mrs. Chalmers im Treppenhaus auf den Knien, und ihr Kleid war zerrissen, und sie weinte, und auf ihren Wangen waren schwarze Streifen, und sie sah gar nicht aus, als sei sie gerade aus dem Schönheitssalon gekommen. Und Mr. Chalmers hatte kein Jackett an, und seinen Kneifer hatte er auch nicht auf, und was von seinem Haar noch übrig war, stand ihm wirr um den Kopf, und er lehnte an der frühamerikanischen Tapete und machte dieses Tiergeräusch, und er hatte eine große, schwere Pistole in der Hand, und er richtete sie direkt auf Mrs. Chalmers.

«Laß mich rein», schrie Mrs. Chalmers, immer noch auf den Knien. «Du mußt mich reinlassen. Er will mich töten! *Bitte!*»

«Mrs. Chalmers . . .», setzte Peter an. Seine Stimme klang, als versuche er, unter Wasser zu sprechen, und es fiel ihm schwer, das «s» am Ende ihres Namens auszusprechen. Er streckte unsicher die Hand aus, als erwarte er, daß ihm jemand etwas hineinwerfen würde.

«Mach, daß du reinkommst», sagte Mr. Chalmers.

Peter sah Mr. Chalmers an. Der stand nur knapp zwei Meter von ihm entfernt, und ohne seinen Kneifer schielte er. Peter machte eine Scheinbewegung mit den Augen, wenigstens dachte er den Rest seines Lebens, er hätte eine Scheinbewegung mit den Augen gemacht. Mr. Chalmers tat nichts. Er stand nur da mit der Pistole, die, wie es Peter schien, irgendwie gleichzeitig auf Mrs. Chalmers und ihn selbst gerichtet war. Knapp zwei Meter waren ein ganz schöner Abstand, eigentlich ein sehr weiter Abstand.

«Gute Nacht», sagte Peter, und er machte die Tür zu.

Von jenseits der Tür war ein Seufzer zu hören, sonst nichts.

Peter ging in die Wohnung zurück und legte die Weintrauben,

die übrig waren, in den Kühlschrank zurück. Beim Betreten der Küche knipste er das Licht an und ließ es brennen, als er hinausging. Dann ging er ins Wohnzimmer, nahm die abgegessenen Traubenstrünke und warf sie in den Kamin, damit seine Mutter nichts merkte, sonst würde sie nach den Kernen suchen und sie nicht finden und ihm am nächsten Morgen vier Eßlöffel Lebertran verabreichen.

Er ließ die Lampen im Wohnzimmer an, obgleich er genau wußte, was seine Mutter dazu sagen würde, wenn sie heimkam, ging in sein Zimmer und legte sich schnell zu Bett. Er wartete auf das Geräusch von Schüssen. Zwei- oder dreimal gab es Laute, die sehr wohl Schüsse hätten sein können, aber in der Großstadt war so etwas schwer zu unterscheiden.

Er war noch wach, als die Eltern heimkamen. Er hörte die Stimme seiner Mutter und erkannte am Klang, daß sie sich aufregte, weil in der Küche und im Wohnzimmer Licht brannte, aber er stellte sich schlafend, als sie in sein Zimmer kam, um nach ihm zu sehen. Er wollte gar nicht erst von den Chalmers anfangen, denn dann hätte sie ihn gefragt, wann das passiert sei, und hätte wissen wollen, warum er um zwölf Uhr nachts noch aufgewesen war.

Er wartete lange auf die Schüsse, und es wurde ihm heiß und feucht unter der Bettdecke und dann wieder eiskalt. Er hörte noch verschiedene scharfe, zweideutige Laute in der Nacht, aber nichts Eindeutiges, und nach einer Weile schlief er ein.

Am nächsten Morgen stand Peter früh auf, zog sich rasch an und schlich aus der Wohnung, ohne die Eltern aufzuwecken. Das Treppenhaus sah aus wie immer, mit Messingleuchter, geblümter Tapete und der Fußmatte der Chalmers mit «Willkommen» darauf. Keine Leichen und kein Blut. Manchmal, wenn Mrs. Chalmers auf dem kleinen Vorplatz gestanden und auf den Fahrstuhl gewartet hatte, konnte man ihr Parfüm noch lange riechen. Jetzt war kein Parfümgeruch da, nur der übliche staubige Treppenhausgeruch. Während er auf den Fahrstuhl wartete, starrte Peter nervös auf die Wohnungstür der Chalmers, aber sie öffnete sich nicht, und von innen kam kein Laut.

Sam, der Fahrstuhlführer, der ihn sowieso nicht leiden konnte, grunzte nur, als Peter einstieg, und Peter hielt es für besser, ihm keine Fragen zu stellen. Er trat auf die kühle, helle Sonntagmorgenstraße hinaus und erwartete halb und halb, den Leichenschauhauswagen vor der Tür stehen zu sehen oder wenigstens ein paar Streifenwagen. Aber nur eine verschlafene Frau in Slacks war zu sehen, die ihre Bulldogge spazieren führte, und ein Mann mit hochgeschlagenem Kragen, der mit der Zeitung unter dem Arm eilig um die Ecke kam.

Peter überquerte die Straße und schaute zum sechsten Stock hinauf zu den Fenstern der Chalmers. Die Jalousien waren überall heruntergelassen, alle Fenster geschlossen.

Ein Polizist ging auf der anderen Straßenseite, gewichtig, blau und zielbewußt, und einen Moment lang fühlte sich Peter so gut wie verhaftet. Aber der Polizist ging weiter in Richtung Avenue um die Ecke und verschwand, und Peter sagte sich: Die wissen ja doch nie etwas.

Er ging die Straße auf und ab, erst auf der einen Seite, dann auf der anderen, und wartete, ohne genau zu wissen, worauf. Zwischen den Vorhängen im Schlafzimmerfenster seiner Eltern sah er eine Hand auftauchen, die das Fenster zuschlug, und er wußte, daß er schleunigst hinauf mußte mit einer Ausrede, warum er draußen gewesen war, aber er konnte ihnen jetzt nicht ins Gesicht sehen und würde sich später etwas ausdenken. Vielleicht würde er sogar sagen, er sei ins Museum gegangen, obgleich er bezweifelte, daß seine Mutter ihm das abnehmen würde. Irgendeine Ausrede. Aber später.

Als er fast zwei Stunden lang auf der Straße patrouilliert war und gerade auf sein Haustor zuging, öffnete sich die Tür, und Mr. und Mrs. Chalmers kamen heraus. Er trug seinen Kneifer und einen dunkelgrauen Hut und Mrs. Chalmers ihren Pelzmantel und einen roten Hut mit Federn darauf. Mr. Chalmers hielt seiner Gattin höflich die Tür auf, und als sie herauskam, sah sie aus, als sei sie gerade aus dem Schönheitssalon gekommen.

Es war zu spät, um umzukehren oder ihnen aus dem Wege zu gehen, und Peter stand stumm und steif knapp zwei Meter vom Eingang.

«Guten Morgen», sagte Mr. Chalmers und hakte sich bei seiner Frau ein, und die beiden setzten sich an Peter vorbei in Bewegung.

«Guten Morgen, Peter», sagte Mrs. Chalmers mit ihrer sanften Stimme und lächelte ihm zu. «Ist es nicht herrlich heute?»

«Guten Morgen», sagte Peter, und er war überrascht, daß es herauskam und auch wie «Guten Morgen» klang.

Die Chalmers gingen die Straße hinunter in Richtung Madison Avenue, zwei verheiratete Leute, Arm in Arm, die zur Kirche gingen oder in ein großes Hotel zum Sonntagsfrühstück. Peter schaute ihnen beschämt nach. Er schämte sich für Mrs. Chalmers, daß sie letzte Nacht einen solchen Anblick geboten hatte, auf den Knien liegend, laut kreischend und zu Tode geängstigt. Er schämte sich für Mr. Chalmers, weil er dieses Geräusch von sich gegeben hatte, das nicht wie der Ton eines menschlichen Wesens klang, und weil er gedroht hatte, Mrs. Chalmers zu erschießen und es nicht getan hatte. Und er schämte sich seiner selbst, weil er zwar furchtlos gewesen war, als er die Wohnungstür öffnete, nicht aber zehn Sekunden später, als Mr. Chalmers knapp zwei Meter vor ihm mit der Pistole stand. Er schämte sich, weil er Mrs. Chalmers nicht in die Wohnung hereingeholt hatte, schämte sich, weil er jetzt nicht mit einer Kugel im Herzen tot am Boden lag. Aber am meisten schämte er sich, weil sie alle «Guten Morgen» zueinander gesagt hatten und weil die Chalmers jetzt an diesem sonnigen und windigen Morgen gemütlich Arm in Arm zur Madison Avenue spazierten.

Es war schon fast elf, als Peter in die Wohnung zurückkam, doch seine Eltern waren noch einmal eingeschlafen. Um elf gab es eine recht gute Serie über den Geheimdienst in Asien, und er stellte automatisch den Fernseher an, während er eine Apfelsine aß.

Es war ganz schön aufregend, aber dann kam eine Szene, in der ein Orientale in einem Raum voller Amerikaner eine tickende Zeitbombe in der Hand hielt, und Peter konnte sich schon denken, was kommen würde. Der Held, der furchtlos war und aus Kalifornien stammte, fing an, Scheinbewegungen mit den Augen zu machen, und Peter streckte den Arm aus und schaltete den Fernseher ab. Mit einem matten, ersterbenden Laut verstummte das Gerät. Blinzelnd starrte Peter noch einen Augenblick auf den blinden Bildschirm.

Ts, dachte er und hatte nach dieser Nacht, in der er der unverständlichen, schamlosen, bewaffneten Erwachsenenwelt begegnet war und sie nicht hatte entwaffnen können, plötzlich und ein für alle Mal den Glauben daran verloren, ts, das Zeug kann mir gestohlen bleiben, das ist was für kleine Kinder.

«March, march on down the field»

«Für einen Dollar könnte man genug Kohle kriegen, um diesen miesen Raum eine ganze Woche warmzuhalten», sagte Peppe, und band mit steifen Fingern seine Schulterpolster fest. «Für einen lausigen Dollar. Wir werden ungefähr so beweglich sein wie Beton, wenn wir raus müssen. Man sollte diesem Scheepers was erzählen. Für einen Dollar würde der seine eigene Großmutter einfrieren, und zwar stückweise.» Er schlüpfte in sein Trikot.

«Wir sollten uns zusammentun», sagte Ullman. «Wir sollten uns solidarisieren und zu Scheepers gehen und sagen, ‹Scheepers›, sollten wir sagen, ‹du bezahlst uns dafür, daß wir für dich Football spielen, *aber* –› »

«Ullman», schrie Peppe, den Kopf noch im Trikot, «der Collegeboy, Mr. Stalins rechte Hand. Wacht auf, Verdammte dieser Erde!»

«Los, in die Startlöcher», sagte Holstein. «Wir wollen raus und uns noch ein bißchen warm machen, bevor das Spiel losgeht.»

«Warm machen!» Peppe hatte endlich das Trikot über den Kopf gezogen. «Die werden mich braten müssen. Auf beiden Seiten. Verdammt, ich wünschte, ich wäre in Südfrankreich. Irgendwo an der Riviera. Mit ein paar französischen Mädchen.»

«Zieh dir die Hosen an», sagte Holstein.

«Seht mal!» Peppe wies kläglich auf seine nackten Knie. «Ich werde schon ganz blau. Dunkelblau. Vom Knöchel aufwärts. Es geht schon bis über die Knie. Seht euch das an, Jungens. Noch ein Stückchen weiter, und es ist aus mit Peppe.»

Klonsky, der rechte Abfänger, ein großer, dicker Mann, schob Peppe zur Seite. «Entschuldige», sagte er. «Ich möchte mich mal in dem Spiegel sehen.»

«Bei deinem Gesicht – deinem», begann Peppe. Klonsky drehte sich um und sah ihn an.

«Was ist los?» fragte Peppe. «Habe ich was gesagt?»

Klonsky besah sich noch einmal im Spiegel und zog die Unterlippe herunter. «Es ist wegen der Zähne», erläuterte er, ohne sein Spiegelbild aus dem Auge zu lassen. «Ich habe diese Woche drei neue Zähne vom Zahnarzt eingesetzt bekommen.»

«Du wirst einen Hollywood-Vertrag kriegen», sagte Holstein.

«Fünfzig Bucks», sagte Klonsky. «Der Scheißzahnarzt hat mir fünfzig Bucks abgenommen. Im voraus. Er wollte mir die Zähne nicht einsetzen, ehe ich nicht die Dollars auf den Tisch gelegt hatte. Meine Alte hat darauf bestanden, ich müßte unbedingt Zähne vorn in der Schnauze haben. Sie meint, es schickt sich nicht für einen College-Absolventen, mit einer großen Lücke in der Vorderfront herumzulaufen.»

«Klar», sagte Holstein. «In solchen Dingen muß man immer auf die Weiber hören. Die wissen schon, was sie reden.»

«Ich hab' sie vor zwei Jahren im Manhattan-Spiel verloren.» Klonsky schüttelte den Kopf und wandte sich vom Spiegel ab. «Harte Brüder – die Manhattans. Alles was die wollten, war, mir die Zähne einschlagen – wer das Spiel gewann, war ihnen scheißegal.»

«Gib auf Krakow acht», sagte Peppe. «Rennt wie eine Eisenbahn, der Junge. Dem kannst du beide Beine abhacken, und er rennt immer noch. Er hat sie nicht mehr alle. Hat drei Jahre lang für Upsala gespielt. Da mußte er alle abfangen und legen – in jedem Spiel. Das hat ihn den Verstand gekostet. Er spielt, als würde er nicht dafür bezahlt bekommen. Der bricht dir dein Kreuz auf drei Meter Entfernung. Himmel, Arsch, die Kälte! Dieser Bastard, Scheepers!»

Die Tür ging auf, und Scheepers kam herein, den Kragen seines hellen Kamelhaarmantels bis an die Ohren hochgeschlagen. «Ich habe gehört, daß mich eben jemand Bastard tituliert hat», sagte er. «Ich mag das nicht, ist das klar?» Er sah sie alle der Reihe nach an. Sein Gesicht unter dem grünen Velourshut war grimmig.

«Es ist kalt hier drin», sagte Holstein.

«Der East River hat Eis», sagte Ullman.

«*Ich* bin daran schuld», sagte Scheepers sarkastisch. «Bin ich jetzt plötzlich für das Wetter verantwortlich?»

«Für einen Dollar Kohle.» Peppe hauchte seine Hände an. «Das ist alles, was man braucht, um diese Kabine warm zu kriegen. Für einen lausigen Dollar.»

«Paß auf, was du redest», sagte Scheepers. Er wandte sich den anderen zu. «Ich habe Kohle bestellt. Das schwöre ich.» Er legte seinen Mantel ab und zog die Schweinslederhandschuhe aus. «Jedenfalls, so kalt ist es nicht. Ich weiß nicht, worüber ihr Jungs euch beklagt.»

«Irgendwann solltest du dich mal hier umziehen, Scheepers», sagte Peppe. «Das ist alles, worum ich dich bitte. Man wird dich dann hernehmen können, um Eiswürfel einzufrieren.»

«Hört zu, Jungs!» Scheepers stieg auf eine Bank und wandte sich an alle im Raum. «Ich habe eine Kleinigkeit mit euch zu besprechen. Es geht um Geld.»

Niemand sagte etwas.

«Holt die Polizei», sagte Peppe schließlich. «Scheepers will über Geld reden.»

«Ich weiß, ihr Jungs macht Scherze.» Scheepers lächelte. «Aber ich bin euch nicht böse.»

«Sei böse, Scheepers», sagte Peppe, «Sei so lieb und sei böse.»

Scheepers zögerte und fuhr dann in vertraulichem Ton fort.

«Jungs», sagte er, «es ist heute nicht warm. Kein schöner Sonntagnachmittag, um ganz ehrlich zu sein.»

«Geheim», sagte Holstein. «Nicht weitersagen, Leute.»

«Es ist kalt. Wir nähern uns dem Ende der Spielzeit. Am Vormittag hat's geschneit. Die Dodgers spielen gegen Pittsburgh in Ebbets Field. Ihr Burschen habt euch in den letzten beiden Spielen nicht mit Ruhm bekleckert. Kurzum, es gibt heute nicht viele Zuschauer.» Er blickte vieldeutig um sich. «Ich habe mit Krakows All-Stars ein Übereinkommen getroffen. Ich habe ihre Garantie um fünfzig Prozent herabgesetzt, weil kaum eine Seele auf den Tribünen sitzt.»

«Das ist prima», sagte Holstein. «Das nenne ich ein Geschäft. Da können Sie stolz drauf sein.»

«Worauf ich hinaus will . . .», sagte Scheepers.

«Sagen Sie's uns nicht», sagte Peppe. «Lassen Sie uns raten. Ullman, du fängst an.»

«Worauf ich hinaus will», nahm Scheepers den Faden wieder auf, «ist, daß ich von euch Jungs erwarte, daß ihr selbst eine kleine fünfzigprozentige Kürzung in Kauf nehmt.»

«Sie wissen, was Sie mich können», sagte Holstein. «Mit den besten Empfehlungen.»

«Scheepers!» sagte Peppe. «Die führende Laus der Saison. Mit Abstand.»

«Das lohnt ja kaum das Risiko», sagte Klonsky und befühlte seine Zähne. «Die fünfzig Bucks habe ich mir schon gepumpt, um den Zahnarzt zu bezahlen. Ich habe mein Radio beliehen. Wenn sie mir das Radio abholen, macht meine Frau Stunk. Fragen Sie jemand anders, Scheepers.»

«Ich bin fair zu euch», sagte Scheepers. «Absolut fair. Ein unparteiischer Vorschlag. Jeder nimmt eine kleine fünfzigprozentige . . .»

«O du mein holder Abendstern», intonierte Peppe, «ich hab' dich ja zum Fressen gern.»

«Ich spreche im Ernst», sagte Scheepers. «Und ich verlange eine ernsthafte Antwort.»

«Er verlangt eine ernsthafte Antwort», sagte Peppe.

«Es geht ums Geschäft!» brüllte Scheepers. «Ich habe Rechnungen zu begleichen, verdammt noch mal!»

«Quatsch», sagte Peppe milde. «Quatsch, Mr. Scheepers. Drücke ich mich ernsthaft genug aus?»

«Dann teile ich euch mit, daß ich hinausgehen und jede einzelne Eintrittskarte zurückerstatten werde, wenn ihr Jungs jetzt nicht mitmacht», sagte Scheepers. «Das Spiel wird abgesagt. Ich muß meine Interessen wahren.»

Die Spieler sahen sich an. Holstein scharrte mit den Fußballschuhen auf den Bodenplanken.

«Ich wollte mir morgen ein Paar neue Schuhe kaufen», sagte Ullman. «Ich laufe schon halb barfuß herum.»

«Die Entscheidung liegt bei euch, Jungs.» Scheepers zog die Handschuhe wieder an.

«Ich bin heute abend verabredet», sagte Peppe bitter. «*So* ein Mädchen! Eine aus Greenwich Village. Kostet mich sechs Bucks. Scheepers, Sie nützen unsere Lage aus.»

«Gewinn und Verlust», beharrte Scheepers. «Ich will nur, daß die Bücher stimmen. Ihr könnt's tun oder lassen.»

«O. K.», sagte Holstein.

«Es ist nicht persönlich gemeint», sagte Scheepers. «Ich komme die ganze Saison nicht aus den roten Zahlen raus.»

«Bitte verlassen Sie den Raum», sagte Peppe, «damit wir Sie bedauern können. Wir können vor Tränen nichts sehen.»

«Klugscheißer», sagte Scheepers höhnisch. «Ein Haufen Klugscheißer seid ihr. Vergeßt nicht, daß in der nächsten Saison auch noch gespielt wird.» Er warf Peppe einen Blick zu. «Denkt daran, daß ihr nicht unersetzbar seid. Jedes Jahr kommen fünftausend Jungs aus dem College, die wissen, wie man Football spielt. Ich brauche mir von niemandem Beleidigungen gefallen lassen.»

«Sie sind ein Stinktier», sagte Peppe. «Das ist meine ehrliche Meinung. Gott, ist das kalt!» Er ging an den Sanitätskasten und goß sich Einreibemittel über die Hände, um sie warm zu kriegen.

«Ich möchte euch noch ein paar Sachen sagen.» Scheepers sprach laut, um sich Aufmerksamkeit zu verschaffen. «Ich möchte, daß ihr Jungs heute ein bißchen aus euch herausgeht. Ein bißchen Pfeffer. Etwas Abwechslung in die Sache. Pässe.»

«Keiner kann heute einen Paß festhalten», sagte Holstein. «Es ist zu kalt. Der Ball schlüpft einem aus den Händen, wie mit Butter beschmiert.»

«Wenn schon», sagte Scheepers. «Die Leute wollen Pässe sehen, also gebt ihnen Pässe. Und spielt um Gottes willen so, als ob ihr es ernst meint. Schließlich sind wir nicht zu unserem Vergnügen hier.»

«An so einem Tag muß ich spielen.» Peppe bibberte. «Ich könnte jetzt in Greenwich Village sein und bei meinem Mädchen

Bier trinken. Hoffentlich rutscht Krakow aus und bricht sich das Genick.»

«Ich habe eine Vorahnung», sagte Klonsky. «Irgendwas passiert bestimmt mit meinen Zähnen.»

«Noch etwas», sagte Scheepers. «Mit den Schutzhelmen hat etwas nicht geklappt. Die Amateurmannschaft, die am Vormittag hier spielen und ihre Helme dalassen sollte, ist wegen dem Schnee nicht gekommen; ihr müßt also ohne Kopfschutz spielen.»

«Guter alter Scheepers», sagte Holstein. «Er denkt auch an alles.»

«Es war Pech», sagte Scheepers. «Einfach Pech. Viele spielen ohne Helm.»

«Viele springen auch von Brücken runter», sagte Holstein.

«Was nützt denn schließlich so ein Helm», wollte Scheepers wissen. «Jedesmal, wenn man ihn braucht, fällt er einem herunter.»

«Noch so eine Kleinigkeit, die Sie bedrückt?» fragte Holstein. «Sind Sie sicher, Sie wollen uns nicht mit acht Mann spielen lassen, weil so wenig Zuschauer da sind?»

Sie lachten. Dann marschierten sie im Gänsemarsch aufs Spielfeld und schwangen ihre Arme, um in dem eisigen Wind, der aus dem Norden pfiff, nicht zu erstarren. Scheepers sah ihnen kurz nach, dann ging er ins Vereinshaus und stellte die Lautsprecheranlage an. *«March, march on down the field»*, erklang es aus der Lautsprecheranlage, als Scheepers' Red Devils antraten, um ihre schutzhelmlosen Köpfe hinzuhalten.

Das Haus der Schmerzen

«Sagen Sie ihr, Mr. Bloomer möchte sie sprechen», sagte Philip und stand mit dem Hut in der Hand aufrecht vor dem eleganten, weiß behandschuhten Hoteldiener.

«Ein Mr. Bloomer, Miss Gerry», sagte der Hoteldiener geschmeidig und blickte durch Philips offenes und sauberes Gesicht hindurch in die luxuriöse Weite des Foyers.

Philip hörte, wie sich die berühmte Stimme im Telefonhörer hob und senkte. «Wer zum Teufel ist Mr. Bloomer?» sagte die berühmte süße Stimme.

Verlegen bewegte Philip die Schultern unter dem Mantel. Seine Ohren eines Bauernjungen, die unter dem wirren Haar abstanden, röteten sich.

«Ich habe es gehört», sagte er. «Sagen Sie ihr, mein Name ist Philip Bloomer, und ich habe ein Stück geschrieben, das ‹Das Haus der Schmerzen› heißt.»

«Es ist ein Mr. Philip Bloomer», sagte der Hoteldiener gelangweilt, «und er sagt, er hätte ein Stück geschrieben, das ‹Ein Haus der Schmerzen› heißt.»

«Und um mir das zu sagen, kommt er extra her?» dröhnte die tiefe, volle Stimme durch den Hörer. «Sagen Sie ihm, das ist wirklich großartig.»

«Bitte lassen Sie mich mit ihr sprechen.» Philip riß dem Hoteldiener den Hörer aus der weißen Hand. «Hallo», sagte er, und seine Stimme zitterte vor Verlegenheit. «Hier spricht Philip Bloomer.»

«Guten Tag, Mr. Bloomer», sagte die Stimme mit Charme.

«Die Sache ist so, Miss Gerry, das Stück, das ich geschrieben habe», Philip versuchte, den Satz zu Ende zu bringen, bevor sie aufhängte, «‹Das Haus der Schmerzen›.»

«Der Hoteldiener sagte ‹Ein Haus der Schmerzen›.»

«Er hat sich geirrt», sagte Philip.

«Er ist ein ganz dummer Kerl, dieser Mann», sagte die Stimme. «Das habe ich ihm schon oft genug gesagt.»

«Ich war bei Mr. Wilkes im Büro», sagte Philip verzweifelt, «und dort sagte man mir, Sie hätten das Manuskript noch.»

«Was für ein Manuskript», fragte Miss Gerry.

«‹Das Haus der Schmerzen›», rief Philip, und der Schweiß brach ihm aus. «Als ich es einreichte, schlug ich vor, Sie sollten die Hauptrolle spielen, und Mr. Wilkes es Ihnen geschickt. Nun möchte jemand von der Theater-Gilde das Stück lesen, und Sie haben es schon zwei Monate, und da habe ich gedacht, Sie würden vielleicht so gut sein und es mir zurückgeben.»

Es gab eine Pause, und am anderen Ende der Leitung war ein tiefes Einatmen zu hören. «Wollen Sie nicht heraufkommen, Mr. Bloomer?» sagte Miss Gerry mit zurückhaltender, aber doch einladender Stimme.

«Ja, Madam», sagte Philip.

«1205, Sir», sagte der Hoteldiener, nahm Philip behutsam den Hörer aus der Hand und legte ihn sanft auf die Gabel.

Im Fahrstuhl betrachtete Philip skeptisch sein Abbild im Spiegel, zog die Krawatte gerade und bemühte sich, das Haar glatt zu streichen. Es war nicht zu leugnen, er sah aus wie ein Bauernjunge, ein Stallknecht, der eventuell zwei Jahre auf die Landwirtschaftsakademie gegangen war. Wenn es nur irgend ging, vermied er es, mit Leuten vom Theater persönlich zusammenzukommen, denn es war ihm klar, daß keiner jemandem, der so aussah wie er, zutrauen würde, Stücke zu schreiben.

Er trat aus dem Fahrstuhl und ging den mit weichen Teppichen ausgelegten Korridor hinunter bis zur Nummer 1205. Ein Blatt Papier steckte in einer Klammer an der metallenen Tür. Er stellte sich in Positur und läutete.

Miss Adele Gerry öffnete selbst. Groß, dunkelhaarig, parfümiert stand sie da, in einem Nachmittagskleid, das ein reichliches Stück Dekolleté freigab. In ihren Augen war das dunkle Feuer, das auf so vielen Bühnen so viele Menschen zur Bewunderung hingerissen hatte. Da stand sie, die Hand leicht auf dem Türgriff, das Haar schlicht frisiert, den Kopf etwas zur Seite geneigt und sah fragend auf Philip Bloomer im Korridor.

«Mein Name ist Bloomer», sagte Philip.

«Wollen Sie nicht hereinkommen?» Ihre Stimme war süß, ungekünstelt, offen und sehr dazu angetan, die Nerven von Bauernjungen und Stallknechten zu beruhigen.

«An der Tür war eine Nachricht für Sie», sagte Philip, froh darüber, wenigstens einen Satz zu haben, mit dem er ins Zimmer gelangen konnte.

«Oh, danke», sagte sie und nahm das Papier an sich.

«Wohl ein Brief von einem heimlichen Verehrer», sagte Philip lächelnd, plötzlich entschlossen, galant zu sein, den Bauernjungen niederzukämpfen, den Stallknecht auszulöschen.

Miss Gerry trat mit dem Papier ans Fenster und hielt es sich nach Art der Kurzsichtigen dicht vor die Augen. Ihr ganzer Körper schien dabei mit wundervoller Intensität auf das geschriebene Wort konzentriert.

«Es ist das Menü», sagte sie und warf den Zettel auf den Tisch. «Heute abend gibt es Lammfleischtopf.»

Philip schloß einen Augenblick die Augen in der Hoffnung, daß Miss Gerry, das Zimmer, das ganze Hotel sich in Nichts aufgelöst haben würden, wenn er sie wieder öffnete.

«Setzen Sie sich doch, Mr. Bloomer», sagte Miss Gerry.

Er machte die Augen auf, marschierte durch das Zimmer und setzte sich aufrecht auf einen kleinen, vergoldeten Sessel. Miss Gerry ließ sich anmutig auf einem Sofa nieder, den Arm lang auf der Lehne ausgestreckt, die Hand lässig hängend, die Beine mädchenhaft unter den Körper gezogen.

«Wissen Sie, Mr. Bloomer», sagte Miss Gerry in reizend spielerischem Ton, «Sie sehen so gar nicht aus wie jemand, der Stücke schreibt.»

«Ich weiß», sagte Philip düster.

«Sie sehen so gesund aus». Sie lachte.

«Ich weiß.»

«Aber Sie schreiben doch Stücke?» Sie lehnte sich vertraulich nach vorne, und Philip hielt krampfhaft den Blick von ihrem Busen abgewandt. Das war zum Hauptproblem seiner Visite geworden, wie er plötzlich feststellte.

«Doch, ja», sagte er und blickte standhaft über ihre Schulter hinweg. «Doch, doch. Wie ich Ihnen schon am Telefon sagte, komme ich wegen meines Stückes.»

«‹Das Haus der Schmerzen.›» Sie schüttelte gedankenvoll den Kopf. «Ein merkwürdiger Titel für einen so gesund aussehenden jungen Mann.»

«Ja, Madam», sagte Philip und hielt den Kopf eisern geradeaus und den Blick nach oben gerichtet.

«Es war wirklich nett von Ihnen, für die Rolle an mich zu denken», sagte Miss Gerry und lehnte sich noch weiter vor. Ihre Augen schwammen jetzt, der Blick war so dankerfüllt – es hätte noch für die dritte Reihe im obersten Rang gereicht. «Ich hatte mich die letzten drei Jahre mehr oder weniger zurückgezogen. Ich dachte, niemand erinnert sich mehr an Adele Gerry.»

«Aber nicht doch», sagte Philip galant. «Ich erinnere mich noch gut an Sie.» Er merkte sofort, daß das ein Fehler gewesen war, aber alles Weitere hätte die Sache noch verschlimmert.

«Die Theater-Gilde will Ihr Stück aufführen, Mr. Bloomer?» fragte Miss Gerry, liebevoll interessiert.

«O nein. Das habe ich nicht gesagt. Ich sagte, daß jemand, den ich dort kenne, meint, man könnte es eventuell anderswo anbieten, und weil Sie das Stück doch zwei Monate ...»

Das Interesse in Miss Gerrys tiefem Blick wurde etwas geringer. «Ich habe kein Manuskript von Ihrem Stück, Mr. Bloomer. Mein Regisseur, Mr. Lawrence Wilkes, hat es.» Sie schenkte ihm ein wundervolles Lächeln, wobei man allerdings die Krähenfüße sehr deutlich sah. «Ich wollte Sie sehen. Ich halte mich gern über neue Bühnentalente auf dem Laufenden.»

«Danke», murmelte Philip. Er fühlte sich irgendwie erhöht. Miss Gerry strahlte ihn an, und er merkte, wie seine Augen, die der vollen Glorie ihres Blickes nicht mehr standhalten konnten, sich auf ihren Busen senkten. «Mr. Wilkes», sagte er laut. «Ich habe viele seiner Aufführungen gesehen. Sie waren wunderbar in seinen Inszenierungen. Er ist ein wundervoller Regisseur.»

«Er hat seine Meriten», sagte Miss Gerry kalt. «Aber er hat auch seine Grenzen. Sehr deutliche Grenzen. Die Tragödie des amerikanischen Theaters besteht darin, daß es da niemanden mehr gibt, der nicht sehr deutliche Grenzen hätte.»

«Ja», sagte Philip.

«Erzählen Sie mir von Ihrem Stück, Mr. Bloomer. Erzählen Sie mir von der Rolle, die Sie für mich im Sinn hatten.» Sie legte ihre Beine in einer neuen, bequemeren Stellung übereinander, als richtete sie sich für eine lange Sitzung auf dem Sofa ein.

«Es handelt von einer Pension», sagte Philip. «Einer drittklassigen, schäbigen Pension mit tropfenden Wasserhähnen und armen Teufeln, die ihre Miete nicht bezahlen können.»

Miss Gerry sagte nichts.

«Die Seele dieser Pension», fuhr Philip fort, «ist eine schlampige, tyrannische, ränkespinnende, harte Frau. Ich habe meine Tante als Modell benutzt, die eine Pension betreibt.»

«Wie alt ist sie?» fragte Miss Gerry mit tonloser Stimme.

«Wer? Meine Tante?»

«Die Frau im Stück.»

«Fünfundvierzig.» Philip stand auf und begann, im Zimmer auf und ab zu gehen, während er über das Stück sprach. «Sie schnüffelt dauernd herum, lauscht an Schlüssellöchern, stückelt aus erlauschten Gesprächsfetzen die Tragödien ihrer Pensionsgäste zusammen, streitet sich mit ihrer Familie, streitet sich ...» Er hielt ein. «Aber, Miss Gerry», sagte er, «Miss Gerry ...»

Sie saß zusammengekrümmt auf dem Sofa, und die Tränen tropften langsam und bitter aus ihren Augen.

«Dieser Kerl», schluchzte sie, «dieser Kerl ...» Sie sprang auf, fegte durch das Zimmer zum Telefon und wählte eine Nummer. Ungehemmt flossen ihre Tränen durch Maskara, Lidschatten, Rouge und Puder hindurch in breiten Strömen über die Wangen. «Dieser Kerl», schluchzte sie, «dieser Kerl ...»

Philip zog sich instinktiv in eine Nische zwischen Tisch und Kommode zurück und drückte die Hände hinter sich an die kalte Wand. Stumm stand er da, als ob er einen Angriff erwartete.

«Lawrence!» schrie sie ins Telefon. «Gut, daß ich dich erreiche. Bei mir ist ein junger Mann. Er hat mir eine Rolle in einem Stück von ihm angeboten.» Die Tränen hinterließen dunkle Streifen auf ihrem Gesicht. «Weißt du, was das für eine Rolle ist? Ich werde es dir sagen, und dann werde ich den jungen Mann auf der Stelle rausschmeißen.»

Philip stand an die Wand gedrückt.

«Halt den Mund, Lawrence!» schrie Miss Gerry. «Ich habe mir deine pflaumenweichen Ausreden lange genug angehört. Eine Frau von fünfundvierzig», wimmerte sie, den Mund dicht am Hörer, «eine verbitterte, verschlampte, häßliche, gehässige Pensionsbesitzerin, die an Schlüssellöchern horcht und sich mit ihrer Familie herumstreitet.» Miss Gerry hatte sich in ihrem Schmerz vornübergebeugt und umklammerte das Telefon verzweifelt mit beiden Händen. Da sie ihr Schluchzen nicht mehr unterdrücken konnte, verstummte sie, und Philip hörte eine Männerstimme rasch, aber mit beruhigendem Tonfall durch die Leitung sprechen.

Schließlich richtete sich Miss Gerry auf, ohne die Stimme im Hörer zu beachten. «Mr. Bloomer», sagte sie, und ihre Zähne schlossen sich wütend über dem Namen, «wollen Sie mir bitte sagen, warum Sie für diese kostbare und zauberhafte Rolle an mich gedacht haben?»

Philip lehnte sich matt zurück. «Wissen Sie», sagte er mit hoher, knabenhafter, hilfloser Stimme. «Ich habe Sie in zwei Stücken gesehen.»

«Halt den Mund, um Himmels willen!» schrie Miss Gerry ins Telefon. Dann blickte sie auf und sprach mit einem kalten Lächeln zu Philip. «Welche Stücke, Mr. Bloomer?»

«‹Sonne im Osten›», krächzte Philip, «und ‹Nimm das Letzte›.»

Ein neuer, stärkerer Tränenstrom überschwemmte ihre dunklen Augen. «Lawrence», schluchzte sie ins Telefon. «Weißt du auch, warum er mir diese Rolle anbietet? Er hat mich in zwei Stücken gesehen. Deinen beiden Bombenerfolgen. Er hat mich ein altes Scheusal von sechzig in ‹Sonne im Osten› spielen sehen, und er hat mich die Mutter einer gottverdammten Brut von irischen Halunken in ‹Nimm das Letzte› spielen sehen. Du hast mich ruiniert, Lawrence, du hast mich ruiniert!»

Philip schlüpfte aus seiner Nische an der Wand, ging schnell zum Fenster und sah hinaus. Zwölf Stockwerke, registrierte sein Gehirn automatisch.

«*Alle* haben sie mich in diesen Rollen gesehen. Alle und jeder!

Und jetzt sagen sie, immer wenn eine Mutter, ein altes Weib im Stück ist: ‹Ruf Adele Gerry an.› Ich bin eine Frau in der Blüte meiner Jahre. Ich sollte Candida, Hedda, Johanna spielen, und was bin ich? Jedermanns Wahl für die alte Heldenmutter! Pensionsbesitzerinnen in Anfängerstücken von Kindern!»

Philip zuckte zusammen und starrte auf die Madison Avenue hinunter.

«Wer hat mir das angetan?» Miss Gerry schlug jetzt volle, runde, tragische Töne an. «Wer? frage ich. Wer beschwatzte, beschwor mich, bettelte, hetzte mich in diese beiden elendigen Stücke? Lawrence Wilkes! Lawrence Wilkes kann sich brüsten, die blendende Karriere einer großen Schauspielerin ruiniert zu haben. Der große Lawrence Wilkes, der mir mit dreiunddreißig eine Mutterrolle aufschwatzte!»

Philip zog die Schultern hoch, als die berühmte, tiefe Stimme das ganze Zimmer mit ihrem Klang ausfüllte.

«Und da wunderst du dich noch» – obwohl sie nur telefonierte, lag in ihren weitausholenden Schulter- und Armbewegungen schärfste Ironie – «da wunderst du dich noch, warum ich dich nicht heiraten will. Schick mir Blumen, Bücher, Eintrittskarten fürs Theater, schreib mir Briefe, in denen du mir sagst, es mache dir nichts aus, wenn ich mit anderen Männern ausgehe. Von jetzt ab gehe ich mit der gesamten Garnison von Governor's Island aus! Ich setze mich zum Dinner neben dich, jeden Abend mit einem anderen! Ich hasse dich, ich hasse dich, Larry, ich hasse dich ...»

Das Schluchzen gewann schließlich die Oberhand. Achtlos ließ sie den Hörer fallen, schritt langsam und schmerzvoll auf einen tiefen Sessel zu und sank hinein, in Tränen gebadet, ramponiert, aufgelöst, wie ein jammerndes Kind.

Philip holte tief Atem und wandte sich zu ihr um. «Es tut mir leid», sagte er heiser.

Miss Gerry winkte müde mit der Hand. «Es ist nicht Ihre Schuld. Drei Jahre lang erlebe ich das nun. Sie sind nur der Auslöser.»

«Danke», sagte Philip erleichtert.

«Eine junge Frau wie ich», jammerte Miss Gerry wie ein

kleines Kind in ihrem Sessel. «Nie werde ich eine anständige Rolle bekommen. Nie. Nie. Lassen Sie sich nie mit diesem Mann ein. Er ist ein Egomane. Für einen Applaus nach dem zweiten Akt würde er seine Großmutter kreuzigen.» Sie wischte über das Geschmier von Kosmetika um ihre Augen. «Er will, daß ich ihn heirate.» Sie lachte grausig.

«Es tut mir so leid», sagte Philip und fühlte sich, weil das alles war, was ihm einfiel, am Ende doch wie ein Bauernjunge, ein Stallknecht. «Es tut mir so sehr leid.»

«Er sagt, Sie sollen hinaufgehen und sich Ihr Manuskript abholen», sagte Miss Gerry. «Rufen Sie nur unten vom Pförtner aus an, dann bringt er es hinunter.»

«Danke, Miss Gerry», sagte Philip.

«Kommen Sie her», sagte sie und hörte auf zu weinen. Er ging langsam zu ihr hin, und sie zog seinen Kopf an ihren Busen und küßte ihn auf die Stirn und hielt ihn mit beiden Händen bei den Ohren. «Sie sind ein netter, anständiger, dummer Junge», sagte sie. «Ich bin froh, daß eine neue Saat aufgeht. Gehen Sie.»

Philip hinkte zur Tür, wandte sich dort um und wollte etwas sagen. Er sah Adele Gerry in ihrem Sessel sitzen und mit leerem Blick zu Boden starren, das Gesicht ein Trümmerfeld aus Jammer, Alter und Maskara. Philip öffnete behutsam die Tür und schloß sie behutsam hinter sich.

Er ging über die Straße, tief die kalte Luft einatmend, und rief Lawrence Wilkes an. Philip erkannte Wilkes, als dieser mit einer Kopie vom ‹Haus der Schmerzen› unter dem Arm aus dem Fahrstuhl trat. Wilkes war adrett und modisch angezogen und hatte gerade einen Hit laufen und war eben beim Friseur gewesen, aber sein Gesicht wirkte verhärmt und gequält und müde wie die Gesichter von Menschen in der Wochenschau, die gerade einem Luftangriff entgangen sind und keine Hoffnung haben, dem nächsten zu entkommen.

«Mr. Wilkes», sagte Philip leise.

Wilkes sah Philip an und legte nachsichtig und heiter lächelnd den Kopf auf die Seite. «Junger Mann», sagte er, «im Theater müssen Sie eines lernen. Sagen Sie niemals einer Schauspielerin, für welchen Rollentyp sie sich nach Ihrer Ansicht eignet.» Und er drückte Philip das ‹Haus der Schmerzen› in die Hand und drehte sich um und ging wieder zum Fahrstuhl zurück. Philip sah, wie sich die Tür hinter dem gut gekleideten Rücken schloß, dann lief er auf die Straße hinaus und floh quer durch die Stadt zur Theater-Gilde.

Im Zeitalter der Vernunft

Er hatte den Traum nur ein einziges Mal – im Dezember. Er dachte am folgenden Morgen einen Augenblick darüber nach und vergaß ihn dann – bis er sich an einem Abend im April, zehn Minuten vor dem Abflug seiner Maschine, plötzlich wieder daran erinnerte. Jedesmal, bevor er ein Flugzeug bestieg, gab es diesen flüchtigen Augenblick der Angst; das Bewußtsein eines, wenn auch noch so eingeschränkten, Risikos; das unterschwellige Wissen, daß jeder Flug mit dem Tod enden konnte; die Ahnung um die kleine, verborgene Gefahr, die in Wind und Wolken, Ventilen und Tragflächen lauerte und die keine fliegerische Perfektion und Sorgfalt, kein Werbeslogan jemals ganz zu bannen vermochte. Es war dieser übliche Moment, Nadelstich einer erahnten Katastrophe, der ihm den Traum von damals wieder ins Gedächtnis rief, als er mit seiner Frau und seiner Schwester am Ausgang stand und auf das dunkle Rollfeld, das gewaltige Flugzeug und die blinkenden Bodenlichter hinaussah, die die Rollbahn säumten.

Es war ein einfacher Traum gewesen. Irgendwie war darin seine Schwester Elisabeth gestorben, und er war dem Sarg resigniert und hoffnungslos zum Friedhof gefolgt und hatte mit trockenen Augen zugesehen, wie er in die Erde gesenkt wurde. Dann war er heimgegangen. Und irgendwie war alles in dem Traum an einem 14. Mai geschehen. Das Datum war ganz klar und endgültig gewesen und hatte dem Traum einen realen, tragischen Sinn verliehen, den er sonst wohl nicht gehabt hätte. Als er aufwachte, hatte er versucht, herauszufinden, warum der 14. Mai, ein beliebiger Tag in vier Monaten, von seinem Traumhirn so erbarmungslos und eindeutig herausgepickt worden war, aber es war zwecklos. Im Mai gab es in seiner Familie keine Geburtstage, keine Gedenktage, und nichts Besonderes war ihm oder irgendeinem, den er kannte, je an diesem Tage zugestoßen.

Noch halb im Schlaf hatte er ein wenig in sich hineingelacht, hatte Alices nackte Schulter neben sich im Bett zärtlich berührt und war aufgestanden und zur Arbeit gegangen, in die vernünftige Alltagswelt der Reißbretter und technischen Entwürfe, ohne je mit Alice oder sonst jemandem über seinen Traum zu sprechen.

Und jetzt – er lachte, gerade in Erinnerung daran, wie seine fünfjährige Tochter heute ihm verschlafen und völlig uninteressiert auf Wiedersehen gesagt hatte, als er die Wohnung verließ, die frische Aprilabendluft war vom Gedröhn der Motoren angefüllt, und er küßte seine Schwester Elisabeth zum Abschied – jetzt kam der Traum zurück. Elisabeth war rosig und robust wie immer, ein vergnügtes, hübsches Mädchen, das aussah, als hätte es gerade beim Tennis oder beim Schwimmen gewonnen, und wenn ein finsteres Geschick über ihrem Haupt hing, so hatte es sich jedenfalls gut versteckt.

«Bring mir Cary Grant mit», sagte Elisabeth, als sie mit den Lippen seine Wange streifte.

«Gemacht», sagte Roy.

«Jetzt überlasse ich euch beide eurem liebevollen Abschied», sagte Elisabeth. «Alice, gib ihm seine letzten Instruktionen. Sag ihm, er soll sich ordentlich aufführen.»

«Ich habe ihm schon seine Belehrung für diesen Einsatz gegeben», sagte Alice. «Keine kleinen Mädchen. Allerhöchstens drei Martinis vor dem Dinner. Zweimal die Woche Telefonbericht an mich. Steig ein und komm umgehend nach Beendigung des Auftrags wieder zurück.»

«Vierzehn Tage», sagte Roy. «Ich schwöre, in vierzehn Tagen bin ich wieder da.»

«Und amüsier dich nicht zu gut.» Alice lächelte, aber sie war den Tränen nahe, wie jedesmal, wenn er ohne sie irgendwohin reiste, und sei es nur über Nacht nach Washington.

«Werde ich nicht», sagte Roy. «Ich verspreche dir, die ganze Zeit Trübsal zu blasen.»

«Geht in Ordnung.» Alice lachte.

«Keine alten Telefonnummern dabei?» fragte Elisabeth.

«Nein.» Es hatte in Roys Leben eine Zeit gegeben, kurz bevor er Alice heiratete, in der er ziemlich lebenslustig war. Im Krieg waren seine Freunde mit gewagten und natürlich auch noch reichlich ausgeschmückten Geschichten über die wilden Abenteuer in Paris und London aus Europa wiedergekommen, und bei den weiblichen Mitgliedern seiner Familie war er weit über Gebühr als Draufgänger und Bruder Leichtfuß verschrien.

«Guter Gott», sagte er, «welch eine Erleichterung, einmal für ein paar Tage diesem weiblichen Aufsichtsrat zu entkommen.»

Er ging mit Alice zum Ausgang.

«Paß gut auf dich auf, Darling», sagte Alice leise.

«Mach dir keine Gedanken.» Er küßte sie.

«Ich hab das nicht gern», sagte Alice und klammerte sich an ihm fest. «Immer sagen wir uns auf Wiedersehen. Dies ist das letzte Mal. Von jetzt ab reise ich mit dir mit, egal, wohin.»

«In Ordnung.» Roy lächelte zu ihr hinunter.

«Auch wenn du nur ins Yankee-Stadion fährst.»

«Nichts, was mir lieber wäre.» Er hielt sie sekundenlang fest an sich gepreßt. Sie war ihm so lieb und nahe, und sie war so unglücklich, auf diese Weise allein gelassen zu werden. Dann ging er zum Flugzeug. Auf der Treppe drehte er sich noch einmal um und winkte. Alice und Elisabeth winkten zurück, und es fiel ihm wieder auf, wie ähnlich sie sich waren, wie zwei Schwestern aus einer hübschen Familie, beide hell und blond, mit kleinen Eigenarten in Bewegung und Haltung, die fast identisch waren.

Er wandte sich ab und trat ins Flugzeuginnere, und im nächsten Augenblick wurde die Tür geschlossen und die Maschine rollte zur Startpiste hinüber.

Zehn Tage später rief Roy von Los Angeles Alice in New York an und sagte nur, sie müsse zu ihm in den Westen kommen. «Munson meint, es wird ein halbes Jahr dauern», sagte Roy, «und er stellt mir eine Wohnung zur Verfügung, und du bist hiermit eingeladen.»

«Herzlichen Dank», sagte Alice. «Du kannst Munson sagen, ich würde ihm liebend gern die Zähne einschlagen.»

«Nicht zu ändern, Baby», sagte Roy. «Das Geschäft geht vor, du weißt doch.»

«Hätte er dir das nicht vorher sagen können, ehe du losgeflogen bist? Dann hättest du mir helfen können, den Laden hier dichtzumachen, und wir hätten zusammen fliegen können.»

«Er hat es vor meiner Ankunft hier noch nicht gewußt», sagte Roy geduldig. «Die Welt steht heutzutage Kopf.«

«Ich würde ihm gern die Zähne einschlagen.»

«O. K.» Roy lachte. «Am besten kommst du her und sagst ihm das selbst. Wann kommst du? Morgen?»

«Eines mußt du noch lernen, Roy», sagte Alice. «Ich bin keine Truppenverlegung. Du kannst nicht einfach sagen ‹Zivilistin Alice Gaynor meldet sich morgen nachmittag um vier dreitausend Meilen von hier entfernt› und dann erwarten, daß es auch geschieht.»

«O.K. Du bist keine Truppenverlegung. Wann?»

Alice mußte lachen. «Du scheinst es nicht erwarten zu können.»

«Ich *kann* es nicht erwarten.»

«Das ist gut.»

«Wann?»

«Tja» – Alice zögerte und überlegte – «ich muß Sally von der Schule holen, ich muß einiges in ein Depot geben, ich muß die Wohnung vermieten, ich muß den Flug reservieren . . .»

«Wann?»

«Vierzehn Tage», sagte Alice. «Wenn ich die Reservierung gleich bekomme. Kannst du so lange warten?»

«Nein», sagte Roy.

«Ich auch nicht.» Sie lachten beide. «Hast du dich gut amüsiert da drüben?»

Roy bemerkte den tastenden Inquisitionston und seufzte leise. «Ich sitze nur stumpfsinnig rum», sagte er. «Abends bleibe ich im Hotelzimmer und lese. Sechs Bücher habe ich schon ausgelesen, und jetzt bin ich halb durch General Marshalls Kriegserinnerungen durch.»

«An *einem* Abend hast du nicht gelesen.» Alice sagte das mit betonter Leichtigkeit.

«Also gut», sagte Roy ergeben. «Heraus damit.»

«Monica kam Dienstag von der Westküste zurück und rief

mich an. Sie hätte dich mit einem bildhübschen Mädchen in einem schicken Restaurant gesehen, sagte sie.»

«Gäbe es Gerechtigkeit auf Erden», sagte Roy, «sollte man diese Monica über dem Bikini-Atoll abwerfen.»

«Sie hatte langes schwarzes Haar, hat Monica gesagt.»

«Stimmt ganz genau», sagte Roy. «Das Mädchen hatte langes schwarzes Haar.»

«Du brauchst gar nicht so zu schreien. Ich kann dich sehr gut hören.»

«Monica vergaß nur zu erwähnen, daß es die Frau von Charlie Lewis war –»

«Sie sagte, ihr wäret allein gewesen.»

«– und Charlie Lewis war zehn Meter entfernt auf der Herrentoilette.»

«Bist du sicher?»

«Nein. Vielleicht war es auch die Damentoilette.»

«Du findest das vielleicht sehr komisch, aber bei deinem Vorleben ...»

«Mein Vorleben ist nicht schlimmer als das irgendeines anderen Ehemannes», sagte Roy.

«Ich mache mir nichts aus deinem Humor bei diesem Thema.» Alices Stimme begann ein wenig zu vibrieren, und Roy bereute seine Worte.

«Hör zu, Baby», sagte er sanft. «Komm schnell her. So schnell du kannst. Dann können wir mit diesem Unsinn aufhören.»

«Es tut mir leid.» Alices Stimme war weich und reumütig. «Wir sind eben in den letzten Jahren zu lange voneinander getrennt gewesen, das ist es. Ich bin dumm und nervös. Auf wessen Rechnung geht der Anruf?»

«Bezahlt die Firma.»

«Sehr schön.» Alice lachte. «Ich würde mich nicht gern auf unsere Kosten mit dir zanken. Liebst du mich?»

«Komm schnell.»

«Soll das eine Antwort auf meine Frage sein?»

«Ja.»

«O. K.», sagte Alice. «Kommt mir auch so vor. Leb wohl, Darling. Auf bald.»

«Gib Sally einen Kuß von mir», sagte Roy.

«Mach ich. Auf Wiedersehen.»

Roy legte auf. Erst schüttelte er in Erinnerung an den Streit verdrossen den Kopf. Dann lächelte er in Erinnerung an den Schlußteil des Gesprächs. Er stand auf und ging zum Kalender auf dem Schreibtisch, um nachzusehen, wann etwa er seine Frau mit dem Kind würde erwarten können.

Drei Tage später kam das Telegramm:

«HABE ZWEI UHR FLUG 14. MAI RESERVIERT STOP ANKOMME BURBANK 10 UHR ABENDS EURE ZEIT STOP RASIER DICH BITTE STOP LOVE ALICE.»

Roy lächelte beim Lesen des Telegramms, dann wurde er sich eines unbehaglichen Gefühls bewußt, das sich nicht näher bestimmen oder festlegen ließ. Den ganzen Tag hatte er dieses unbestimmte Gefühl von Unheil, und erst als er abends schon am Einschlafen war, kam ihm die Erleuchtung. Er war sofort hellwach und sprang aus dem Bett und las das Telegramm noch einmal. 14. Mai. Er ließ das Licht brennen, zündete sich eine Zigarette an, setzte sich in dem schmalen Bett des unpersönlichen Hotelzimmers auf und ließ die Sache langsam auf sich einwirken.

Er war nie abergläubisch gewesen, nicht einmal religiös, und er hatte immer seine Mutter ausgelacht, die über einen reichen Vorrat an Träumen und Prophezeiungen und Vorzeichen verfügte. Alice hatte ein, zwei abergläubische Gewohnheiten – wie etwa, nicht von etwas zu sprechen, von dem sie wünschte, daß es eintreten solle, weil es bestimmt nicht eintreten würde, wenn es zu viel besprochen oder zu stark erhofft wurde. Aber auch darüber hatte er sich immer lustig gemacht. Obwohl im Krieg alle Gazetten behaupteten, in Schützenlöchern gäbe es keine Atheisten, so hatte er nie, auch nicht in den düstersten, gefährlichsten Momenten gebetet. In seinem ganzen Erwachsenenleben hatte er niemals etwas aufgrund von Aberglauben oder Vorahnungen getan. Er sah sich um in seinem nüchtern ausgestatteten, hellen Zimmer aus dem zwanzigsten Jahrhundert und kam sich vor wie ein Verrückter, mitten in der Nacht aufzusitzen und Phantome und warnende Stimmen und Fetzen alter Träume durch die Kanäle seines vernünftigen Ingenieurgehirns zu jagen.

Natürlich war der Traum klar und deutlich gewesen. Seine Schwester sollte am 14. Mai sterben. Aber Träume waren nie genau so, wie sie zu sein schienen, und Elisabeth und Alice sahen sich so ähnlich, sie waren stets zusammen und so gute Freundinnen... Er wußte genug über Träume, um zu erkennen, daß in dieser schattenhaften, wunderlichen Welt der Austausch ganz simpel war – Frau gegen Schwester, Schwester gegen Frau. Und jetzt mußten seine Frau und sein Kind sich unter allen Tagen ausgerechnet den 14. Mai aussuchen, um dreitausend Meilen über die Flüsse und die Berge dieses Erdteils von New York nach Kalifornien zu fliegen.

Es war schon spät, als er endlich ohne irgendeinen Entschluß das Licht ausschaltete und zu schlafen versuchte. Er starrte zur finsteren Decke hinauf, lauschte auf das gelegentliche Vorbeirauschen eines Wagens draußen auf der Straße, der durch die schwindende Nacht nach Haus eilte. Für einen Mann, der nicht an Schicksal glaubte, der das Weltgeschehen als eine reine Folge von Ursachen und Wirkungen betrachtete, der nichts als unvermeidbar ansah, der fand, daß das, was morgen oder in der nächsten Sekunde geschah, keineswegs vorherbestimmt war und jederzeit Veränderungen unterliegen konnte, daß keines Menschen Tod oder Begräbnisstätte vorher feststand, kein Ereignis in irgendeinem Buch der Vorsehung niedergeschrieben war, die Menschheit von keiner überirdischen Institution Vorzeichen oder Warnungen erhielt – für einen solchen Mann, dachte er, war dies eine lächerliche und unrentable Art, die Nacht zu verbringen. Für einen Mann, fand er, der unter Leitern hindurchging, mit Vergnügen Spiegel zerbrach, noch nie bei einer Hand- oder Kartenleserin gewesen war, benahm er sich idiotisch. Aber dennoch konnte er nicht schlafen.

Am Morgen rief er New York an.

«Alice», sagte er, «ich möchte, daß du mit der Bahn kommst.»

«Was ist los?» sagte sie.

«Ich habe Angst wegen des Flugzeugs.» Er hörte, wie sie am

anderen Ende ungläubig lachte. «Ich habe Angst wegen des Flugzeugs», wiederholte er eigensinnig.

«Sei nicht dumm», sagte sie. «Mit dem Flugzeug haben sie noch nie Schwierigkeiten gehabt, warum sollten sie gerade jetzt damit anfangen?»

«Trotzdem –»

«Und ich werde nicht versuchen, Sally drei Tage lang in einem Schlafwagen bei guter Laune zu erhalten», sagte Alice. «Ich bräuchte den ganzen Sommer, um mich davon zu erholen.»

«Bitte», sagte Roy.

«Und ich würde Wochen brauchen, um Plätze im Zug zu bekommen», sagte Alice, «und die Wohnung ist schon vermietet und alles. Was ist in dich gefahren?» Es klang mißtrauisch und abgespannt.

«Nichts», sagte Roy. «Ich mache mir einfach Sorgen wegen des Fliegens.»

«Du lieber Gott», sagte Alice. «Du bist schon zweihunderttausend Meilen geflogen, und das in den unmöglichsten Kisten.»

«Ich weiß. Eben deshalb mache ich mir Sorgen.»

«Bist du betrunken?» fragte Alice.

«Alice, Darling», Roy seufzte. «Bei uns hier ist es acht Uhr morgens.»

«Ja, aber du klingst so komisch.»

«Ich hab die ganze Nacht vor Angst nicht schlafen können.»

«Dann hör auf mit deiner Angst, ja? Wir sehen uns am vierzehnten. Bist du wirklich ganz in Ordnung?»

«Ja doch.»

«Ein sonderbarer Anruf, das muß ich schon sagen.»

«Tut mir leid.»

Sie sprachen noch ein paar Worte, aber ohne jede Wärme, und Roy hängte mißmutig ein. Er hatte nichts erreicht.

Nach zwei Tagen versuchte er es noch einmal.

«Stell bitte keine Fragen», sagte er. «Tu es nur mir zuliebe, und ich erklär dir alles, wenn du hier bist. Wenn du durchaus fliegen willst, O. K., aber komm nicht am Vierzehnten. Komm am Fünfzehnten oder Sechzehnten oder Siebzehnten. Irgendwann. Nur nicht am Vierzehnten.»

«Roy», sagte Alice, «ich mache mir große Sorgen um dich. Was ist mit dir? Ich habe mit Elisabeth gesprochen, und sie sagt, es sähe dir überhaupt nicht ähnlich.»

«Wie geht es ihr?» fragte Roy.

«Elisabeth geht es gut. Sie meint, ich soll mich gar nicht darum kümmern, was du sagst, und kommen, wie vereinbart.»

«Sag ihr, sie soll sich um ihre eigenen verdammten Angelegenheiten scheren.» Roy hatte hart gearbeitet und schlecht geschlafen, und seine Stimme klang schroff und gereizt, und Alice reagierte entsprechend.

«Ich glaube, ich weiß schon, was dahinter steckt», sagte sie frostig. «Monica hat mir erzählt, am Vierzehnten sei eine große Party bei den Condons, und du hast wahrscheinlich versprochen, mit jemand anderem hinzugehen, und da wäre eine Ehefrau natürlich ein bißchen im Wege.»

«Um Gottes willen, hör auf damit!» schrie Roy ins Telefon.

«Ich bin nicht umsonst sieben Jahre lang mit dir verheiratet», sagte Alice. «Ich bin nicht blind.»

«Komm noch heute!» schrie Roy. «Komm morgen. Komm am Dreizehnten. Nur bitte nicht am Vierzehnten!»

«Du weißt genau so gut wie ich, daß es, wenn ich meine Reservierung verfallen lasse, bis zum Juni dauert, bis ich eine neue kriege. Wenn du mich nicht mehr sehen willst, dann sag's. Dann brauchst du nicht um den heißen Brei herumzugehen.»

«Alice, Darling», beschwor sie Roy, «ich versichere dir hoch und heilig, daß ich dich sehen will.»

«Gut, dann hör mit dem Blödsinn auf oder sag mir, was wirklich los ist.»

«Es ist so, Alice», begann er, fest entschlossen, es ihr zu sagen, ganz egal, wie blöde er sich dabei vorkommen würde, aber es gab einen Knacks in der Leitung und dann nur noch dreitausend Meilen tuschelnder Stille. Als die Verbindung nach zehn Minuten wiederhergestellt war, kam er sich zu lächerlich vor und hatte das sichere Gefühl, unmöglich wie bisher weiterleben zu können, wenn er sich jetzt, nach all dem Hin und Her als unverantwortlicher Spinner entlarvte, als ein Mann, der nach all den vernünftigen, verläßlichen Jahren nicht mehr ganz bei Trost war.

«Ich wollte gar nichts weiter sagen», sagte er zu Alice, als die Verbindung endlich wieder da war, «außer daß ich dich sehr, sehr liebe und es nicht ertragen könnte, wenn dir jemals etwas zustieße.»

Er hörte Alice am anderen Ende leise weinen. «Wir müssen bald wieder zusammen sein», sagte sie. «Es ist furchtbar. Und ruf mich bitte nicht wieder an, Roy, Liebster. Du klingst so anders, und wenn ich mit dir gesprochen habe, kommen mir die entsetzlichsten Gedanken. Wird alles wieder gut werden, wenn ich komme?»

«Es wird alles wunderbar sein, Darling», sagte Roy.

«Und du fährst nie wieder ohne mich fort? Niemals?»

«Niemals.» Er schloß die Augen und sah sie wie ein kleines Mädchen sich über das Telefon kauern im Schlafzimmer ihres stillen, behaglichen Heims, den Hörer mit beiden Händen umklammernd, das hübsche, kluge Gesicht von Sorge und Sehnsucht zerrissen, und er brachte kaum noch ein Wort heraus. «Gute Nacht», sagte er. «Gib acht auf dich.»

Er legte auf, starrte wild auf die kahle Zimmerwand gegenüber und wußte, daß er die ganze Nacht kein Auge schließen würde.

Am Morgen des 14. Mai war Frühnebel, und Roy sah hinein, mit heißen Augen und Leere im Kopf von der schlaflosen Nacht. Dann verließ er das Hotel und lief durch die stillen, grauen Straßen, in denen nur Polizei- und Milchwagen die weiche Trübheit der Morgendämmerung störten.

Kalifornien, dachte er, ist morgens immer neblig, vor acht ist überall in Kalifornien Nebel, und an der atlantischen Küste ist jetzt eine andere Uhrzeit und anderes Wetter, und ihr Abflug ist erst in Stunden fällig.

Das ist der Krieg, dachte er. Vor dem Krieg wäre mir so etwas nie passiert. Ich dachte, ich hätte ihn ganz gut überstanden, aber vielleicht war ich zu optimistisch. All diese Friedhöfe mit den jungen Menschen unter Sand und Rasen und die alten Damen in schwarzen Spitzenkleidern, die in London in den Nebenstraßen bei den Luftangriffen starben. Das mußte die Phantasie eines Mannes doch schließlich morbide stimmen. Ich muß mich zusammenreißen, sagte er sich zu Recht. Ich bin schließlich jemand, der sich in allen Lebenslagen vernünftig, gelassen und kerngesund gefühlt hat, der sich immer über Geisterseher, Tischrücker, Priester und Psychoanalytiker lustig gemacht hat.

Der Nebel begann sich zu lichten, und er hörte auf, zu den verwischten Bergzügen zu starren, die in der Ferne im Osten über die Zugänge zur Stadt Wache hielten. Flugzeuge mußten in geringer Höhe über sie anfliegen und die Stadt umkreisen und vom Westen her zur Landung ansetzen. Ein Stück Bläue erschien über den Bergrücken und weitete sich und weitete sich, und der Nebel löste sich in Strähnen auf zwischen den häßlichen, fetten Palmen, die die Straße säumten, und bald schien die Sonne auf die taubedeckten Rasenflächen, und der Himmel schien klar und blau zwischen Beverly Hills und Schottland.

Er kehrte ins Hotel zurück und legte sich hin, ohne auch nur die Schuhe auszuziehen. Etwas später wachte er auf. In der Sekunde vor dem Erwachen hatte er die vage Vorstellung eines wilden Durcheinanders von Flugzeugen, die, in Rauchwolken gehüllt, niedergingen wie bei einem Luftkampf in der Wochenschau, und darüber Sallys Stimme, die jammernd, wie stets zur Schlafenszeit, sagte: «Muß ich *wirklich* schon ins Bett? Ich bin überhaupt noch nicht müde.»

Er nahm den Hörer ab: «La-Guardia-Flughafen, New York.»

«Wir bitten um Geduld», kam es von der Zentrale. «Wir rufen zurück.»

«Es ist sehr wichtig», sagte Roy. «Es ist dringend.»

«Wir bitten um Geduld», sagte der Operator in genau demselben Ton. «Wir rufen zurück.»

Roy legte auf, ging zum Fenster und starrte hinaus. Der Himmel dehnte sich klar und leuchtend über die Bergkämme hinweg nach New York hin. Ich werde ihr die ganze Sache erzählen, dachte er, ganz gleich, ob sie idiotisch ist oder nicht. Werde ihr verbieten zu fliegen. Später können wir dann darüber lachen. Ich fliege mit dem nächsten Kursflug selbst zurück und dann mit ihnen zusammen hierher. Das wird ihr beweisen, daß es nichts mit etwas hier zu tun hat.

Er ging und holte seinen Koffer und legte drei Hemden hinein, dann nahm er den Hörer wieder auf. Es dauerte fünf Minuten, bis er den La-Guardia-Flughafen in New York am Apparat hatte, und er brauchte weitere fünf Minuten, um zum Diensthabenden der Fluggesellschaft durchzukommen.

«Mein Name ist Gaynor» – Roy sprach mit hoher, aufgeregter Stimme – «und ich habe ein etwas ungewöhnliches Anliegen. Also hören Sie bitte genau zu.»

«Wie war der Name, Sir?»

«Gaynor. G-a-y-n-o-r.»

«Ah ja, Gaynor. Genau wie das ... äh ... Lokal, ich weiß schon.» Die ferne Stimme lachte höflich über ihren eigenen Witz. «Worum handelt es sich, Sir?»

«Meine Frau und mein Kind ...»

«Würden Sie bitte lauter sprechen!»

«Meine Frau und mein Kind!» schrie Roy. «Mrs. Alice Gaynor, auf dem Zwei-Uhr-Flug nach Los Angeles. Würden Sie sie bitte zurückrufen –»

«Wie bitte? Was sagten Sie?»

«Ich sagte, ich möchte, daß Sie sie zurückrufen. Sie sollen das Flugzeug *nicht* nehmen. Meine Frau und mein Kind. Zwei-Uhr-Flug nach Los Angeles –»

«Tut mir leid, aber das ist nicht möglich, Mr. Gaynor.» Die Stimme klang erstaunt, aber höflich.

«Das kann doch nicht unmöglich sein. Sie brauchen sie doch nur über die Lautsprecheranlage auszurufen und ...»

«Unmöglich, Sir. Die Zwei-Uhr-Maschine startet gerade in diesem Augenblick. Tut mir wirklich leid. Kann ich sonst etwas für Sie tun?»

«Nein», sagte Roy tonlos und legte den Hörer auf. Er blieb einen Augenblick auf der Bettkante sitzen, dann stand er auf und ging zum Fenster. Er sah hinaus in den leuchtenden Himmel und zu den grüngelben Bergen. So blieb er stehen, den Blick starr dorthin gerichtet, und wartete auf den Anruf der Fluggesellschaft.

Der Fels in der Brandung

«Wir kommen zu spät», sagte Helen, als das Taxi vor einer Verkehrsampel hielt. «Wir kommen zwanzig Minuten zu spät.» Sie sah ihren Gatten anklagend an.

«Meinetwegen», sagte Fitzsimmons. «Ich kann es nicht ändern. Ich hatte noch so viele wichtige Sachen zu erledigen und ...»

«Dies ist die einzige Dinnerparty im ganzen Jahr, zu der ich unter keinen Umständen zu spät kommen wollte», sagte Helen. «Das mußte ja so kommen ...»

Das Taxi fuhr an und war schon halb über die Kreuzung, als die Fordlimousine mit quietschenden Bremsen heranbrauste und mit dem Taxi zusammenstieß. Metall krachte, Glasfenster splitterten. Das Taxi zitterte noch ein wenig nach und stand dann still.

Der Taxifahrer, ein kleiner grauer Mann, drehte sich um, sah nach hinten und fragte besorgt: «Ist niemand verletzt?»

«Nein, wir sind wohlauf», sagte Helen mit bitterer Stimme und zog ihr Cape, das durch den Anprall verrutscht war, wieder fester um die Schultern.

«Nichts passiert», sagte Fitzsimmons und lächelte dem Fahrer beruhigend zu.

«Gott sei Dank», sagte der Taxifahrer. Er stieg aus und betrachtete mit traurigen Blicken seinen Kotflügel, der vollkommen demoliert war. Die Scheinwerfer waren zertrümmert. Die Tür des Ford wurde aufgerissen, und der Fahrer sprang heraus. Er war ein großer junger Mann mit hellgrauem Hut. Er warf einen raschen Blick auf das Taxi.

«Warum passen Sie eigentlich nicht besser auf?» fragte er rauh.

«Ich hatte grünes Licht», sagte der Taxifahrer. Er war ein kleiner Mann, etwa fünfzig, mit einer Mütze und einer schäbigen

Jacke, und sprach mit starkem Akzent. «Als das Licht grün wurde, fuhr ich los. Ich möchte mal Ihren Führerschein sehen, Mister.»

«Warum?» rief der Mann im grauen Hut. «Ihren Fahrgästen ist nichts passiert. Fahren Sie weiter. Es ist nichts geschehen.» Er wollte wieder zu seinem Wagen zurückgehen.

Der Taxifahrer legte dem jungen Mann ruhig die Hand auf den Arm. «Entschuldigen Sie bitte, mein Freund», sagte er. «Das kostet mich mindestens fünf Dollar, die Reparatur. Ich möchte Ihren Führerschein sehen.»

Der junge Mann entzog dem Alten seinen Arm und starrte ihn an. «Da», sagte er und holte aus. Seine Faust traf den Taxifahrer genau auf die Nase. Der Schlag war weithin zu hören. Der alte Mann setzte sich langsam auf das Trittbrett seines Wagens und hielt den Kopf in den Händen. Der junge Mann mit dem grauen Hut stand über ihm, die Fäuste noch immer geballt. «Habe ich Ihnen nicht gesagt, daß kein Schaden entstanden ist?» rief er. «Warum haben Sie nicht auf mich gehört? Ich hätte nicht übel Lust...»

«Na, hören Sie mal», sagte Fitzsimmons, öffnete die Wagentür und stieg aus.

«Was wollen Sie denn?» Der junge Mann drehte sich nach Fitzsimmons um und hielt die Fäuste ein wenig höher. «Wer hat denn um Ihre Meinung gebeten?»

«Ich habe alles mit angesehen», begann Fitzsimmons, «und ich glaube nicht, daß Sie...»

«Ach», sagte der junge Mann gedehnt, «halten Sie doch den Mund.»

«Claude», rief Helen. «Claude, misch dich doch nicht ein.»

«Claude», wiederholte der junge Mann hämisch. «Halt den Mund, Claude.»

«Sind Sie verletzt?» fragte Fitzsimmons und beugte sich über den Taxifahrer, der noch immer mit gesenktem Kopf auf dem Trittbrett saß. Blut sickerte langsam auf seinen Rock.

«Ist nicht so schlimm», sagte der Taxifahrer müde. Er erhob sich und blickte den jungen Mann an. «So, mein Freund, Sie haben es ja nicht anders gewollt. Polizei!» rief er laut. *«Polizei!»*

«He», rief der Mann mit dem grauen Hut. «Was zum Teufel hat denn die Polizei damit zu tun? He, seien Sie gefälligst endlich still!»

«Polizei!» rief der alte Taxifahrer ungerührt, und aus seiner Stimme klang tiefe Entschlossenheit. «Polizei!»

«Ich sollte Sie eigentlich kurz und klein schlagen», sagte der Mann und hielt dem Taxifahrer die Faust unter die Nase. Er sprang nervös hin und her. «Dies ist eine kleine, unbedeutende Angelegenheit», rief er. «Die Polizei ist gar nicht nötig.»

«Polizei!» rief der Taxifahrer.

«Claude!» Helen steckte den Kopf durch das Fenster. «Laß uns aussteigen und einen anderen Wagen nehmen. Die beiden Herren sollen den Fall unter sich ausmachen.»

«Ich bitte Sie um Entschuldigung!» Der junge Mann hielt den Taxifahrer mit beiden Händen am Rockaufschlag fest und schüttelte ihn, um seine Entschuldigung zu bekräftigen. «Verzeihen Sie mir, es tut mir leid. Aber hören Sie um Gottes willen auf, nach der Polizei zu schreien.»

«Ich werde Sie einsperren lassen», sagte der Taxifahrer. Er wischte sich das Blut mit der Mütze vom Rock. Er hatte lange graue Haare wie ein Musiker. Sein Kopf war ein bißchen zu groß für die Schultern, und sein Gesicht war traurig, tief gezeichnet, und er sah jetzt älter als fünfzig aus, sehr arm, vernachlässigt, schlecht ernährt. «Sie haben ein Verbrechen begangen», sagte der Taxifahrer. «Und dafür gibt es eine Strafe.»

«Wollen Sie nicht mit ihm reden?» Der junge Mann wandte sich Fitzsimmons zu. «Wollen Sie ihm bitte sagen, daß ich mich entschuldige?»

«Das ist seine eigene Sache», sagte Fitzsimmons.

«Wir kommen eine halbe Stunde zu spät», verkündete Helen bitter. «Schöne Gäste!»

«Eine Entschuldigung genügt mir nicht», sagte der Taxifahrer. *«Polizei!»*

«Hör mal, Freundchen», sagte der junge Mann, auf einmal vertraulich werdend, «wie heißt du?»

«Leopold Tarloff», sagte der Taxifahrer. «Ich fahre seit zwanzig Jahren in New York Taxi, und alle Welt glaubt, bloß weil man nur ein Taxifahrer ist, könnten die Leute mit einem machen, was sie wollen.»

«Hör mal, Leopold», sagte der junge Mann und schob sich den grauen Hut aus dem Gesicht. «Wir wollen vernünftig miteinander reden. Ich habe dein Taxi gerammt. Gut. Ich habe dich geschlagen. Gut.»

«Was ist denn daran gut?» fragte Tarloff.

«Ich meine damit, daß ich es zugebe, daß ich gestehe, es getan zu haben, das meine ich damit. Gut.» Der junge Mann ergriff Tarloff an den Ärmeln. «Warum also die ganze Aufregung? So etwas passiert jeden Tag. Die Polizei ist dabei gar nicht nötig. Ich werde dir mal etwas sagen, Leopold. Fünf Dollar, sagen wir, für den Kotflügel. Gut. Und für die blutige Nase noch mal fünf Dollar. Was sagst du dazu? Alle Welt ist befriedigt. Und du verdienst noch fünf Dollar bei der Sache. Und diese guten Leute hier kommen endlich zu ihrer Party.»

Tarloff befreite sich aus dem Griff der riesigen Hände, die ihn festhielten. Er hob den Kopf, strich sich mit den Fingern durch die Haare und sagte kalt: «Ich will kein Wort mehr hören. Mein ganzes Leben lang bin ich noch nicht so beleidigt worden.»

Der junge Mann trat einen Schritt zurück und hob die Hände mit dem Ausdruck grenzenloser Verwunderung. «Ich soll ihn beleidigt haben!» Er wandte sich zu Fitzsimmons. «Haben Sie etwas davon gehört, daß ich diesen Herrn hier beleidigt hätte?» fragte er.

«Claude!» rief Helen. «Wollen wir die ganze Nacht hier sitzen bleiben?»

«Da kommt jemand daher und schlägt mir ins Gesicht», sagte Tarloff. «Und dann glaubt er auch noch, daß er mit fünf Dollar alles wieder in Ordnung bringen kann. Da irrt er sich. Auch nicht mit fünfhundert Dollar.»

«Wieviel, glauben Sie, ist ein Schlag in die Fresse denn wert?» wollte der junge Mann wissen. «Für wen halten Sie sich eigentlich – für Joe Louis?»

«Nicht für zehntausend Dollar», sagte Tarloff. Er war äußerlich ruhig, aber man merkte, wie es in ihm kochte. «Nicht für zwanzigtausend Dollar. Meine Ehre!»

«Seine Ehre!» flüsterte der junge Mann. «Ach du lieber Himmel!»

«Was wollen Sie denn jetzt tun?» fragte Fitzsimmons und war sich bewußt, daß Helen mit zorniger Miene auf dem Rücksitz saß.

«Ich möchte ihn mit zur Polizei nehmen und Anzeige erstatten», sagte Tarloff. «Seien Sie bitte so freundlich und kommen Sie mit. Was ist Ihre Meinung zu der Sache?»

«Wollen Sie dem Mann bitte klarmachen, daß die Polizei dabei völlig überflüssig ist», sagte der junge Mann. «Sagen Sie das doch dem Kerl!»

«Claude!» rief Helen.

«Es liegt ganz an Ihnen», sagte Fitzsimmons und sah Tarloff mit einem möglichst unparteiischen Gesichtsausdruck an, in der Hoffnung, nicht noch mehr Zeit verlieren zu müssen. «Tun Sie, was Sie für richtig halten.»

Tarloff lächelte und entblößte drei gelbe Zähne in seinem kleinen, kindlichen Mund. «Ich danke Ihnen vielmals», sagte er. «Ich freue mich, daß Sie auch meiner Meinung sind.»

Fitzsimmons seufzte.

«Sie machen mich noch verrückt!» schrie der junge Mann Tarloff an. «Sie bringen mich noch um den Verstand.»

«Ich rede von jetzt an nur noch vor Gericht», sagte Tarloff würdevoll. «Das ist mein letztes Wort.»

Der junge Mann stand schwer atmend da. Nervös schloß und öffnete er die Fäuste. Sein grauer Hut leuchtete im Licht der Straßenlaternen. Ein Polizist bog um die Ecke und schritt gemütlich die Straße hinauf, die Augen auf die Beine eines Mädchens gerichtet.

Fitzsimmons trat an ihn heran. «Herr Wachtmeister», sagte er. «Dort gibt es etwas für Sie zu tun.» Der Polizist wendete bedauernd den Blick von den Mädchenbeinen, seufzte und kam an die Stelle, wo die beiden Wagen noch immer dicht nebeneinander standen.

«Wer sind Sie eigentlich?» fragte der junge Mann Tarloff, als Fitzsimmons mit dem Polizeibeamten näher kam. «Sie benehmen sich nicht wie ein amerikanischer Bürger. Was sind Sie eigentlich für einer?»

«Ich bin Russe», sagte Tarloff. «Aber ich lebe jetzt schon fünfundzwanzig Jahre hier, und ich weiß, was für Rechte der Einzelne hierzulande hat.»

«Ja», sagte der junge Mann und gab die Hoffnung auf.

Das Ehepaar Fitzsimmons fuhr langsam in dem Taxi, mit Tarloff am Steuer, zur Polizeistation, während der Polizist mit dem jungen Mann im Ford folgte. Fitzsimmons sah, wie der Ford an einem Zigarettenladen hielt und der junge Mann heraussprang und die im Laden befindliche Telefonzelle betrat.

«Drei Monate», sagte Helen, «habe ich gebraucht, bis es mir gelungen war, daß Adele Lowrie uns zum Abendessen einlädt. Jetzt ist es schließlich soweit. Vielleicht sollten wir sie anrufen und die ganze Gesellschaft hier zu dem nächtlichen Schnellgericht einladen.»

«Es ist kein Schnellgericht», sagte Fitzsimmons geduldig. «Es ist eine Polizeistation. Und ich finde, du solltest die Sache auch mal von der anderen Seite betrachten. Schließlich hat ja der arme alte Mann sonst niemand, der für ihn eintritt.»

«Leopold Tarloff», sagte Helen. «Klingt unmöglich. Leopold Tarloff. Leopold Tarloff.»

Sie saßen schweigend im Wagen, bis Tarloff vor der Polizeistation hielt und ihnen die Wagentür öffnete. Der Ford mit dem jungen Mann und dem Polizisten hielt unmittelbar hinter ihnen, und sie gingen alle gemeinsam hinein.

Es waren schon einige Leute da. Ein verkommen aussehender Mann mit langem Schnurrbart und eine laute, blonde Frau, die immer wieder sagte, der Mann habe sie heute abend dreimal mit einem Baseballschläger bedroht. Zwei Neger mit verbundenen Köpfen warteten ebenfalls.

«Es wird einige Zeit dauern», sagte der Polizist. «Zwei Fälle sind noch vor uns. Mein Name ist Kraus.»

«O je», sagte Helen.

«Ruf lieber Adele an», sagte Fitzsimmons. «Sag ihr, sie soll mit dem Essen nicht auf uns warten.»

Helen hielt ihm finster die Hand um Kleingeld hin.

«Es tut mir leid», sagte Tarloff bekümmert, «daß ich Ihnen die Pläne für den Abend zunichte gemacht habe.»

«Ach, das macht gar nichts», sagte Fitzsimmons. Er versuchte zu verhindern, daß Tarloff das Gesicht seiner Frau zu sehen bekam, indem er sich vorbeugte und in seiner Geldbörse nach Münzen für das Telefon suchte.

Helen schritt davon. Sie hielt verächtlich den Rock ihres langen Abendkleides ein wenig hoch, während sie über den schmutzigen Dielenfußboden des Polizeireviers zum Münzfernsprecher ging.

«Ich bin müde», sagte Tarloff. «Ich glaube, ich muß mich mal einen Augenblick hinsetzen, wenn Sie gestatten.» Er setzte sich auf den Boden und blickte mit einem halben, wie um Verzeihung bittenden Lächeln zu Fitzsimmons auf.

Vier Männer rissen die äußere Tür auf und betraten selbstsicher und selbstbewußt die Polizeistation. Sie alle trugen die gleichen hellgrauen Hüte mit dem breiten, flachen Rand. Der junge Mann, der Tarloff geschlagen hatte, begrüßte sie zurückhaltend. «Ich bin froh, daß ihr hier seid, Pidgear», sagte er zu dem Mann, der sich durch gewisse Merkmale von Kleidung und Gebärden als Anführer auswies.

Sie unterhielten sich leise in einer Ecke.

«Ein Russe!» ertönte Pidgears verärgerte Stimme. «Es gibt 10000 Taxifahrer in der Stadt, und du mußt dir ausgerechnet einen Russen aussuchen, um ihm eine runterzuhauen!»

«Ich bin leicht erregbar!» schrie der junge Mann. «Kann ich was dafür, wenn ich leicht erregbar bin? Mein Vater war auch schon so. Es liegt in der Familie!»

«Los, sprich mit dem Russen», sagte Pidgear. Er ging zu einem der drei Männer, die mit ihm gekommen waren, zu einem hünenhaften Mann, der unrasiert war und ein Hemd trug, das vorne offen war. Man konnte sich auch kaum vorstellen, daß es einen Kragen gegeben hätte, der um diesen Bullennacken herumgepaßt hätte. Der Mann nickte und setzte sich neben Tarloff, der den Kopf ruhig an die Wand gelehnt hatte.

«Sie sprechen Russisch?» fragte der Mann mit dem offenen Kragen.

«Jawohl», sagte Tarloff.

Der große Mann setzte sich langsam neben ihn, legte ihm vertraulich seine gewaltige, behaarte Hand aufs Knie und redete rasch und werbend in Russisch auf ihn ein.

Pidgear und der junge Mann, der Tarloff geschlagen hatte, traten zu Fitzsimmons. Die beiden andern mit den grauen Hüten, schlanke, dunkle Männer mit glänzenden Augen, blieben neben der Tür stehen und beobachteten alles.

«Ich heiße Pidgear», sagte der Mann zu Fitzsimmons, der das reibungslose Funktionieren des Systems bewunderte, welches durch den jungen Man im Ford in Bewegung gesetzt worden war – ein offensichtlich rechtskundiger Kopf wie Pidgear, ein Mann, der Russisch sprach, und zwei Handlanger mit grauen Hüten, die nur dazu da waren, um aufzupassen, daß alles mit rechten Dingen zuging. Und das alles innerhalb fünfzehn Minuten. «Alton Pidgear», sagte der Mann und lächelte Fitzsimmons mit berufsmäßiger Routine an. «Ich vertrete Mr. Rusk.»

«Ja», sagte der junge Mann.

«Mein Name ist Fitzsimmons.»

«Offengestanden, Mr. Fitzsimmons», sagte Pidgear, «fände ich es nett, wenn Sie Mr. Tarloff bewegen könnten, die ganze Sache abzublasen. Es ist für alle Beteiligten nur peinlich, und es kommt sowieso nichts dabei heraus.»

Helen kam zurück, und Fitzsimmons konnte ihrem Gesichtsausdruck ansehen, daß sie höchst unzufrieden war. «Sie sind schon bei der Suppe», sagte sie laut zu Fitzsimmons. «Adele meint, wir brauchten uns nicht zu beeilen; sie kämen auch so gut zurecht.»

«Mr. Rusk ist bereit, ein anständiges Angebot zu machen», sagte Pidgear. «Fünf Dollar für den Wagen, fünf Dollar für die Nase . . .»

«Laß dich mit deinem Mann zum Abendessen einladen», murmelte Helen, «und du landest schließlich in der Telefonzelle auf einer Polizeistation. ‹Entschuldigen Sie bitte unsere Verspätung, meine Liebe, aber ich rufe vom 8. Polizeirevier aus an; wir haben heute abend an Straßenkämpfen teilgenommen.› »

«Sei ruhig, Helen, bitte», sagte Fitzsimmons. Er hatte seit

neun Uhr morgens nichts mehr gegessen, und sein Magen knurrte.

«Das Ganze war ein Mißverständnis», sagte Pidgear gewandt. «Ein natürliches Mißverständnis. Warum ist der Mann so eigensinnig? Er wird ja für alles entschädigt. Sprechen Sie doch bitte mit ihm, Mr. Fitzsimmons. Wir wollen Sie nicht länger von Ihren gesellschaftlichen Verpflichtungen abhalten. Zweifellos», fuhr Pidgear fort und warf einen respektvollen Blick auf die elegante Kleidung des Ehepaars Fitzsimmons, «waren Sie und die gnädige Frau auf dem Wege zu einer wichtigen Dinnerparty. Es wäre doch zu traurig, wenn Ihnen eine so wichtige Dinnerparty wegen einer derartigen Lappalie verdorben würde. Die ganze Geschichte ist wirklich eine Bagatelle, wirklich eine Bagatelle.»

Fitzsimmons sah zu der Stelle hin, wo sich Tarloff mit dem anderen Russen unterhielt. Aus Tarloffs Gesichtsausdruck schloß Fitzsimmons, daß Tarloff fest geblieben war. Fitzsimmons wandte den Blick zu Rusk, der Tarloff aus zusammengekniffenen, haßerfüllten Augen ansah.

«Warum haben Sie solche Angst?» sagte Fitzsimmons.

Rusk drehte sich und sagte mit vor Erregung heiserer Stimme: «Ich will nicht vor Gericht erscheinen! Ich will nicht, daß die ganze Geschichte wieder von vorne anfängt. Untersuchungen, Anwälte, Fingerabdrücke...»

Pidgear versetzte ihm einen harten Schlag in die Rippen. Es war ein kurzer, aber mit sehr großer Heftigkeit geschlagener Haken.

«Warum posaunst du das nicht gleich über den Rundfunk aus?» fragte Pidgear. «Halt doch gleich eine Rede über alle Sender!»

Rusk warf Pidgear einen wilden Blick zu, dann neigte er sich zu Fitzsimmons und zeigte mit einem großen, dicken Finger auf ihn. «Soll ich Ihnen meinen Finger in den Mund stecken?» flüsterte er heiser.

«Was meint er damit?» fragte Helen laut. «Dir den Finger in den Mund stecken? Warum will er dir den Finger in den Mund stecken?»

Rusk sah sie haßerfüllt an; dann drehte er sich um, unfähig weiterzusprechen und ging davon. Pidgear folgte ihm. Die beiden Männer an der Tür beobachteten die Szene regungslos.

«Claude?» begann Helen.

«Offenbar», sagte Fitzsimmons mit leiser Stimme, «ist Mr. Rusk nicht allzu sehr darauf erpicht, daß man seine Fingerabdrücke überprüft. Ohne das fühlt er sich wohler.»

«Du hast dir eine schöne Nacht ausgesucht!» Helen schüttelte traurig den Kopf. «Warum gehen wir nicht einfach?»

Rusk und Pidgear kamen zurück. Sie blieben vor dem Ehepaar Fitzsimmons stehen. «Ich bin ein Mann mit Familie», sagte Rusk und versuchte, einen entsprechenden Tonfall anzuschlagen. «Tun Sie mir bitte den Gefallen. Reden Sie mit dem Russen.»

«Ich mußte bis zu Bergdorf Goodman gehen», sagte Helen, ohne auf Rusk zu achten, «nur um mir ein Abendkleid zu kaufen, damit ich es auf einer Polizeistation tragen kann. ‹Mrs. Claude Fitzsimmons war gestern abend reizend in einem blauen Abendkleid mit Silberfuchsbesatz bei dem Empfang auf dem 8. Polizeirevier. Andere Gäste waren der bekannte Leopold Tarloff sowie die Herren Pidgear und Rusk, beide mit grauen Hüten. Zu den übrigen Gästen gehörten der russische Botschafter und zwei führende italienische Artilleristen, ebenfalls mit grauen Hüten.›»

Pidgear lachte höflich. «Ihre Gattin ist eine sehr geistreiche Frau», sagte er.

«Ja», sagte Fitzsimmons und fragte sich, warum er sie geheiratet hatte.

«Wollen Sie ihn nun um Himmels willen fragen?» wollte Rusk wissen. «Was macht es Ihnen schon aus?»

«Wir sind bereit, unseren Teil dazu beizutragen», sagte Pidgear. «Wir haben sogar einen Russen mitgebracht, damit er mit ihm redet und in seiner Muttersprache einige Unklarheiten beseitigt. Keine Mühe ist uns zu groß.»

Fitzsimmons' Magen knurrte vernehmlich. «Habe den ganzen Tag nichts gegessen», sagte er betreten.

«Das kommt vor», sagte Pidgear. «Das Natürlichste von der Welt.»

«Ja», sagte Rusk.

«Vielleicht sollte ich hinausgehen und dir eine Flasche Milch bringen», schlug Helen in kühlem Ton vor.

Fitzsimmons ging an die Stelle, wo Tarloff mit dem anderen Russen saß. Die anderen folgten ihm.

«Wollen Sie die Sache wirklich vor Gericht bringen, Mr. Tarloff?» sagte Fitzsimmons.

«Ja», sagte Tarloff sofort.

«Zehn Dollar», sagte Rusk. «Ich biete Ihnen zehn Dollar. Kann man denn überhaupt noch mehr tun?»

«Es geht nicht um Geld.» Mit seiner Mütze betupfte sich Tarloff die Nase, die immer noch blutete und stark angeschwollen war, was Tarloffs Gesicht einen höchst fremdartigen Ausdruck verlieh.

«Worum geht es denn?» fragte Rusk.

«Es geht um das Prinzip, Mr. Rusk.»

«Reden Sie mit ihm», sagte Rusk zu Fitzsimmons.

«So», sagte Polizeileutnant Kraus, «Sie können vortreten.»

Sie traten alle vor den Lieutenant hin, der hinter seinem Schreibtisch thronte.

Tarloff erzählte seine Geschichte von dem Unfall und dem Schlag auf die Nase.

«Es stimmt», sagte Pidgear, «daß ein Unfall stattgefunden hat und daß sich aus reinem Mißverständnis eine kleine Rauferei anschloß. Aber der Mann ist nicht verletzt. Eine kleine Schwellung in der Nasengegend. Sonst nichts.» Er wies mit dramatischer Gebärde auf Tarloff.

«Rein körperlich», sagte Tarloff – er sprach nur mühsam, weil seine Nase verstopft war – «rein körperlich ist das wahr. Ich bin nicht schwer verletzt. Aber im geistigen Sinne ...» Er zuckte mit den Achseln. «Mir ist eine Beleidigung zugefügt worden.»

«Mr. Rusk bietet die Summe von zehn Dollar», sagte Pidgear. «Er entschuldigt sich außerdem; es tut ihm leid.»

Der Lieutenant blickte müde auf Rusk hinunter. «Tut es Ihnen leid?»

«Es tut mir leid», sagte Rusk, die rechte Hand erhoben. «Ich schwöre bei der Bibel, daß es mir leid tut.»

«Mr. Tarloff», sagte der Lieutenant, «wenn Sie auf der Weiterverfolgung des Falles bestehen, so haben Sie verschiedene Schritte zu unternehmen. Wir werden ein Protokoll aufnehmen müssen. Haben Sie Zeugen?»

«Hier», sagte Tarloff und blickte schüchtern lächelnd auf das Ehepaar Fitzsimmons.

«Sie werden zugegen sein müssen», sagte der Lieutenant schläfrig.

«O Gott», sagte Helen.

«Es muß eine richtige Anzeige erstattet werden, dann muß eine Reihe von Vernehmungen stattfinden, bei denen die Zeugen ebenfalls zugegen sein müssen ...»

«O Gott», sagte Helen.

«Dann die Verhandlung», sagte der Lieutenant.

«O Gott», sagte Helen laut.

«Die Frage ist die, Mr. Tarloff», sagte der Lieutenant gähnend, «wollen Sie sich all diesen Mühen unterziehen?»

«Tatsache ist», sagte Tarloff unglücklich, «daß er mich ohne Provokation ins Gesicht geschlagen hat. Damit hat er sich eines Vergehens gegen meine Person schuldig gemacht. Er hat mich beleidigt. Dagegen gibt es Gesetze. Man braucht sich nicht von irgend jemandem auf der Straße schlagen zu lassen, ohne daß der Betreffende vom Gesetz bestraft wird.» Tarloff gebrauchte seine Hände, um alle Anwesenden von seinem Standpunkt zu überzeugen. «Es ist eine grundsätzliche Frage. Die Würde der menschlichen Person. Gerechtigkeit. Für eine böse Tat muß der Mensch zur Rechenschaft gezogen werden. Das ist wichtig.»

«Ich bin leicht erregbar», rief Rusk. «Wenn Sie wollen, können Sie mir hier den Schlag zurückgeben.»

«Darum geht es gar nicht», sagte Tarloff.

«Dem Mann hier tut es leid», sagte der Lieutenant und rieb sich die Augen. «Er bietet Ihnen die Summe von zehn Dollar. Es wird viel Mühe kosten, diesen Mann hier vor Gericht zu bringen. Es wird den Steuerzahler eine Menge Geld kosten. Und Sie belästigen diese guten Leute hier, die anderes zu tun haben. Was für einen Sinn soll das haben, Mr. Tarloff?»

Tarloff scharrte mit den Füßen langsam über den schmutzigen

Fußboden und blickte traurig, aber voller Hoffnung auf die Fitzsimmons. Fitzsimmons sah seine Frau an, die wiederum Tarloff anfunkelte und mit ihrem Fuß mehrfach ungeduldig auf den Boden klopfte. Fitzsimmons richtete den Blick wieder auf Tarloff, der dort vor dem Lieutenant stand, klein und armselig, mit zerrissener Jacke und unordentlichen grauen Haaren, das abgespannte Gesicht durch die geschwollene Nase ins Groteske verzerrt. Fitzsimmons zuckte resigniert mit den Achseln. Tarloff sank in seiner alten Jacke zusammen, schüttelte müde den Kopf, zuckte mit den Achseln und fühlte sich hier vor dem Lieutenant auf dem Felsen der Grundsatztreue von allen verlassen.

«Okay», sagte er.

«Hier», sagte Rusk und förderte blitzschnell einen Zehndollarschein zutage.

Tarloff stieß das Geld beiseite. «Scheren Sie sich zum Teufel.»

Keiner sprach auf der Fahrt zu Adele Lowries Haus. Tarloff öffnete die Tür und blieb mit geradeaus gerichtetem Blick sitzen, während sie ausstiegen. Helen ging zur Haustür und klingelte. Stumm bot Fitzsimmons dem Fahrer den Fahrpreis. Tarloff schüttelte den Kopf. «Sie sind sehr gut zu mir gewesen», sagte er. «Es ist schon erledigt.»

Fitzsimmons steckte langsam das Geld wieder ein.

«Claude!» rief Helen. «Die Tür steht offen.»

Fitzsimmons haßte plötzlich seine Frau. Er drehte sich nicht um. Er reichte Tarloff die Hand, und dieser ergriff sie resigniert.

«Es tut mir schrecklich leid», sagte Fitzsimmons. «Ich wünschte, ich ...»

Tarloff zuckte mit den Achseln. «Ist schon gut», sagte er. «Ich verstehe.» Sein Gesicht in der trüben Innenbeleuchtung des Taxis war abgespannt, alt, elend von den Straßen der Stadt und sehr kummervoll. «Keine Zeit. Prinzip.» Er lachte achselzukkend. «Heute gibt es für nichts mehr Zeit.»

Er legte den Gang ein, und das Taxi rollte langsam weiter.

«Claude!» rief Helen.

«Ach, halt den Mund!» sagte Fitzsimmons. Dann wandte er sich um und betrat Adele Lowries Haus.

Eine Art Liebe

«Ich gehe ins Kloster», sagte Katherine. Sie preßte ihre Bücher fest an sich, als sie zusammen die Straße zu Harolds Haus hinuntergingen. «Ich entsage dieser Welt.»

Harold sah sie durch seine Brillengläser unsicher an. «Das kannst du doch nicht tun», sagte er. «Man wird dich nicht lassen.»

«O ja, man wird.» Katherine ging sehr gerade, starrte vor sich hin und wünschte, daß Harolds Haus noch zehn Querstraßen weiter läge. «Ich bin katholisch und kann ins Kloster gehen.»

«Aber das brauchst du doch nicht.»

«Findest du mich hübsch?» fragte Katherine. «Ich will keine Komplimente. Ich frage aus einem bestimmten Grund.»

«Ich finde dich hübsch», sagte Harold. «Für mich bist du so ungefähr das hübscheste Mädchen in der ganzen Schule.»

«Das sagen sie alle», sagte Katherine und stutzte wegen dieses «so ungefähr», ließ es sich aber nicht anmerken. «Natürlich glaube ich das nicht, aber so sagen eben alle. Du scheinst es auch nicht im Ernst zu glauben.»

«O doch», sagte Harold. «Doch, wirklich.»

«Man merkt es dir nicht an», sagte Katherine.

«Manchmal kann man die Leute nicht nach dem beurteilen, was sie sich anmerken lassen», sagte Harold.

«Ich liebe dich», sagte Katherine kalt.

Harold nahm die Brille ab und putzte sie nervös mit seinem Taschentuch. «Und Charley Lynch», fragte er und rieb an seinen Gläsern herum, ohne Katherine anzuschauen. «Alle wissen das mit dir und Charley Lynch.»

«Magst du mich denn überhaupt nicht?» fragte Katherine ungerührt.

«Doch, doch», sagte Harold. «Sehr sogar. Aber – Charley Lynch.»

«Ich bin fertig mit ihm», sagte Katherine abrupt. «Ich habe genug von ihm.»

«Er ist ein sehr netter Junge», sagte Harold und setzte die Brille wieder auf. «Er ist Kapitän des Baseball-Teams, und er ist Klassensprecher der Achten und ...»

«Er interessiert mich nicht», sagte Katherine. «Nicht mehr.»

Sie gingen schweigend weiter. Harold beschleunigte unauffällig den Schritt, als sie sich seinem Haus näherten.

«Ich habe zwei Karten fürs Kino für heute abend», sagte Katherine.

«Vielen Dank», sagte Harold. «Aber ich habe zu arbeiten.»

«Eleanor Greenberg gibt am Samstagabend eine Party.» Katherine verlangsamte unauffällig ihre Schritte, als sie Harolds Haus vor sich sah. «Ich kann mitbringen, wen ich will. Wärst du interessiert?»

«Meine Großmutter», sagte Harold. «Samstags gehen wir immer zu meiner Großmutter. Sie wohnt in Doylestown in Pennsylvania. Sie hat sieben Kühe. Ich fahre jeden Sommer zu ihr hin. Ich weiß, wie man die Kühe melkt, und sie ...»

«Donnerstagabend», sagte Katherine schnell. «Meine Eltern gehen Donnerstag abends aus und spielen Bridge, und vor ein Uhr morgens kommen sie nie heim. Ich bin mit dem Baby ganz allein, und das Baby schläft in seinem eigenen Zimmer. Ich bin ganz allein», sagte sie drängend. «Kommst du, mir Gesellschaft leisten?»

Harold schluckte verlegen. Er fühlte die Röte unter seinem Kragen heraufkriechen und unter die Brille schießen. Er hustete laut, damit Katherine, falls sie sein Rotwerden bemerkte, glauben sollte, es käme von dem heftigen Husten.

«Soll ich dir auf den Rücken klopfen?» fragte sie dienstfertig.

«Nein, danke», sagte Harold mit klarer Stimme, der Husten war verschwunden.

«Kommst du nun Donnerstagabend?»

«Ich würde gern», sagte Harold, «aber meine Mutter läßt mich abends noch nicht fort. Sie sagt, wenn ich fünfzehn ...»

Katherine wurde ärgerlich. «Am Mittwoch habe ich dich abends um acht in der Bibliothek gesehen.»

«Die Bibliothek ist etwas anderes», sagte Harold kleinlaut. «Da macht Mutter eine Ausnahme.»

«Du könntest ja sagen, du gehst in die Bibliothek», sagte Katherine. «Warum nicht?»

Harold holte tief Luft. «Meine Mutter merkt immer, wenn ich lüge», sagte er unglücklich. «Außerdem sollte man seine Mutter nicht anschwindeln.»

Katherine schürzte spöttisch die Oberlippe. «Da kann man nur lachen», sagte sie.

Sie kamen an die Haustür von Harolds Wohnblock und blieben stehen.

«Nachmittags», sagte Katherine. «Am Nachmittag ist oft keiner außer mir daheim. Könntest du nicht auf dem Rückweg von der Schule pfeifen, wenn du an meinem Fenster vorbeikommst, mein Zimmer liegt nach vorn, und ich könnte das Fenster aufmachen und zurückpfeifen.»

«Ich habe furchtbar viel zu tun», sagte Harold und sah besorgt, daß Johnson, der Portier, ihn im Auge hatte. «Nachmittags habe ich immer Baseball-Training und muß jeden Tag eine Stunde Geige üben, und in Geschichte bin ich auch zurück und muß bis nächsten Monat noch einen Haufen Kapitel lesen, und . . .»

»Dann gehe ich nachmittags immer mit dir heim», sagte Katherine. «Von der Schule. Du mußt doch von der Schule heim, oder?»

Harold seufzte. «Wir haben fast jeden Nachmittag Orchester.» Er schaute unbehaglich zu Johnson hinüber, der ihn mit dem wissenden, zynischen Ausdruck aller Portiers musterte, die jeden heraus- und hineingehen sehen und sich über alle Herausgehenden und Eintretenden ihre eigenen Gedanken machen. «Wir studieren ‹Dichter und Bauer› ein, und die ersten Violinen haben es sehr schwer, und ich weiß nie, wann es aus ist und . . .»

«Ich warte auf dich», sagte Katherine, und sah ihm mit einem bitteren Ausdruck direkt in die Augen. «Ich setze mich am Eingang für Mädchen hin und warte auf dich.»

«Manchmal», sagte Harold, «sind wir erst um fünf fertig.»

«Ich warte.»

Harold schaute sehnsüchtig zum Eingang des Apartmenthauses. Die Türe war aus schwerem Schmiedeeisen und kaltem Glas. «Ich muß dir etwas gestehen», sagte er. «Ich mache mir nicht viel aus Mädchen. Ich habe so viel anderes im Kopf.»

«Du gehst aber mit Elaine heim», sagte Katherine. «Ich habe dich gesehen.»

«O. K.», schrie Harold und wünschte, er könnte in das rosige, weiche Gesicht, die großen, blauen, anklagenden Augen, die roten, bebenden Lippen hineinschlagen. «O. K.!» schrie er. «Dann gehe ich eben mit Elaine heim! Was macht *dir* das aus! Du hast deinen Charley Lynch. Er ist ein großer Held, er ist Pitcher in der Baseball-Mannschaft. Ich könnte nicht mal Feld spielen. Laß mich in Ruhe!»

«Ich will nichts von ihm wissen!» schrie Katherine. «Ich bin an Charley Lynch nicht interessiert», wimmerte sie. «Ich hasse dich! Ich gehe ins Kloster!»

«Gut!» sagte Harold. «Ausgezeichnet!» Er öffnete die Haustür. Johnson beobachtete ihn eisig, unbewegt, allwissend.

«Harold», sagte Katherine leise und berührte traurig seinen Arm. «Harold – wenn du zufällig mal an meinem Haus vorbeikommst, pfeif doch ‹*Begin the Beguine*›, dann weiß ich, daß du es bist. ‹*Begin the Beguine*›, Harold, ja?»

Er schüttelte ihre Hand von sich ab und ging ins Haus. Sie sah, wie er, ohne sich nach ihr umzuschauen, auf den Fahrstuhl zuging, die Fahrstuhltür öffnete, eintrat und auf einen Knopf drückte. Die Tür schloß sich endgültig und unwiderruflich hinter ihm. Fast kamen ihr die Tränen, aber sie schluckte sie hinunter. Wehmütig schaute sie zu dem Fenster im vierzehnten Stock hoch, hinter dem er schlief.

Sie wandte sich um und schlich die Straße hinunter ihrem Haus zu. Als sie, mit dem Blick aufs Trottoir, um die Ecke bog, kam ein Junge hervorgeschossen und rannte in sie hinein.

«Oh, Verzeihung», sagte der Junge. Sie schaute auf.

«Was willst du, Charley?» fragte sie kalt.

Charley Lynch lächelte sie krampfhaft an. «Ist das nicht

komisch, hier in dich hineinzuplatzen? Wortwörtlich, in dich hineinzuplatzen. Ich habe gar nicht aufgepaßt, ich dachte gerade an etwas und . . .»

«Jaja», sagte Katherine und ging rasch weiter. «Jaja.»

«Willst du wissen, woran ich dachte?» fragte Charley leise und blieb an ihrer Seite.

«Entschuldige bitte», sagte Katherine und warf den Kopf zurück. Nichts war von ihren Tränen geblieben, und ihr Blick war auf einen zehn Meter hohen Punkt im Abendhimmel gerichtet. «Ich habe es eilig.»

«Ich dachte an den Abend vor zwei Monaten», sagte Charley rasch. «An die Party bei Norah O'Brien. Der Abend, an dem ich dich heimbrachte und auf den Hals küßte, weißt du noch?»

«Nein», sagte sie. Sie bog rasch um die Hausecke und eilte die Straße mit den identischen zweistöckigen Häusern hinunter, wo die Kinder Verstecken spielten und Rollschuh liefen und hinter Mauerecken hervorsprangen und mit drohendem Gebrüll Revolver und Maschinenpistolen gegeneinander zückten. «Entschuldige, aber ich muß ganz schnell heim und auf das Baby aufpassen; meine Mutter muß etwas besorgen gehen.»

«Bei Harold hattest du keine solche Eile», sagte Charley und sah sie mit heißen, trockenen Augen an, während er Schritt für Schritt neben ihr herging. «Da bist du ganz schön langsam gegangen.»

Katherine warf Charley Lynch einen kurzen, vernichtenden Blick zu. «Es ist mir schleierhaft, was dich das angehen sollte», sagte sie. «Das ist doch wohl meine eigene Sache.»

«Vergangenen Monat», sagte Charley, «bist du immer mit mir heimgegangen.»

«Das war vergangenen Monat», sagte Katherine.

«Was habe ich denn getan?» Schmerz lag klar und deutlich auf Charleys Gesicht mit den Sommersprossen und der Kindernase mit dem Höcker, wo ihn einmal eine Baseballkeule getroffen hatte. «Sag mir bitte, was ich getan habe, Katie.»

«Nichts», sagte Katherine in gelangweiltem, geschäftsmäßigem Ton. «Gar nichts.»

Charley Lynch wich drei kleinen Kindern aus, die mit Holzschwertern und Mülltonnendeckeln als Schilden ein Duell ausfochten. «Ich muß doch etwas getan haben», sagte er bedrückt.

«Überhaupt nichts!» Das kam scharf und endgültig.

«Hände hoch!» rief ein Siebenjähriger direkt vor Charley. Er hatte eine Pistole und zielte auf einen anderen kleinen Jungen, der auch eine Pistole hatte. «In dieser Stadt ist nicht genug Platz für uns beide, Fremdling», sagte er, als Charley einen Bogen um ihn machte und Katherine dabei im Blick behielt. «Ich gebe dir vierundzwanzig Stunden. Dann werden wir sehen, wer schneller zieht.»

«Was du nicht sagst», sagte der andere kleine Pistolenträger.

«Willst du heute abend ins Kino?» drängte Charley und trat wieder an ihre Seite, nachdem er glücklich an den beiden Cowboys vorbeigekommen war. «Es ist mit Cary Grant. Soll sehr komisch sein, sagen alle.»

«Ich würde gern gehen», sagte Katherine, «aber ich muß heute abend Sprachen nachholen.»

Charley trabte stumm zwischen den kämpfenden, sich balgenden und schießenden Kindern hindurch. Katherine ging etwas vor ihm, rosig, rund, mit rosafarbenen Knien, und Charley starrte auf die Stelle an ihrem Hals, wo er sie zum erstenmal geküßt und dabei geglaubt hatte, sein Herz zerspränge ihm.

Er lachte unvermittelt und gekünstelt. Katherine sah nicht einmal zu ihm hin. «Ich muß an den Burschen denken», sagte Charley. «Harold. Was das schon für ein Name ist – Harold! Er wollte ins Baseball-Team, und der Trainer warf ihn gleich am ersten Tag raus. Der Trainer schoß drei Bälle, die gingen ihm glatt zwischen den Beinen durch. Dann warf er noch einen, und der sprang vor ihm auf und knallte ihm genau auf die Nase. Du hättest sehen sollen, was für ein Gesicht dieser Harold machte.» Charley lachte schrill. «Wir sind alle bald vor Lachen gestorben. Genau, bums auf die Nase! Weißt du, wie sie ihn alle nennen? Den ‹vieräugigen Oskar›. Er kann nicht mal über das halbe Spielfeld sehen. ‹Vieräugiger Oskar›. Komisch, wie?» fragte Charley kläglich.

«Er spricht sehr nett von dir.» Katherine trat unter das

Vordach ihres Hauses. «Er sagt, daß er dich sehr bewundert; er findet dich sehr nett.»

Der letzte Rest des aufgesetzten Lächelns verschwand aus Charleys Gesicht. «Keines von den anderen Mädchen kann ihn ausstehen», sagte Charley verächtlich. «Sie lachen über ihn.»

Katherine lächelte bei sich. Sie dachte an die Gespräche der Mädchen im Umkleideraum und in den Pausen.

«Denkst wohl, ich lüge!» rief Charley. «Frag sie doch.»

Katherine zuckte kühl mit den Achseln. Sie hatte die Hand auf der Innentür. Charley trat im Halbdunkel des Vorraums dicht an sie heran.

«Komm mit mir ins Kino», flüsterte er. «Bitte, Katie, bitte!»

«Ich sage dir doch, ich habe zu tun», sagte sie.

Er tastete mit der Hand nach ihr und berührte die ihre. «Katie», bettelte er.

Heftig zog sie ihre Hand fort, öffnete die Tür. «Ich habe keine Zeit», sagte sie barsch.

«Bitte, bitte . . .!» flüsterte er.

Katherine schüttelte den Kopf.

Charley breitete langsam die Arme aus, griff nach Katie, umfaßte sie, versuchte sie zu küssen. Sie drehte ihren Kopf wild zur Seite, gab ihm einen scharfen Tritt gegen die Schienbeine.

«Bitte . . .» Charley weinte.

«Mach, daß du rauskommst!» Katherine schlug ihm mit den Händen vor die Brust.

Charley wich nicht. «Früher hast du dich von mir küssen lassen», sagte er. «Warum jetzt nicht mehr?»

«Ich habe keine Lust.» Katherine zog sich mit einem scharfen, entschiedenen Ruck das Kleid glatt.

«Ich sag's deiner Mutter», rief Charley außer sich. «Du rennst mit einem Methodisten herum. Mit einem Protestanten!»

Katherines Augen wurden groß vor Wut, das Blut schoß ihr in die Wangen, der Mund wurde ganz schmal. «Jetzt aber raus!» sagte sie. «Ich bin fertig mit dir! Ich spreche nicht mehr mit dir. Ich will nicht, daß du mir nachläufst!»

«Ich laufe da, wo es mir paßt, verdammt noch mal», schrie Charley.

«Ich habe dich gehört», sagte Katherine. «Ich habe gehört, was für ein Wort du gebraucht hast.»

«Ich laufe nach, wem ich will, verdammt noch mal!» schrie Charley noch lauter. «Wir leben in einem freien Land.»

«Solange ich lebe, spreche ich nicht mehr mit dir!» Zur Bekräftigung stampfte Katherine mit dem Fuß auf, und ihre Stimme hallte von den Briefkästen und Türklinken des Vestibüls wider. «Du ödest mich an. Ich bin nicht an dir interessiert. Du bist blöd. Ich kann dich nicht ausstehen. Du bist ein ganz großer Idiot. Geh nach Hause!»

«Ich breche ihm das Genick!» brüllte Charley mit wutumnebelten Augen. Er fuchtelte Katherine mit den Händen vor dem Gesicht herum. «Ich werd's ihm zeigen. Ein Fiedler! Wenn ich mit ihm fertig bin, wirst du nicht mehr so wild darauf sein, dich mit ihm sehen zu lassen. Küßt ihr euch?»

«Ja!» Katherines Stimme klang triumphierend. «Wir küssen uns die ganze Zeit. Und er versteht zu küssen! Er besabbert einen nicht überall wie du!»

«Bitte», winselte Charley, «bitte...» Er ging mit ausgestreckten Händen auf Katherine zu. Sie zog den Arm fort, wischte ihm mit all ihren runden, festen, wohlgenährten dreiundsechzig Pfund eins quer über das Gesicht, wandte sich um und floh die Treppen hinauf.

«Ich bring ihn um!» brüllte Charley das Treppenhaus hinauf. «Ich mach den Fiedler mit bloßen Händen kalt!»

Als Antwort knallte oben die Tür zu.

«Bestellen Sie bitte Mr. Harold Pursell», sagte Charley gelassen zu Johnson, dem Portier, «daß ein gewisser Freund von ihm unten wartet; er würde gern ein Wort mit ihm sprechen, wenn's gefällig ist.»

Johnson fuhr im Fahrstuhl hinauf, und Charley schaute sich mit grimmiger Genugtuung im Kreise seiner acht Freunde um, die mitgekommen waren, um zu sehen, daß alles ordnungsgemäß vonstatten ging.

Harold kam aus dem Fahrstuhl und ging auf die Gruppe der Jungen an der Haustür zu. Neugierig und kurzsichtig blinzelte er sie an, während er sich adrett, sauber, weißfingrig und bebrillt, der Horde näherte.

«Hallo.» Charley trat vor und blickte Harold ins Gesicht. «Ich hätte dich gern einmal unter vier Augen gesprochen.»

Harold sah sich in dem stummen Kreis mitleidloser, gewalttätiger Gesichter um. Er seufzte. Er wußte, was ihm bevorstand.

«Also gut», sagte er und stieß die Tür auf und hielt sie, bis alle Jungen hinausgegangen waren.

Schweigend traten sie den Marsch zu der leeren Baustelle einen Block weiter an. Nur der forsche Tritt von Charley Lynchs Sekundanten war zu hören.

«Nimm die Brille ab», sagte Charley, als sie genau in der Mitte des Grundstücks angelangt waren.

Harold nahm die Brille ab und sah sich suchend um nach einem Platz, wo er sie hinlegen könnte.

«Ich halte sie schon», sagte Sam Rosenberg, Charleys Adjutant, zuvorkommend.

«Danke», sagte Harold und gab ihm die Brille. Er drehte sich langsam blinzelnd zu Charley hin. Er hob die Hände vor die Brust. «O. K.» sagte er.

Charley stand tief atmend da, vor ihm sein Feind, blinzelnd, mit dünnen Ärmchen, blaß und zwanzig Pfund leichter als er. Eine Welle des Triumphes stieg in Charley hoch. Er hob zielbewußt die Hände, ging einen Schritt vor und schlug Harold mit der Rechten genau aufs Auge.

Der Kampf dauerte nicht lange, wenn auch länger, als Charley erwartet hatte. Harold schlug die ganze Zeit, während er blind in das tödliche Feuer von Charleys Fäusten hineinmarschierte, den kräftigsten, härtesten und brutalsten Fäusten der ganzen Schule. Harolds Gesicht war sofort blutverschmiert, seine Augen schlossen sich, sein Hemd riß, und Blut sickerte ihm in Kragen und Hemd hinunter. Charley ging flachfüßig wie ein Boxer vorwärts, ohne Harolds schwachen Schlägen auszuweichen oder sie zu blockieren. Charley fühlte, wie seine Knöchel auf Haut und Knochen und Auge auftrafen und das Blut an ihnen herunterrann. Halb verrückt vor Wonne sah er Harold schwanken und in seine harten, unbarmherzigen Fäuste hineintorkeln. Selbst seine

Handknöchel und die Sehnen in seinen Fäusten, die die Wucht der Schläge bis in die Schultern hinauf spürten, schienen noch ihre Freude an der gnadenlosen Exekution zu haben.

Dann und wann stöhnte Harold laut auf, wenn Charley, seinen Kopf für Augenblicke verschonend, tief von unten her ausholte und ihm Haken in den Magen schlug. Abgesehen von diesem Stöhnen wurde der Kampf in tiefster Stille abgewickelt. Charleys acht Freunde schauten mit ruhigem Sachverständnis ohne irgendeinen Kommentar zu und sahen schließlich, wie Harold zu Boden sank, bei Bewußtsein, aber zu erschöpft, um noch einen Finger rühren zu können, und, das blutige Gesicht unsanft aber dankbar in den Staub und Schutt der leeren Baustelle pressend, die Glieder von sich streckte.

Charley stand, schwer atmend, mit lustig kribbelnden Fäusten über seinem gefallenen Feind, froh und zufrieden, die schwächliche, verhaßte, hinfällige Gestalt mit dem Gesicht nach unten hilflos am Boden liegen zu sehen, und traurig darüber, daß das Vergnügen, diese Gestalt zusammenzuschlagen, vorüber war.

«O. K.», sagte Harold, mit dem Gesicht noch immer im Dreck. »Das genügt.» Langsam hob er den Kopf, setzte sich auf, dann zog er sich mit zitternder Hand auf die Füße hoch und stand. Er schwankte mit schlenkernden Armen und zitterte unkontrollierbar am ganzen Leib. Aber er blieb auf den Füßen. «Kann ich meine Brille haben?» fragte er.

Schweigend reichte Rosenberg, Charleys Adjutant, Harold die Brille. Harold setzte sie sich ungeschickt mit unsicheren Händen auf. Charley glotzte auf das Paradox der makellosen Brille auf dem zerstörten Gesicht. Plötzlich merkte Charley, daß er weinte. Er, Charley Lynch, Sieger in fünfzig anderen erbitterten Kämpfen, der seit der letzten Dresche, die er als Vierjähriger erhielt, nie mehr eine Träne vergossen hatte, weinte unbeherrscht, sein Körper war von Schluchzen geschüttelt, seine Augen brannten und röteten sich. Und während die Tränen rannen, wurde ihm bewußt, daß er den ganzen Kampf hindurch geweint hatte, vom ersten Schlag seiner Rechten auf das Auge, bis der Feind mit dem Gesicht nach unten in den Dreck sank. Charley sah Harold an. Sein Auge war zu, die Nase geschwollen und schief, das Haar verschwitzt und staubig, der Mund eine Kruste von Blut und Dreck. Aber das Gesicht, der Mut dahinter, ungebrochen, ruhig, unbewegt. Harold, das wußte Charley, der bitter schluchzend vor ihm stand, hatte nicht geweint. Und er würde auch nachher nicht weinen. Und nichts, das Charley je zu tun vermochte, würde ihn zum Weinen bringen.

Harold holte tief Luft und ging langsam weg, ohne ein Wort zu sagen.

Charley schaute ihm nach, sah den schmalen, unheroischen, zerrissenen und verdreckten Rücken. Die Tränen kamen wieder und machten ihn blind, und hinter ihnen entschwand Harold seinen Blicken.

An den sonnigen Gestaden des Letheflusses

Hugh Forester behielt stets alles im Gedächtnis. Er wußte noch die Daten der Schlacht von New Cold Harbor (3. Mai–12. Juni 1864); er erinnerte sich an den Namen seines ersten Lehrers in der untersten Schulklasse (Webel; rote Haare; Gewicht einundsiebzig Kilo; keine Augenwimpern); er wußte noch die fünfte Zeile von «An eine Lerche» (Shelley: «In verschwenderischen Melodien improvisierter Kunst»); er wußte noch die Adresse des ersten Mädchens, das er geküßt hatte (Prudence Collingwood, 248 East South Temple Street, Salt Lake City, Utah; 14. März 1918); er konnte noch die Jahreszahlen der drei Teilungen Polens und der Zerstörung des Tempels hersagen (1772, 1793, 1795, und 70 n. Chr.); er wußte, wie viele Schiffe Nelson in der Seeschlacht von Trafalgar gekapert hatte (zwanzig) und was der Held des Romans «McTeague» von Frank Norris für einen Beruf hatte (Zahnarzt); er erinnerte sich, wer 1925 den Pulitzer-Preis für Geschichte gewonnen hatte (Frederic L. Paxson), wie das Pferd hieß, das 1923 das Epsom Derby gewonnen hatte (Papyrus) und welche Nummer er bei der Mobilmachung 1940 gezogen hatte (4726); er wußte seine Blutdruckzahlen auswendig (hundertfünfundsechzig zu vierzig; zu hoch), seine Blutgruppe (o) und seine Sehstärke (vierzig zu zwanzig auf dem rechten Auge und dreißig zu zwanzig auf dem linken); er wußte noch, was sein Chef zu ihm gesagt hatte, als er seine erste Anstellung verlor («Ihre Arbeit wird von nun ab von einer Maschine verrichtet»), und was seine Frau gesagt hatte, als er ihr den Antrag machte («Ich möchte in New York leben»); er wußte, wie Lenin mit seinem richtigen Namen geheißen hatte (Wladimir Iljitsch Uljanow) und woran Louis XIV. gestorben war (Brand am Bein). Er wußte auch noch sämtliche Vogelarten auswendig, sowie die mittleren Tiefen der schiffbaren Flüsse Amerikas; die wirklichen und angenommenen

Namen aller Päpste, einschließlich derer in Avignon; die Schlagseriendurchschnitte von Harry Heilmann und Heinie Groh; die Daten der totalen Sonnenfinsternisse seit Karl dem Großen; die Schallgeschwindigkeit; wo D. H. Lawrence begraben lag; das vollständige «Rubáiját» des Omar Khayjám; die Bevölkerungszahl der verschollenen Ansiedlung auf Roanoke; die Feuergeschwindigkeit des automatischen Browninggewehrs; Caesars Feldzüge in Gallien und Britannien; den Namen der Schäferin in «Wie es Euch gefällt» sowie seinen Saldo vom 7. Dezember 1941 bei der Chemical Bank & Trust ($ 2 367,58).

Dann vergaß er seinen vierundzwanzigsten Hochzeitstag (25. Januar). Seine Frau, Narcisse, warf ihm an diesem Morgen einen eigentümlichen Blick zu über den Frühstückstisch, aber er las die Zeitung vom vergangenen Abend und dachte: Sie kommen doch nie zurecht in Washington, und achtete nicht darauf. Ein Brief ihres Sohnes, der an der Universität von Alabama studierte, war gekommen, aber er steckte ihn ungeöffnet in die Tasche. Er war an ihn allein adressiert, also wußte Hugh, daß er um Geld bat. Wenn Morton seine Pflichtbriefe an die Familie schrieb, waren sie immer an beide Elternteile adressiert. Morton war in Alabama, weil seine Zensuren nicht gut genug waren, um ihn nach Yale, Dartmouth, Williams, Antioch, auf das College der Stadt New York oder die Universität von Colorado zu schicken.

Narcisse fragte, ob Hugh Fisch zum Dinner haben wolle, und er sagte ja, und Narcisse sagte, daß Fisch auch sündhaft teuer sei, und er sagte ja, und sie fragte, ob irgend etwas los sei, und er sagte nein und küßte sie und verließ die Wohnung und ging zur Untergrundstation in der 242. Straße und las auf der Fahrt zu seinem Büro im Stehen die Morgenzeitung. Narcisses Eltern hatten eine Zeitlang in Frankreich gelebt, und von daher stammte ihr Name; er hatte sich mit der Zeit daran gewöhnt. Während er in der überfüllten Untergrundbahn seine Zeitung las, verspürte er den leisen Wunsch, die meisten Leute, über die die Leute in der Zeitung schrieben, würden sich in Wohlgefallen auflösen.

Hugh war als erster im Büro, ging in sein Zimmerchen und setzte sich an den Schreibtisch. Die Tür ließ er offen und genoß die leeren Schreibtische und die Stille. Er erinnerte sich, daß Narcisses Nase beim Frühstück gezuckt hatte, und daß sie offenbar den Tränen nahe gewesen war. Flüchtig fragte er sich nach dem Grund, doch er wußte, daß er es noch früh genug erfahren würde, und dachte nicht mehr daran. Narcisse weinte fünf- bis achtmal im Monat.

Die Firma, bei der er angestellt war, gab ein einbändiges Konversationslexikon heraus, absolut vollständig, auf Indienpapier gedruckt, mit siebenhundertfünfzig Illustrationen. Man munkelte, daß es unter dem Titel «Das Riesenwestentaschenkonversationslexikon» herauskommen würde, aber das war noch nicht endgültig entschieden. Hugh arbeitete am S. Heute hatte er Soda, Sodbrennen, Sophokles und Sorrent zu machen. Er wußte noch, daß Maxim Gorki in Sorrent gelebt hatte und daß von den hundertdreiundzwanzig Dramen, die Sophokles geschrieben hatte, nur sieben überliefert waren. Hugh verrichtete seine Arbeit nicht ausgesprochen ungern, außer wenn Mr. Gorsline auf der Bildfläche erschien. Mr. Gorsline war Inhaber und Chefredakteur des Hauses und Anhänger der Methode, hinter den Rücken der Angestellten zu stehen und sie schweigend bei ihrer Arbeit zu beobachten. Immer, wenn Mr. Gorsline hereinkam, hatte Hugh das eigenartige Gefühl, als ränne ihm Blut langsam das Rückgrat hinunter.

Mr. Gorsline war grauhaarig, mit dem Gesicht und der Statur eines Stierkämpfers, trug Tweedanzüge und hatte mit Kalendern angefangen. Die Firma stellte immer noch eine beachtliche Auswahl von Kalendern her – pornographische, religiöse und Fachkalender. Hugh war für die Kalenderarbeit besonders gut zu gebrauchen, weil er Dinge wie den Todestag Oliver Cromwells (3. September 1658) und den Tag, an dem Marconi sein erstes drahtloses Telegramm über den Atlantischen Ozean gesandt hatte (12. Dezember 1901), und das Datum der Jungfernfahrt des ersten Dampfschiffes zwischen New York und Albany (17. August 1807) im Kopf hatte.

Mr. Gorsline schätzte Hughs besondere Begabung und war rastlos und väterlich um sein Wohlergehen bemüht. Mr. Gorsline schwor auf homöopathische Heilmittel und die heilsamen Eigenschaften von rohem Gemüse, vor allem von Auberginen. Er war auch ein Gegner von Brillen, nachdem er die seine 1944 nach der Lektüre eines Buches über Spezialübungen zur Stärkung der Augenmuskeln weggeworfen hatte. Er hatte Hugh dazu gebracht, seine Brille sieben Monate lang nicht zu benutzen. Hugh hatte während dieser Zeit ständig unter Kopfschmerzen gelitten, gegen welche Mr. Gorsline ihm winzige Dosen einer Arznei aus einer homöopathischen Apotheke verschrieben hatte, nach deren Einnahme Hugh sich fühlte, als ob er eine Schrotladung in den Schädel bekommen hätte. Jetzt starrte Mr. Gorsline immer, wenn er hinter Hugh stand, mit dem sturen Irredentistenblick eines italienischen Generals beim Anblick von Triest auf Hughs Brille. Hughs Gesundheitszustand war, wenn auch nicht akut beunruhigend, so doch ziemlich miserabel. Er hatte andauernd heftigen Schnupfen, und seine Augen neigten dazu, nach dem Mittagessen rot anzulaufen. Diese Schwächen waren nur zu offensichtlich, ebenso wie die Tatsache, daß er bei kühlem Wetter mehrmals stündlich zur Herrentoilette unterwegs war. In solchen Augenblicken pflegte Mr. Gorsline sein gewohntes Schweigen zu brechen, um Diäten zu empfehlen, mit denen sich der Zustand des Nasen-Rachen-Raums, der Augen und der Nieren verbessern ließ.

Im Laufe des Vormittags betrat Mr. Gorsline Hughs Zimmer zweimal. Beim erstenmal stand er, ohne ein Wort zu sagen, fünf Minuten lang hinter Hughs Stuhl, dann sagte er: «Noch bei Soda?» und ging. Beim nächsten Mal stand er acht Minuten stumm da und sagte dann: «Forester, Sie nehmen zu. Zuviel Weißbrot», und ging. Jedesmal hatte Hugh das bekannte Gefühl im Nacken.

Kurz vor dem Lunch kam Hughs Tochter zu ihm ins Büro. Sie küßte ihn, sagte: «Ich gratuliere dir, Daddy», und überreichte ihm ein kleines, längliches Paket mit einer farbigen Bandschleife darauf. Clare war zweiundzwanzig und schon vier Jahre verheiratet, aber sie sagte immer noch «Daddy» zu ihm. Hugh öffnete verblüfft das Paket. Ein Füller mit Goldfeder war darin. Es war der vierte Füller, den Clare ihm im Laufe der letzten sechs Jahre geschenkt hatte, zwei an Geburtstagen und den dritten zu Weihnachten. Sie hatte nicht das Gedächtnis ihres Vaters geerbt.

«Was soll das?» fragte Hugh.

«Daddy!» sagte Clare. «Sei nicht komisch.»

Hugh starrte den Füller an. Er wußte, es war nicht sein Geburtstag (12. Juni). Und Weihnachten war es bestimmt auch nicht (25. Dezember).

«Das darf doch nicht wahr sein», sagte Clare ungläubig. «Du hast es doch nicht *vergessen!*»

Hugh fiel Narcisses Gesicht beim Frühstück und ihr Nasenzucken wieder ein. «Ach du liebe Güte», sagte er.

«Laß dich heute abend nicht ohne einen gewaltigen Strauß Blumen zu Hause sehen, das rate ich dir», sagte Clare. Sie warf ihrem Vater einen ängstlichen Blick zu. «Dir geht es doch gut, Daddy?» fragte sie.

«Natürlich geht's mir gut», sagte Hugh ärgerlich. «Jeder kann mal einen Jahrestag vergessen.»

«Du nicht, Daddy.»

«Ich genauso. Ich bin auch nur ein Mensch», sagte er, aber es hatte ihm doch einen Stoß versetzt. Er schraubte die Hülle vom Füllhalter und schrieb mit gesenktem Kopf VIERUNDZWANZIG JAHRE in großen Buchstaben auf einen Block. Er besaß nun acht Füllfederhalter. «Genau, was ich brauche, Clare», sagte er und steckte ihn ein. «Ich danke dir sehr.»

«Du hast doch nicht vergessen, daß du mich für heute zum Lunch eingeladen hast?» Clare hatte am Tag zuvor angerufen, um sich mit ihrem Vater zu treffen, weil sie, wie sie sagte, ein paar wichtige Probleme mit ihm zu besprechen hatte.

«Natürlich nicht», sagte Hugh sofort. Er zog seinen Mantel an, und sie gingen. Hugh bestellte sich eine Seezunge, nahm dann aber doch ein Lammkotelett, denn er erinnerte sich, daß Narcisse beim Frühstück gesagt hatte, sie würden zum Dinner Fisch essen. Clare nahm Huhn vom Grill und Waldorf Salat und eine Flasche Wein, weil, wie sie sagte, die Nachmittage nach einer Flasche Wein nicht ganz so traurig waren. Hugh verstand nicht recht, warum ein hübsches, zweiundzwanzigjähriges Mädchen Wein brauchte, um an den Nachmittagen nicht traurig zu sein, aber er sagte nichts weiter.

Während Clare sich die Weinkarte ansah, nahm Hugh Mortons Brief aus der Tasche und las ihn. Morton bat um zweihundertfünfzig Dollar. Anscheinend hatte er den Wagen (einen Plymouth) eines Studienkollegen ausgeborgt und war damit nach einem Tanzvergnügen im Straßengraben gelandet, und die Reparatur kostete hundertfünfundzwanzig Dollar. Zudem hatte er ein Mädchen im Wagen gehabt, sie hatte einen Nasenbeinbruch davongetragen, und die Arztrechnung kam auf hundert Dollar, und Morton hatte versprochen, sie zu bezahlen. Dazu kamen dann noch zehn Dollar für zwei Bücher, die er für seine Studien in Ethik brauchte, und fünfzehn Dollar, um, wie Morton es ausdrückte, die Summe abzurunden. Hugh steckte den Brief wieder ein, ohne Clare etwas davon zu sagen. Wenigstens, dachte Hugh, ist es diesmal nicht so schlimm wie voriges Jahr. Da hatte es so ausgesehen, als würde Morton geschaßt werden, weil er bei einer Differentialrechnungsprüfung beim Schummeln erwischt worden war.

Während Clare sich über ihr Huhn hermachte und ihren Wein trank, berichtete sie dem Vater, was sie auf dem Herzen hatte. Es ging vor allem um Freddie, ihren Mann. Sie könne sich nicht entscheiden, meinte sie und knabberte eifrig an ihrem Huhn, ob sie sich von ihm trennen oder ein Baby von ihm bekommen solle. Sie wisse mit Bestimmtheit, daß Freddie nachmittags einem Mädchen in der 78. Straße Besuche abstatte, und ehe sie sich in der einen oder anderen Richtung entscheide, wolle sie, daß Hugh ein Gespräch von Mann zu Mann mit ihm habe, um eine klare Erklärung seiner Absichten aus ihm herauszubekommen. Mit ihr spreche er nicht. Immer, wenn sie das Thema anschneide, gehe er einfach aus dem Haus und übernachte in einem Hotel. Wenn es auf eine Scheidung hinausliefe, würde sie mindestens tausend Dollar von Hugh für die sechs Wochen in Reno brauchen, denn Freddie habe ihr schon gesagt, er würde für etwas Derartiges nicht einen Cent herausrücken. Davon abgesehen sei Freddie im Moment etwas in Geldschwierigkeiten. Er habe bei der Automobilvertretung, bei der er arbeite, einen zu hohen Vorschuß genommen, den er nun nicht zurückzahlen könne, und vor vierzehn Tagen hätten sie ihn in die Mangel genommen. Wenn sie das Baby hätten, würde der Arzt, den sie haben wolle, achthundert Dollar kosten, und für Hospital und Tagesschwestern würden mindestens noch fünfhundert Dollar dazukommen, und sie wisse genau, daß sie sich da ganz auf Daddy verlassen könne.

Sie trank ihren Wein und redete und redete, während Hugh schweigend aß. Freddie, sagte sie, sei auch im Golfclub mit seinen Beiträgen und anderen Gebühren im Rückstand, und wenn er nicht bis zum Sonntag bezahlt habe, würde sein Name am Anschlagbrett ausgehängt, und das sei *wirklich* eine ernsthafte Sache wegen der Schande, die es ihnen einbringe, und seit Freddie den Brief vom Clubsekretär bekommen habe, hätte er ständig wie ein Wilder im Haus herumgetobt.

«Ich habe ihm gesagt», sagte Clare, Tränen in den Augen und immer weiter essend, «ich habe ihm gesagt, ich würde gern eine Arbeit außer Hause annehmen, aber er sagt, er denkt nicht daran, es soweit kommen zu lassen, daß die Leute sagen, er könne nicht einmal für seine Frau aufkommen, und so ein Gefühl muß man schließlich respektieren. Und er sagt, er würde dich auch nicht mehr um einen Cent anpumpen, und das muß man dann auch wieder bewundern, meinst du nicht?»

«Doch, doch», sagte Hugh und dachte daran, daß sein Schwiegersohn sich im Laufe von vier Jahren dreitausendachthundertundfünfzig Dollar von ihm gepumpt hatte, ohne auch nur einen einzigen Cent davon zurückzuzahlen. «Doch, das muß man. Wußte er, daß du mich heute treffen und mit mir sprechen würdest?»

«So ungefähr», sagte Clare und goß sich noch ein Glas Wein ein. Während sie sorgsam die letzten Walnuß- und Apfelstücke aus dem Salat herauspickte, sagte Clare, sie belaste ihn wirklich nicht gern mit ihren Problemen, aber er sei der einzige Mensch auf der Welt, auf dessen Urteil sie vertraue. Er sei so verläßlich und gefühlvoll und klug, sagte sie, und sie wisse gar nicht mehr, ob sie Freddie liebe oder nicht, sie sei ganz durcheinander und könne es nicht ertragen, daß Freddie die ganze Zeit mit solchen finanziellen Schwierigkeiten zu kämpfen habe, und sie wolle wissen, ob Hugh ernsthaft meine, daß sie mit zweiundzwanzig schon reif für die Mutterschaft sei. Als sie den Kaffee hinter sich hatten, hatte Hugh versprochen, sehr bald ein ernstes Wort mit Freddie über die Dame in der 78. Straße zu reden und entweder für den Aufenthalt in Reno oder den Frauenarzt finanziell geradezustehen, je nachdem, und bezüglich der rückständigen Golfclubzahlungen hatte er auch halb zugesagt.

Auf dem Weg zum Büro kaufte Hugh für sechzig Dollar eine Krokodillederhandtasche für Narcisse und bekam vorübergehend Angstgefühle wegen der Inflation, als er den Scheck ausschrieb und der Verkäuferin gab.

Die Arbeit nach dem Lunch fiel ihm ein wenig schwer, weil er fortwährend an Clare denken mußte und wie sie als kleines Mädchen gewesen war (Masern mit vier, das Jahr darauf Ziegenpeter, von elf bis fünfzehn eine Zahnspange und Akne zwischen vierzehn und siebzehn). Er arbeitete sehr langsam an Sorrent. Mr. Gorsline kam am Nachmittag zweimal herein. Beim erstenmal sagte er: «Noch bei Sorrent?», und beim zweitenmal sagte er: «Wer zum Teufel will schon wissen, ob der Kommunistenrusse dort ein Buch geschrieben hat?»

Zusätzlich zu seinen üblichen Symptomen am Rückgrat bemerkte Hugh eine Beschleunigung des Atems, fast wie ein Keuchen, solange Mr. Gorsline an diesem Nachmittag hinter ihm stand.

Nach Büroschluß ging er in die kleine Bar in der Lexington Avenue, wo er sich dreimal in der Woche mit Jean traf. Jean saß schon da und beendete gerade ihren ersten Whisky, und er setzte sich neben sie und drückte zur Begrüßung ihre Hand. Sie liebten sich seit elf Jahren, aber er hatte sie nur einmal geküßt (am Jahrestag des Sieges in Europa), denn sie war eine Schulkameradin von Narcisse am Bryn Mawr College gewesen, und sie hatten gleich von Anfang an beschlossen, ehrbar zu bleiben. Sie war eine hochgewachsene, majestätische Frau, die ein enttäuschungsreiches Leben geführt hatte und deshalb noch verhältnismäßig jung aussah. Sie saßen nachmittags traurig und heimlich in traurigen kleinen Bars und sprachen in leisen, nostalgischen

Tönen darüber, wie anders alles hätte sein können. Anfangs war ihre Unterhaltung noch etwas lebhafter gewesen, und Hugh hatte jeweils eine halbe Stunde lang ein wenig von dem Optimismus und Selbstvertrauen wiedergefunden, die einst den jungen Hugh beseelt hatten, der im College alle Examen bestand, bis es sich erwies, daß ein gutes Gedächtnis, Begabung, Intelligenz und Glück sehr unterschiedliche Dinge sind.

«Ich glaube», sagte Jean und nippte an ihrem Glas, «wir sollten es bald aufgeben. Es führt zu nichts, und ich fühle mich einfach nicht wohl dabei. Ich fühle mich schuldig. Du nicht?»

Bis jetzt war es Hugh noch niemals in den Sinn gekommen, etwas getan zu haben, um dessentwillen er sich schuldig fühlen müsse, mit der einen möglichen Ausnahme jenes Kusses. Aber nun, da Jean es ausgesprochen hatte, wurde ihm klar, daß er sich von jetzt an höchstwahrscheinlich jedesmal schuldig fühlen würde, wenn er die Bar betrat und sie dort sitzen sah.

«Ja», sagte er traurig. «Wahrscheinlich hast du recht.»

«Ich verreise den Sommer über», sagte Jean. «Im Juni. Wenn ich zurückkomme, werden wir uns nicht wiedersehen.»

Hugh nickte geknickt. Es waren noch fünf Monate bis zum Sommer, aber er hatte das Gefühl, als entgleite ihm etwas mit einem Rauschen, wie wenn sich ein Vorhang senkte.

Den ganzen Heimweg in der Untergrundbahn mußte er stehen, und es war so voll, daß er die Zeitung nicht umblättern konnte. Er las die Titelseite wieder und wieder und dachte bei sich: Ein Glück, daß ich nicht zum Präsidenten gewählt worden bin.

Es war heiß im Wagen. Er kam sich, zwischen den Fahrgästen eingequetscht, dick und unbeholfen vor, und das gänzlich neue, unangenehme Gefühl erfaßte ihn, mit Fleisch überladen zu sein. Dann, kurz bevor der Zug in die 240. Straße einfuhr, kam ihm in den Sinn, daß er die Krokodilledertasche auf seinem Schreibtisch im Büro hatte liegenlassen. Er fühlte den Schreck in Hals und Kniekehlen kribbeln. Es war nicht so sehr, weil ihm, wenn er mit leeren Händen kam, ein ganzer Abend voll häuslicher Seufzer, halb ausgesprochener Vorwürfe und – das war so gut wie sicher – Tränen bevorstand. Es war auch nicht einmal so sehr die

Tatsache, daß er der Putzfrau mißtraute, die jeden Abend sein Büro sauber machte und einmal (am 3. November 1950) – er war ganz sicher – Luftpostbriefmarken im Wert von einem Dollar und dreißig Cent aus der rechten oberen Schublade entwendet hatte. Aber wie er jetzt in dem halb leergewordenen Untergrundbahnwagen stand, mußte er der Tatsache ins Auge sehen, daß er zweimal an einem Tag etwas vergessen hatte. Er konnte sich nicht entsinnen, daß ihm je etwas Ähnliches passiert war. Er berührte seinen Kopf mit den Fingerspitzen, als ließe sich so eine verborgene Erklärung finden. Er beschloß, das Trinken aufzugeben. Er trank nicht mehr als vier, fünf Whiskys die Woche, aber das Auftreten einer Teilamnesie infolge Alkoholgenusses war eine wohlbekannte medizinische Erkenntnis, und vielleicht war seine Toleranzschwelle abnorm niedrig.

Der Abend verlief wie vorausgesehen. Er kaufte auf dem Bahnhof Rosen für Narcisse, aber von der Krokodillederhandtasche konnte er ihr nichts sagen, weil er mit Recht annahm, daß das die morgendliche Unterlassung nur noch schlimmer machen würde. Er verstieg sich zu dem Vorschlag, zu einem Hochzeitstags-Dinner noch einmal in die Stadt zu fahren, doch hatte Narcisse den ganzen Tag über Zeit gehabt, ihr Selbstmitleid aufzubauen und über ihrem Märtyrertum zu brüten, und sie bestand darauf, den Fisch zu essen, der dreiundneunzig Cent das Pfund gekostet hatte. Um halb elf begann sie dann zu weinen.

Hugh schlief schlecht und fuhr frühmorgens ins Büro, aber selbst der Anblick der von der Putzfrau mitten auf dem Schreibtisch stehengelassenen Krokodilledertasche vermochte seine Geister nicht zu beleben. Im Verlauf des Tages vergaß er drei von Sophokles' Dramen («Oedipus auf Kolonos», «Die Trachinierinnen» und «Philoktet») sowie die Telefonnummer seines Zahnarztes.

So fing es an. Öfter und öfter mußte Hugh sich in die Bibliothek im dreizehnten Stock begeben, wobei ihm vor dem Gang durch das Büro zunehmend grauste, weil die Kollegen ihn immer neugieriger und verständnisloser ansahen, wenn er im Verlauf einer Stunde wieder und wieder den Raum durchquerte. Eines

Tages hatte er die Titel von Sardous Werken, die Gebietsfläche von Santa Domingo, die Symptome der Silikose, die Definition des Begriffs Syndrom und die Umstände der Kasteiung des Säulenheiligen Simeon vergessen.

In der Hoffnung, es würde vorübergehen, sprach er mit niemandem darüber – nicht einmal mit Jean in der kleinen Bar in der Lexington Avenue.

Mr. Gorsline ging dazu über, länger und länger hinter Hughs Schreibtisch Aufstellung zu nehmen, und Hugh saß da und tat so, als arbeite er und sehe nicht hundeelend aus, als hingen seine Wangen ihm nicht wie Galgenstricke an den Backenknochen herunter, als fühle sich sein Gehirn nicht an wie ein Stück Gefrierfleisch, an dem ein Wolf knabbert. Einmal murmelte Mr. Gorsline etwas von Hormonen, und einmal sagte er ihm um vier Uhr dreißig, er solle den Nachmittag freinehmen. Hugh arbeitete schon achtzehn Jahre für Mr. Gorsline, und dies war das erstemal, daß Mr. Gorsline ihm den Nachmittag frei gab. Als Mr. Gorsline hinausgegangen war, saß Hugh an seinem Schreibtisch und starrte blind in grauenhafte Tiefen.

Eines Morgens, ein paar Tage nach dem Hochzeitstag, wußte Hugh nicht mehr, wie seine Morgenzeitung hieß. Er stand vor dem Zeitungskiosk und starrte auf die «Times» und «Tribunes» und «News» und «Mirrors», die da aufgereiht lagen, und alle sahen genau gleich aus. Es war ihm wohl bewußt, daß er seit fünfundzwanzig Jahren jeden Morgen die gleiche Zeitung kaufte, aber jetzt fand er in der Aufmachung oder in den Schlagzeilen keinen Hinweis darauf, welche es war. Er beugte sich hinunter und schaute sich die Zeitungen näher an. Eine Überschrift verkündete, daß der Präsident am Abend eine Rede halten würde. Als Hugh sich wieder aufrichtete, wurde ihm bewußt, daß er nicht mehr wußte, wie der Präsident hieß und ob er Demokrat oder Republikaner war. Sekundenlang verspürte er etwas, das man eigentlich nur als ein außerordentliches Glücksgefühl beschreiben konnte. Aber er wußte, daß das eine Täuschung war, so wie jene Ekstase, die Lawrence von Arabien seiner Aussage nach befallen hatte, als er von den Türken fast zu Tode geprügelt worden war.

Er kaufte sich eine Nummer von «Holiday» und betrachtete auf der Fahrt ins Büro die ganze Zeit stumm die Farbfotos ferner Städte. An diesem Morgen war ihm das Datum entfallen, an dem John L. Sullivan die Weltmeisterschaft im Schwergewicht gewonnen hatte, desgleichen der Name des Erfinders des Unterseeboots. Auch mußte er die Bibliothek aufsuchen, weil er nicht sicher war, ob Santander in Chile oder Spanien lag.

Er saß am Nachmittag am Schreibtisch und starrte auf seine Hände, weil er seit einer Stunde das Gefühl hatte, als ob ihm Mäuse zwischen den Fingern herumliefen, als sein Schwiegersohn ins Büro kam.

«Hey, Hughie, alter Junge», sagte sein Schwiegersohn. Seit er zum erstenmal Hughs Haus betreten hatte, gebrauchte sein Schwiegersohn ihm gegenüber ständig diesen schnoddrigen Ton.

Hugh stand auf und sagte: «Hallo . . .» und hielt inne. Er starrte seinen Schwiegersohn an und wußte, es war sein Schwiegersohn. Aber ihm fiel der Name dieses Burschen nicht ein. Zum zweitenmal an diesem Tag überlief ihn jene vibrierende Welle freudigen Entzückens, die er am Zeitungskiosk verspürt hatte, als er merkte, daß er Namen und Parteizugehörigkeit des Präsidenten der Vereinigten Staaten vergessen hatte. Nur daß das Gefühl diesmal anzuhalten schien. Es war noch da, als er seinem Schwiegersohn die Hand gab, und die ganze Fahrt im Fahrstuhl mit ihm und immer noch in der Bar nebenan, während er seinem Schwiegersohn hintereinander drei Martinis bestellte.

«Hughie, alter Junge», sagte sein Schwiegersohn beim dritten Martini, «reden wir Tacheles. Clare sagte mir, du hättest da ein Problem, über das du mit mir sprechen wolltest. Immer raus damit, alter Junge, dann haben wir's hinter uns. Was hast du auf dem Herzen?»

Hugh schaute den Mann an seinem Tisch durchdringend an. Er dachte angestrengt nach, aber beim besten Willen fiel ihm kein Problem ein, das sie betraf. «Nein», sagte Hugh bedächtig, «ich habe nichts Besonderes auf dem Herzen.»

Sein Schwiegersohn sah ihn unentwegt kriegerisch an, während Hugh die Drinks bezahlte, aber Hugh summte nur leise vor sich hin und lächelte der Kellnerin aufmunternd zu. Als sie noch einen Augenblick draußen vor der Bar standen, räusperte sich sein Schwiegersohn einmal und sagte: «Also hör mal, alter Junge, wenn es sich um...», aber Hugh schüttelte ihm herzlich die Hand und ging fröhlich davon. Er fühlte sich leicht und beschwingt.

Wieder im Büro, ging ihm jedoch beim Anblick des Wustes von Papier auf seinem Schreibtisch sein Hochgefühl verloren. Er war jetzt beim T, und als er auf die Zettel und den Haufen Bücher auf dem Schreibtisch schaute, wurde ihm bewußt, daß er eine beträchtliche Anzahl von Daten über Tacitus vergessen hatte und über Taine so gut wie gar nichts wußte. Auf seinem Schreibtisch lag ein Bogen Briefpapier mit Datum und dem Anfang einer Anrede: «Lieber...»

Er starrte auf das Papier und zerbrach sich den Kopf, an wen er hatte schreiben wollen. Es dauerte etwa fünf Minuten, bis es ihm wieder einfiel: Der Brief sollte an seinen Sohn gehen, und er hatte endlich den erbetenen Scheck über zweihundertfünfzig Dollar beilegen wollen. Er griff in die Brusttasche nach seinem Scheckbuch. Es war nicht da. Er durchsuchte sorgfältig sämtliche Schreibtischschubladen, aber auch dort war das Scheckbuch nicht zu finden. Er zitterte ein bißchen, weil er zum erstenmal in seinem Leben sein Scheckbuch verlegt hatte, und entschloß sich, seine Bank anzurufen, sie sollten ihm ein neues Scheckbuch zusenden. Er nahm den Hörer auf. Dann starrte er ihn ausdruckslos an. Er hatte die Telefonnummer seiner Bank vergessen. Er legte den Hörer wieder auf und schlug das Telefonbuch bei «B» auf. Dann stutzte er und schluckte. Er wußte den Namen seiner Bank nicht mehr. Er ging sämtliche Banken auf der Seite durch. Die Namen kamen ihm alle vage bekannt vor, aber keiner der Namen bedeutete ihm etwas. Er klappte das Telefonbuch zu und stand auf und trat ans Fenster. Er schaute hinaus. Auf dem Fensterbrett saßen zwei Tauben, sie sahen aus, als sei ihnen kalt, und drüben stand ein Mann am Fenster des Hauses vis-à-vis, der eine Zigarette rauchte und hinunterstarrte, als habe er vor, Selbstmord zu begehen.

Hugh ging wieder an seinen Schreibtisch und setzte sich.

Vielleicht, dachte er, ist die Sache mit dem Scheckbuch ein Omen. Vielleicht ist es ein Wink, daß ich mit meinem Sohn etwas härter umspringen sollte. Soll er doch einmal selbst für seine Fehler bezahlen. Er nahm den Füller zur Hand, entschlossen, ihm das nach Alabama zu schreiben. «Lieber ...» las er. Er starrte das Wort lange an. Dann schob er sorgsam die Hülle auf den Füller und steckte ihn wieder ein. Er konnte sich nicht erinnern, wie sein Sohn hieß.

Er schlüpfte in seinen Mantel und verließ das Büro, obgleich es erst fünfundzwanzig Minuten nach drei war. Er legte den ganzen Weg zum Museum zu Fuß zurück, leicht ausschreitend und sich von Querstraße zu Querstraße wohler fühlend. Als er endlich am Museum anlangte, fühlte er sich wie jemand, der gerade erfahren hat, daß er, vierzehn zu eins, eine Hundertdollarwette gewonnen hat. Im Museum sah er sich die Ägypter an. Seit Jahren hatte er sich schon die Ägypter anschauen wollen, war aber immer zu beschäftigt gewesen.

Als er sie alle gesehen hatte, fühlte er sich großartig. Auch noch auf dem Heimweg in der Untergrundbahn fühlte er sich großartig. Er versuchte gar nicht erst, eine Zeitung zu kaufen. Sie sagten ihm nichts. Keiner der Leute, die in den Spalten erschienen, kam ihm bekannt vor. Es war, als lese man den «Sind Observer» von Karachi oder «El Mundo» aus Sonora. Ohne Zeitung in den Händen war die lange Fahrt viel angenehmer. Er brachte die Zeit in der Untergrundbahn damit zu, sich die Leute anzusehen. Jetzt, wo er nicht mehr las, was sie einander antaten, erschienen ihm die Leute in der Untergrundbahn viel interessanter, viel netter.

Natürlich verließ ihn seine Euphorie in dem Moment, als er seine Wohnungstür öffnete. Narcisse sah ihn sich jetzt abends immer sehr genau an, und er mußte sich mit dem, was er zu ihr sagte, in acht nehmen. Narcisse sollte auf keinen Fall merken, was mit ihm vorging. Er wollte nicht, daß sie sich beunruhigte oder Versuche machte, ihn zu heilen. Er saß den ganzen Abend da und ließ den Plattenspieler laufen, aber er vergaß, die Platte zu wechseln. Es war ein automatisches Modell, und es spielte die neuste Aufnahme von Saint-Saëns' Klavierkonzert siebenmal hintereinander, bis Narcisse aus der Küche gelaufen kam und sagte: «Das ist ja zum Verrücktwerden», und das Gerät abstellte.

Er ging früh zu Bett. Er hörte Narcisse im Nebenbett weinen. Es war das dritte Mal in diesem Monat. Er hatte es also noch zwei- bis fünfmal vor sich. Das hatte er behalten.

Am folgenden Nachmittag arbeitete er an Talleyrand. Er war tief über seinen Schreibtisch gebeugt und arbeitete langsam, doch nicht schlecht, als ihm zum Bewußtsein kam, daß jemand hinter ihm stand. Er wandte sich auf dem Stuhl herum. Ein grauhaariger Herr in einem Tweedanzug stand da und schaute auf ihn herunter.

«Ja?» sagte Hugh. «Suchen Sie jemand?»

Merkwürdigerweise wurde der Herr rot, dann ging er und schlug die Tür hinter sich zu. Hugh zuckte uninteressiert mit den Schultern und wandte sich wieder Talleyrand zu.

Es war voll im Lift, als er nach Geschäftsschluß hinunterfuhr, und unten in der Eingangshalle wimmelte es von Büroangestellten und Sekretärinnen, die sich aus dem Gebäude drängten. An der Tür stand ein sehr hübsches junges Mädchen, und sie lächelte Hugh an und winkte ihm über die Köpfe des heimwärts eilenden Büropersonals hinweg zu. Geschmeichelt blieb Hugh einen Augenblick stehen und war versucht, das Lächeln zu erwidern. Aber er war mit Jean verabredet und war für so etwas ohnehin zu alt. Er eilte mit gesetzter Miene in dem Menschenstrom hinaus. Ihm war, als höre er eine Art von Verzweiflungsruf, der so wie «Daddy» klang, aber er wußte, das war unmöglich, und wandte sich nicht um.

Er ging zur Lexington Avenue und genoß die Lichter des Winterabends, dann wandte er sich nordwärts. Er ging an zwei Bars vorbei; bei der dritten verlangsamte er den Schritt. Er ging wieder zurück und sah sich die Lokale genauer an. Sie waren alle chromverziert und hatten Neonleuchten und sahen eins wie das andere aus. Gegenüber war noch eine Bar. Er ging über die Straße und schaute sich die Bar drüben an, aber sie war genau wie die anderen. Er ging dennoch hinein, aber Jean war nicht zu sehen. Er stellte sich an die Bar und verlangte einen Whisky und fragte den Barmann: «Haben Sie in der letzten halben Stunde eine Dame ohne Begleitung hier drin gesehen?»

Der Barmann hob nachdenklich den Blick zur Decke. «Wie sieht sie aus?» fragte er.

«Sie...» Hugh sprach nicht weiter. Er trank seinen Drink. «Schon gut», sagte er zum Barmann. Er legte eine Dollarnote auf die Theke und ging.

Als er zur Untergrundbahnstation hinüberspazierte, fühlte er sich besser, als er sich je gefühlt hatte, seit er am 9. Juni 1915 mit elf Jahren den 100-Meter-Lauf bei den alljährlichen Leichtathletik-Wettkämpfen der Brigham Young Public School in Salt Lake City gewonnen hatte.

Natürlich hielt dieses Gefühl nur so lange an, bis Narcisse die Suppe auftischte. Ihre Augen waren rotgeschwollen, und offensichtlich hatte sie am Nachmittag geweint, was eigenartig war, weil Narcisse eigentlich nie weinte, wenn sie allein war. Während Hugh unter den deutlich spürbaren, scharfen Blicken Narcisses sein Dinner aß, begann er wieder die Mäuse zu spüren, die zwischen seinen Fingern herumliefen. Nach dem Dinner sagte Narcisse: «Mir kannst du nichts vormachen. Es ist eine andere Frau im Spiel.» Sie sagte ferner: «Ich hätte nie gedacht, daß mir das passieren würde.»

Beim Zubettgehen fühlte sich Hugh wie ein Passagier auf einem schlecht beladenen Frachter in einem Wintersturm am Cap Hatteras.

Er erwachte früh und wußte schon, daß draußen die Sonne schien. Er lag im Bett und fühlte sich mollig warm und gesund. Vom Nebenbett kam ein Geräusch, und er warf einen Blick hinüber. Im Bett nebenan lag eine Frau. Sie war mittleren Alters und trug Lockenwickler im Haar, und sie schnarchte, und Hugh war sicher, sie noch nie im Leben gesehen zu haben. Leise stand er auf, zog sich rasch an und ging in den sonnigen Tag hinaus.

Unbewußt schlug er den Weg zur nächsten Untergrundbahnstation ein. Er beobachtete die Leute, wie sie auf die Züge zustürzten, und wußte, daß er wahrscheinlich dasselbe tun müßte. Er hatte das Gefühl, daß irgendwo weiter im Süden der

Stadt in einem Hochhaus an einer engen Straße seine Ankunft erwartet wurde. Aber er wußte auch, daß er, wie sehr er sich bemühte, das Gebäude niemals finden würde. In dieser Stadt, kam es ihm plötzlich in den Sinn, sah ein Gebäude zu sehr wie das andere aus.

Er entfernte sich rasch von der Untergrundbahnstation in Richtung auf den Fluß. Das Wasser glitzerte im Sonnenschein, und längs der Ufer war Eis. Ein etwa zwölfjähriger Junge in Regenmantel und Strickmütze saß auf einer Bank und schaute auf den Fluß. Auf dem gefrorenen Boden zu seinen Füßen lagen Schulbücher, von einem Lederriemen zusammengehalten.

Hugh setzte sich neben den Jungen. «Guten Morgen», sagte er freundlich.

«Guten Morgen», sagte der Junge.

«Was machst du?» fragte Hugh.

«Ich zähle die Schiffe», sagte der Junge. «Gestern habe ich zweiunddreißig Schiffe gezählt. Fährboote ausgenommen. Fährboote zähle ich nicht mit.»

Hugh nickte. Er steckte die Hände in die Taschen und schaute über den Fluß. Nachmittags um fünf hatten er und der Junge dreiundvierzig Schiffe gezählt, Fährboote ausgenommen. Er konnte sich nicht erinnern, je einen schöneren Tag verbracht zu haben.

Abreise und Heimkehr

Constance saß ungeduldig auf dem kleinen Stuhl in ihrer Kabine erster Klasse und nippte von Zeit zu Zeit an dem Champagner, den Mark geschickt hatte. Mark war in die Stadt gerufen worden und hatte nicht kommen können, aber er hatte Champagner geschickt. Sie mochte Champagner nicht, aber da sie damit nichts anderes anzufangen wußte, trank sie ihn. Ihr Vater stand vor dem Bullauge und trank ebenfalls. Sein Gesichtsausdruck verriet Constance, daß auch er Champagner nicht mochte. Aber vielleicht schmeckte ihm nur dieser nicht. Oder er mochte ihn nicht, weil Mark ihn geschickt hatte. Oder aber es hatte überhaupt nichts mit Champagner zu tun, und er war nur verlegen.

Constance wußte, daß sie einen Flunsch zog, und sie bemühte sich, ein weniger schmollendes Gesicht zu machen, weil sie bemerkt hatte, daß sie mit einem Schmollmund jünger und kindlicher, wie eine Sechzehnjährige aussah. Aber sie merkte, daß sie, was sie auch immer mit ihrem Gesicht anstellte, nur noch schmollender aussah, und sie wünschte, die Sirene würde endlich ertönen, und ihr Vater würde das Schiff verlassen.

«In Frankreich wirst du wahrscheinlich eine Menge von diesem Zeug trinken», sagte ihr Vater.

«Ich beabsichtige nicht, mich lange in Frankreich aufzuhalten», sagte sie. «Ich werde mir irgendeinen stillen Ort aussuchen.» Sie fand, daß ihre Stimme klang, als käme sie aus dem Kinderzimmer, trotzig, weinerlich und verzogen, und sie versuchte, ihrem Vater zuzulächeln. Die letzten Wochen in der Wohnung, die ständigen Diskussionen, bei denen die Feindseligkeit so nahe an die Oberfläche gedrungen war, hatten ihr wehgetan, und jetzt, in den letzten zehn Minuten vor Abfahrt des Schiffs, wollte sie nach Möglichkeit das herzliche und ungezwungene Verhältnis von früher wiederherstellen. So lächelte sie, aber sie hatte den Eindruck, daß ihr Lächeln kalt, berechnend und kokett wirkte. Ihr Vater drehte sich um, schaute zum Bullauge auf den Hafenkai hinaus. Es regnete, ein kalter Wind wehte, und die Männer auf dem Dock, die darauf warteten, die Taue zu lösen, sahen elend aus.

«Die Nacht könnte ziemlich stürmisch werden», sagte ihr Vater. «Hast du dein Dramamin?»

Ihre Gereiztheit kehrte zurück, als er sie nach dem Dramamin fragte. Ausgerechnet jetzt, in einem solchen Augenblick. «Ich brauche kein Dramamin», sagte Constance kurzangebunden und nahm einen großen Schluck. Das Etikett auf der Flasche war tadellos, wie alle Geschenke Marks, aber der Champagner schmeckte sauer wie Essig.

Ihr Vater drehte sich wieder um und blickte sie an. Er lächelte, und sie sagte sich mit Bitterkeit: Das ist das letzte Mal, daß er es sich erlauben kann, mich zu begönnern. Da stand er, robust, voller Selbstvertrauen, gesund, für sein Alter ziemlich jung aussehend, und schien sich insgeheim zu amüsieren, und Constance sagte sich: Wie würde es dir gefallen, wenn ich jetzt aufstünde und dieses schöne Schiff verließe? Dann würde dir dein Lächeln schon vergehen.

«Ich beneide dich», sagte ihr Vater. «Wenn mich jemand nach Europa geschickt hätte, als ich zwanzig war . . .»

Zwanzig, zwanzig, ständig hackt er auf meinen zwanzig Jahren herum, sagte sich Constance. «Bitte, Vater, laß das Gerede. Ich bin hier und fahre weg, und alles ist abgemacht. Ersparen wir uns den Neid.»

«Jedesmal, wenn ich zufällig erwähne, daß du zwanzig bist», sagte ihr Vater sanft, «benimmst du dich, als hätte ich dich beleidigt.»

Er lächelte, zufrieden mit sich selbst, daß er so verdammt scharfsinnig war, daß er sie so gut verstand, daß er nicht zu jenen Vätern gehörte, deren Kinder ihnen unwiderruflich aus den Händen glitten, um in den geheimnisvollen Abgründen des modernen Lebens zu verschwinden.

«Reden wir nicht mehr davon», sagte Constance mit bemüht tiefer Stimme. Wenn sie es nicht vergaß, gab sie sich immer Mühe, ihrer Stimme einen tiefen Klang zu geben. So hörte sie sich manchmal an, als sei sie vierzig, und am Telefon hielt man sie für einen Mann.

«Amüsier dich gut», sagte ihr Vater. «Besuch all die schönen und heiteren Orte. Und falls du dich entschließen solltest, länger zu bleiben, brauchst du es mir nur mitzuteilen. Vielleicht gelingt es mir, hinüberzukommen und ein paar Wochen mit dir zu verbringen . . .»

«In genau drei Monaten», sagte Constance schnippisch, «bin ich wieder in diesem Hafen.»

«Wie du willst, meine Liebe.»

Wenn er «meine Liebe» sagte, wußte Constance, daß er sie beschwichtigen wollte. Aber es war ihr unerträglich, in dieser häßlichen kleinen Kabine beschwichtigt zu werden, bei dem schlechten Wetter draußen, kurz vor Abfahrt des Schiffs, während die Leute in der Kabine nebenan sich fröhlich voneinander verabschiedeten und laut lachten. Wäre sie in besserem Einverständnis mit ihrem Vater gewesen, so hätte sie geweint.

Das Signal ertönte, die Besucher mußten das Schiff verlassen, und ihr Vater trat auf sie zu, küßte sie, hielt sie eine Sekunde in seinen Armen, und sie versuchte höflich zu sein. Aber als er sehr ernsthaft zu ihr sagte, «du wirst sehen – in drei Monaten bist du mir dankbar», stieß sie ihn zurück, wütend über seine verhaßte Rechthaberei, und gleichzeitig betrübt, daß sie und er, die sich einst so nahe gestanden hatten, keine Freunde mehr waren.

«Auf Wiedersehen», sagte sie, aber dieses Mal mit fast schriller Stimme. «Die Sirene ertönt. Auf Wiedersehen.»

Er nahm seinen Hut, klopfte ihr auf die Schulter, zögerte einen Augenblick an der Tür, blickte nachdenklich drein, doch keineswegs verstört, ging in den Korridor hinaus und verschwand unter den anderen Besuchern, die sich an der Gangplanke und unten auf dem Kai drängten.

Als Constance sicher war, daß ihr Vater das Schiff verlassen hatte, ging sie aufs Deck hinauf und stand dort, allein im peitschenden Regen, beobachtete die Schleppdampfer, die das Schiff in die Flußströmung brachten. Während das Schiff langsam flußabwärts am Hafen vorbei und dann in die offene See fuhr, fröstelte sie in der winterlichen Kälte und sagte sich, etwas unzufrieden mit sich selbst wegen der Macht ihres Gefühls: Ich reise zu einem Kontinent, zu dem ich keine Beziehung habe.

Constance klammerte sich an die Querstange des Skilifts, als sie sich der halben Höhe des Hangs näherte. Sie überzeugte sich noch einmal, daß ihre Skier fest in den Spuren waren, während sie das flache Gelände mit dem festgetretenen Schnee erreichte, wo kleine Gruppen von Skiläufern, die nur bis zur halben Höhe heruntergekommen waren, auf freie Bügel warteten, um wieder auf den Gipfel zurückzukehren. Hier fühlte sie sich ein bißchen unsicher, denn wenn man allein auf der einen Seite der Querstange war, schwang sich der nächste, der wartete, auf den freien Sitz neben einem, und dann gab es immer einen Stoß wegen der zusätzlichen Belastung, der einen aus dem Gleichgewicht bringen konnte. Sie sah einen Mann, der es offenbar auf den Platz neben ihr abgesehen hatte, und bemühte sich, mit Anmut die Balance zu halten, als er sich neben sie setzte. Er tat es recht geschickt, und sie glitten leicht an der Reihe der Wartenden vorüber. Sie war sich bewußt, daß er sie anblickte, aber im Augenblick starrte sie noch auf das Gelände vor sich und fühlte sich nicht sicher genug, um den Kopf zu wenden.

«Ach, ich kenne Sie», sagte der Mann, als sie wieder sanft über den ebenmäßigen Schnee glitten. Er lehnte sich gegen die Querstange, und ihre Skier holperten ein wenig in den Spuren. «Sie sind die ernsthafte junge Amerikanerin.»

Constance blickte ihn zum ersten Mal an. «Und Sie», sagte sie, weil hier in den Bergen jeder mit jedem sprach, «sind der lustige junge Engländer.»

«Das stimmt nur zur Hälfte», sagte er. Er lächelte, sein Gesicht war braungebrannt, mit fast mädchenhaft roten Wangen. «Oder besser gesagt, es stimmt zu einem Drittel.» Sie wußte, daß sein Name Pritchard war, weil sie im Hotel Leute mit ihm sprechen gehört hatte. Sie erinnerte sich insbesondere an die Bemerkung eines Skilehrers über ihn: «Er ist zu waghalsig. Er hält sich für besser, als er wirklich ist. Er hat einfach nicht die Technik für solche Schußfahrten.» Sie sah ihn von der Seite an und stellte fest, daß er tatsächlich waghalsig aussah. Eine lange

Nase – von der Art, die auf einem Foto nicht gut wirkt, aber trotzdem ganz gut aussieht, besonders in einem langen, schmalen Gesicht –, fünfundzwanzig, höchstens sechsundzwanzig Jahre alt. Er stand lässig an die Querstange gelehnt, hielt sich nicht mit den Händen fest. Dann zog er sich die Handschuhe aus, holte ein Päckchen Zigaretten aus der Tasche und bot Constance eine an. «Players», sagte er. «Hoffentlich nehmen Sie es mir nicht übel.»

«Nein, danke», sagte Constance. Sie war sicher, aus dem Lift zu fallen, falls sie versuchen sollte, sich eine Zigarette anzuzünden.

Er zündete sich seine an, beugte sich ein wenig vor, blinzelte über seine vorgehaltenen Hände, als der Rauch ihm in die Augen drang. Er hatte lange, schmale Hände, und man nimmt allgemein an, daß Leute mit solchen Händen nervös und sehr erregbar sind. Schlank und hochgewachsen, richtige Schußfahrerskihosen, wie Constance feststellte, und dazu ein roter Pullover und ein karierter Schal. Er hatte die Allüren eines Dandys, aber eines Dandys, der sich über sich selbst lustig macht. Er bewegte sich ungezwungen auf seinen Skiern, und man sah, daß er zu denen gehörte, die keine Angst vor Stürzen hatten.

«Ich sehe Sie nie in der Bar», sagte er, während er das Streichholz in den Schnee warf und wieder in seine Handschuhe schlüpfte.

«Ich trinke nicht», sagte sie, was nicht ganz der Wahrheit entsprach.

«Sie haben auch Coca-Cola», sagte er. «Die Schweiz, der neunundvierzigste Staat.»

«Coca-Cola mag ich nicht.»

«Früher war dieses Land eine der führenden britischen Kolonien», fuhr er grinsend fort. «Aber wir verloren es, wie Indien. Vor dem Krieg bevölkerten die Engländer die Hänge dieses Wintersportortes wie das Edelweiß. Wer zwischen dem ersten Januar und dem dreizehnten März einen Schweizer finden wollte, mußte ihn mit Hunden suchen.»

«Waren Sie hier vor dem Krieg?» fragte Constance überrascht.

«Mit meiner Mutter. Sie brach sich jedes Jahr ein Bein.»

«Ist sie jetzt hier?»

«Nein», sagte er. «Sie ist tot.»

Constance vermied es, den Mann neben sich anzuschauen, und sagte sich, ich muß vorsichtig sein und darf die Leute in Europa nicht nach ihren Verwandten fragen. Es stellt sich zu oft heraus, daß sie tot sind.

«Damals war es hier sehr lustig», sagte er. «Hochbetrieb in den Hotels, jeden Abend Tanz, man zog sich zum Abendessen um, sang ‹God save the King› am Silvesterabend. Wußten Sie, daß es hier so still sein würde?»

«Ja. Ich fragte den Mann im Reisebüro in Paris.»

«Und was hat er gesagt?»

«Er sagte, hier gäbe es nur ernsthafte Skisportler, und man ginge um zehn zu Bett.»

Der Engländer warf ihr einen kurzen Blick zu. « Aber Sie sind doch keine ernsthafte Skisportlerin, oder?»

«Nein. Ich bin bisher erst zwei- oder dreimal Ski gelaufen.»

«Sie sind doch nicht eine von den Schwächlichen?»

«Schwächlich?» Constance blickte ihn verwirrt an. «Was meinen Sie damit?»

«Sie wissen doch. Die Inserate. Schulen für schwächliche Kinder. Das Schweizer Wort für Tbc.»

Constance lachte. «Sehe ich aus, als ob ich lungenkrank wäre?»

Er betrachtete sie aufmerksam, und sie fühlte sich plump und aufgetakelt und ein bißchen zu vollbusig in ihrer engen Kleidung. «Nein», sagte er. «Aber man kann nie wissen. Haben Sie schon mal den ‹Zauberberg› gelesen?»

«Ja.» Sie war stolz, endlich einmal zeigen zu können, daß sie nicht völlig unkultiviert war, obgleich Amerikanerin und sehr jung, und sie erinnerte sich, wie sie die philosophischen Gespräche übergangen und über den Tod des Vetters geweint hatte. «Ich habe das Buch gelesen. Warum?»

«Das Sanatorium, das da beschrieben wird, ist nicht weit von hier», sagte Pritchard. «Ich zeige es Ihnen eines Tages, wenn der Schnee schlecht ist. Finden Sie diesen Ort traurig?»

«Nein», sagte sie überrascht. «Warum?»

«Manche Leute finden es. Es ist die Mischung. Die schönen Berge, die gesunden Typen, die die Hänge hinunterschießen, ihren Hals riskieren und sich wunderbar fühlen, und dann die Leute mit den kranken Lungen, die herumstehen, den anderen zuschauen und sich fragen, ob sie je lebendig von hier wegkommen.»

«Daran hatte ich nicht gedacht», gestand Constance ehrlich.

«Kurz nach dem Krieg war es schlimmer. Damals herrschte hier ein wahrer Boom. All die Leute, die nicht genug gegessen hatten oder im Untergrund lebten, oder im Gefängnis, und die so lange um ihr Leben hatten fürchten müssen...»

«Wo sind sie jetzt?»

Pritchard zuckte die Schulter. «Tot, entlassen, irgendwo im Elend. Ist es wahr, daß die Leute in Amerika sich zu sterben weigern?»

«Ja. Das wäre ein Eingeständnis des Versagens.»

Er lächelte und berührte ihre behandschuhte Hand, die sich fest an die Querstange klammerte. «Sie dürfen uns unseren Neid nicht übelnehmen», sagte er. «Es ist die einzige Art, wie wir unsere Dankbarkeit zeigen können.» Sanft lockerte er ihre Finger von der Stange. «Und Sie dürfen sich nicht so verkrampfen, wenn Sie Ski laufen. Nicht einmal die Finger. Sie dürfen keine Miene verziehen, bis zum Tee. Die Losung ist – locker, tollkühn und voll erhabenem Selbstvertrauen.»

«Und Sie sind so?»

«Vor allem tollkühn», sagte er.

«Was machen Sie dann auf diesem Anfängerhügel?» fragte Constance. «Warum haben Sie nicht die Seilbahn zum Gipfel genommen?»

«Ich habe mir gestern den Knöchel verstaucht», sagte Pritchard. «Selbstüberschätzung. Die Februarkrankheit. Verlor die Kontrolle und stürzte in eine Mulde, aber in großem Stil. So kann ich heute nur langsame, majestätische Bogen drehen. Aber morgen nehmen wir den großen Berg da drüben wieder in Angriff.» Er zeigte auf den halb nebelverhüllten Gipfel, über dem die Sonne hing wie ein nasser, blasser Ball, was ihn noch abweisender und gefährlicher erscheinen ließ. «Kommen Sie mit?» Er blickte sie fragend an.

«Da oben bin ich noch nie gewesen.» Constance blickte ehrfürchtig zum Gipfel hinauf. «Das ist mir leider für den Augenblick zuviel.»

«Man muß immer gerade die Dinge tun, die ein bißchen zu viel für einen sind. Jedenfalls beim Skilaufen. Wo ist sonst der Spaß?»

Sie schwiegen eine Weile, glitten langsam hügelan, spürten den Wind auf ihren Gesichtern, blickten in das seltsam neblige Licht der Berge. Zwanzig Meter vor ihnen, in dem Lift, dem sie folgten, bewegte sich ein Mädchen in einem gelben Anorak wie eine leuchtend helle Puppe.

«Paris?» fragte Pritchard.

«Wie bitte?» Er ist wirklich zu sprunghaft, sagte sich Constance und fühlte sich schwerfällig.

«Sie sagten, Sie kämen aus Paris. Sind Sie eine von diesen Leuten, die hierherkommen, um eure Regierungsgelder an uns zu verteilen?»

«Nein. Ich bin hier nur auf... auf Ferien. Ich lebe wirklich in New York. Und vom französischen Essen bekomme ich Ausschlag.»

Er musterte sie kritisch. «Sie sehen aber gar nicht ausgeschlagen aus. Man könnte Sie für eins der Mädchen halten, die in den amerikanischen Zeitschriften Reklame für Waschpulver und Bier machen.» Dann fügte er rasch hinzu: «Falls Sie das als eine Beleidigung Ihres Landes betrachten, nehme ich es zurück.»

«Und dann die Männer in Paris», sagte sie.

«Ach. In Paris gibt es auch Männer?»

«Selbst in den Museen. Sie folgen einem. Mit Homburg-Hüten. Beäugen einen, als ob sie einen Pfund für Pfund abwiegen wollten. Sogar vor religiösen Gemälden und alledem.»

«Ich kannte mal ein englisches Mädchen», sagte Pritchard, «und sie wurde von Prestwick in Schottland bis an die äußerste Spitze von Cornwall von einem amerikanischen Schützen verfolgt. 1944. Drei Monate lang. Ohne religiöse Gemälde allerdings, soweit es mir bekannt ist.»

«Sie wissen schon, was ich meine. Es ist einfach eine unmanierliche Atmosphäre», sagte sie prüde. Sie wußte zwar, daß er sich in seiner nüchtern englischen Art über sie lustig machte, konnte sich aber nicht entscheiden, ob sie sich beleidigt fühlen sollte oder nicht.

«Wurden Sie in einem Kloster erzogen?»

«Nein.»

«Es ist erstaunlich, wie viele Amerikanerinnen sich anhören, als seien sie in einem Kloster erzogen worden. Und nachher stellt sich heraus, daß sie in Bars Gin trinken und Radau machen. Was machen Sie am Abend?»

«Wo? Bei mir zu Hause?»

«Nein. Was die Leute abends in Amerika machen, weiß ich. Sie sitzen vor dem Fernseher. Ich meine hier.»

«Ich ... ich wasche mir das Haar», sagte sie defensiv und fühlte sich furchtbar dumm dabei. «Und ich schreibe Briefe.»

«Wie lange bleiben Sie hier?»

«Sechs Wochen.»

«Sechs Wochen.» Er nickte, schwang seine Skistöcke nach außen, weil sie sich dem Gipfel näherten. «Sechs Wochen sauberes Haar und Korrespondenz.»

«Ich habe es jemandem versprochen.» Sie beschloß, es ihm gleich jetzt zu sagen, falls er auf irgendwelche Ideen kommen sollte. «Ich habe jemandem versprochen, ihm während meiner Abwesenheit jeden Tag einen Brief zu schreiben.»

Pritchard nickte nüchtern, als ob er ihr zustimmte. «Die Amerikaner», sagte er, als sie auf dem Gipfel ankamen und von der Stange weg auf den flachen Schnee glitten. «Die Amerikaner verblüffen mich.»

Dann winkte er ihr mit seinen Stöcken zu, schoß den Hügel hinab, und sein roter Pullover war bald nur noch wie ein heller, schimmernder Fleck auf dem bläulich überschatteten Schnee.

Die Sonne verschwand hinter den Gipfeln wie eine goldene Münze in einer riesigen Sparbüchse, und das Licht wurde grau und gefährlich, machte es fast unmöglich, die Buckel zu sehen. Constance war auf ihrer letzten Abfahrt, stürzte zweimal und fühlte sich abergläubisch, weil man immer gerade dann, wenn man sich sagte, «das ist das letzte Mal», zu ernsthaftem Schaden kam.

Zwischen zwei Bauernhäusern etwas außerhalb des Dorfes stoppte sie auf dem aufgehäuften Schnee, schlüpfte aus den Skiern, erfüllt von der Erleichterung, eine Leistung vollbracht zu haben. Ihre Zehen und Finger waren steif vor Kälte, aber an allen anderen Stellen war es ihr warm, ihre Wangen leuchteten hellrot, und sie atmete die dünne, kalte Luft der Berge genußvoll ein. Sie fühlte sich kräftig und freundlich, lächelte den anderen Skiläufern, die neben ihr hielten, zu. Dann schüttelte sie sich den Schnee ihrer beiden Stürze von den Kleidern, um wie eine gute Skisportlerin zu wirken, wenn sie durchs Dorf ging, aber da kam Pritchard über die letzte Kuppe, schoß auf sie zu und stoppte neben ihr.

«Ich habe Sie gesehen», sagte er, während er seine Riemen löste, «aber ich werde es nicht weitersagen.»

Constance klopfte sich den Rest der Eiskristalle von ihrem Anorak. «Ich bin den ganzen Nachmittag nur viermal hingefallen», sagte sie.

«Morgen, da oben» – er wies mit dem Kopf zum Berg – «werden Sie den ganzen Tag stürzen.»

«Ich habe nicht gesagt, daß ich da hinaufgehe.» Constance band ihre Skier zusammen und machte sich daran, sie über ihre Schulter zu schwingen. Pritchard griff zu und nahm sie ihr ab. «Ich kann meine Skier selbst tragen», sagte sie.

«Nur nicht starrköpfig sein. Amerikanerinnen sind immer starrköpfig, wenn es um unwichtige Dinge geht.» Er machte ein großes V mit den beiden Skipaaren auf seinen Schultern, und sie schritten davon, die Stiefel knirschend auf dem fleckigen, harten Schnee der Straße. Im Dorf gingen die Lichter an, schienen blaß im Abendlicht. Der Postbote mit seinem Schlitten und seinem großen Hund kam an ihnen vorbei. Sechs Kinder in Schneeanzügen rodelten auf ihren aneinandergebundenen Schlitten eine steile Seitenstraße hinunter und stürzten kurz vor ihnen unter lautem Gelächter. Ein großes braunes Pferd, den Bauch in eine Decke gewickelt, zog drei riesige Baumstämme in Richtung des

Bahnhofs. Alte Männer in blaßblauen Parkas begegneten ihnen, sagten «Grüezi», und auf einem kleinen Schlitten kam von einem in der Höhe liegenden Bauernhaus eine Magd die Straße heruntergeglitten, eine Milchkanne zwischen den Knien, mit den Füßen lenkend und bremsend. Von der Eisbahn her ertönte ein französischer Walzer, und die Musik vermischte sich mit dem Gelächter der Kinder, den Glöckchen am Zügel des Pferdes, dem fernen, altmodischen Klingelzeichen des Bahnhofs, wo gerade ein Zug abfuhr.

«Abfahrt», rief die Bahnhofsglocke eindringlich unter den anderen Geräuschen.

In weiter Ferne, von den Bergen her, kam ein dröhnender Knall, und Constance blickte überrascht auf. «Was war das?» fragte sie.

«Mörser», erklärte Pritchard. «Es hat in der letzten Nacht geschneit, und die Patrouillen waren den ganzen Tag draußen und haben auf die Hänge gefeuert. Wegen der Lawinen.»

Ein weiterer Schuß ertönte, leise und widerhallend, und sie blieben stehen und lauschten. «Wie in alten Zeiten», sagte Pritchard, als sie weitergingen. «Wie im guten alten Krieg.»

«Ach.» Constance wurde verlegen, weil sie noch nie Kanonenschüsse gehört hatte. «Der Krieg. Waren Sie dabei?»

«Ein bißchen.» Er grinste. «Ich hatte meinen kleinen Krieg.»

«Als was?»

«Nachtflieger.» Er balancierte die Skier auf seinen Schultern. «Ich flog ein häßliches schwarzes Flugzeug in einem häßlichen schwarzen Himmel. Das ist es, was ich an den Schweizern bewundere – sie schießen nur auf Schnee.»

«Nachtflieger», wiederholte Constance nachdenklich. Sie war bei Ende des Krieges zwölf Jahre alt gewesen, und alles war ihr in ferner und wirrer Erinnerung geblieben. Wie wenn man von der Abschlußprüfung einer Klasse hört, die auf der gleichen Schule stattgefunden hat, die man zwei Generationen später besucht. Die Leute erwähnen ständig Namen und Daten und Ereignisse, setzen voraus, daß man sie kennt, aber man kriegt sie nie richtig zusammen. «Nachtflieger. Was war das?»

«Wir flogen im Einsatz über Frankreich», erklärte Pritchard. «Fast immer im Tiefflug, um Radar und Flak zu umgehen, hingen meist um die Flugplätze herum, machten den Deutschen das Leben schwer, lauerten Flugzeugen auf, die langsam mit heruntergelassenem Fahrgestell anrollten.»

«Ach, jetzt erinnere ich mich», sagte Constance erfreut. «Ihr ward diejenigen, die immer Mohrrüben essen mußten. Um in der Nacht besser zu sehen.»

Pritchard lachte. «Die Mohrrüben haben wir nur wegen der Zeitungen gegessen. In Wirklichkeit haben wir Radar benutzt. So fanden wir sie auf der Scheibe und feuerten, wenn wir die Auspufflammen sahen. Ein Radargerät ziehe ich immer noch jeder Mohrrübe vor.»

«Haben Sie viele Flugzeuge abgeschossen?» fragte Constance und fürchtete, etwas zu morbide zu klingen.

«Grüezi», rief Pritchard dem Besitzer einer Pension zu, der vor seiner Haustür stand und in den Himmel schaute, um zu sehen, ob es in der Nacht schneien würde. «Morgen früh haben wir zwanzig Zentimeter Pulverschnee.»

«Meinen Sie?» Der Mann blickte zweifelnd in den Abendhimmel.

«Garantiert», sagte Pritchard.

«Sehr nett von Ihnen», sagte der Mann lächelnd. «Sie sollten öfter in die Schweiz kommen.» Er ging in sein Haus zurück und schloß die Tür hinter sich.

«Flugzeuge?» sagte Pritchard lässig. «Wir haben ein paar abgeschossen. Soll ich Ihnen erzählen, wie tapfer ich war?»

«Aber Sie sehen so jung aus», sagte Constance.

«Ich bin dreißig. Wie alt muß man denn sein, um ein Flugzeug abzuschießen? Besonders diese armen, vollbeladenen Transporter, denen der Treibstoff ausgeht, mit all den kleinen Beamten und Reservisten drinnen, die sich nervös ihre Brillen putzen und bedauern, daß das Flugzeug je erfunden wurde.»

Wieder knallten die Mörserschüsse von den Bergen herunter. Constance wünschte sich, sie würden endlich aufhören. «Man sieht Ihnen die dreißig Jahre aber nicht an», sagte sie zu Pritchard.

«Ich habe auch immer einfach und gesund gelebt. Hier sind wir.» Sie standen vor einem der kleineren Hotels, und er stellte die Skier in den Ständer, pflanzte die Stöcke daneben in den Schnee. «Kehren wir ein, und trinken wir eine Tasse Tee. Das ist gesund.»

«Ich sollte eigentlich . . .», Constance zögerte.

«Machen Sie Ihren heutigen Brief um zwei Seiten kürzer, und legen Sie dafür mehr Gefühl hinein.» Er nahm sie beim Arm, doch nur ganz leicht, und führte sie zur Tür. «Und Ihr Haar brauchen Sie sich heute einmal nicht zu waschen.»

Sie gingen in die Bar und setzten sich an einen schweren, geschnitzten Holztisch. Hier waren sie die einzigen Wintersportgäste, und außer ihnen saßen nur ein paar Männer aus dem Dorf am Tisch unter den Gemshörnern an der Wand, spielten Karten auf einer grünen Filzunterlage und tranken Kaffee aus kleinen Stielgläsern.

«Ich habe es Ihnen gesagt», flüsterte ihr Pritchard zu, seinen Schal abnehmend. «Dieses Land ist von Schweizern überrannt.»

Die Kellnerin kam, und Pritchard gab seine Bestellung auf Deutsch auf.

«Was haben Sie zu ihr gesagt?» fragte Constance, weil sie sicher war, daß er nicht nur Tee bestellt hatte.

«Tee mit Zitrone und dunklem Rum.»

«Meinen Sie, daß ich Rum trinken sollte?» fragte sie zweifelnd.

«Jeder Mensch sollte Rum trinken», sagte er. «Das wird Sie davon abhalten, in der Dämmerung Selbstmord zu begehen.»

«Sie sprechen also auch Deutsch?»

«Ich spreche alle toten Sprachen Europas. Deutsch, Französisch, Italienisch und Englisch. Ich wurde erzogen, um in einer Welt auswechselbarer Devisen zu leben.» Er lehnte sich zurück, rieb sich die Hände, um sie zu wärmen. Den Kopf an die holzgetäfelte Wand gelehnt, lächelte er sie an, und sie wußte nicht, ob es ihr peinlich oder angenehm war. «Lassen Sie mich mal hören, wie Sie ‹Hi-ho, Silver› sagen.»

«Was?» fragte sie verwirrt.

«Sagt man das nicht in Amerika? Ich möchte meinen Akzent für die nächste Invasion vervollkommnen.»

«Das sagt man schon lange nicht mehr.» Sie dachte sich: Mein Gott, wie sprunghaft er ist, ich frage mich, was ihn so gemacht hat. «Das ist aus der Mode gekommen. Völlig veraltet.»

«In Ihrem Land kommen die besten Dinge aus der Mode», bemerkte er bedauernd. «Da schauen Sie sich einmal die Schweizer an.» Er wies mit dem Kopf zum Tisch der Kartenspieler. «Dieses Spiel ist seit 1910 in Mode. Es ist so beruhigend, unter Schweizern zu leben. Man fühlt sich wie am Ufer eines stillen Sees. Viele finden es natürlich unerträglich. Erinnern Sie sich an den Witz über die Schweizer in dem Film, der in Wien spielt?»

«Nein», sagte Constance. «Welcher Film?»

«Da sagt einer: ‹Die Schweizer hatten seit hundertfünfzig Jahren keinen Krieg, und was haben sie hervorgebracht? Die Kuckucksuhr.› Ich weiß nicht», fügte er achselzuckend hinzu, «vielleicht ist es besser, in einem Land zu leben, das die Kuckucksuhr erfunden hat, als in einem, in dem man Radargeräte produziert. Die Kuckucksuhr nimmt der Zeit ihren Ernst. Ein kleines Spielzeug, das jede halbe Stunde ein künstliches Piepsgeräusch erklingen läßt. Für Leute, die den Radar erfinden, ist die Zeit unheilvoll, weil es da nur auf den Unterschied zwischen der Höhe eines Flugzeugs und der Lage der Flakbatterie ankommt, um es abzuschießen. Das ist eine Erfindung für Leute, die argwöhnisch sind und immer an Hinterhalte denken. Hier ist Ihr Tee. Wie Sie sehen, gebe ich mir ernsthafte Mühe, Sie zu unterhalten und zu amüsieren, denn ich habe Sie seit fünf Tagen beobachtet und den Eindruck gewonnen, daß Sie ein Mädchen sind, das sich mehrere Male in der Woche in den Schlaf weint.»

«Wieviel von dem Zeug soll ich hineintun?» fragte Constance, verwirrt von dem Redeschwall, hielt ihr Glas mit Rum hoch und bemühte sich, Pritchard nicht anzusehen.

«Die Hälfte», sagte er. «Dann haben Sie eine Reserve für die zweite Tasse.»

«Riecht gut.» Constance schnüffelte an ihrer Tasse, nachdem sie das halbe Glas Rum hineingeschüttet und die Zitrone darüber zerdrückt hatte.

Pritchard tat desgleichen. «Vielleicht sollte ich nur über unpersönliche Dinge sprechen.»

«Das wäre vielleicht besser.»

«Dieser Mann, dem Sie all die Briefe schreiben – warum ist er nicht hier?»

Constance zögerte einen Augenblick. «Er arbeitet.»

«Aha. Er hat also dieses Laster.» Er nippte an seinem Tee, stellte die Tasse ab, rieb sich die Nase mit seinem Taschentuch. «Wirkt heißer Tee auf Sie auch so?»

«Ja.»

«Werden Sie ihn heiraten?»

«Sie sagten doch, unpersönlich.»

«Dann ist die Heirat also beschlossen.»

«Das habe ich nicht gesagt.»

«Nein. Aber Sie hätten es gesagt, wenn es nicht beschlossen wäre.»

Constance kicherte. «Na schön. Es ist beschlossen. So ungefähr beschlossen.»

«Wann?»

«Wenn die drei Monate um sind», antwortete sie, ohne nachzudenken.

«Ist das ein Gesetz in New York?» fragte Pritchard. «Daß man drei Monate warten muß? Oder ist es ein Familientabu?»

Constance zögerte. Plötzlich hatte sie das Gefühl, seit langem mit niemandem wirklich gesprochen zu haben. Sie hatte sich ihre Mahlzeiten bestellt, auf Bahnhöfen Auskünfte eingeholt, beim Einkaufen guten Morgen und auf Wiedersehen gesagt, aber alles übrige war Einsamkeit und Schweigen gewesen und dadurch, daß sie es sich selbst auferlegt hatte, nicht weniger schmerzlich. Warum nicht, sagte sie sich selbstsüchtig und dankbar für die Gelegenheit. Warum sollte ich mich nicht einmal darüber aussprechen?

«Es ist mein Vater», sagte sie, mit ihrer Tasse spielend. «Es war seine Idee. Er ist dagegen. Er sagte, warte drei Monate, und dann wirst du schon sehen. Er glaubt, ich werde Mark in den drei Monaten in Europa vergessen.»

«Typisch Amerika», sagte Pritchard. «Das einzige Land, wo

man es sich noch leisten kann, auf altmodische Weise zu handeln. Was fehlt denn diesem Mark? Ist er ein Scheusal?»

«Er ist sehr schön», sagte Constance. «Melancholisch und schön.»

Pritchard nickte, überlegte. «Aber kein Geld», sagte er.

«Geld hat er genug. Jedenfalls hat er eine gute Stelle.»

«Und woran hapert es bei ihm?»

«Mein Vater findet, er sei zu alt für mich. Er ist vierzig.»

«Allerdings ein schweres Leiden. Ist er deshalb melancholisch?»

Constance lächelte. «Nein. Er ist so geboren. Er ist ein besonnener Mensch.»

«Gefallen Ihnen nur vierzigjährige Männer?»

«Mir gefällt nur Mark. Aber ich muß gestehen, daß ich mit den jungen Leuten, die ich kannte, nie richtig zurechtkam. Sie sind . . . sie sind grausam. Sie schüchtern mich irgendwie ein, und dann ärgere ich mich über mich selbst. Wenn ich mit einem von ihnen ausgehe, fühle ich mich danach betrogen.»

«Betrogen?» Pritchard schaute sie verblüfft an.

«Ja. Dann habe ich das Gefühl, nicht ich selbst gewesen zu sein. Weil ich mich dann so benahm, wie sich meiner Vorstellung nach die anderen Mädchen benehmen, die mit ihnen ausgehen. Kokett, zynisch, mit verliebtem Getue. Ist das zu kompliziert?»

«Nein.»

«Überhaupt hasse ich das, was die anderen von mir denken.» Constance vergaß fast den jungen Mann, der neben ihr am Tisch saß, und sprach wie zu sich selbst, voller Verbitterung. «Ich hasse es, für feierliche Anlässe benutzt zu werden, wenn die jungen Leute aus dem College oder von der Armee in die Stadt kommen, jemand für Partys zu sein, jemand, den man auf dem Heimweg im Taxi abknutscht. Und dann mein Vater.» Sie brachte es zum ersten Mal heraus. «Ich hatte mir immer eingebildet, daß wir gute Freunde seien, daß er mich für einen selbständig denkenden, erwachsenen Menschen hält. Aber als ich ihm erzählte, daß ich Mark heiraten wollte, fand ich heraus, wie sehr ich mich in ihm getäuscht hatte. In Wirklichkeit hält er mich nämlich für ein Kind. Und ein Kind ist eine Art von Idiot. Meine Mutter verließ ihn, als ich zehn Jahre alt war, und wir haben uns seitdem immer sehr nahe gestanden, aber nicht so nahe, wie ich mir einbildete. Für ihn war es nur ein Spiel. Er schmeichelte mir. Und als das erste wirkliche Problem auftauchte, brach alles zusammen. Er ließ es nicht zu, daß ich mir meine eigene Meinung bildete. Deshalb willigte ich schließlich ein, noch die drei Monate zu warten. Um es ihm ein für allemal zu beweisen.» Plötzlich blickte sie Pritchard argwöhnisch an, wollte sehen, ob er ironisch lächelte. «Finden Sie mich lächerlich?»

«Natürlich nicht», sagte er. «Ich denke nur an all die Leute, die ich gekannt habe und die eine ganz andere Meinung von mir hatten als ich selbst. Welch ein schrecklicher Gedanke.» Er blickte sie fragend an, aber sie wußte immer noch nicht, wie ernst er es meinte. «Und wie ist Ihre Meinung über sich selbst?»

«Das ist mir noch nicht ganz klar», sagte sie langsam. «Ich weiß, was ich von mir denken möchte. Ich möchte verantwortlich sein, ich möchte kein Kind mehr sein, und ich möchte nicht grausam sein ... und ich möchte in eine gute Richtung gehen.» Sie zuckte die Schultern, wurde verlegen. «Ziemlich lahm, nicht wahr?»

«Lahm, aber bewundernswürdig.»

«Ach, bewundernswürdig bin ich noch nicht. Vielleicht in zehn Jahren. Ich bin mir noch nicht ganz im klaren über mich.» Sie lachte nervös. «Ist es nicht toll? Sie fahren in ein paar Tagen ab, und ich werde Sie nie wiedersehen, und deshalb kann ich so offen zu Ihnen reden.»

«Ja», sagte er. «Ganz toll.»

«Ich habe seit langem mit niemandem geredet. Vielleicht ist es der Rum.»

Pritchard lächelte. «Bereit für die nächste Tasse?»

«Ja, vielen Dank.» Sie beobachtete ihn, wie er den Tee eingoß, bemerkte überrascht, daß seine Hand zitterte. Vielleicht, sagte sie sich, ist er einer dieser jungen Leute, die aus dem Krieg kommen und täglich eine Flasche Whisky trinken.

«So», sagte er. «Morgen gehen wir auf den Gipfel.»

Sie war ihm dankbar, weil er zu verstehen schien, daß sie nicht mehr über sich selbst reden wollte, und das Thema wechselte, ohne sich weiter darüber auszulassen.

«Werden Sie es schaffen . . . mit Ihrem Knöchel?» fragte sie.

«Ich werde den Arzt bitten, mir Novocain reinzuspritzen», sagte er. «Und dann wird sich mein Knöchel ein paar Stunden lang unsterblich fühlen.»

«Also gut», sagte sie, sah ihn seinen eigenen Tee eingießen, sah seine Hand zittern. «Morgen früh?»

«Ich laufe am Morgen nicht Ski.» Er goß den Rum in seinen Tee und zog genüßlich den Duft ein.

«Was tun Sie am Morgen?»

«Ich erhole mich und schreibe Gedichte.»

«Ach.» Sie blickte ihn zweifelnd an. «Sollte ich Ihren Namen kennen?»

«Nein. Ich zerreiße sie immer danach.»

Sie lachte ein wenig ungewiß, denn die einzigen Leute, die sie bisher gekannt hatte, und die Gedichte schrieben, waren fünfzehnjährige Jungen auf der Schule gewesen. «Meine Güte», sagte sie, «Sie sind aber ein abartiger Typ.»

«Abartig?» Er hob die Brauen. «Ist das in Amerika nicht etwas Obszönes? Männer mit Männern?»

«Das sagt man schon lange nicht mehr», antwortete Constance verlegen. «Was für eine Art von Gedichten schreiben Sie?»

«Lyrisch, elegisch und athletisch», sagte er. «Zum Ruhm der Jugend, des Todes und der Anarchie. Sehr gut für verstauchte Knöchel. Wollen wir heute abend zusammen essen?»

«Warum?» fragte sie, wieder einmal verwirrt über die Art, wie er von einem Thema zum anderen wechselte.

«Das ist eine Frage, die eine europäische Frau nie stellen würde.»

«Ich habe im Hotel Bescheid gesagt, daß man mir das Essen in mein Zimmer bringt.»

«Ich habe großen Einfluß im Hotel. Ich könnte es einrichten, daß das Tablett nicht auf Ihr Zimmer gelangt.»

«Aber was wird die Dame dazu sagen, mit der Sie die ganze Woche hindurch immer zu Abend gegessen haben – die französische Dame?»

«Gut.» Er lächelte. «Sie haben mich also auch beobachtet.»

«Es sind ja nur fünfzehn Tische im Speisesaal», verteidigte sich Constance. «Da kann man gar nicht anders ...» Die französische Dame war mindestens dreißig Jahre alt, mit kurz geschnittenem, gewelltem Haar und einer unglaublich schmalen Taille, sie trug schwarze Hosen und Sweater und flitterbesetzte, sehr straff gezogene Gürtel, und sie und Pritchard schienen sich an ihrem Tisch in der Ecke immer glänzend zu amüsieren. Sie lachten viel. Jedesmal, wenn Constance sich mit der Französin im gleichen Raum befand, fühlte sie sich wie ein unbeholfener Backfisch.

«Die französische Dame ist eine gute Freundin», erklärte Pritchard, «aber Angelsachsen sind ihr, wie sie sagt, nicht *nuancé* genug. Franzosen sind Patrioten bis auf das letzte Bettlaken. Außerdem kommt ihr Mann morgen.»

«Ich glaube, ich werde mich doch lieber an meinen ursprünglichen Plan halten», sagte Constance kühl. Sie stand auf. «Wollen wir gehen?»

Er schaute sie einen Augenblick schweigend an. Dann sagte er: «Sie sind schön. Manchmal kann man einfach nicht umhin, das zu sagen.»

«Bitte», sagte sie. «Bitte, ich muß jetzt wirklich gehen.»

«Natürlich.» Er stand auf und ließ einige Münzen auf dem Tisch. «Wie Sie wünschen.»

Sie gingen schweigend die hundert Meter bis zu ihrem Hotel. Es war jetzt völlig dunkel und sehr kalt, und der Atem kristallisierte sich in kleinen Wölkchen vor dem Mund.

«Ich stelle Ihre Skier in die Kammer», sagte er vor der Tür.

«Danke», sagte sie mit leiser Stimme.

«Gute Nacht. Und schreiben Sie einen netten Brief.»

«Ich werde es versuchen.» Sie wandte sich ab und ging ins Hotel.

In ihrem Zimmer zog sie sich die Stiefel aus, machte sich aber nicht die Mühe, ihre Kleider zu wechseln. Sie legte sich auf das Bett, ohne Licht zu machen, starrte an die dunkle Decke und sagte sich: Niemand hat mir je erzählt, daß die Engländer so sind.

«Liebster», schrieb sie. «Verzeihe mir, dir nicht geschrieben zu haben, aber das Wetter war herrlich, und ich habe den ganzen Tag auf meinen Skiern verbracht, Bogen gemacht und mich an den tiefen Schnee gewöhnt... In meinem Hotel wohnt ein junger Mann, ein Engländer», schrieb sie gewissenhaft, «und er ist sehr nett zu mir gewesen, hatte sogar die Güte, mich im Skisport zu unterrichten, und ich kann mit einigem Stolz behaupten, daß ich große Fortschritte gemacht habe. Er war in der R. A. F., sein Vater ist mit der *Hood* untergegangen, und seine Mutter wurde bei einem Bombenangriff getötet...»

Sie hielt inne. Nein, sagte sie sich, das klingt verdächtig. Als ob ich etwas verbergen wollte und die arme, tote, patriotische Familie als künstlerisch angeordnete Schaufensterdekoration benutze. Sie zerknüllte den Brief und warf ihn in den Papierkorb. Dann nahm sie einen neuen Bogen hervor. «Liebster...»

Es klopfte an der Tür, und sie rief: «Ja?»

Die Tür ging auf, und Pritchard trat ein. Sie blickte überrascht auf. In den letzten drei Wochen war er nie in ihr Zimmer gekommen. Verlegen stand sie auf. Sie hatte keine Schuhe an, und überall im Zimmer lagen ihre Skisachen herum – die Stiefel standen am Fenster, der Pullover war über einen Stuhl geworfen, Handschuhe waren zum Trocknen auf die Heizung gelegt, ihr Anorak hing an der Badezimmertür, und Schneewasser tropfte auf den Fußboden. Aus dem Radio ertönte Musik; ein amerikanisches Orchester spielte «Bali Ha'i» im Programm eines AFN-Senders in Deutschland.

Pritchard stand in der offenen Tür und lächelte ihr zu. «Ach», sagte er, «gebt ihr eine Ecke in einem fremden Zimmer, und es ist ganz wie in Vassar.»

Constance drehte das Radio ab. «Sie müssen entschuldigen», sagte sie mit einer unbestimmten Geste und stellte fest, daß sie ihr Haar nicht gekämmt hatte. «Alles ist in schrecklicher Unordnung.»

Pritchard ging zum Schreibtisch und warf einen Blick auf das Foto von Mark, das dort in einem Lederrahmen stand. «Der Briefempfänger?» fragte er.

«Jawohl, der Briefempfänger.» Auf dem Tisch lagen noch eine

offene Kleenex-Schachtel, eine Wimpernzange und eine halb gegessene Tafel Schokolade, und Constance war es peinlich, Mark in einer solchen Umgebung zu zeigen.

«Er sieht sehr gut aus.» Pritchard blinzelte dem Bild zu.

«Ja, nicht wahr?» Constance fand ihre Mokkassins, schlüpfte hinein, fühlte sich ein wenig angezogener.

«Er blickt sehr ernsthaft drein.» Pritchard schob die Kleenex-Schachtel beiseite, um besser zu sehen.

«Er ist auch ernsthaft», sagte Constance. In den drei Wochen, die sie mit Pritchard Ski gelaufen war, hatte sie kaum einmal Mark erwähnt. Sie hatten über alles mögliche geredet, aber irgendwie hatten sie das Thema Mark in schweigendem Einvernehmen nicht mehr berührt. Jeden Nachmittag waren sie zusammen ausgezogen, hatten viel über die Notwendigkeit gesprochen, das Gewicht nach vorn zu verlagern, sich beim Fallen nicht zu verkrampfen, und über Pritchards Schulzeit in England, über seinen Vater, das Theater in London, die amerikanischen Romanschriftsteller, und sie hatten ernsthaft darüber diskutiert, wie man sich fühlt, wenn man zwanzig ist, und wenn man dreißig ist, und sie hatten sich über die Weihnachtszeit in New York und die Fußballweekends in Princeton unterhalten, und einmal hatten sie sich sogar ziemlich heftig über den Begriff des Muts gestritten, als Constance auf der nachmittäglichen Abfahrt bei Sonnenuntergang und in der Einsamkeit der Berge mitten auf einer steilen Piste die Nerven verloren hatte. Aber über Mark hatten sie nie gesprochen.

Pritchard wandte sich von dem Bild ab. «Meinetwegen hätten Sie sich nicht die Schuhe anziehen müssen», bemerkte er, auf die Mokkassins zeigend. «Es gehört zu den schönsten Augenblicken nach dem Skilaufen, wenn man sich die verdammten Stiefel auszieht und auf wollenen Socken über den warmen Fußboden geht.»

«Ich muß ständig dagegen ankämpfen, nicht schlampig zu sein», sagte Constance.

Eine Weile standen sie sich schweigend gegenüber. «Ach», rief Constance aus. «Setzen Sie sich doch bitte.»

«Danke.» Pritchard nahm in einem Sessel Platz. «Ich bin nur kurz hereingekommen, um Ihnen Lebewohl zu sagen.»

«Lebewohl», wiederholte Constance gedankenlos. «Wo gehen Sie denn hin?»

«Nach Hause. Oder jedenfalls nach England. Ich wollte Ihnen meine Adresse geben.»

«Aber natürlich.»

Er griff über den Tisch, nahm ein Stück Papier und ihre Feder und schrieb. «Es ist nur ein Hotel», sagte er. «Bis ich eine Wohnung gefunden habe.» Er legte das Papier auf den Tisch zurück, spielte aber noch mit der Feder. «Dann haben Sie noch jemanden, an den Sie schreiben können», sagte er. «Den englischen Briefempfänger.»

«Ja.»

«Sie können mir schreiben, wie der Schnee ist und wie viele Abfahrten Sie am Tag gemacht haben und wer am Abend vorher in der Bar betrunken war.»

«Ist es nicht ein bißchen plötzlich?» fragte Constance. Irgendwie hatte sie nach den ersten Tagen nie daran gedacht, daß Pritchard fortgehen könnte. Er war dagewesen, als sie ankam, und er schien hier so sehr zum festen Bestand zu gehören, daß sie sich kaum vorzustellen vermochte, wie es ohne ihn wäre.

«So plötzlich ist es nicht», sagte Pritchard. Er stand auf. «Ich wollte Ihnen unter vier Augen Lebewohl sagen.» Sie fragte sich, ob er sie jetzt küssen würde. In all den drei Wochen hatte er kaum einmal ihre Hand gehalten, und zu einer richtigen Berührung war es eigentlich nur gekommen, wenn er ihr nach einem Sturz aufhalf. Aber er machte keine Bewegung. Stand einfach da, lächelte seltsam, spielte mit der Feder, verhielt sich ungewöhnlich schweigsam, als ob er wartete, daß sie etwas sagen würde. «Also ...», sagte er schließlich. «Sehen wir uns später?»

«Ja.»

«Ein Abschiedsdiner. Heute steht Kalbsbraten auf dem Menü, aber ich werde sehen, ob wir nicht etwas Besseres bekommen können, zur Feier des Tages.» Er legte behutsam die Feder auf den Tisch zurück. «Bis später dann», sagte er, und ging hinaus und schloß die Tür hinter sich.

Constance starrte auf die Tür. Alle gehen sie fort, sagte sie sich und fühlte ohne jeden Grund Wut in sich aufsteigen. Sie wußte, daß es dumm von ihr war, wie ein Kind, das an seinem Geburtstag nicht ins Bett gehen will, aber sie konnte nicht anders. Sie blickte sich im Zimmer um, fand es unordentlich und verschlampt, wie das Zimmer eines dummen und achtlosen Schulmädchens. Ungeduldig den Kopf schüttelnd, begann sie Ordnung zu machen. Die Stiefel stellte sie auf den Flur hinaus, hängte den Parka in den Schrank, trug die Kleenex-Schachtel ins Badezimmer und gab dem Zimmermädchen die halbe Tafel Schokolade. Dann zupfte sie den Bettüberhang zurecht, säuberte den Aschenbecher und warf, einem plötzlichen Impuls folgend, die Wimpernzange in den Papierkorb. Es ist doch wirklich zu blöde, sich mit einem solchen Kram abzugeben.

Pritchard bestellte eine Flasche Burgunder zum Diner, weil er den Schweizer Wein zu dünn fand, um Abschied zu feiern. Sie sprachen nicht viel beim Essen. Es war, als ob er schon fast fort wäre. Ein oder zwei Mal schickte Constance sich an, ihm zu sagen, wie dankbar sie ihm für seine Geduld in den Bergen war, aber irgendwie brachte sie es nicht heraus, und sie begannen sich beide immer unbehaglicher zu fühlen. Pritchard bestellte Cognac mit dem Kaffee, und sie trank ihn, obgleich er ihr Sodbrennen verursachte. Das Dreimannorchester fing gerade an, zum abendlichen Tanz aufzuspielen, als sie ihren Cognac tranken, und dann war es zu laut für ein Gespräch.

«Möchten Sie tanzen?» fragte er.

«Nein, danke.»

«Gut. Ich tanze auch nicht gern.»

«Gehen wir fort von hier», sagte Constance. «Machen wir einen Spaziergang.»

Sie gingen auf ihre Zimmer, um sich Mäntel zu holen, und Pritchard wartete draußen vor der Hoteltür auf sie, als sie in ihren Schneestiefeln und dem Bibermantel herunterkam, den ihr Vater ihr im vorigen Jahr geschenkt hatte. Pritchard lehnte sich an einen Pfeiler der Vorderveranda, und sie beobachtete ihn einen Augenblick, bevor er sich umdrehte, sah überrascht, wie müde und alt er plötzlich aussah, wenn er sich unbeobachtet glaubte.

Sie gingen die Hauptstraße hinunter, und allmählich verklang die Musik hinter ihnen. Die Nacht war klar, die Sterne leuchteten über den blauen Bergen. Auf dem Gipfel des höchsten Berges, am Ende der Seilbahn, schimmerte ein Licht aus der Hütte, wo man sich vor der Abfahrt wärmen, Glühwein und Kekse kaufen konnte.

Sie gingen bis zum Ende der Straße, bogen dann in den Pfad seitlich der Eisbahn ein. Die Sterne spiegelten sich verschwommen auf dem Eis, und man hörte das Plätschern des Bachs, der an der Eisbahn vorbeifloß und nur selten einfror.

Bei einer kleinen, schneebedeckten Brücke blieben sie stehen, und Pritchard zündete sich eine Zigarette an. Die Lichter des Dorfes schimmerten in der Ferne, und die Bäume standen in schwarzem Schweigen um sie herum. Pritchard beugte den Kopf zurück, und der Rauch seiner Zigarette stieg langsam zwischen seinen Lippen auf, dann hob er den Arm und zeigte auf den Berggipfel.

«Was für ein Leben diese beiden Leute da oben haben. Nacht für Nacht im Winter auf der Spitze des Berges, ganz allein, bis am Morgen die Welt zu ihnen kommt.» Er nahm einen Zug aus seiner Zigarette. «Wissen Sie, daß sie nicht verheiratet sind? Nur den Schweizern kann es einfallen, zwei Menschen, die nicht miteinander verheiratet sind, auf einen Gipfel zu schicken. Er ist ein alter Mann und sie eine religiöse Fanatikerin, und sie hassen sich, aber keiner will dem anderen den Gefallen tun, sich eine andere Stelle zu suchen.» Er lachte, als sie beide zu dem hellen Punkt hinaufschauten. «Im vorigen Jahr gab es einen Schneesturm, und die Seilbahn funktionierte eine ganze Woche nicht, weil der Strom ausgefallen war, und da mußten sie sechs Tage und Nächte lang da oben bleiben, zerhackten Stühle, um Brennholz zu machen, lebten von Schokolade und Dosensuppen, und sprachen kein Wort miteinander.» Er starrte versonnen auf das ferne Licht. «Das wäre für dieses Jahr das richtige Symbol für unseren schönen Erdteil», sagte er leise.

Plötzlich wußte Constance, was sie zu sagen hatte. «Alan» – sie stellte sich vor ihn hin – «gehen Sie nicht fort.»

Pritchard zog an seiner Zigarette. «Sechs Tage und Nächte», sagte er. «Für ihre verhärteten Herzen.»

«Ich will nicht, daß Sie fortgehen.»

«Ich bin eine lange Zeit hier gewesen», sagte er. «Ich hatte den besten Schnee.»

«Ich will, daß Sie mich heiraten», sagte Constance.

Pritchard schaute sie an, und sie sah, daß er zu lächeln versuchte. «Das ist das Wunderbare, wenn man zwanzig ist. Dann kann man solche Dinge sagen.»

«Ich will, daß Sie mich heiraten.»

Er warf seine Zigarette fort. Sie glühte im Schnee. Dann trat er auf sie zu und küßte sie. Sie fühlte den rauchigen Geschmack des Cognacs auf seinen Lippen. Er hielt sie einen Augenblick, trat dann zurück, knöpfte ihr den Mantel zu, wie es eine sorgsame Kinderfrau mit einem kleinen Mädchen tut. «Was einem Mann so alles passieren kann», sagte er und schüttelte langsam den Kopf.

«Alan.»

«Ich nehme alles zurück», sagte Pritchard. «Sie sind gar nicht wie die Mädchen, die für Waschpulver und Bier Reklame machen.»

«Bitte», flehte sie. «Machen Sie es mir nicht so schwer.»

«Was wissen Sie überhaupt von mir?» Er wischte den Schnee vom Brückengeländer, lehnte sich dagegen, klopfte sich den Schnee von den Händen. «Hat man Sie denn nie vor den jungen Leuten gewarnt, denen Sie in Europa begegnen könnten?»

«Bitte . . . Sie bringen mich ganz in Verwirrung.»

«Und was ist mit dem Mann im Lederrahmen?»

Constance nahm einen tiefen Atemzug. Sie fühlte die kalte Luft in ihre Lungen dringen. «Das weiß ich nicht», sagte sie. «Er ist nicht hier.»

Pritchard lachte, aber es klang traurig. «Geschlagen», sagte er. «Um eine Ozeanlänge geschlagen.»

«Es ist nicht nur der Ozean», sagte sie.

Sie gingen schweigend weiter, lauschten dem Knirschen ihrer Stiefel auf dem gefrorenen Pfad. Der Mond stieg zwischen den Gipfeln auf, spiegelte sich milchig im Schnee.

«Sie sollten ein bißchen mehr über mich wissen», sagte Pritchard mit leiser Stimme, auf den langen Schatten vor sich blickend, den der Mond über den Pfad warf. «Ich war verheiratet.»

«Oh», sagte Constance. Sie bemühte sich, in den Fußspuren zu bleiben, die die anderen auf dem Pfad festgetreten hatten.

«Nicht sehr ernsthaft verheiratet», fuhr Pritchard aufblickend fort. «Wir wurden vor zwei Jahren geschieden. Macht Ihnen das etwas aus?»

«Das ist Ihre Sache.»

«Ich muß doch einmal Amerika besuchen.» Pritchard lachte. «Dort entsteht ein neuer Menschenschlag.»

«Was noch?» fragte Constance.

«Was als nächstes kommt, ist unerfreulich», sagte Pritchard. «Ich habe kein Geld. Seit dem Kriege habe ich nicht mehr gearbeitet. Ich lebte vom Erlös des Schmucks meiner Mutter. Viel war es nicht, und ich verkaufte die letzte Brosche vorige Woche in Zürich. Deshalb muß ich zurück, selbst wenn ich sonst keinen Grund dazu hätte. Sie sehen also, was Sie sich da ausgesucht haben.»

«Was sonst noch?» fragte Constance.

«Wollen Sie wirklich noch mehr hören?»

«Ja.»

«Ich würde nie in Amerika leben wollen. Ich bin ein kampfesmüder, verarmter, gestrandeter Royal-Air-Force-Typ, und bin an einen anderen Ort gebunden. Und nun kommen Sie.» Er nahm sie rasch beim Arm, schien nichts mehr sagen zu wollen. «Es ist spät. Gehen wir lieber ins Hotel zurück.»

Constance hielt ihn zurück. «Sie haben mir nicht alles gesagt.»

«Genügt Ihnen das nicht?»

«Nein.»

«Also gut», sagte er. «Ich könnte mit Ihnen nicht nach Amerika gehen, selbst wenn ich es wollte.»

«Warum nicht?»

«Weil man mich nicht reinlassen würde.»

«Warum nicht?» fragte Constance verwirrt.

«Weil ich den Wurm in mir habe», sagte Pritchard.

«Was soll das heißen?»

«Schwächlich, wie es die Schweizer nennen», sagte er brüsk. «Das, wofür sie D. H. Lawrence aus New Mexico ausgewiesen haben und ihn an der Riviera sterben ließen. Man kann es ihnen nicht übel nehmen. Sie haben genug eigene Krankheiten. Gehen wir jetzt ins Hotel zurück.»

«Aber Sie sehen so gesund aus. Sie laufen Ski...»

«Hier stirbt jeder bei bester Gesundheit», sagte Pritchard. «Mit mir geht es auf und ab. Ich bin fast geheilt, und dann im nächsten Jahr» – er zuckte die Schulter und lachte tonlos – «im nächsten Jahr bin ich wieder unheilbar. Die Ärzte fassen sich an die Köpfe, wenn sie mich mit der Seilbahn hinauffahren sehen. Gehen Sie nach Hause. Ich bin nichts für Sie. Ich habe alles hinter mir. Und Sie haben alles vor sich. Die schlechteste Mischung. Gehen wir jetzt ins Hotel zurück?»

Constance nickte. Sie gingen langsam. Das Dorf auf dem Hügel vor ihnen lag jetzt fast völlig im Dunkel, aber sie hörten die Tanzmusik aus der Ferne klingen.

«Es ist mir egal», sagte Constance, als sie die ersten Häuser erreichten. «Das macht mir alles nichts aus.»

«Als ich zwanzig war...», sagte Pritchard. «Als ich zwanzig war, sagte ich einmal das gleiche.»

«Zuerst müssen wir praktisch sein», sagte Constance. «Sie brauchen Geld, um zu bleiben. Ich gebe es Ihnen morgen.»

«Ich kann Ihr Geld nicht annehmen.»

«Es ist nicht mein Geld. Es gehört meinem Vater.»

«England steht für ewig in Ihrer Schuld.» Pritchard versuchte zu lächeln. «Nehmen Sie sich in acht vor mir.»

«Wieso?»

«Ich beginne das Gefühl zu haben, daß ich mich trösten lassen könnte.»

«Was ist denn so schlimm dabei?»

«Es könnte sich als tödlich erweisen», flüsterte Pritchard und nahm sie unbeholfen in seine Arme, «für jene von uns, die untröstlich sind.»

Als sie am Morgen erwachten, waren sie zuerst befangen, sprachen über das Wetter, das sich durch die nicht ganz zugezogenen Vorhänge grau und ungewiß zeigte. Aber dann fragte Pritchard: «Wie fühlst du dich?» Und Constance nahm sich Zeit, runzelte die Brauen, sichtlich bemüht, das Richtige zu sagen, und erklärte: «Ich fühle mich ganz enorm erwachsen.»

Pritchard konnte nicht umhin, ein brüllendes Gelächter auszustoßen, und alle Befangenheit war verschwunden. Sie lagen behaglich, diskutierten über die Zukunft, beschlossen, sehr sparsam zu leben, und Constance machte sich Sorgen, doch nicht allzusehr, daß die Hotelleute schockiert sein würden, und Pritchard sagte, sie brauche sich keine Sorgen zu machen, weil nichts, was die Ausländer taten, die Schweizer schockieren konnte, und Constance fühlte sich glücklicher als je, in einem so zivilisierten Land zu sein.

Sie machten Pläne für die Hochzeit, und Pritchard sagte, er würde sich lieber in der französischen Schweiz trauen lassen, weil er sich nicht auf Deutsch verheiraten wolle, und Constance sagte, es täte ihr leid, nicht selbst daran gedacht zu haben.

Dann beschlossen sie, sich anzuziehen, weil man nicht den Rest seines Lebens im Bett verbringen kann, und Constance verspürte einen Augenblick einen schmerzlichen Stich im Herzen, als sie sah, wie mager er war, und sie gelobte sich insgeheim: Eier, Milch, Butter, Ruhe. Sie traten zusammen aus dem Zimmer, tapfer entschlossen, es der Öffentlichkeit zu zeigen, aber niemand war im Flur oder auf der Treppe, und so genossen sie das doppelte Vergnügen, zugleich mutig und unbeobachtet zu sein, was Constance als ein Vorzeichen des Glücks betrachtete. Sie entdeckten, daß es fast Zeit für das Mittagessen war, tranken zuerst ein Glas Kirsch, dann Orangensaft, aßen Eier mit Speck, bestellten dann wunderbaren schwarzen Kaffee im sauber gescheuerten, holzgetäfelten Speisesaal, und plötzlich hatte Constance Tränen in den Augen, und Pritchard fragte, warum sie weinte, und sie sagte: «Ich denke an all die Frühstücke, die wir zusammen essen werden.» Pritchards Augen wurden auch ein bißchen feucht, als er sie über den Tisch anblickte, und sie sagte: «Du solltest öfter weinen, bitte.»

«Warum?» fragte er.

«Weil es so unenglisch ist», sagte sie, und sie lachten.

Nach dem Frühstück sagte Pritchard, er würde auf den Berg fahren, um ein paar Abfahrten zu machen, und fragte sie, ob sie mitkommen wolle, aber sie sagte, sie fühle sich an diesem Tag zu melodiös, um Ski zu laufen, und er grinste über das Wort «melodiös».

Sie sagte, sie wolle noch ein paar Briefe schreiben, und er wurde nachdenklich. «Wenn ich ein Gentleman wäre, würde ich sofort deinem Vater schreiben und ihm alles erklären.»

«Daß du dich nicht unterstehst», sagte sie und meinte es auch, weil sie wußte, daß ihr Vater das nächste Flugzeug nehmen würde, falls er einen solchen Brief bekäme.

«Keine Bange», sagte er. «So sehr Gentleman bin ich nicht.»

Sie blickte ihm nach, wie er mit seinem roten Pullover und seinen Skiern auf dem Rücken hinter den Schneehügeln verschwand, lässig und knabenhaft, und dann ging sie auf ihr Zimmer und schrieb einen Brief an Mark, schrieb, sie habe es sich überlegt, und es täte ihr leid, aber es sei ein Fehler gewesen. Sie schrieb den Brief in aller Ruhe, ohne dabei etwas zu fühlen, behaglich in ihrem warmen Zimmer. Pritchard erwähnte sie nicht, denn das ging Mark nichts an.

Dann schrieb sie an ihren Vater und teilte ihm mit, daß sie mit Mark gebrochen habe. Auch in dem Brief an ihren Vater erwähnte sie Pritchard nicht, denn sie wollte nicht, daß er mit dem nächsten Flugzeug ankäme, und sie schrieb auch nichts über ihre Heimkehr. Das hatte Zeit.

Sie steckte ihre Briefe ins Kuvert, legte sich noch ein bißchen hin und schlief traumlos über eine Stunde. Dann zog sie ihre Schneestiefel an, ging zur Post, gab die Briefe auf, schlenderte zur Eisbahn, schaute den schlittschuhlaufenden Kindern zu, und auf dem Rückweg zum Hotel ging sie in den Skiladen und kaufte Pritchard einen leichten gelben Pullover, weil es in der Sonne sehr heiß werden würde und man nicht mehr seine Wintersachen tragen konnte.

Sie saß in der Bar, wartete gelassen auf Pritchard, als sie hörte, daß er tot war.

Niemand war zu ihr gekommen, um es ihr zu sagen, weil niemand einen Grund sah, es gerade ihr zu erzählen.

Ein Skilehrer, mit dem Pritchard manchmal gelaufen war, war in die Bar gekommen und hatte sich zu ein paar Amerikanern an den Tisch gesetzt. Er erzählte: «Er verlor die Kontrolle, machte einen falschen Bogen, prallte an einen Baum und war fünf Minuten später tot. Er war wirklich ein feiner Kerl, aber viel zu schnell. Er hatte einfach nicht die Technik für solche Schußfahrten.»

Der Skilehrer klang zwar nicht so, als sterbe man alle Tage auf den Skiern, aber er schien nicht sonderlich überrascht zu sein. Er hatte sich selbst viele Knochen gebrochen, wie auch alle seine Freunde, war an Bäume geprallt und an Steinmauern, war im Sommer als Bergführer auf Kletterpartien gestürzt, und er redete fast so, als sei es unvermeidlich, vielleicht sogar gerecht, wenn man seinen Mangel an technischem Können mit dem Leben bezahlt.

Constance blieb zur Beerdigung, ging hinter dem schwarzverhüllten Schlitten zum Friedhof, sah das Loch im Schnee und das unerwartete Schwarz der Erde im völligen Weiß des Winters. Niemand kam aus England, weil es niemanden gab, der sich die Mühe gemacht hätte, aber wenigstens hatte seine Ex-Frau telegrafisch Blumen geschickt. Viele Dorfbewohner waren gekommen, aber nur als Freunde, und einige andere Skiläufer, die Pritchard flüchtig kennengelernt hatten, und soweit es ein Außenstehender beurteilen konnte, gehörte auch Constance dazu.

Noch am Grabe wiederholte der Skilehrer seine Weisheit: «Er hatte einfach nicht die Technik für solche Schußfahrten.»

Mit dem gelben Pullover wußte Constance nichts mehr anzufangen, und so schenkte sie ihn schließlich dem Stubenmädchen für ihren Mann.

Acht Tage später war Constance in New York. Ihr Vater wartete auf dem Pier, und sie winkte ihm zu, und er winkte zurück, und selbst in dieser Entfernung konnte sie sehen, wie froh er war, sie wiederzusehen. Sie küßten sich, als sie von der Laufplanke trat, und er umarmte sie sehr fest, hielt sie dann um Armeslänge vor sich, starrte sie entzückt an und sagte: «Mein Gott, du siehst absolut fabelhaft aus! Siehst du», fuhr er fort, und sie wünschte, er hätte es nicht gesagt, wußte aber, daß er es sich nicht verkneifen konnte. «Siehst du – hatte ich nicht recht? Wußte ich nicht, was gut für dich ist?»

«Ja, Vater», sagte sie und dachte sich: Wie konnte ich ihm je böse sein? Er ist weder dumm noch unduldsam oder egoistisch oder verständnislos – er ist nur einsam.

Er hielt ihre Hand, wie er es getan hatte, als sie noch klein war, wenn er mit ihr Spaziergänge machte, und er führte sie in das Zollgebäude, um auf ihr Gepäck zu warten.

Geräusche in der Stadt

Weatherby war überrascht, die Fenster des Restaurants noch erleuchtet zu sehen, als er von der Sixth Avenue abbog, um die Straße zu dem kleinen Mietshaus in der Mitte des Blocks hinaufzugehen, in dem er wohnte. Das Restaurant hieß Santa Margharita, ein mehr oder weniger italienisches Lokal mit französischem Einfluß. Das Hauptgeschäft war um die Mittagszeit, und um halb elf Uhr abends war es gewöhnlich geschlossen. Es lag recht bequem, und an Abenden, an denen sie faul waren oder Weatherby noch spät zu Hause arbeiten mußte, aßen er und seine Frau manchmal dort. Es war nicht teuer, Giovanni, der Barmann, hatte sich mit ihm angefreundet, und oft kam Weatherby auf dem Heimweg vom Büro auf einen Drink vorbei, weil es dort guten Whisky gab, eine ruhige Atmosphäre und kein Fernsehen.

So blieb er stehen und beschloß, noch einen Whisky zu trinken. Seine Frau hatte ihm gesagt, sie würde ins Kino gehen und nicht vor halb zwölf zurück sein, und er war müde, und der Gedanke, in die leere Wohnung zurückzukehren und allein zu trinken, behagte ihm nicht besonders.

Nur ein Kunde saß im Restaurant an der kleinen Bar in der Nähe der Eingangstür. Die Kellner waren bereits nach Hause gegangen, und Giovanni stellte dem Mann an der Bar gerade ein frisches Glas hin und schenkte ihm Bourbon ein. Weatherby setzte sich an das Ende der Theke nur zwei Schemel von dem anderen Gast entfernt. Giovanni trat auf ihn zu und sagte: «Guten Abend, Mr. Weatherby», brachte ihm ein Glas, goß ihm einen großen Whisky ein, ohne den Meßbecher zu benutzen, öffnete eine Sodaflasche und ließ Weatherby sein Glas selbst auffüllen.

Giovanni war ein hochgewachsener, nicht sehr italienisch aussehender Mann mit einem selten lächelnden, breiten Gesicht und grauem, sehr kurz geschnittenem Haar. «Und wie geht es Mrs. Weatherby heute abend?» erkundigte er sich.

«Gut», sagte Weatherby. «Jedenfalls ging es ihr gut, als ich heute nachmittag mit ihr telefonierte. Ich komme eben aus dem Büro.»

«Sie arbeiten zu schwer, Mr. Weatherby», sagte Giovanni.

«Das kann man wohl sagen.» Weatherby nahm einen langen Schluck Whisky. Nichts ist besser als ein guter Scotch, sagte er sich dankbar, hielt sein Glas und rieb es vergnügt zwischen den Handflächen. «Sie haben heute spät auf», sagte er.

«Das macht mir nichts aus», sagte Giovanni. «Ich bin nicht in Eile. Trinken Sie nur, soviel Sie wollen.» Obgleich er zu Weatherby sprach, hatte Weatherby irgendwie das Gefühl, daß die Worte an den anderen Mann an der Bar gerichtet waren, der, die Ellbogen auf das Mahagoniholz gestützt, sein Glas in beiden Händen vor das Gesicht hielt und leicht hineinlächelte wie ein Wahrsager, der etwas noch Unbestimmtes und Verschwommenes, jedoch Angenehmes in der Kristallkugel sieht. Der Mann war schlank, hatte angegrautes Haar und ein höfliches, gebildetes Gesicht. Er trug einen eng anliegenden, modernen, dunkelgrauen Anzug, dazu eine hellgestreifte Fliege und ein weißes Oxfordhemd. Weatherby bemerkte einen Ehering an seiner linken Hand. Er sah nicht wie jemand aus, der gewöhnlich bis spät in die Nacht in Bars herumsitzt und sich betrinkt. Das Licht war gedämpft, und Weatherby hatte den Eindruck, er würde den Mann wahrscheinlich bei hellerem Licht als jemanden erkennen, dem er irgendwo vor langer Zeit ein oder zwei Male kurz begegnet war. Aber so war New York nun einmal. Wenn man lange genug in New York lebt, erscheinen einem viele Gesichter vertraut, ohne daß man weiß, woher man sie kennt.

«Ich nehme an, wir werden Sie verlieren, wenn es so weit ist», sagte Giovanni, der immer noch vor Weatherby stand.

«Ach», meinte Weatherby, «wir werden trotzdem noch hie und da bei Ihnen essen.»

«Sie wissen ja, wie es ist», sagte Giovanni, «wenn man plant, aufs Land zu ziehen.»

«Das ist noch nicht sicher», sagte Weatherby, «aber wahrscheinlich schon, falls wir ein nettes Haus finden, das nicht zu weit ab liegt.»

«Kinder brauchen frische Luft», sagte Giovanni. «Man versündigt sich an ihnen, wenn man sie in der Stadt aufwachsen läßt.»

«So ist es», stimmte Weatherby ihm zu. Dorothy, seine Frau, war im siebenten Monat schwanger. Nach fünfjähriger Ehe erwartete sie ihr erstes Kind, und es bereitete ihm ein kindisches Vergnügen, von der guten Landluft und dergleichen zu reden, in der sein Kind aufwachsen würde. «Und dann natürlich auch die Schulen.» Welche Freude, in derartigen Platitüden zu schwelgen, wenn man weiß, daß man Kinder haben kann.

«Mr. Weatherby ...». Es war der andere Mann an der Bar. «Darf ich Ihnen einen guten Abend wünschen?»

Weatherby wandte sich etwas widerwillig dem Mann zu. Er war nicht in der Laune, sich mit Fremden in seichte Konversation einzulassen, und er hatte den unbestimmten Eindruck, daß Giovanni es bedauerte, seinen Stammkunden auf diese Weise belästigt zu sehen.

«Sie erinnern sich nicht mehr an mich», fuhr der Mann nervös lächelnd fort. «Ich lernte Sie vor acht oder zehn Jahren kennen. In meinem ... äh ... in meinem Laden.» Er gab ein leichtes, zischendes Geräusch von sich, das wie der Beginn eines verlegenen Lachens klang. «Ich glaube sogar, Sie kamen zwei oder drei Mal zu mir ... Falls ich mich recht erinnere, war damals die Rede von einer eventuellen Zusammenarbeit. Und jetzt hörte ich, wie Giovanni Sie beim Namen nannte, und konnte nicht umhin, aufzuhorchen. Ich bin ... äh ... Sidney Gosden.» Er senkte die Stimme, als er seinen Namen sprach, wie berühmte Leute es manchmal tun, wenn sie sich bescheiden zu geben wünschen. Weatherby blickte Giovanni über die Bar hin hilfesuchend an, aber Giovanni polierte ein Glas mit dem Handtuch, blickte nicht auf, war offenbar nicht gewillt, sich einzumischen.

«Ach ... hm ... ja», sagte Weatherby unverbindlich.

«Ich hatte ... habe immer noch den Laden auf der Third Avenue», sagte Gosden. «Antiquitäten, Innenausstattung.» Wieder der zischende Laut, das leise, entschuldigende Lachen.

«Damals sollte ich diese Häuserreihe am Beekman Place neu einrichten, und Sie hatten mit einem Freund von mir gesprochen . . .»

«Natürlich, jetzt fällt es mir ein», rief Weatherby scheinbar erleichtert auf. Er konnte sich zwar nicht wirklich an den Namen des Mannes erinnern, aber der Vorfall kam ihm ins Gedächtnis zurück. Er hatte gerade in seinem Beruf angefangen und sich noch eingebildet, er könne als Architekt auf eigenen Füßen stehen, und da war es ihm zu Ohren gekommen, daß vier alte Häuser auf der East Side zusammengeschlossen und in kleine Studiowohnungen umgebaut werden sollten. Irgend jemand von einer der großen Firmen, von denen der Auftrag abgelehnt worden war, hatte ihm empfohlen, sich die Sache einmal anzusehen, und ihm Gosdens Namen und Adresse angegeben. Das Gespräch mit Gosden war ihm nur noch in verschwommener Erinnerung; eine ziemlich unergiebige Unterhaltung von fünfzehn bis zwanzig Minuten in einem dunklen Laden voll von unbeleuchteten Messinglampen und übereinandergestellten Tischen aus der amerikanischen Kolonialzeit, verbunden mit einem Gefühl von Zeitverschwendung und der Gewißheit, wieder einmal in einer Sackgasse gelandet zu sein. «Was ist denn daraus geworden?» fragte er.

«Nichts. Sie wissen ja, wie es mit solchen Dingen ist. Man hat schließlich den ganzen Häuserblock niedergerissen und eine dieser scheußlichen, neunzehn Stock hohen Mietskasernen hingebaut. Zu schade. Ich war sehr von Ihren Ideen beeindruckt. Noch heute denke ich gern daran zurück.» Er klang wie eine Frau auf einer Cocktailparty, die einen Mann in die Enge gedrängt hatte und auf ihn einschwatzt, ihn mit Beschlag belegt, über alles redet, was ihr gerade in den Sinn kommt, um ihn zu hindern, sich an die Bar zu flüchten und sie einfach stehen zu lassen, ohne jemanden, mit dem sie sich für den Rest des Abends – oder für den Rest ihres Lebens – unterhalten kann. «Ich hatte mir vorgenommen, Ihre Karriere zu verfolgen», fuhr Gosden eilig fort, «denn ich wußte, daß Sie für große Aufgaben bestimmt waren, doch in dieser Stadt ist man immer so wahnsinnig beschäftigt – mit nichts Wichtigem natürlich – ich hatte jedenfalls die beste Absicht ...» Er hob hilflos die Hand, verzichtete, den komplizierten Satz zu beenden. «Ich gehe bestimmt täglich an Gebäuden vorbei, die Sie errichtet haben, an Denkmälern Ihrer großen Begabung, und ohne es zu wissen ...»

«Wohl kaum», sagte Weatherby. «Ich bin bei einer großen Firma.» Er nannte ihm den Namen der Firma, und Gosden nickte feierlich, um seine Ehrfurcht vor dem berühmten Unternehmen zu bezeugen. «Ich bin dort meist mit Kleinkram beschäftigt.»

«Alles zu seiner Zeit», sagte Gosden ermunternd. «Sie sind also einer jener jungen Männer, die uns arme New Yorker in diese kalten, hellen Glaskäfige sperren?»

«So jung bin ich nun wieder nicht.» Weatherby stellte grimmig fest, daß er tatsächlich nicht mehr der Jüngste war. Und dieser Gosden konnte höchstens zehn Jahre älter sein als er. Er nippte an seinem Glas, nahm dann einen großen Schluck. Gosdens überschwengliche, aufdringliche, etwas weibische Art ging ihm auf die Nerven. «Tja», sagte er und zog seine Brieftasche heraus. «Ich glaube, ich sollte jetzt lieber ...»

«O, nein, ich bitte Sie ...», Gosden sagte es mit überraschend ängstlicher Stimme. «Wenn Sie gehen, schließt Giovanni die Flaschen in den Schrank und wirft mich raus. Noch eine Runde bitte, Giovanni, wenn Sie so gut sein wollen. Und bedienen Sie sich bitte auch. Zu dieser späten Stunde ...»

«Ich muß aber wirklich ...», begann Weatherby. Aber dann sah er Giovannis seltsamen, fast befehlenden Blick, der ihm zu sagen schien, er habe ihm noch etwas Dringliches, sehr Wichtiges mitzuteilen. Giovanni schenkte Weatherby rasch einen zweiten Scotch ein, Gosden einen Bourbon und sich selbst auch einen sauber abgemessenen Bourbon.

«So», sagte Gosden strahlend. «Das ist schon besser. Und glauben Sie nur nicht, Mr. Weatherby, daß ich in der Stadt herumlaufe und in allen möglichen Bars Runden spendiere. Ich bin in Wirklichkeit eher knausrig, unangenehm knausrig sogar, wie meine Frau zu sagen pflegte. Das war etwas, das sie mir ständig vorhielt.» Er hob feierlich sein Glas. Seine lange, schmale Hand zitterte fast unmerkbar. Weatherby bemerkte es und fragte sich, ob Gosden ein Säufer sei. «Trinken wir auf die kalten, herrlichen, einsamen Glasgebäude der Stadt New York», sagte er.

Sie tranken. Giovanni spülte seinen Drink mit einem Schluck hinunter, wusch das Glas und trocknete es, ohne seinen Gesichtsausdruck zu verändern.

«Ich liebe dieses Lokal», sagte Gosden und warf einen genießerischen Blick auf die schummrigen Lampen und die verwaschenen Gemälde der ligurischen Küste, die die Wände zierten. «Hier leben besondere Erinnerungen in mir auf. Hier machte ich eines Winterabends meinen Heiratsantrag ... Meiner Frau natürlich», fügte er rasch hinzu, als fürchtete er, Weatherby könnte glauben, er habe der Frau eines anderen die Ehe angetragen. «Leider sind wir danach nicht oft genug hierher zurückgekehrt.» Etwas traurig schüttelte er den Kopf. «Ich weiß nicht, warum. Vielleicht weil wir am anderen Ende der Stadt wohnten.» Er nippte an seinem Bourbon und blinzelte einem Gemälde neben der Bar zu, auf dem Berge und das Meer abgebildet waren. «Ich hatte immer vor, mit meiner Frau nach Nervi zu fahren. Um den Tempel zu sehen», fügte er dunkel hinzu. «Den Goldenen Zweig. Aber *hélas*, wie die Franzosen sagen, wir machten die Reise nie. In meiner Torheit bildete ich mir immer ein, wir hätten noch Zeit, vielleicht im nächsten Jahr. Und natürlich schienen mir die Kosten immer zu hoch, weil ich so knausrig bin ...» Achselzuckend nahm er wieder seine Haltung eines Hellsehers ein, hielt das Glas in beiden Händen und schaute hinein. «Sagen Sie mir, Mr. Weatherby», fragte er plötzlich in einem ganz gewöhnlichen Gesprächston, «haben Sie schon einmal einen Menschen getötet?»

«Was?» Weatherby glaubte, ihn nicht richtig gehört zu haben.

«Haben Sie schon einmal einen Menschen getötet?» Zum dritten Mal stieß Gosden sein kleines, zischendes Lachgeräusch aus. «Eigentlich ist es eine Frage, die man oft und bei den verschiedenartigsten Gelegenheiten stellen könnte. Schließlich laufen bestimmt viele Leute frei in der Stadt herum, die irgendwann einmal einen Menschen umgebracht haben – Polizisten auf ihren Streifen, waghalsige Autofahrer, Boxer, Ärzte und Krankenschwestern, die es mit dem besten Willen taten, Kinder mit Luftgewehren, Bankräuber, Gangster, Soldaten aus dem großen Krieg ...»

Weatherby blickte Giovanni zweifelnd an. Giovanni sagte nichts, aber etwas in seinem Gesicht schien anzudeuten, daß er wünschte, Weatherby würde den Mann zum Weiterreden ermuntern.

«Nun», sagte Weatherby, «ich war im Krieg.»

«In der Infanterie vielleicht, mit einem Bajonett?» fragte Gosden mit einer neuen, neugierigen, gar nicht mehr weibischen Stimme.

«Ich war bei der Artillerie», sagte Weatherby. «Bei einer hundertfünfer Batterie. Da wäre es schon möglich, daß ...»

«Ein fescher Hauptmann also», unterbrach ihn Gosden lächelnd, «der durchs Fernrohr schaut und das Feuer der großen Geschütze vor dem feindlichen Hauptquartier zum Schweigen bringt.»

«So war es nun wieder nicht. Ich war neunzehn Jahre alt, ein ganz gewöhnlicher Gefreiter, und ich lud Geschütze auf. Die meiste Zeit schippte ich allerdings.»

«Immerhin», beharrte Gosden, «man könnte sagen, daß Sie durch Ihr Mitwirken dazu beitrugen, Menschenleben zu vernichten.»

«Nun ja», meinte Weatherby. «Wir feuerten eine Menge Runden, und da müssen wir wohl auch hie und da etwas getroffen haben.»

«Ich war ein leidenschaftlicher Jäger», sagte Gosden. «In meiner Kindheit. Ich bin im Süden aufgewachsen. In Alabama, um genau zu sein, obgleich ich mit Stolz behaupten kann, daß man es mir an meinem Akzent nicht anmerkt. Einmal habe ich einen Luchs geschossen.» Er nippte an seinem Drink. «Aber dann wurde es mir zuwider, Tiere zu töten. Nur bei Vögeln empfand ich nichts. Die haben so etwas Feindseliges, Vormenschliches an sich, finden Sie nicht auch, Mr. Weatherby?»

«Ich habe eigentlich nie darüber nachgedacht», antwortete Weatherby. Jetzt war er überzeugt, daß der Mann betrunken war, und er fragte sich, wann er sich mit Anstand verziehen konnte, und ob er Gosden vorher noch eine Runde zahlen sollte.

«Wenn man das Leben eines Menschen nimmt», fuhr Gosden fort, «muß man einen Augenblick lang eine Art von überwältigender Verzückung, ein wahres Hochgefühl empfinden, gefolgt von tiefster, unauslöschlicher Scham. Im Krieg zum Beispiel müßte diese Frage doch bei Ihren Kameraden von Zeit zu Zeit zur Sprache gekommen sein ...»

«Leider fühlten sie sich in den meisten Fällen nicht im geringsten so, wie Sie es sich vorzustellen scheinen.»

«Und Sie? Selbst in Ihrer bescheidenen Stellung als Geschützauflader, wie Sie es nennen, als ein Rädchen in der Maschine – wie fühlten Sie es da, und wie fühlen Sie es jetzt?»

Weatherby zögerte, hatte Mühe, nicht wütend zu werden. «Jetzt tut es mir natürlich leid. Aber als es geschah, dachte ich nur ans Überleben.»

«Haben Sie je einmal über die Todesstrafe nachgedacht, Mr. Weatherby?» Gosden sprach, ohne Weatherby anzusehen, starrte in den Spiegel hinter den Flaschen an der Bar. «Sind Sie dafür oder dagegen, daß der Staat ein Menschenleben auslöscht? Haben Sie je etwas unternommen, um die Todesstrafe abschaffen zu lassen?»

«Ich glaube, ich habe einmal im College eine Petition unterschrieben.»

«Wenn wir jung sind», sagte Gosden zu seinem leicht verschwommenen Spiegelbild, «fühlen wir stärker den Wert des Lebens. Ich bin einmal in einer Demonstration mitmarschiert, in der wir gegen die Erhängung von ein paar farbigen Jungen protestierten. Das war allerdings nicht im Süden. Ich wohnte damals schon im Norden. Jedenfalls marschierte ich in dieser Demonstration. In Frankreich herrscht die Theorie, daß der Tod unter der Guillotine augenblicklich eintritt, aber ein Augenblick ist eine sehr variable Zeitspanne, und es wird auch angenommen, daß der abgehackte Kopf, wenn er in den Korb rollt, noch einige Zeit nach vollbrachter Hinrichtung fühlen und denken kann.»

«Aber Mr. Gosden», fiel Giovanni ihm beschwichtigend ins Wort. «Sie sollten wirklich nicht so reden. Das hilft doch keinem, nicht wahr?»

«Verzeihung, Giovanni», sagte Gosden und lächelte strahlend. «Ich sollte mich schämen. In einer so netten Bar, in Gesellschaft eines so empfindsamen und begabten Mannes wie Mr. Weatherby. Ich bitte um Verzeihung. Und jetzt, wenn Sie mich entschuldigen wollen, muß ich noch einmal rasch telefonieren.» Er rutschte von seinem Barhocker, schritt munter, die Schultern in seinem enganliegenden dunklen Maßanzug zurückgezogen, auf das andere Ende des leeren Restaurants zu und trat durch die kleine Tür, die zu den Waschräumen und der Telefonkabine führte.

«Du großer Gott», sagte Weatherby. «Was hat der Kerl bloß?»

«Wußten Sie nicht, wer er ist?» Giovanni sprach leise, die Augen auf die Rückwand des Restaurants gerichtet.

«Nur was er mir eben erzählt hat. Warum? Ist er denn jemand, den man kennen sollte?»

«Sein Name stand vor zwei oder drei Jahren in allen Zeitungen. Seine Frau wurde vergewaltigt und ermordet. Irgendwo auf der East Side. Er kam zum Abendessen nach Hause und fand die Leiche.»

«Du lieber Gott», sagte Weatherby leise und mitleidsvoll.

«Den Kerl, der es getan hat, haben sie gleich am nächsten Tag geschnappt», erzählte Giovanni. «Er war ein Schreiner oder Klempner oder sonst irgendein Handwerker. Ein Ausländer aus Europa mit einer Frau und drei Kindern irgendwo in Queens. Kein Vorstrafenregister, keine Klagen, keine Beschwerden gegen ihn lagen vor. Er hatte in dem Gebäude etwas zu tun, klingelte an der falschen Tür, und sie öffnete ihm im Bademantel oder etwas Ähnlichem.»

«Wie ist man mit ihm verfahren?» fragte Weatherby.

«Mord ersten Grades. Heute abend kommt er auf den elektrischen Stuhl. Deshalb ruft Gosden jetzt an. Um herauszufinden, ob es schon vorbei ist oder nicht. Gewöhnlich finden die Hinrichtungen gegen elf oder halb zwölf statt, glaube ich.»

Weatherby blickte auf seine Uhr. Elf Uhr fünfzehn. «Der arme Mann», sagte er. Wäre er gezwungen gewesen, zu sagen, ob er damit Gosden oder den zum Tode verurteilten Mörder meinte, so hätte er keine klare Antwort darauf geben können. «Gosden, Gosden ...», murmelte er vor sich hin. «Ich muß auswärts gewesen sein, als es passierte.»

«Es hat großes Aufsehen erregt», sagte Giovanni. «Ein paar Tage lang.»

«Kommt er oft hierher und führt solche Reden?»

«Bisher hat er nie ein Wort darüber gesprochen. Gewöhnlich kommt er ein oder zwei Mal im Monat, setzt sich an die Bar, trinkt ein Gläschen, verhält sich ruhig und höflich, ißt dann allein an einem Tisch in der Ecke und liest ein Buch. Niemand wäre auf die Idee gekommen, daß ihm je etwas Derartiges passiert ist. Aber ich nehme an, heute abend ist es etwas Besonderes. Er kam gegen acht, aß überhaupt nichts, setzte sich an die Bar und trank langsam ein Glas nach dem anderen.»

«Deshalb haben Sie noch offen, nicht wahr?»

«Jawohl. Deshalb habe ich noch offen. In einer solchen Nacht kann man einen Mann nicht einfach wegschicken.»

«Nein, das kann man nicht.» Weatherby blickte wieder auf die Tür zur Telefonkabine. Am liebsten wäre er jetzt gegangen. Er wollte nicht hören, was der Mann zu sagen hatte, wenn er aus der Telefonzelle kam. Er wollte schnell fort, er wollte zurückgekehrt sein in die Sicherheit seiner Wohnung, wenn seine Frau nach Hause kam. Aber er wußte, daß er jetzt nicht fort konnte, so sehr ihn auch der Gedanke in Versuchung führte.

«Ich hörte heute zum ersten Mal, daß er seiner Frau hier den Heiratsantrag machte», sagte Giovanni. «Wahrscheinlich hat er deshalb ...» Er ließ den Satz unbeendet.

«Wie war sie?» fragte Weatherby. «Seine Frau.»

«Eine nette, stille, kleine Frau. Sie würden sie kaum bemerkt haben.»

Die Tür in der Hinterwand des Restaurants ging auf, und Gosden trat leichten Schrittes an die Bar. Weatherby beobachtete ihn, sah jedoch nicht, daß der Mann auf irgendeinen Tisch blickte, den er in besonderer Erinnerung haben könnte. Als er sich auf seinen Hocker schwang und sein rasches, entschuldigendes Lächeln aufsetzte, verriet sein Gesicht nichts von dem, was er am Telefon gehört hatte. «So», sagte Gosden munter, «da bin ich wieder.»

«Lassen Sie mich eine Runde spendieren», sagte Weatherby und gab Giovanni ein Zeichen.

«Sehr liebenswürdig von Ihnen, Mr. Weatherby», sagte Gosden. «Wirklich sehr liebenswürdig.»

Sie sahen zu, wie Giovanni die Drinks einschenkte.

«Während ich auf die Verbindung wartete», erzählte Gosden, «fiel mir eine amüsante Geschichte ein. Sie zeigt, wie manche Leute Glück haben, und andere nicht. Es ist eine Anglergeschichte. Keine Angst, sie ist sauber. An gepfefferte Witze scheine ich mich nie erinnern zu können, so komisch sie auch sein mögen. Ich weiß nicht, warum. Meine Frau pflegte zu sagen, ich sei prüde, und vielleicht hatte sie recht. Hoffentlich kriege ich diese hier richtig zusammen. Mal sehen . . .» Er zögerte, blinzelte sein Spiegelbild an. «Da waren also zwei Brüder, die beschlossen, für eine Woche an einem See in den Bergen angeln zu gehen . . . Vielleicht kennen Sie sie schon, Mr. Weatherby?»

«Nein», sagte Weatherby.

«Sie müssen meinetwegen nicht höflich sein. Ich möchte Sie auf keinen Fall langweilen.»

«Ich kenne die Geschichte wirklich nicht», beteuerte Weatherby.

«Es ist eine ziemlich alte Geschichte, und ich muß sie vor Jahren gehört haben, als ich noch auf Partys und in Nachtlokale und dergleichen ging. Also die beiden Brüder reisen an den See, mieten sich ein Boot und rudern aufs Wasser hinaus, und kaum hat der erste Bruder seine Angel ausgeworfen, da beißt schon einer an, und er zieht einen riesigen Fisch heraus. Er wirft wieder die Angel aus, und sofort zieht er einen weiteren riesigen Fisch heraus. Und so geht es den ganzen Tag. Und den ganzen Tag lang sitzt der andere Bruder im Boot und kriegt nicht den kleinsten Fisch an seinen Haken. Am nächsten Tag ist es das gleiche. Und auch am Tag danach und dem folgenden. Der Bruder, der nichts geangelt hat, wird immer griesgrämiger und immer wütender auf den Bruder, der sich alle Fische schnappt. Schließlich sagt der Bruder, der alle Fische fängt, zum anderen Bruder – um den Familienfrieden zu erhalten –, er würde den nächsten Tag am Ufer bleiben und dem Bruder, der nichts geangelt hat, für den ganzen Tag den See überlassen. So begibt sich der glücklose Bruder früh am Morgen des nächsten Tages mit seiner Angelrute und den besten Ködern auf den See, hängt seine Angelschnur aus und wartet. Während einer langen Zeit geschieht nichts. Dann hört er plötzlich ein lautes Planschen neben sich, und der allergrößte Fisch von allen taucht aus dem Wasser und sagt: ‹He, Kleiner, kommt dein Bruder denn heute nicht?› » Gosden blickte Weatherby besorgt an, um zu sehen, wie er reagierte. Weatherby zwang sich zu einem kurzen Lachen.

«Hoffentlich habe ich es richtig erzählt», sagte Gosden. «Mir scheint nämlich, daß dieser Witz eine tiefere Bedeutung hat als die meisten derartigen Geschichten. In Bezug auf Glück und Schicksal und alles das, meine ich.»

«Ja, ich verstehe», sagte Weatherby.

«Gewöhnlich ziehen die Leute deftigere Witze vor», sagte Gosden, «aber, wie gesagt, ich kann mich nie an einen erinnern.» Er trank einen kleinen Schluck. «Ich nehme an, Giovanni hat Ihnen etwas über mich erzählt, während ich telefonierte.» Seine Stimme nahm wieder jenen anderen, fast tonlosen und gar nicht weibischen Klang an.

Weatherby warf Giovanni einen Blick zu, und Giovanni nickte fast unmerkbar. «Ja», sagte Weatherby. «Ein wenig.»

«Meine Frau war eine Jungfrau, als ich sie heiratete», sagte Gosden. «Aber wir hatten von Anfang an die leidenschaftlichste und vollkommenste Beziehung zueinander. Sie war eine jener seltenen Frauen, die ganz einfach wie geschaffen für die Ehe sind, für Häuslichkeit, ein Leben zu zweit, und sonst nichts. Niemand, der sie sah oder mit ihr plauderte, ahnte die Schönheit und Tiefe ihrer Gefühle. Auf der Oberfläche wirkte sie wie die schüchternste, am wenigsten beeindruckende aller Frauen. Ist es nicht so, Giovanni?»

«Ja, Mr. Gosden.»

«Es hat auf der ganzen Welt nur zwei Männer gegeben, die es

gewußt haben könnten. Ich und ...» Er hielt inne. Sein Gesicht zuckte. «Um elf Uhr acht haben sie den Hebel gezogen. Der Mann ist tot. Ich hatte sie immer ermahnt, die Kette an der Tür im Schloß zu lassen, aber sie war unbedacht und traute jedem. Die Stadt ist voller wilder Tiere, und es ist lächerlich, zu behaupten, wir seien zivilisierte Menschen. Sie schrie. Verschiedene Leute im Haus haben ihre Schreie gehört, aber in der Stadt achtet niemand auf die Geräusche, die aus der Wohnung eines Nachbarn kommen. Später erzählte eine Dame, die unter uns wohnte, sie habe geglaubt, meine Frau hätte sich vielleicht mit mir gestritten, aber in all den Jahren unserer Ehe haben wir nie Streit gehabt, und eine andere Nachbarin glaubte, es sei ein Fernsehprogramm, und sie wollte sich bei der Hausverwaltung beschweren, weil sie an diesem Vormittag Kopfschmerzen hatte und zu schlafen versuchte.» Gosden verschränkte die Füße unter dem Barhocker in fast mädchenhafter Pose, hielt sich wieder das Glas mit beiden Händen vor das Gesicht. «Es ist nett von Ihnen, daß Sie mir so geduldig zuhören, Mr. Weatherby», sagte er. «Seit drei Jahren meiden mich die Leute wie die Pest, alte Kunden eilen an meinem Laden vorbei, ohne hereinzuschauen, alte Freunde sind nie da, wenn ich sie anrufe. Für mein Geschäft und meine Konversationsbedürfnisse bin ich dieser Tage ganz auf Fremde angewiesen. Zu Weihnachten schickte ich anonym und in einem Umschlag ohne Absender per Post einen Hundertdollarschein an die Frau in Queens. Es war ein Impuls, ich tat es ohne darüber nachzudenken, vielleicht in einer Art von Festtagsstimmung ... Ich erwog die Idee, mir eine Einladung zur ... zur Zeremonie im Zuchthaus von Ossining zu beschaffen, ich dachte sehr ernsthaft daran, und ich hätte es bestimmt irgendwie arrangieren können. Aber schließlich sagte ich mir, wozu, es würde mir auch nicht weiterhelfen. Und so kam ich dann hierher, um mit Giovanni zu trinken.» Er lächelte Giovanni über die Bar zu. «Italiener scheinen mir besonders liebe und verständnisvolle Menschen zu sein. Aber jetzt muß ich wirklich nach Hause. Ich schlafe schlecht und bin prinzipiell gegen Schlafmittel.» Er zog seine Brieftasche heraus und legte einige Geldscheine auf die Theke.

«Warten Sie ein paar Minuten», sagte Giovanni. «Ich schließe noch schnell ab, und dann begleite ich Sie nach Hause.»

«Ach», sagte Gosden, «das wäre wirklich nett von Ihnen, Giovanni. Es ist der schwerste Augenblick ... wenn ich die Tür öffne ... Dann fühle ich mich so schrecklich allein. Danach ist dann wieder alles in Ordnung.»

Weatherby kletterte von seinem Barhocker und sagte zu Giovanni: «Auf meine Rechnung, bitte.» Er fühlte sich jetzt erleichtert. «Gute Nacht.» «Gute Nacht, Mr. Gosden.» Er wollte etwas mehr sagen, ein Wort des Trostes, der Hoffnung, aber es fiel ihm nichts ein, was irgendwie hilfreich gewesen wäre.

«Gute Nacht», sagte Gosden, jetzt wieder mit seiner klaren und lebhaften Stimme. «Es war mir ein Vergnügen, unsere Bekanntschaft, wenn auch nur kurz, aufzufrischen. Und empfehlen Sie mich bitte Ihrer Frau Gemahlin.»

Weatherby trat aus der Tür auf die Straße, ließ Giovanni zurück, der die Flaschen in den Schrank schloß, und Gosden, der sein letztes Glas trank, langsam und schweigend, aufrecht und würdig auf seinem Hocker sitzend.

Die Straße war dunkel, und Weatherby beeilte sich sehr, an seine Haustür zu gelangen, hielt sich mit Mühe zurück, um nicht zu rennen. Er stieg die Treppe empor, weil der Fahrstuhl ihm zu langsam war. Als er die metallene Wohnungstür öffnete, sah er Licht im Schlafzimmer.

«Bist du es, Liebling?» Er hörte die verschlafene Stimme seiner Frau.

«Ich bin gleich bei dir», rief ihr Weatherby zu. «Ich muß nur noch zuschließen.» Er schob den Extrariegel vor, den sie meist nicht benutzten, und dann schritt er behutsam, ohne Eile, wie an jedem Abend über den Teppich des dunklen Wohnzimmers.

Dorothy war im Bett, die Nachttischlampe brannte, und die Zeitschrift, in der sie gelesen hatte, lag am Boden neben ihr. Sie lächelte ihn schläfrig an. «Du hast eine faule Frau», sagte sie, als er sich auszukleiden begann.

«Ich dachte, du seist ins Kino gegangen», sagte er.

«Bin ich auch. Aber ich schlief immer wieder ein, und so kam ich nach Hause zurück.»

«Möchtest du irgend etwas? Ein Glas Milch? Ein paar Kekse?»

«Nur schlafen», sagte sie, rollte sich auf den Rücken, die Decke bis zum Kinn angezogen, das Haar locker auf dem Kissen. Er schlüpfte in seinen Pyjama, knipste das Licht aus, stieg ins Bett, kuschelte sich an sie, und sie hob ein wenig den Kopf und legte ihn auf seine Schulter.

«Whisky», murmelte sie schlaftrunken. «Warum haben die Leute so ein Vorurteil gegen Whisky? Ich finde, es riecht wunderbar. Hast du schwer geschuftet, Liebling?»

«Es war nicht so schlimm», sagte er und fühlte die Frische ihres Gesichts.

«Hmm», machte sie und schlief ein.

Er lag noch eine Weile wach, hielt sie sanft umschlungen, lauschte den gedämpften Geräuschen der Straße unter ihm. Gott, bewahre uns vor Unheil, sagte er sich, und laß uns das wahre Wesen der Geräusche erkennen, die von der Stadt ringsum zu uns emporsteigen.

Wir waren zu dritt

Munnie Brooks wurde durch die beiden Schüsse vor dem Fenster geweckt. Er öffnete die Augen und blickte zur Decke. Dem Lichte nach, selbst bei zugezogenen Vorhängen, mußte es draußen sonnig sein. Er drehte den Kopf. Im anderen Bett schlief Bert immer noch. Er lag ganz still in dem glatten Laken, träumte friedlich. Munnie stieg aus seinem Bett, ging barfuß im Pyjama zum Fenster und zog die Vorhänge auf.

Der letzte Dunst des Morgens stieg von den Feldern auf, und dahinter, bis weit in die Ferne, schimmerte die See im Licht der Oktobersonne. Weiter fort, entlang der gewundenen Küste, ragten die Pyrenäen mit ihren grünen Hängen in den blassen Himmel. Hinter einem Heuhaufen, etwas mehr als hundert Meter entfernt, jenseits des Randes der Hotelterrasse, traten ein Jäger und sein Hund hervor; sie gingen langsam, und der Jäger lud erneut sein Gewehr. Während Munnie ihn beobachtete, erinnerte er sich mit mildem, feinschmeckerischem Vergnügen an das frisch getötete, vom Sommerfutter schwere und fleischige Rebhuhn, das sie am Abend zuvor gegessen hatten.

Der Jäger war ein alter Mann in blauer Fischerkleidung, und er trug hohe Gummistiefel. Kräftig und solide gebaut, schritt er behutsam hinter seinem Hund über die Stoppeln. Wenn ich einmal alt bin, sagte sich Munnie, der zweiundzwanzig war, hoffe ich, mich auch so zu fühlen und so auszusehen, wenn ich an einem Oktobermorgen auf die Jagd gehe.

Er blickte auf seine Uhr. Es war nach zehn. Sie waren alle drei in der vorigen Nacht lange aufgeblieben, hatten den Abend im Casino von Biarritz verbracht. Im Sommer, als sie an der Côte d'Azur gewesen waren, hatte ein Fallschirmjägerleutnant auf Urlaub ihnen ein idiotensicheres System beigebracht, beim Roulette zu gewinnen, und seitdem gingen sie, wo sie konnten, in die Casinos. Das System setzte ein ziemlich großes Anfangskapital voraus, und sie hatten in einer Nacht nie mehr als 8000 Francs gewonnen, mußten oft bis drei Uhr morgens den Drehungen des Rades folgen, aber wenigstens hatten sie bisher nichts verloren. Es machte ihre Ferien unerwartet luxuriös, besonders an Orten, wo es ein Casino gab. Das System war an sich sehr einfach, man setzte nicht auf Zahlen, nur auf Rot oder Schwarz und mußte den Einsatz in einem etwas komplizierten Rhythmus verdoppeln. Am vorigen Abend hatten sie nur 4500 Francs gewonnen, und es hatte bis zwei Uhr morgens gedauert, doch sie konnten bis spät in den Morgen schlafen, und bei dem schönen Wetter und dem Anblick des alten Mannes, der vor dem Fenster Vögel jagte, wirkten die auf der Kommode liegenden Geldscheine wie ein Vorzeichen des Glücks und das Versprechen eines angenehmen Tages.

Als er dastand, die warme Sonne auf seinen nackten Füßen fühlte, den salzigen Duft des Meeres atmete, das ferne Rauschen der Brandung vernahm, an das verspeiste Rebhuhn und das Roulettespiel und an alles andere dachte, was er in diesem Sommer erlebt hatte, verspürte Munnie nicht mehr die geringste Lust, heute, wie geplant, zur Heimfahrt aufzubrechen. Er blickte dem Jäger nach, der seinem Hund langsam über das braune Feld am Rande des Meeres folgte, und wußte, daß er, wenn er älter wäre, an den Sommer zurückdenken und sich sagen würde: Ach, wie herrlich ist es damals gewesen, als ich noch jung war. Diese doppelte Fähigkeit, den Augenblick mit der Unmittelbarkeit der Jugend und der versonnenen Melancholie des Alters zu genießen, hatte Bert zu der halb ernsthaften und halb spöttelnden Bemerkung veranlaßt: «Munnie, ich beneide dich. Du hast eine seltene Gabe – die Gabe des augenblicklichen Zurücksehnens. So bekommst du aus allem deinen doppelten Einsatz zurück.»

Die Gabe hatte aber auch ihre Nachteile. Es fiel ihm schwer, Orte zu verlassen, die ihm gefielen, jedes Ende, jeder Abschied war gefühlsbeladen, weil der alte Mann, den er in sich trug, ihm stets mit herbstlichem Weh zuflüsterte, so werde es nie wieder sein.

Doch diesem langen Sommer, der sich bis in den Oktober

hinein erstreckt hatte, ein Ende zu setzen, erschien ihm schmerzlicher als jedes andere Ende, als jeder andere Abschied, den er bisher gekannt hatte. Es waren die letzten Tage der letzten wirklichen Ferien seines Lebens, fühlte er. Diese Europareise war ein Geschenk seiner Eltern gewesen, nach der Abschlußprüfung im College, und jetzt, wenn er zurückkehrte, würden sie alle am Pier stehen, die gütigen, ihn willkommenheißenden, fragenden Leute, würden erwarten, daß er sich an die Arbeit machte, ihn fragen, was er zu tun beabsichtigte, ihm Stellungen und Ratschläge anbieten, ihm mit aller Liebe und Unerbittlichkeit die Fesseln des verantwortlichen und anpassungsbereiten Erwachsenen anlegen. Von jetzt an würden alle Ferien nur noch kurze und eilig durchlebte Sommerpausen zwischen Arbeit und Arbeit sein. Die letzten Tage deiner Jugend, sagte der alte Mann in ihm. In sieben Tagen legt das Schiff im Hafen an.

Munnie drehte sich um und blickte auf seinen schlafenden Freund. Bert schlummerte ruhig auf dem Rücken, ausgestreckt und entspannt unter den Decken, die sonnengebräunte, dünne Nase im rechten Winkel in die Luft gestreckt. Auch das wird sich ändern, sagte sich Munnie. Wenn das Schiff einmal im Hafen eingelaufen ist, werden wir uns nie mehr so nahe sein. Nie mehr so nahe wie auf den Felsen über dem Meer in Sizilien oder beim Herumklettern durch die sonnigen Ruinen von Paestum oder beim Verfolgen der beiden kleinen Engländerinnen durch die römischen Nachtlokale. Nie mehr so nahe wie an jenem regnerischen Nachmittag in Florenz, als sie zum ersten Mal mit Martha plauderten. Nie mehr so nahe wie auf der langen, vergnüglichen Reise, als sie alle drei, in dem kleinen, offenen Wagen zusammengedrängt, die ligurische Küste hinauf nach Frankreich fuhren, überall hielten, wo es ihnen gefiel, um eine Flasche Weißwein zu trinken oder von dem kleinen Strand mit all den kleinen bunten Fähnchen und Wimpeln im heißen, nachmittäglichen Mittelmeerwind ins Meer hinauszuschwimmen. Nie mehr so nahe wie in jener verschwörerischen Stunde beim Bier mit dem Fallschirmjäger in der Bar des Casinos von Juan-les-Pins, als dieser ihnen das unschlagbare System beibrachte. Nie mehr so nahe wie in den nach Lavendel duftenden, lachenden Morgenstunden, wenn sie, mit ihren Gewinnen prahlend, ins Hotel zurückfuhren und Martha zwischen ihnen eindöste. Nie mehr so nahe wie an dem heißen Nachmittag in Barcelona, als sie in der Arena auf der Sonnenseite saßen, schwitzend und brüllend, die Augen mit der Hand schirmend, während der Matador mit den beiden Ohren des Stiers seine Runde machte, und die Menge ihm Blumen und Weinschläuche zuwarf. Nie mehr so nahe wie in Salamanca und Madrid und auf der Straße durch das strohfarbene, heiße, öde Land bis nach Frankreich hinauf, als sie süßen, rauchigen spanischen Weinbrand tranken, sich an die Musik zu erinnern versuchten, zu der die Zigeuner in den Kellerlokalen getanzt hatten. Nie mehr so nahe schließlich wie hier in diesem kleinen, weißgetünchten baskischen Hotelzimmer, Bert immer noch schlafend, Munnie am Fenster stehend und dem alten Mann mit seinem Hund und seiner Flinte nachblickend, und Martha schlafend oben im Zimmer über ihnen, zusammengekrümmt wie ein Baby in ihrem Bett, in Erwartung, daß sie kämen, wie sie es immer taten, aber immer zu zweit, als ob sie einander nicht trauten oder sich selbst nicht trauten, um sie zu wecken und ihr zu sagen, was sie für den Tag planten.

Munnie zog die Vorhänge weit auf, ließ das Sonnenlicht hereindringen. Falls ich je in meinem Leben ein Schiff verpassen werde, sagte er sich, so wird es das sein, das übermorgen von Le Havre abfährt.

Er ging an Berts Bett, bemühte sich, nicht auf die Kleider zu treten, die am Boden herumlagen. Dann stieß er Berts nackte Schulter mit dem Finger an. «Aufstehen, Herr und Meister», sagte er. Wer von ihnen beim Tennisspiel verloren hatte, mußte den anderen vierundzwanzig Stunden lang Herr und Meister nennen. Bert hatte am Tag zuvor gewonnen, 6-3, 2-6, 7-5.

«Es ist nach zehn.» Munnie stieß ihn noch einmal an.

Bert schlug beide Augen auf, starrte kalt zur Decke. «Habe ich einen Kater?» fragte er.

«Wir haben nur eine Flasche Wein beim Essen getrunken, und danach zwei Bier.»

«Also habe ich keinen Kater», sagte Bert, als ob ihn die Nachricht deprimierte. «Aber es regnet draußen.»

«Es ist ein heller, heißer, sonniger Morgen», sagte Munnie.

«Und mir hat man immer erzählt, es regne ständig an der baskischen Küste.»

«Dann hat man dich angelogen. Los, aus dem Bett!»

Bert schwang langsam die Beine über die Bettkante, saß da, schlank, knochig, mit nacktem Oberkörper, in seinen zu kurzen Pyjamahosen, aus denen seine großen Füße locker baumelten. «Weißt du, warum die Amerikanerinnen länger als die Amerikaner leben, Dicker?» fragte er und blinzelte Munnie im blendenden Sonnenlicht zu.

«Nein.»

«Weil sie den ganzen Vormittag schlafen. Das ist mein Ehrgeiz», sagte Bert und legte sich aufs Bett zurück, die Füße jedoch hängen lassend. «Ich beabsichtige, so lange wie die Amerikanerinnen zu leben.»

Munnie zündete sich eine Zigarette an und warf Bert eine zu, dem es gelang, sie anzuzünden, ohne den Kopf zu heben. «Während du die kostbaren Stunden deiner Kindheit im Schlaf verbrachtest, hatte ich eine Idee», sagte Munnie.

«Häng sie ans Schwarze Brett.» Bert gähnte und schloß die Augen. «Die Direktion ist bereit, jeden Angestellten, der uns eine wertvolle Idee liefert, mit einem rindsledernen Pferdesattel zu belohnen, natürlich nur, wenn sie praktisch verwendbar ist...»

«So höre doch», sagte Munnie eifrig. «Ich finde, wir sollten das verdammte Schiff verpassen.»

Bert rauchte schweigend, kniff die Augen zusammen, streckte die Nase zur Decke empor. «Manche Leute», sagte er, «sind geborene Schiffsverpasser und Zugverpasser und Flugzeugverpasser. Meine Mutter zum Beispiel. Sie hat sich einmal vor dem Tode bewahrt, weil sie sich beim Lunch eine zweite Nachspeise bestellte. Die Maschine flog gerade ab, als sie auf den Flugplatz kam, und stürzte fünfunddreißig Minuten später brennend ab. Kein einziger Überlebender. Es war Eiscreme mit frischen Erdbeeren...»

«Nun komm schon, Bert.» Manchmal ging es Munnie auf die Nerven, wenn Bert ihn mit seinen langen Abschweifungen beim Nachdenken störte. «Ich weiß alles über deine Mutter.»

«Im Frühling ist sie ganz verrückt nach Erdbeeren. Sage mir, Munnie, hast du je etwas in deinem Leben vermißt?»

«Nein», sagte Munnie.

«Hältst du es für schlau, in diesem späten Stadium an dem vorgezeichneten Muster des Schicksals herumzukorrigieren?»

Munnie ging ins Badezimmer, füllte ein Glas mit Wasser. Als er zurückkam, lag Bert immer noch auf dem Bett, ließ die Beine über den Rand baumeln und rauchte. Munnie beugte sich über ihn, ließ langsam das Wasser über Berts nackte Brust rinnen. Es plätscherte ein bißchen und verlief sich dann in die Laken.

«Ah», rief Bert, immer noch rauchend, aus. «Wie erfrischend.»

Sie lachten beide, und Bert setzte sich auf.

«Na schön, Dicker», sagte Bert. «Ich wußte nicht, daß du es ernst meintest.»

«Ich dachte mir, wir bleiben hier, bis das Wetter schlecht wird. Es ist zu sonnig, um nach Hause zu fahren.»

«Und was machen wir mit den Schiffskarten?»

«Wir telegraphieren den Leuten in Le Havre und sagen ihnen, wir würden umbuchen. Sie haben bestimmt eine meilenlange Warteliste und werden sehr erfreut sein.»

Bert nickte. «Und was ist mit Martha?» fragte er. «Vielleicht muß sie heute nach Paris fahren.»

«Martha muß nirgendwohin fahren. Und zu keiner Zeit. Das weißt du sehr gut.»

Bert nickte abermals. «Das glücklichste Mädchen der Welt.»

Draußen vor dem Fenster ertönte wieder ein Schuß. Bert wandte den Kopf, horchte. Ein zweiter Knall. «Mein Gott», sagte Bert und fuhr sich mit der Zunge über die Zähne, «das Rebhuhn gestern abend war fabelhaft.» Er stand auf, wirkte in seinen schlotternden Pyjamahosen wie ein Knabe, der Aussichten hatte, in die Fußballmannschaft seines College aufgenommen zu werden, falls man ihn dazu überreden konnte, ein Jahr lang viel zu essen. Er war ein bißchen feist gewesen, bis er zur Armee ging, aber als er im Mai entlassen wurde, war er hager und sehnig, und man sah seine Rippen. Wenn Martha sich über ihn lustig machen wollte, sagte sie ihm, er sähe in seiner Badehose wie ein englischer Poet aus. Er ging zum Fenster, Munnie stellte sich neben ihn, und sie blickten über die Berge und die See ins Sonnenlicht hinaus.

«Du hast recht», sagte Bert. «Nur ein Idiot würde daran denken, an einem solchen Tag die Heimreise anzutreten. Gehen wir zu Martha und sagen ihr, daß die Schau noch läuft.»

Sie zogen sich rasch an, Bastschuhe, Baumwollhosen und Tennishemden, gingen gemeinsam hinauf, traten in Marthas Zimmer ohne anzuklopfen. Der Wind rüttelte an einem der Fensterläden, aber Martha schlief fest, zusammengekrümmt, nur die Spitze ihres Kopfs war über der Decke zu sehen, das dunkle, struppige, kurzgeschnittene Haar. Das Kopfkissen lag am Boden.

Munnie und Bert standen eine Weile schweigend und blickten auf die schlafende Gestalt mit dem schwarzen Wuschelkopf, jeder von ihnen überzeugt, daß der andere nicht wußte, was er dachte.

«Erwache», sagte Bert leise, «erwache zu Ruhm und Ehre.» Er trat zum Bett und berührte Marthas Haar. Munnie, der es sah, fühlte ein Zucken in seinen Fingern.

«Bitte», murmelte Martha mit geschlossenen Augen. «Es ist ja noch mitten in der Nacht.»

«Es ist fast Mittag», sagte Munnie, zwei Stunden hinzulügend, «und wir haben dir etwas mitzuteilen.»

«Teilt es mir nur mit», sagte Martha, «und verschwindet.»

«Mein beleibter Freund hier», sagte Bert, der an ihrem Kopfende stand, «hat eine Idee ausgebrütet. Er meint, wir sollten hierbleiben, bis es regnet. Was hältst du davon?»

«Natürlich», sagte Martha.

Bert und Munnie lächelten sich zu, fühlten wieder einmal, wie gut sie Martha verstanden. «Martha», sagte Bert, «du bist das einzige lebende Beispiel des vollkommenen Mädchens.»

Dann verließen sie das Zimmer, um ihr Zeit zu lassen, sich anzuziehen.

Sie hatten Martha Holm in Florenz kennengelernt. Da sie

offenbar die gleichen Vorstellungen darüber hatte, welche Museen und Kirchen man besuchen sollte, liefen sie sich ständig in die Arme, und da sie allein und ganz offenbar eine Amerikanerin war, von jener Art, wie es sie, Bert dixit, hübscher nicht gibt, machten sie schließlich nähere Bekanntschaft. War es, weil sie sie zuerst in den Uffizien unter all den Botticellis gesehen hatten? Jedenfalls fand Munnie, der es allerdings für sich behielt, daß sie trotz ihres kurzen, dunklen und wuschligen Haars wie die Primavera aussah, schlank, hochgewachsen, mädchenhaft, mit langer, schmaler Nase und tiefen, träumerischen und gefährlichen Augen. Angesichts einer einundzwanzigjährigen Amerikanerin in Jeans, die ein Jahr auf dem Smith College verbracht hatte, auf derartige Gedanken zu kommen, erschien ihm zwar überschwenglich und ein bißchen peinlich, aber er konnte nicht anders. Martha gegenüber erwähnte er es nie, und natürlich sagte er auch Bert kein Wort darüber.

Martha kannte eine Menge Leute in und um Florenz herum (später stellte es sich heraus, daß sie überall eine Menge Leute kannte), und sie verschaffte ihnen eine Einladung nach Fiesole in eine Villa mit Swimmingpool und zu einer Party, auf der Munnie sogar mit einer Contessa tanzte. Martha lebte seit fast zwei Jahren in Europa, wußte wunderbar Bescheid, wohin es sich zu gehen lohnte und welche Touristenfallen man vermeiden mußte, und sie sprach Italienisch und Französisch, war stets bereit, wenn man ihr sagte, sie solle bereit sein, schrie nicht um Gnade, wenn man ihr zumutete, ein paar Straßenblocks zu Fuß zu gehen, und sie lachte über Berts und Munnies Witze, machte auch selber welche, und sie kicherte nicht, weinte nicht und schmollte nicht, was sie turmhoch über alle anderen Mädchen stellte, die Munnie je gekannt hatte. Nachdem sie drei Tage in Florenz verbracht hatten und von dort nach Portofino und Frankreich aufbrechen sollten, schien es ihnen unerträglich, sie zurückzulassen. Soweit es Munnie und Bert bekannt war, hatte sie keine eigenen Pläne. «Ich schreibe meiner Mutter», erklärte sie, «daß ich Kurse auf der Sorbonne nehme, was ja auch fast der Wahrheit entspricht, zumindest im Winter.»

Marthas Mutter lebte in Philadelphia, war dreimal geschieden, und Martha erzählte, sie schicke ihr von Zeit zu Zeit ein Foto, um, wenn sie schließlich heimkehrte, den peinlichen Augenblick zu vermeiden, wenn ihre Mutter auf dem Pier stand und sie nicht wiedererkannte.

So setzten sich Munnie und Bert mit ihr zu einem ernsthaften Gespräch in ein Café auf der Piazza della Signoria zusammen, bestellten Kaffee und unterbreiteten ihr den Vorschlag.

«Was wir beschlossen haben», sagte Bert, während Munnie in stillem Einvernehmen neben ihm saß, «ist folgendes: Die Brooks-Carboy-zwanglose-Europatour könnte Sie als Dolmetscherin, Hotelfinderin und Vorschmeckerin ausländischer Kost verwenden. Im übrigen würde es der Reise eine willkommene weibliche Note hinzufügen. Sind Sie daran interessiert?»

«Ja», sagte Martha.

«Wir möchten wissen, ob wir mehr oder weniger unsere Zeitpläne abstimmen könnten», sagte Munnie.

Martha lächelte. «Mein Zeitplan ist auf jede Kursabweichung eingestellt. Habt ihr das noch nicht gemerkt?»

«Soll das heißen», fragte Munnie, der in allem absolute Klarheit liebte, «daß du mitkommen willst?»

«Das heißt, daß ich sehr gerne mitkommen möchte», sagte Martha, «und ich hoffte, ihr würdet mich darum bitten.» Sie blickte jedem von ihnen die gleiche Anzahl von Sekunden in die Augen, erfreut, dankbar, zu allem bereit.

«Und jetzt noch eins», sagte Bert, «Munnie und ich haben alles besprochen, und wir werden es dir erklären. Ein Unternehmen wie dieses muß im voraus geplant werden, weil es sonst in einer finsteren, scheußlichen Katastrophennacht zusammenbricht. Wir haben uns ein paar gute, praktikable Verhaltensregeln ausgedacht, und wenn du damit einverstanden bist, reisen wir morgen ab. Falls nicht, so nehmen wir es dir nicht übel und wünschen weiterhin einen angenehmen Sommer.»

«Nun komm schon zur Sache, Bert», ermahnte Munnie ihn ungeduldig. «Erspare uns die lange Präambel.»

«Regel Nummer eins», sagte Bert, und Martha saß ganz still, nickte feierlich, hörte zu, «Regel Nummer eins ist grundsätzlich. Keine Verwicklungen. Munnie und ich sind alte Freunde, wir haben diesen Sommer seit Jahren geplant, sind bisher glänzend miteinander ausgekommen und beabsichtigen nicht, uns eines Tages zu duellieren oder dergleichen. Aber ich kenne die Frauen . . .» Er hielt inne, wollte sehen, ob einer der beiden zu lächeln wagte. Sie lächelten nicht.

«Bevor er in der Armee war, hätte er das nicht gesagt», erklärte Munnie.

«Was weißt du über die Frauen?» fragte Martha und blieb ernst.

«Ich weiß, daß Frauen immer mit Auswählen beschäftigt sind», sagte Bert. «Sie betreten ein Zimmer, und wenn fünf Männer anwesend sind, arbeitet es in ihrem Kopf wie eine Rechenmaschine, und dann werden Löcher gestanzt. Erste Wahl, zweite Wahl, annehmbar, möglich, unmöglich.»

«Mein Gott.» Martha begann zu lachen. Sie hielt sich die Hand vor den Mund und versuchte, ein ernsthaftes Gesicht zu machen. «Verzeihung. Munnie . . . glaubst du daran?»

«Ich weiß nicht», antwortete er verlegen. «Ich habe nicht Berts Erfahrung. Ich war nicht in der Armee.»

«Ich kann dir sogar sagen, wie du wählen würdest, soweit es Munnie und mich betrifft», sagte Bert. «Also kannst du dir die Mühe ersparen und brauchst keine Zeit zu verschwenden.»

«Sag es mir», bat Martha. «Bitte.»

«Zu Beginn gäbe es die Tendenz, mich zu wählen. Die Gründe erkläre ich ein anderes Mal. Dann, nach einer Weile, setzt die Schwankung ein, und Munnie gewinnt die letzte Entscheidung.»

«Armer Bert», sagte Martha lachend, «wie schrecklich für dich! Immer nur das Eröffnungsspiel zu gewinnen? Aber warum erzählst du mir das alles?»

«Weil du uns versprechen mußt, keinen zu wählen», sagte Bert. «Und falls du doch wählst, mußt du dein Geheimnis mit ins Grab nehmen.»

«Mit ins Grab», wiederholte Martha, bemüht, feierlich zu klingen.

«Bis unser Schiff wieder in See sticht, verhalten wir uns wie Brüder und Schwester», sagte Bert. *«D'accord?»*

«D'accord», stimmte Martha zu.

«Gut.» Bert und Munnie nickten einander zu, erfreut, wie vernünftig sie alle waren.

«Regel Nummer zwei», fuhr Bert fort. «Falls wir nach einer gewissen Zeit das Gefühl haben, daß wir uns auf die Nerven gehen – dann sagen wir Lebewohl, und du verschwindest. Keine Tränen, keine Vorwürfe, keine Szenen. Nur ein freundlicher Händedruck, und dann auf zum nächsten Bahnhof. *D'accord?*»

«Zweimal *d'accord*», sagte Martha.

«Regel Nummer drei – jeder zahlt genau ein Drittel der Kosten.»

«Selbstverständlich», sagte Martha.

«Regel Nummer vier.» Bert redete wie der Vorsitzende eines Aufsichtsrats, der einen Operationsplan erklärt. «Jeder ist frei, überall hinzugehen, wohin es ihm oder ihr beliebt, und mit jedem oder jeder, der oder die ihm beliebt, ohne irgend jemandem eine Erklärung schuldig zu sein. Wir sind keine unzertrennliche Einheit, weil unzertrennliche Einheiten langweilig sind. O. K.?»

«Ein freier, lockerer Bund souveräner Staaten», sagte Martha. «Einverstanden. Wie es jedem beliebt.»

Sie schüttelten sich die Hände, umgeben von den riesigen Statuen auf dem Platz, und am nächsten Morgen ging es in aller Frühe los, nachdem sie eine Möglichkeit gefunden hatten, Martha zwischen sich in den Wagen zu zwängen und ihr Gepäck hinten anzuschnallen, und alles klappte wunderbar. Während des ganzen Sommers war es zu keinem einzigen Streit gekommen, obgleich sie viel und oft diskutiert hatten, unter anderm über Sex, Religion, Politik, die Ehe, die Wahl eines Berufs, die Stellung der Frau in der modernen Gesellschaft, das Theater in New York und in Paris, die jeweils angemessene Größe der weiblichen Badekostüme an den Stränden Italiens, Frankreichs und Spaniens. Und als Bert sich für etwa eine Woche mit einer blonden, molligen Amerikanerin eingelassen hatte, schien es Martha nicht im geringsten zu stören, selbst nachdem das Mädchen in ihr Hotel gezogen war und sich neben Munnies und Berts Zimmer eingerichtet hatte.

In Wahrheit schien nichts Martha besonders zu stören. Sie begrüßte die Ereignisse jedes Tages mit einer sonderbaren, fast träumerischen Gelassenheit. Sie schien keine eigenen Entscheidungen zu treffen, und was auch immer die anderen beschlossen, ganz gleich was sich daraus ergab, nahm sie gutmütig, lächelnd und zustimmend hin. Munnie sah eine gewisse Beziehung zwischen dieser angenehmen Willenlosigkeit und ihrem ganz außergewöhnlichen Talent zum Schlafen. Falls niemand sie am Morgen weckte, schlief sie bis mittag, bis zwei Uhr nachmittags, selbst wenn sie am Vorabend früh zu Bett gegangen war. Es entsprach keinem physischen Bedürfnis, denn sie brauchte den Schlaf nicht, machte nie eine Andeutung, daß es Zeit zum Schlafengehen sei, war oft bis spät in die Nacht hinein auf, ganz gleich, wie früh oder spät sie am Morgen aufgestanden war. Sie schrieb nie Briefe, bekam auch selten Post, weil sie fast nie daran dachte, bei der Abreise eine Nachsendeadresse zu hinterlassen. Wenn sie Geld brauchte, telegraphierte sie der Bank in Paris, die ihre Einkünfte verwaltete, und wenn es kam, gab sie es leichtsinnig aus. Für Kleider interessierte sie sich wenig, und sie trug ihr Haar, wie sie Bert und Munnie erklärte, nur aus dem Grund so kurz, weil sie sich nicht ständig kämmen wollte.

Wenn sie sich über ihre Zukunftspläne unterhielten, war sie noch unbestimmter als sonst. «Ich weiß nicht», sagte sie dann, achselzuckend, lächelnd, wie über sich selbst ein wenig erstaunt. «Ich nehme an, ich werde mich einfach treiben lassen. Abwarten und weitersehen. Für den Augenblick habe ich jedenfalls nichts Bestimmtes vor. Ich sehe auch niemanden meines Alters, der irgend etwas so furchtbar Interessantes tut. Ich warte auf eine Erleuchtung, die mich in eine bestimmte Richtung treibt. Aber ich habe keine Eile, mich festzulegen, wirklich keine Eile . . .»

Seltsamerweise erschien Martha gerade in ihrer Richtungslosigkeit Munnie interessanter als alle anderen Mädchen, die er je gekannt hatte, jene positiv eingestellten, jedoch beschränkten Mädchen, die genau wußten, was sie wollten, nämlich heiraten, Kinder kriegen, einem vornehmen Club angehören, oder die, die zur Bühne wollten oder zum Film, nach Ruhm strebten, oder die, deren Ehrgeiz es war, Lektorinnen oder Direktorinnen eines

College zu werden. Martha hatte sich bisher auf nichts festgelegt, weil sie noch auf nichts gestoßen war, was ihr wirklich lohnend erschien. So dachte jedenfalls Munnie, und er glaubte fest, sie sei, wenn sie sich einmal entschlossen hätte, für etwas sehr Großes, Einzigartiges und Ruhmreiches bestimmt.

Die einzige der in Florenz aufgestellten Regeln, an die sie sich nicht gehalten hatten, war die, keine unzertrennliche Einheit zu sein, denn mit Ausnahme der Woche der molligen Blonden in St. Tropez waren sie immer die unzertrennlichsten Freunde gewesen. Das hätte sich wahrscheinlich nicht so ergeben, wenn Martha eine andere Art von Mädchen gewesen wäre, kokett oder anspruchsvoll oder blöde, und wenn Munnie und Bert nicht so gute Freunde gewesen wären, die einander so völlig vertrauten, und schließlich hätte es sich nicht so ergeben, wenn sie ein bißchen älter gewesen wären. Aber es hatte wunderbar geklappt, zumindest bis zur ersten Oktoberwoche, und mit einigem Glück würde es auch weiterhin klappen, bis sie Martha zum Abschied küßten, in das Auto stiegen und nach Le Havre fuhren.

Sie lagen am menschenleeren Strand bis fast zwei Uhr nachmittags, und dann gingen sie schwimmen. Sie schwammen um die Wette, weil das Wasser kalt war und man sich so am besten warm halten konnte. Es war nur eine kurze Strecke, etwa fünfzig Meter, und Munnie war völlig außer Atem, als er ankam und Marthas Tempo einzuhalten versuchte. Martha hatte einen leichten Sieg, schwamm entspannt auf dem Rücken, als Munnie sie prustend und keuchend erreichte.

«Wenn ich bloß nicht dieses Asthma hätte», sagte Munnie grinsend und sich ein bißchen schämend.

«Mach dir nichts draus», sagte Martha und stieß sich sanft mit den Beinen voran. «Frauen sind von Natur aus gute Schwimmerinnen.»

Sie standen beide auf und sahen Bert langsam und unverdrossen auf sie zuschwimmen.

«Bert», sagte Martha, als er sie endlich erreicht hatte. «Du bist der einzige Mann, den ich kenne, der beim Schwimmen wie eine alte Dame am Steuer eines Elektromobils aussieht.»

«Meine Begabungen laufen in anderer Richtung», erklärte Bert mit Würde.

Sie liefen zum Strand, schreiend und rosig vom kalten Wasser, mit den Armen fuchtelnd. Unter dem großen Badetuch zogen sie sich nacheinander an, des Anstands wegen. Martha trug Hosen, die ihr bis zur Mitte der Waden reichten, und einen wollenen Rollkragenpullover mit blauen und weißen Streifen. Während Munnie ihr zusah, wie sie mit leichten, lässigen Bewegungen ihre Kleidung zurechtzog, hatte er das Gefühl, er würde nie wieder in seinem Leben etwas so Fröhliches und irgendwie so Rührendes wie Martha Holm erblicken, in ihrem gestreiften Pullover, auf dem sonnigen Strand, wie sie das Meerwasser aus ihrem kurzgeschnittenen dunklen Haar schüttelte.

Sie beschlossen, ein Picknick zu machen, anstatt ins Restaurant zu gehen, und sie stiegen in den kleinen, zweisitzigen MG, den Munnies Bruder ihm hinterlassen hatte, als er im vorigen Jahr während des Sommers in Europa gewesen war. Mit Martha auf dem Kissen über der Handbremse in der Mitte fuhren sie in die Stadt, kauften kaltes Huhn, eine lange Stange Brot und ein großes Stück Käse. Vom Gemüsehändler liehen sie sich einen Korb aus, kauften noch ein Kilo blaue Weintrauben und zwei Flaschen Rosé, kletterten in den Wagen zurück und fuhren um den Hafen herum zu der alten Festung, die einst belagert worden und gefallen war und die jetzt zur Sommerszeit als Seglerschule diente. Sie parkten den Wagen, stiegen auf die breite, weiße Mauer zum Meer hinaus, nahmen den Korb, den Wein und das große Badetuch mit, um darauf zu essen.

Von der Mauer aus hatten sie einen weiten Blick über die ovale Hafenbucht, die jetzt leer war bis auf ein kleines Fischerboot mit einem selbstgebastelten Segel, das sich auf Sainte Barbe zubewegte, und auf den menschenleeren Strand und die roten und weißen Häuser von Saint Jean de Luz. Das Bootsdock nahe der Festung war voller kleiner blauer Boote der Snipe-Klasse, zugeschnürt und für den Winter aufgebockt, und von irgendwo in der Ferne erklang ein schwaches Hammergeräusch, einsam und ungewöhnlich für die Jahreszeit. Ein einsamer Arbeiter wechselte die Planken im Bug eines kleinen Fischerboots aus. Draußen auf der See, fast verloren im graublauen Dunst des Horizonts, schaukelten die Boote der Thunfischfänger auf den Wellen. Die Flut war gekommen, die Brandung kam näher, weiß und schäumend, aber nicht bedrohlich rollte sie über die Felsen, auf denen die Mauer stand. Nahe an der Mauer, auf der Seite der Bucht, ragten die Ruinen der alten Bastionen auf, die das Meer in einem anderen Jahrhundert zerstört hatte, in unregelmäßigen Zacken, zerbröckelnd, zu nichts mehr nütze, an römische Bauwerke erinnernd, und Munnie dachte an die Aquädukte, die das Wasser von den Bergen in die inzwischen längst untergegangenen Städte gebracht hatte, und an die Kerker, deren letzte Gefangene vor fünfhundert Jahren gestorben waren.

Sie gingen nicht bis zum Ende der Mauer, die ein breiter Kanal, durch den die Schiffe zwischen See und Hafen verkehrten, vom mittleren Teil des Festungswalls trennte. Selbst an diesem stillen Tag spürte Munnie die Wildheit und Gefahr dort draußen auf dem flachen Felsen, wo sich auch bei ruhigem Seegang die volle Kraft des Meeres vor den geschützten Wassern der Bucht und des Hafens brach. Munnie litt ein wenig an Schwindelgefühlen, und wenn er von der Mauer hinab in die schaumumrandete, grüne Tiefe blickte, sah er sich hilflos da unten versinken oder verzweifelt gegen die Brandung und die Klippen und Felsen ankämpfen, getrieben von den Strömungen, gepeitscht von den aufspritzenden Schaumkämmen. Natürlich sagte er kein Wort darüber, aber er war froh, als Martha fand, sie seien jetzt weit genug gegangen, und er half ihr, das Badetuch behutsam auf der Mitte der Mauer auszubreiten.

Trotz des launischen und manchmal recht kalten Windes zog Bert sich das Hemd aus, um seine Sonnenbräune zu pflegen. Munnie, der sich ein bißchen seines flaumigen, doch recht vollen rötlichen Brusthaars schämte, sagte, der Wind sei ihm zu kalt. Bert warf ihm einen ironischen Blick zu, weil er sehr gut wußte, daß Munnie sich nur wegen seiner behaarten Brust nicht zeigen wollte, sagte aber nichts.

Als Martha das zerlegte Huhn, den Käse, das in Scheiben geschnittene Brot und die Trauben auf Papier gelegt und auf dem Badetuch ausgebreitet hatte, so daß alles in Griffweite und einigermaßen sauber war, neigte Bert den Kopf zur Seite und lauschte dem fernen, langsamen, rhythmischen Hämmern auf der Bootswerft. «Jedes Mal, wenn ich dieses Geräusch an einem Ort wie diesem höre», sagte er, «denke ich an die letzte Szene des ‹Kirschgartens›. Alles ist Melancholie, alles verschließt sich, macht sich zum Sterben bereit, und der Herbst setzt ein...»

«Und wenn ich es höre», sagte Martha, die Trauben ordnend, «denke ich ‹Scheidung, Scheidung, Scheidung...›»

«Da liegt der Unterschied zwischen Rußland und Amerika», sagte Bert. Er ging an den Mauerrand, stand da, die Zehen gefährlich über den Abgrund gestreckt, blickte zum Horizont, eine hohe, hagere, schlaksige Gestalt. Rezitierte, die Arme in weihevoller Geste zum Himmel erhoben: «Brich, brich, brich an kaltem grauen Stein, oh, Meer, ich wollt' mit meinem Herzen stammeln, was in mir aufwallt, mich bewegt...»

«Kommt essen», rief Martha. Sie hockte mit gekreuzten Beinen, hatte die Ärmel ihres dicken Pullovers hochgeschoben, so daß ihre nackten Arme hervorsahen, braun und erstaunlich voll und kräftig für ein so schlankes Mädchen. Sie griff sich ein Stück Huhn, biß herzhaft hinein und sagte: «Die einzige Art von Picknick, die sich wirklich lohnt, und keine Ameisen.»

Munnie trank einen Schluck Wein aus der Flasche, weil sie vergessen hatten, Gläser mitzubringen, brach ein Stück Brot von dem langen Laib, nahm eine Hühnerkeule. Bert setzte sich an Marthas andere Seite, ließ sich langsam mit seinen langen Beinen in die Hocke sinken. Nachdem er sich ein Stück Huhn genommen hatte und genüßlich daran kaute, sagte er: «Glaubt ihr nicht, daß ein nüchtern denkender junger Amerikaner ein Vermögen machen könnte, wenn er in Frankreich eine Fabrik für Papierteller und -becher eröffnete?»

«Das würde nur den unsäglichen mittelalterlichen Reiz zerstören», sagte Martha.

«Ach, dieser verdammte unsägliche mittelalterliche Reiz des fettigen Papiers», rief Bert aus. «Nur eine Frau bringt es fertig, auf solche Dinge zu achten, nicht wahr, Munnie?» Er hob die Brauen, schnitt ein übertrieben theatralisches Gesicht. «O Gott, war es nicht ein Glück, daß wir in Florenz in diese Galerie gingen und Martha fanden? Weißt du, wie unser Sommer sonst verlaufen wäre? All dem weiblichen Pöbel Europas wären wir ausgesetzt gewesen – all den italienischen Filmsternchen mit ihren prallen Brüsten und zu eng geschnürten Taillen, all den mageren französischen Mannequins, all den gierigen, goldbraunen, nach Arpège riechenden, geschiedenen amerikanischen Frauen. O Gott, Munnie, hast du nicht das Gefühl, daß die Vorsehung an diesem Tage im Museum über dir gewacht hat? Sag mir die Wahrheit, beleibter Freund, fühlst du dich da nicht auch in übernatürliche Höhen göttlicher Heiterkeit versetzt?»

«Wo hast du nur diese Art zu reden gelernt?» fragte Martha, griff zur Flasche und führte sie an ihre Lippen.

«Mein Großvater war ein Baptistenprediger in Memphis, Tennessee», sagte Bert, «und er lehrte mich, Gott zu fürchten, die Bibel zu lesen, die Früchte der Erde zu genießen und in wohlausgewogenen Sätzen zu sprechen.» Er stand auf, schwenkte den Hühnerknochen dem Meere zu. «Bereut, ihr Sünder, denn ihr seid in den warmen Wassern geschwommen und habt mit den Jungfrauen geliebäugelt...» Er verbeugte sich in Marthas Richtung. «Und an den Tischen habt ihr gespielt, seid der Muße nachgegangen und habt es versäumt, Postkarten nach Hause zu schicken. Bereut, denn ihr habt Vergnügen gefunden und das Schiff verpaßt...»

«Möchtest du ein Stück Käse?» fragte Martha.

«Mit Senf bitte.» Bert setzte sich wieder, blickte Munnie versonnen an. «Was meinst du, Munnie», sagte er. «Sind wir wirklich so glücklich, wie wir uns fühlen, oder *glauben* wir nur, so glücklich zu sein? Die ewige Frage der Philosophen – Illusion oder Wirklichkeit? Ist diese Mauer aus Stein?» fragte er rhetorisch. «Ist dieser Ozean blau, dieses Wasser naß? Ist dieses Mädchen schön? Sind die Scheine, die wir in unseren Taschen haben, Geld oder in Wirklichkeit nur Preiscoupons, 1922 in Duluth von einer Tabakfabrik ausgegeben, die am ersten Donnerstag nach dem Börsenkrach pleite ging? Ist das, was wir trinken, guter Wein aus Frankreich, oder ist es Essig, mit Blut und Meerwasser gemischt? Rosé de Béarn», sagte er, das Etikett lesend, «es scheint wirklich Wein zu sein, aber *ist* es Wein? Sind wir drei überprivilegierte, weißzähnige, prächtige junge amerikanische Prinzen auf Besuch in ihrer schönsten Kolonie, oder sind wir, ohne es zu wissen, beklagenswerte Flüchtlinge, gehetzt, die Rücken zur See? ... Habt ihr heute früh eine Zeitung gelesen? Wißt ihr die Antwort? Sind wir brüderliche Freunde, oder werden wir einander verraten, bevor die Sonne sinkt? Durchsucht diese Frau nach Dolchen.»

«Du heiliger Mann», sagte Martha, «der Selbstauslöser ist locker.»

Munnie lächelte verträumt, genoß Berts Auftritt. Er selbst war einsilbig und direkt, sagte immer genau, was er dachte, und kein Wort mehr. Aber Berts rhetorische Höhenflüge amüsierten ihn, und er bewunderte Bert, wie ein unmusikalischer, jedoch musikliebender Mann einen Freund bewundert, der ausgezeichnet Klavier spielt und der sich immer in den richtigen Augenblicken, ohne daß man ihn darum bitten muß, an den Flügel setzt. Das alles ging auf die Zeit zurück, als sie beide sechzehn waren und die Schule besuchten. Schon damals hatte sich Bert durch seine skandalösen Improvisationen in Blankversen über die angeblichen Sexgewohnheiten der älteren, leicht kahlköpfigen Dame, die ihnen Chemieunterricht erteilte, ausgezeichnet. Manchmal geriet Bert in Schwierigkeiten, weil er geradezu waghalsig sein konnte, und wenn er richtig in Fahrt war, ließ er sich zu den beleidigendsten Reden hinreißen, ganz gleich, wer ihm zuhörte. So hatten sie sich noch in diesem Sommer wegen eines seiner Auftritte mit vier jungen Deutschen in einer Brasserie in Nizza in eine Schlägerei eingelassen und mußten vor der Polizei fliehen. Bert war mit einem der jungen Leute ins Gespräch gekommen und hatte ihn gefragt, woher er sei, und nach einigem Zögern hatte der Mann gesagt, er sei Schweizer. «Aus welchem Teil der Schweiz?» hatte Bert frech gefragt. «Düsseldorf? Hamburg?»

Die Deutschen, ziemlich große und kräftige Burschen, hatten sich verlegen von ihm abgewandt und wieder ihren Bierkrügen zugedreht, die vor ihnen auf der Theke standen, aber Bert ließ nicht locker. «Der Teil der Schweiz, der mir am besten gefällt, ist Bergen-Belsen», sagte er mit lauter Stimme. «Dort ist es so ländlich, so gemütlich, so voll von lieben Erinnerungen. Ich habe schon immer gesagt, daß die Schweiz den Krieg gewonnen hätte, wenn sie nicht von den Uhrmachern verraten worden wäre. Ein Dolchstoß in den Rücken, jawohl, und Gott sei Dank dafür.»

«Hör doch auf», hatte Munnie ihm zugeflüstert, und Martha hatte warnend den Kopf geschüttelt und Bert am Ärmel gezogen. «Sie sind vier. Sie werden uns glatt ermorden.»

Aber Bert ließ sich durch nichts abhalten. «Meine Herren, ich kann mit Stolz behaupten, daß ich schon immer ein Befürworter der Großschweiz war, und es gibt viele gute, vollblütige Amerikaner, die ebenso wie ich denken.» Die Deutschen tuschelten jetzt miteinander, und Munnie nahm seine Armbanduhr ab und steckte sie in die Tasche, weil er sie sich nicht kaputtmachen lassen wollte, wenn die Prügelei begann.

«Halt den Mund, Bert», sagte Martha. «Sie werden dich mit einem Bierkrug erschlagen.»

«Und jetzt, Freunde», fuhr Bert mit erhobenem Glase fort, «möchte ich mit Ihnen auf das Andenken des größten aller Schweizer anstoßen, des lieben, guten alten Menschenfreundes Adolf Hitler, und dann wollen wir gemeinsam das schöne Lied ‹Schweiz, Schweiz, über alles› anstimmen. Der Text ist Ihnen ja wohl bekannt...»

Munnie war rasch um die Ecke getreten, und als der erste Deutsche die Faust schwang, packte er ihn am Arm und schlug zweimal mit der Rechten auf ihn ein. Die Deutschen waren langsamer, aber sehr kräftig und sehr wütend, und als es Munnie endlich gelang, Bert zur Tür zu zerren, hatte er eine blutige Nase, und Berts Mantelkragen war halb abgerissen, und alle Kellner schrien nach der Polizei.

Die drei rannten durch dunkle Seitengassen, hörten lautes Gebrüll und Rufe hinter sich, doch nach einer Weile war es wieder still. Bert kicherte, während er rannte, schüttelte die rechte Hand, die er sich an einem deutschen Schädel verstaucht hatte, und rief Munnie immer wieder zu: «Aus welchem Teil der Schweiz kommst du, Kumpel? Leipzig? Nürnberg?»

Eine halbe Stunde später, als sie an einer Bar auf der Promenade des Anglais in Sicherheit waren, begannen auch Martha und Munnie die Sache von der komischen Seite zu sehen, und den ganzen übrigen Sommer lang, wenn einer von ihnen etwas sagte oder tat, was den anderen ungehörig oder dumm erschien, fragten sie ihn verwundert: «Aus welchem Teil der Schweiz kommst denn du?»

Jetzt saß Bert am Mauerrand, schwenkte die Weinflasche sanft hin und her, blickte mit einem strahlenden Lächeln in die Bucht hinaus. «Ich glaube, ich werde einen neuen Reisedienst gründen», sagte er. «Außersaisontouren in heruntergekommene Ferienorte. Ich schreibe eine Broschüre mit dem Titel: ‹Erleben Sie das Große Glück! Seien Sie altmodisch! Verbringen Sie die nächsten Ferien einmal ohne Ihre Mitmenschen!› Glaubst du, dein Vater wäre geneigt, uns das nötige Startkapital vorzuschießen, Munnie?»

Bert gab sich dem unerschütterlichen Glauben hin, daß Munnies Vater steinreich und begierig auf ungewöhnliche Geschäfte war, die er, Bert, ihm mit dem größten Vergnügen verschaffen würde. Zu diesen Geschäften gehörten bis jetzt eine Avokadoplantage in der Nähe von Grasse und der Bau einer anderthalb Kilometer langen Skiseilbahn in einem Dorf von zweiundzwanzig Häusern in den spanischen Pyrenäen, und alle Projekte Berts erforderten nicht nur riesige Investitionen, für die Munnies Vater aufkommen sollte, sondern schlossen auch die Notwendigkeit ein, Bert als Manager einen ständigen Wohnsitz in Europa zu garantieren.

«Munnie», sagte Bert, «findest du nicht, wir sollten deinem Vater ein Telegramm schicken?»

«Nein», sagte Munnie.

«Es ist die Chance meines Lebens», sagte Bert. «Wozu will er auf all dem Geld herumsitzen? Damit die Leute von der Erbschaftssteuer es ihm wegnehmen, wenn das schreckliche Ende kommt? Na schön, ich werde schon etwas finden. Es gibt noch andere Wege, einen Dollar umzusetzen.» Er warf einen nachdenklichen Blick auf Martha, die jetzt Weintrauben aß. «Martha», sagte er, «bist du dir bewußt, daß du eine beträchtliche Einkommensquelle sein könntest?»

«Ich werde meinen Körper der wissenschaftlichen Forschung vermachen», sagte sie, «wenn ich fünfundachtzig bin.»

«Das Wesentliche ist», sagte Bert, «daß du keinen Amerikaner heiraten darfst.»

«Man lade diesen Mann zum Verhör vor ein Senatskomitee», sagte Martha.

«Amerika ist kein Land für eine schöne Frau», erklärte Bert. «Die Häuser werden immer kleiner, das Personal immer teurer, und plötzlich sitzt die Schönheit in einem warmen kleinen Nest in Scarsdale, umgeben von Fernsehapparaten, arbeitssparenden Haushaltsgeräten und lieben, netten Leuten, die sie auffordern, dem Eltern- und Lehrerverein beizutreten. Für eine schöne Frau ist ein etwas dekadentes und unwirtschaftlich geführtes Land eher geeignet – Frankreich zum Beispiel. Du könntest einen netten Mann von etwa fünfundvierzig heiraten, mit einem gepflegten Schnurrbärtchen und einem riesigen, sich über Wälder und Hügel erstreckenden feudalen Landbesitz an den Ufern der Loire. Mit herrlichen Jagdgründen für den Herbst und leichten und süffigen Weinen, die auf seinen Ländereien wachsen, mit Dutzenden von Dienern, die die Mützen ziehen und sich verbeugen, wenn die Kombilimousine vorfährt. Dein Mann würde dich anbeten und all deine Freunde einladen, damit du glücklich bist, und dich oft allein lassen, wenn er nach Paris fahren muß, um seinen Geschäften nachzugehen und sich von seinem Arzt die Leber untersuchen zu lassen.»

«Und wo paßt du in dieses Bild hinein?» fragte Martha.

«Er wäre einer der eingeladenen Freunde, die dich glücklich machen sollen», sagte Munnie. Das Gespräch gefiel ihm nicht. Bert hatte es zwar im Spaß gesagt, aber Munnie wußte, daß er sich im Grunde wirklich wünschte, Martha mit einem reichen alten Mann verheiratet zu sehen. Noch vor kurzem, als sie sich über ihre Zukunftspläne unterhielten, hatte Bert gesagt: «Das Wichtigste ist, seine Begabung zu kennen und sich ihrer richtig zu bedienen, und das bedeutet vor allem, sich der unerträglichen Langeweile der Arbeit fernzuhalten. Deine Gabe» – und dabei hatte er Martha angegrinst – «ist die Schönheit. Du hast es leicht. Du wendest sie auf einen Mann an, und dann ist der Himmel die Grenze. Meine Gabe ist eine doppelte, aber auf lange Sicht weniger vielversprechend. Ich habe Charme...» Er grinste breit, wie um sich über sich selbst lustig zu machen, «und mir ist alles egal. Immerhin könnte ich, wenn ich klug genug bin und nicht den falschen Köder auswerfe, damit ein gutes Stück weiterkommen. Was Munnie betrifft . . .», er schüttelte skeptisch den Kopf, «so ist seine Gabe die Tugend. Der arme Kerl. Was kann er damit schon anfangen?»

Jetzt saß Bert auf dem Badetuch, pflückte genüßlich die Trauben vom Zweig, schüttelte den Kopf. «Nein», sagte er, «ich werde nicht einer der eingeladenen Freunde sein. Ich werde zum festen Bestand gehören, als Aufseher, Grundstücksverwalter, als der amerikanische Sonderling ohne Ehrgeiz, der es liebt, in Frankreich, an den Ufern des schönen Flusses zu leben. Ich werde in einer alten Tweedjacke herumlaufen, die ein bißchen nach Pferden und ein bißchen nach neuen Weinfässern riecht, bei allen beliebt, berühmt für meine witzigen Bemerkungen und Lebensweisheiten, und abends – wenn der Herr Gemahl abwesend ist – sitze ich mit der Dame des Hauses am Kamin beim Backgammon-Spiel, und später begebe ich mich, mein letztes Glas Armagnac in der Hand, die Treppe hinauf in ihr Gemach, wo ich sie auf meine vergnügliche amerikanische Art im altehrwürdigen Himmelbett unterhalte . . .»

«Wie idyllisch», sagte Martha.

«Jedem Alter seine Idylle», sagte Bert. «Heute ist heute, morgen ist morgen, im Krieg wie im Frieden . . .»

Munnie fühlte sich sehr unbehaglich, und als er zu Martha blickte, fühlte er sich noch unbehaglicher, denn sie lachte. Seit Florenz hatten sie gemeinsam über eine Menge Dinge gelacht, über alles nur mögliche, aber es mißfiel Munnie, Martha jetzt über diese Worte lachen zu hören.

Er stand auf. «Ich denke, ich gehe ein Stück weiter die Mauer hinauf und mache ein Schläfchen», sagte er. «Weckt mich, wenn ihr aufbrechen wollt.»

Er ging etwa dreißig Meter weiter, rollte seinen Pullover zu einem Kissen zusammen, und als er sich auf dem glatten, warmen Steinboden ausstreckte, hörte er Martha und Bert lachen, ein leises, intimes Lachen in der weiten Einöde.

Er schloß die Augen vor der blendenden Sonne, lauschte dem

fernen Gelächter und verspürte plötzlich einen Schmerz. Es war kein klar definierbarer Schmerz, eher ein seltsam unbestimmtes, schwer einzuordnendes Gefühl, und jedesmal, wenn er sich sagte, «da ist es, jetzt hab ich's» glitt es fort, nicht um zu verschwinden, sondern um anderswo aufzutauchen und ihn wie mit kleinen, spitzen, kaum fühlbaren Fingern zu berühren, und dann, als sich die Hitze wie ein Vorhang auf seine Augenlider senkte, begriff er endlich, daß das, was er fühlte, kein Schmerz war, sondern Kummer.

Ein tiefliegender und komplexer Kummer, der aus vielen Elementen bestand – dem Gefühl des Beraubtseins, dem Schatten des bevorstehenden Abschieds, der Sehnsucht nach Erinnerungen, die alles andere als unschuldig waren, einer Verwirrung der Gefühle, die ihn tiefer aufrührte als alles, was er bis jetzt erlebt hatte. Er war versunken und erschüttert, und er glaubte fest, alles könnte sofort wieder gut sein, wenn Martha – auf telepathischem Wege auf ihn aufmerksam gemacht – endlich aufhörte, mit Bert zu lachen, zu ihm käme, sich zu ihm setzte und seine Hand hielte.

Aber sie bewegte sich nicht, und er hörte sie noch lauter lachen, über irgend etwas, das Bert gesagt hatte, und das er, Munnie, nicht hören konnte.

Plötzlich wußte Munnie, was er tun würde. Sobald sie auf dem Schiff waren, wenn die Regeln und Abmachungen keine Gültigkeit mehr hatten, würde er Martha einen Brief schreiben und ihr einen Heiratsantrag machen. Unbeholfen begann er, in Gedanken den Brief zu entwerfen. *Wahrscheinlich wirst du überrascht sein, weil ich während des ganzen Sommers nie ein Wort darüber sagte, aber ich habe auch lange gebraucht, um zu begreifen, was in mir vorging, und außerdem hatten du und Bert und ich damals in Florenz abgemacht, immer nur gute Freunde füreinander zu sein, worüber ich noch jetzt froh bin. Aber nun bin ich auf dem Schiff und fühle mich frei, dir zu gestehen, was ich für dich fühle. Ich liebe dich und möchte dich heiraten. Ich weiß nicht, was du für mich fühlst, aber vielleicht hielt dich die Abmachung davon ab, mir etwas zu sagen, so wie sie mich davon abhielt. Das hoffe ich jedenfalls. Gleich nach meiner Heimkehr werde ich mir eine Stelle suchen und mich häuslich niederlassen, und dann könntest du kommen und meine Familie kennenlernen, und alles, was sonst noch dazu gehört ...*

Der Brief brach in seinem Kopf ab. Er dachte an seine Mutter, wie sie sich mit Martha zum Tee setzte, hörte sie sagen: «Ihre Mutter lebt also in Philadelphia? Und Ihr Vater ... ach ... Versuchen Sie doch einmal diesen Kuchen hier. Und Sie sagen, Sie seien Munnie in Florenz begegnet und dann mit ihm und Bert den ganzen Sommer lang in Europa herumgereist, zu dritt ... Sahne oder Zitrone?»

Munnie schüttelte den Kopf. Das Problem mit seiner Mutter hatte Zeit, bis es soweit wäre. Er kehrte zu seinem Brief zurück.

Du sagtest einmal, du wüßtest nicht, was du mit dir anfangen solltest, du wartetest auf eine Art von Eingebung, die dir die definitive Richtung weisen würde. Vielleicht lachst du über mich, wenn ich mich als eine Eingebung anbiete, aber vielleicht wird dir eine Ehe mit mir als eine Eingebung erscheinen ...

Er schüttelte angewidert den Kopf. Unmöglich! Mit einem solchen Satz würde er alles verpatzen, selbst wenn sie wahnsinnig in ihn verliebt wäre.

Von anderen Männern in deinem Leben weiß ich nichts, spann er zögernd seinen Text weiter. *Als du mit uns warst, schienst du dich nie für irgendwelche anderen Männer zu interessieren, und du hast auch nie jemanden besonders erwähnt, und soweit ich es sehen konnte, hast du auch nie Bert oder mir den Vorzug gegeben ...*

Er öffnete die Augen und wandte den Kopf in Richtung von Bert und Martha. Sie saßen ganz nahe beieinander, fast Kopf an Kopf, sprachen leise und ernsthaft.

Wie hatte Bert seine sogenannte Gabe beschrieben? Ich habe Charme, und mir ist alles egal. Munnie schloß daraus zufrieden, daß Martha, selbst wenn sie über seinen Egoismus hinwegsah, nicht sonderlich von einer solchen Gabe beeindruckt sein konnte. Und außerdem hatte es ja dann auch noch dieses ganz offen zugegebene Techtelmechtel mit der Blonden in St. Tropez gegeben. Wenn Bert etwas mit Martha geplant hätte, oder wenn Martha, falls Berts Voraussage stimmte, letztendlich doch an einer Wahl zwischen den beiden interessiert gewesen wäre, so hätte *das* ihrem Interesse wohl entschieden ein Ende gesetzt. Bert konnte Munnies Meinung nach allerhöchstens einmal der amüsante, unverheiratete Freund der Familie sein. Von der besten Sorte.

Munnie döste ein wenig ein, benommen von all den schönen Bildern, die ihm seine Phantasie vorgaukelte. Martha, wie sie in Idlewild aus dem Flugzeug stieg, weil ihr auf Munnies Brief hin das Schiff zu langsam gewesen war, und wie er sie auf dem Flugplatz in seine Arme nahm. Und dann, wie Martha und er an einem späten Sonntagvormittag in ihrer Wohnung aufwachten und beschlossen, noch eine Stunde im Bett zu bleiben und erst dann zum Frühstück zu gehen. Wie Martha an seinem Arm auf einer Party erschien, und wie ein leises, bewunderndes und leicht eifersüchtiges Raunen durch die Menge ging, weil Martha so schön war ...

Irgend jemand schrie. In weiter Ferne schrie jemand.

Munnie öffnete die Augen, blinzelte, fragte sich verwirrt, warum jemand mitten in seinem Traum schrie.

Wieder ertönte der Schrei, und jetzt stand Munnie auf und blickte in die Bucht hinaus. Etwa dreihundert Meter vor ihm war ein kleines Boot. Das kleine Fischerboot, das sie schon vorher gesehen hatten. Es war gekentert, lag tief im Wasser, und zwei Gestalten klammerten sich daran. Während Munnie hinschaute, hörte er wieder den Schrei, einen wortlosen, verzweifelten Schrei. Eine Hand und ein Arm blitzten im Sonnenlicht auf, winkten.

Munnie drehte sich um, blickte zu Bert und Martha. Sie lagen ausgestreckt mit den Köpfen ganz nahe aneinander auf dem Badetuch, formten ein weites V, schliefen.

«Bert!» rief Munnie. «Martha! Wacht auf!»

Bert streckte sich, setzte sich auf, rieb sich die Augen. Abermals ertönte der Schrei aus der Bucht, weinerlich klagend.

«Da draußen», sagte Munnie und zeigte in die Richtung. Bert drehte sich um, immer noch sitzend, blickte auf das gekenterte Boot und die beiden fast überspülten Gestalten, ein Mann und eine Frau. «Du großer Gott», sagte Bert. «Was machen die denn da?» Er stieß Martha an. «Wach auf, und schau dir den Schiffbruch an.»

Das Boot lag fast regungslos im Wasser, schaukelte nur ein wenig, wenn die beiden Gestalten sich bewegten und ihre Stellung wechselten. Dann sah Munnie, wie der Mann sich vom Boot abstieß und sich anschickte, an Land zu schwimmen. Er schwamm sehr langsam, und alle dreißig Sekunden hielt er inne, brüllte und winkte. Nach jedem Halt ging er unter, tauchte dann wieder auf, prustend und in Panik.

«Du meine Güte», sagte Bert. «Er läßt die Frau einfach da draußen!»

Bert stand jetzt mit Martha an der Mauer und blickte auf die Bucht hinaus. Der Mann hatte noch gute dreihundert Meter vor sich, bis er am Strand Grund fassen konnte, und mit all dem Geschrei und Gewinke alle dreißig Sekunden sah es nicht so aus, als ob er es schaffen würde. Die Frau, die sich immer noch ans Boot klammerte, schrie auch von Zeit zu Zeit, und ihre Stimme hallte schrill und wütend über das stille, flimmernde Wasser.

Endlich verstand Munnie, was der Schwimmer schrie. *«Au secours! Je me noye, je me noye!»* Hilfe, ich ertrinke. Munnie empfand fast so etwas wie Ärger, weil der Mann mit dieser machtvollen Stimme an diesem friedlichen Nachmittag in der ruhigen, sonnigen Bucht ein solches Theater machte. Er ging zum Mauerrand, stellte sich neben Bert und Martha.

«Scheint ganz gut vorwärts zu kommen», sagte Bert. «Er hat einen guten und kräftigen Stoß.»

«Der wird aber nachher einiges erklären müssen», sagte Martha. «Seine Freundin einfach da draußen zurückzulassen...»

Während sie zuschauten, ging der Mann wieder unter. Er schien eine lange Zeit unter Wasser zu bleiben, und Munnie hatte ein sehr trockenes Gefühl im Mund, als er auf die Stelle blickte, wo der Mann verschwunden war. Aber dann tauchte er wieder auf, dieses Mal mit nackten Schultern und Armen, die aus dem tiefen Wasser hervorglänzten. Er hatte sich das Hemd unter Wasser ausgezogen, und kurz darauf kam das Hemd an die Oberfläche und trieb aufgebläht und durchnäßt davon. Wieder schrie der Mann, und jetzt wurde es ihnen klar, daß die Schreie sich direkt an sie richteten, da der Mann sie auf der Mauer gesehen hatte. Er schwamm weiter, fuchtelte mit den Armen und spritzte um sich.

Munnie überblickte den Strand und die Werft, wo die Boote auf den Winterblocks ruhten. Er sah nichts, was er hätte benutzen können, kein Boot, nicht einmal ein längeres Seil. Er lauschte, ob er noch die Hammerschläge hörte, die sie bei ihrer Ankunft vernommen hatten, aber dann fiel ihm ein, daß sie bereits verstummt waren, als sie noch beim Essen saßen. Weit fort, auf der anderen Seite der Bucht bewegte sich nichts vor den Häusern am Wasser, und nirgends waren Fischer oder Badende oder spielende Kinder zu sehen. Die ganze Welt aus Stein, Sand und Meer schien an diesem Nachmittag nur ihnen drei auf der Mauer zu gehören, und der Frau, die sich an das gekenterte Boot klammerte und schrill und wütend zu dem halbnackten Mann hinüberschrie, der sich im Wasser vorankämpfte, schwerfällig und schnaufend, und der sich immer weiter von ihr entfernte.

Warum hatte das nicht im August geschehen können? sagte sich Munnie verärgert. Er blickte auf die gegen die Mauer anplätschernden Wellen hinunter. Jetzt, bei Ebbe, war es nicht sehr tief, höchstens anderthalb Meter, und in unregelmäßigen Abständen tauchten große Felsstücke und Zementblöcke an der Oberfläche auf. Ein Sprung von hier aus wäre etwa vierzig Meter, also tödlich bei der zu geringen Wassertiefe und den Felsen.

Munnie blickte fast verlegen zu Martha und Bert hinüber. Martha blinzelte, kräuselte die Stirn. Sie kaute an ihrem Daumennagel, gedankenverloren, wie ein kleines Mädchen, das sich mit einer schwierigen Schulaufgabe abplagt. Bert schien skeptisch und milde interessiert, wie jemand, der sich in einem drittrangigen Zirkus ein Akrobatenkunststück anschaut.

«Der verdammte Idiot», sagte Bert. «Wenn man nicht besser mit einem Boot umzugehen versteht, sollte man doch wenigstens den Verstand haben, nahe am Ufer zu bleiben.»

«Diese Franzosen», sagte Martha. «Sie bilden sich ein, sie seien zu allem fähig.» Sie kaute weiter an ihrem Fingernagel.

Der Mann schrie wieder, winkte ihnen zu.

«Was sollen wir tun?» fragte Munnie.

«Dem blöden Kerl ordentlich die Meinung sagen, wenn er an Land kommt», sagte Bert, «weil er ein ganz erbärmlicher Segler ist.»

Munnie beobachtete den Schwimmer. Er kam langsamer vorwärts, schien mit jedem Stoß etwas tiefer ins Wasser zu sinken. «Ich glaube, er schafft es nicht», sagte Munnie.

«Dann kann er mir leid tun», sagte Bert.

Martha sagte nichts.

Munnie schluckte trocken, sagte sich, später werde ich es nicht ertragen, an diesen Tag zurückzudenken, wie ich dastand und einen Menschen vor meinen Augen ertrinken ließ.

Dann blitzte ein anderes Bild in seinem Geiste auf. Es war scharf und klar und sehr vollständig. Er stand mit Bert und Martha vor einem französischen Polizisten, der in Uniform und mit Mütze hinter einem Schreibtisch saß und mit einem klecksenden Füllfederhalter Eintragungen in ein schwarzes Büchlein machte.

«Sie wollen also melden, daß jemand ertrunken ist?» sagte der Polizist.

«Ja.»

«Sie sahen also diesen Mann in einiger Entfernung vom Ufer, und er winkte Ihnen zu, rief um Hilfe und ging dann unter?»

«Ja.»

«Und die Dame?»

«Als wir sie zuletzt sahen, klammerte sie sich immer noch an das Boot und trieb in die offene See hinaus.»

«Aha. Und welche Schritte haben Sie daraufhin unternommen? Was haben *Sie* getan?»

«Wir . . . wir kamen hierher, um es zu melden.»

«Ach ja, natürlich.» Er kritzelte weiter in sein Büchlein. Dann streckte er die Hand aus. «Ihre Pässe bitte.» Ein rasches Blättern durch die Seiten, ein kurzes, kaltes Lächeln, und der Polizist gab ihnen die Pässe zurück. «Ach so, alle drei Amerikaner, wie ich sehe . . .»

Der Mann draußen im Wasser ging wieder für ein paar Sekunden unter.

Munnie versuchte wieder zu schlucken, aber dieses Mal gelang es ihm nicht mehr.

«Ich hole ihn», sagte er. Aber einen Augenblick lang bewegte er sich nicht, als ob mit diesen Worten bereits alles erledigt sei, als ob der Mann auf trockenem Boden, das Boot an Land gebracht, die Schreie verstummt wären.

«Vom Strand aus sind es mindestens zweihundertfünfzig Meter», sagte Bert sehr ruhig. «Und dann noch einmal zweihundertfünfzig Meter zurück, und dazu mit einem verrückten Franzosen am Hals.»

Munnie hörte ihn dankbar. «Ja», sagte er. «Mindestens zweihundertfünfzig Meter.»

«So weit bist du in deinem ganzen Leben nicht geschwommen», sagte Bert und bemühte sich, freundlich und vernünftig zu klingen.

Wieder schrie der Mann, und seine Stimme klang heiser und verzweifelt.

Munnie schritt rasch auf der Mauer entlang, zu der Stelle zurück, wo eine schmale Steintreppe zum kleinen Strand vor dem Festungswall führte. Er rannte nicht, weil er nicht außer Atem sein wollte, wenn er ins Wasser ging.

«Munnie!» hörte er Bert hinter sich rufen. «Sei kein verdammter Idiot!»

Selbst als er die steilen, glitschigen Stufen hinabstieg, war er sich immer noch bewußt, daß Martha kein Wort gesagt hatte. Als er an den Strand gelangte, stapfte er über den Kies, blickte aus, vergewisserte sich der kürzesten Strecke, die ihn zu dem Mann führte. Schwer atmend blieb er stehen, winkte dem Schwimmer ermutigend zu. Jetzt, von der gleichen Höhe aus gesehen, schien ihm die Distanz viel weiter als zweihundertfünfzig Meter. Er schlüpfte aus den Schuhen, zog sich das Hemd aus. Der Wind fühlte sich kalt an auf seiner Haut. Dann zog er sich die Hose aus, legte sie neben sich in den Sand, stand in Unterhosen. Er zögerte. Es war ein altes Paar mit einem Riß in der Hinternaht, den er selbst unbeholfen geflickt hatte. Und plötzlich sah er sich als

Leiche an Land geschwemmt, sah die Menschen, die sich um ihn herum scharten und ein wenig verächtlich lächelnd auf seine schlecht ausgebesserte Unterhose schauten. So knöpfte er sich die Unterhose auf, ließ auch sie in den Sand fallen. Während er ins Wasser watete, sagte er sich, sie hat mich noch nie nackt gesehen, wie findet sie mich wohl?

Ein spitzer Stein schnitt in seine Zehen ein, und der Schmerz trieb ihm Tränen in die Augen. Er ging weiter, bis das Wasser ihm an die Brust ging, stieß sich dann ab und begann zu schwimmen. Das Wasser war kalt, und er hatte fast sofort das Gefühl von Kälte, straffer Haut und Benommenheit. Er bemühte sich, nicht zu schnell zu schwimmen, damit ihm noch einige Kraft blieb, wenn er sich dem Ertrinkenden näherte. Jedes Mal, wenn er aufblickte, um zu sehen, wie weit er war, schien es ihm, als sei er kaum von der Stelle gekommen, und er fand es auch schwer, eine gerade Linie einzuhalten. Irgendwie war es ihm, als triebe er immer nach links ab, in die Richtung der Mauer, und er mußte immer wieder die Richtung korrigieren. Einmal blickte er zur Mauer hinauf, suchte Bert und Martha. Aber er sah sie nicht und geriet einen Augenblick in Panik. Wo, zum Teufel, stecken sie? fragte er sich. Sind sie abgehauen? Er drehte sich auf den Rücken, verlor kostbare Sekunden, sah sie am Strand, direkt am Wasserrand, wie sie ihm nachblickten. Natürlich, sagte er sich.

Er drehte sich um, schwamm methodisch und entschlossen dem Franzosen entgegen. Jedes Mal, wenn er den Kopf aus dem Wasser hob, schien der Franzose zu brüllen und immer noch so weit entfernt wie vorher zu sein. Er beschloß, eine Weile nicht mehr hinzuschauen. Es war zu entmutigend.

Dann begann die Müdigkeit in den Armen. Das kann doch nicht sein, sagte er sich. Ich habe noch nicht einmal fünfzig Meter zurückgelegt. Trotzdem verkrampften sich die Muskeln in den Schultern und Ellbogen, zerrten an den Knochen, und er verspürte einen tiefen Erschöpfungsschmerz in den Armsehnen. Auch seine rechte Hand fing an, sich ein wenig zu verkrampfen, und er ließ sie locker im Wasser hängen, was sein Tempo noch mehr verlangsamte. Aber was sollte er sonst tun? Der Krampf erinnerte ihn daran, daß er erst vor kurzem gegessen hatte, und dazu noch viel Wein und Trauben und Käse. Während er schwamm, das grüne, beizende Wasser in den Augen und rauschend und brausend in seinen Ohren, erinnerte er sich an seine Mutter in all den Sommerferien seiner Kindheit an den Ufern des Sees in New Hampshire, die ihn ständig ermahnt hatte: «Kein Schwimmen, bis mindestens zwei Stunden nach dem Essen verstrichen sind.» Sie saß auf einem kleinen Holzstuhl, unter einem gestreiften Sonnenschirm, überwachte die auf dem schmalen Kiesstrand spielenden Kinder.

Jetzt fühlte er Schmerzen im Nacken und Hinterkopf, und seine Gedanken schwebten unzusammenhängend und schlüpfrig in seinem Bewußtsein. Er erinnerte sich, daß er nie besonders gern geschwommen war, es eigentlich nur getan hatte, um sich ein bißchen abzukühlen und herumzutollen. Das Schwimmen an sich war ihm immer als ein langweiliger Sport erschienen. Immer das gleiche, in endlosen Wiederholungen, heb den linken Arm, heb den rechten Arm, stoße mit den Füßen, und schließlich kommst du bei all der Mühe nirgendwohin. Und er hatte auch nie gelernt, sich das Wasser aus den Ohren zu schütteln, und manchmal war er stundenlang taub gewesen, und er hatte das Wasser immer noch in seinen Ohren gespürt, bis er im Bett lag und lange auf einer Seite geschlafen hatte.

Die Arme fühlten sich ganz benommen an, und so sehr er sich auch bemühte, die Schultern zu rollen, um vorwärts zu kommen, schien er immer tiefer im Wasser zu schwimmen, langsam zu versinken. Nur keine Zeit verschwenden, redete er sich ein, und um sich ein bißchen abzulenken, versuchte er, sich die Worte zurechtzulegen, die er an den Mann richten würde. Mühselig bastelte er mit seinem französischen Vokabular. *Monsieur, j'y suis. Doucement. Doucement.* Er würde sich den Mann vom Leibe halten und ihn zuerst beruhigen, bevor er ihn packte. Verschwommen erinnerte er sich, als Vierzehnjähriger an einem Swimmingpool einem Lebensrettungskurs zugeschaut zu haben. Damals war er nicht sehr aufmerksam gewesen, weil der Junge hinter ihm ihn ständig mit einem nassen Handtuch gepiesackt hatte. Aber eins wußte er noch: Man mußte sich ins Wasser sinken lassen, und dann legte der Ertrinkende einem die Arme um den Hals, und dann mußte man sich umdrehen, ihm die Hand unter das Kinn legen und ihn leicht zurückstoßen. Schon als Vierzehnjähriger hatte er nicht daran geglaubt und jetzt auch nicht. Das gehörte zu den Dingen, die bei einer Übung im Trockenen ganz wirkungsvoll aussahen, an die sich aber wahrscheinlich niemand hielt. Da gab es noch all diese Geschichten, wie man dem Ertrinkenden einen Kinnhaken geben, ihn bewußtlos schlagen müßte. Auch so ein Quatsch, der nur auf dem Trockenen wirkte. Er hatte in seinem ganzen Leben noch niemanden bewußtlos geschlagen. Seine Mutter haßte Balgereien. *Monsieur, soyez tranquille. Roulez sur votre dos, s'il vous plaît.* Und dann würde er ihn beim Schopf packen und ihn mit Seitenstößen hinter sich herziehen. Falls der Mann ihn verstand. Er gab sich schreckliche Mühe, sich mit seinem Akzent bei den Franzosen verständlich zu machen, und besonders hier im Baskenland schien ihn niemand zu verstehen. Martha hatte nie die geringsten Schwierigkeiten. Man erzählte ihr immer wieder, sie habe einen charmanten Akzent. Nun ja, warum auch nicht, nach all der Zeit auf der Sorbonne? Sie hätte ihn als Dolmetscherin begleiten sollen. *Tournez sur votre dos.* Schon besser.

Er schwamm schwer und langsam, die Augen wund von all dem Salzwasser. Wenn er den Kopf hob, tanzten weiße und silberne Flecken vor seinen Augen, alles schien wie in einem Nebel, und er konnte fast nichts sehen. Er schwamm immer weiter. Nach fünfzig Stößen beschloß er, kurz Pause zu machen, Wasser zu treten und sich umzuschauen. Das Wassertreten schien ihm plötzlich das höchste Vergnügen, das je der Menschheit beschert worden war.

Er begann, die Stöße zu zählen. Vierzehn, fünfzehn, sechzehn ... Mein Gott, fiel ihm ein, und wenn der Mann glatzköpfig ist? Er versuchte sich zu erinnern, wie der Kopf des Mannes ausgesehen hatte, da draußen, in weiter Ferne, auf der Flucht vor dem gekenterten Boot. War da nicht ein seltsam blasses Schimmern gewesen? Eine Glatze, beschloß Munnie verzweifelt. Nichts wird gut gehen.

Er begann aufs neue, seine Stöße zu zählen. Als er bei

fünfunddreißig angelangt war, wußte er, daß er eine Weile Pause machen mußte. Er zwang sich zu fünf weiteren Stößen, hielt dann inne, rollte sich auf den Rücken, keuchte, spuckte Wasser, blickte zum Himmel. Als er wieder bei Puste war, drehte er sich um und trat Wasser, blickte nach dem Franzosen aus.

Dabei blinzelte er, fuhr sich mit dem Handrücken über die Augen und versank bis über den Mund. Der Franzose war nirgends zu sehen. Mein Gott, er ist ertrunken, sagte er sich.

Dann hörte er das Tuckern und schnellte herum. Ein Fischkutter kam aus der Richtung, wo Munnie den Franzosen zum letzten Mal gesehen hatte, und bewegte sich auf das gekenterte Boot zu. Munnie trat Wasser und schaute zu, wie der Kutter stoppte und die beiden Fischer nach der Frau griffen und sie an Bord zogen. Die Fischer mußten aus dem Süden gekommen sein, sagte sich Munnie, wahrscheinlich verborgen hinter dem kleinen Landvorsprung, auf dem die Festung stand, und dann müssen sie an der Mauer entlang gefahren und in den Kanal eingebogen sein, während er vom Strand aus blindlings hinausgeschwommen war.

Die Männer auf dem Fischkutter nahmen das gekenterte Boot ins Schlepptau, wendeten und fuhren auf Munnie zu. Er wartete, kämpfte gegen die Stiche in seinen Lungen an. Das Fischerboot, blau angestrichen, langsam und alt, kam näher, wirkte groß und sicher, als er es aus der Nähe sah. Grinsende, braungebrannte, breite Gesichter mit blauen Mützen blickten vom Bug hinab, und er winkte mit großer Anstrengung, als das Boot den Motor drosselte und neben ihm hielt.

«Ça va?» rief ihm ein Fischer grinsend zu. Ein Zigarettenstummel klebte ihm auf der Unterlippe.

Munnie rang sich zu einem Lächeln durch. *«Ça va bien»*, rief er zurück. *«Très bien.»*

Der Gerettete, immer noch mit nacktem Oberkörper, trat an die Reeling, blickte neugierig auf Munnie hinunter. Munnie sah, daß er sehr dichtes Haar hatte. Der Franzose sagte nichts. Er war ein dicker junger Mann, und er blickte beleidigt und würdevoll drein. An seiner Seite erschien eine Frau. Sie mußte stark geschminkt gewesen sein, und das Meerwasser hatte dem Rouge und dem Mascara hart zugesetzt. Sie starrte Munnie wütend an, wandte sich dann dem Franzosen zu, den sie bei beiden Ohren packte und schüttelte. Dabei schrie sie: *«Crapaud! Espèce de cochon.»*

Der Franzose schloß die Augen, ließ sich schütteln, wahrte Würde und Trauer in seinem Ausdruck. Der Fischer grinste noch breiter.

«Alors», sagte ein anderer Fischer und warf Munnie ein Seil zu, *«allons-y.»*

Munnie starrte sehnsuchtsvoll das Seil an. Dann fiel ihm ein, daß er splitternackt war. Er schüttelte den Kopf. Eines wollte er ganz gewiß an diesem Nachmittag nicht erleben; er würde sich nicht splitternackt aus dem Wasser ziehen lassen, in Gegenwart dieser Frau, die ihren Freund bei den Ohren zerrte und ihn eine Kröte und ein Schwein schimpfte. «Ich bin O. K.», sagte Munnie zu den wettergegerbten, harten, amüsierten Gesichtern, die gewiß schon alle Arten von komischen Situationen, heiklen Unfällen und Eskapaden gesehen hatten. «*Je suis* O. K. Ich schwimme zurück. Ich meine – *je voudrais bien nager.*»

«O. K., O. K.», riefen die Fischer lachend, als ob dieses Wort ganz besonders witzig wäre. Sie zogen das Seil ein, winkten ihm zu, und dann wendete das Boot und verschwand in die Richtung des Hafens, das gekenterte Boot im Schlepptau. Sie waren schon weit fort, und Munnie hörte immer noch über den Motorenlärm hinweg das Gekreisch der Frau.

Wenigstens haben diese Leute mich verstanden, sagte sich Munnie, als er dem Kutter nachblickte.

Dann drehte er sich um und spähte zum Strand, der ihm in meilenweiter Ferne schien, und Munnie war erstaunt, so weit geschwommen zu sein. Eine solche Distanz hatte er noch nie in seinem Leben zurückgelegt. Am Strandufer, den Turm und die Festung im Hintergrund, standen Bert und Martha, winzige, scharf sich abhebende Gestalten, die jetzt, im Licht der untergehenden Sonne, lange Schatten warfen.

Munnie nahm einen tiefen Atemzug und machte sich auf den Rückweg.

Etwa alle zehn Meter mußte er sich umdrehen und auf dem

Rücken treiben lassen, und eine Weile schien es ihm, als würde er nie das Ufer erreichen, als mache er nur Schwimmbewegungen, ohne einen Zoll voranzukommen. Aber schließlich berührte er Grund mit der Fußspitze. Es war noch ziemlich tief, das Wasser ging ihm bis zum Kinn, und er zog die Füße wieder hoch und schwamm hartnäckig weiter. Und es war eine Geste, die er nicht einmal, während er sie ausführte, zu begreifen versuchte, daß er die ganze Strecke schwimmend zurücklegte, sogar richtig kraulte, bis es so flach wurde, daß sich die Fingerspitzen in den Sand vergruben.

Dann stand er auf. Ein wenig schwankend, aber er stand auf, zwang sich zu einem Lächeln, schritt langsam, nackt, triefend auf Bert und Martha zu, die neben dem kleinen Haufen mit seinen Kleidern standen.

«Sag mal, Freundchen», sagte Bert, als Munnie bei ihnen war, «aus welchem Teil der Schweiz kommst denn du?»

Während er sich bückte, das Badetuch nahm und sich abzutrocknen begann, sich schüttelnd unter dem rauhen Stoff, hörte er Martha lachen.

Er rieb sich kräftig trocken. Er brauchte lange dazu, fröstelte, klapperte mit den Zähnen, fühlte sich zu müde und erschöpft, um sich seiner Nacktheit zu schämen und seine Blöße zu bedecken. Sie fuhren schweigend ins Hotel zurück, und als Munnie sagte, er gedenke, sich hinzulegen und für eine Weile auszuruhen, fanden die beide anderen, daß es wahrscheinlich das beste für ihn wäre.

Er schlief unruhig, die Ohren fast taub und vom Wasser verstopft, und das Blut in seinen Adern pochte wie eine ferne, stürmische See. Als Bert hereinkam und verkündete, es sei Essenszeit, sagte Munnie, er habe keinen Hunger und wolle sich lieber ausruhen. «Nach dem Essen gehen wir ins Casino», sagte Bert. «Sollen wir dich abholen?»

«Nein», lehnte Munnie ab. «Heute ist nicht mein Glückstag.»

Ein betretenes Schweigen lastete auf dem verdunkelten Zimmer. Dann sagte Bert: «Gute Nacht. Schlaf gut, beleibter Freund», und ging hinaus.

Munnie lag jetzt allein, starrte zur Decke empor, sagte sich: *Ich bin nicht beleibt. Warum nennt er mich so? Damit hat er erst in der Mitte des Sommers angefangen.* Dann schlief er wieder ein und erwachte erst, als er den Wagen draußen vor dem Hotel halten hörte, und dann die Schritte auf der Treppe, die sich an seinem Zimmer vorbei dem oberen Stockwerk zu bewegten. Er hörte oben eine Tür aufgehen und sich leise schließen, und dann zwang er sich, die Augen zu schließen und wieder zu schlafen.

Als er erwachte, war das Kopfkissen naß, wo das Wasser aus seinen Ohren geronnen war, und er fühlte sich besser. Als er sich aufsetzte, pochte auch das Blut nicht mehr in seinen Schläfen. Er knipste die Lampe an, schaute auf Berts Bett. Es war leer. Dann sah er auf seine Uhr. Halb fünf.

Er stieg aus dem Bett, zündete sich eine Zigarette an, trat ans Fenster und öffnete es. Der Mond ging gerade unter, und die See war milchig und rauschte eintönig und murrend, wie ein alter Mann, der über sein vergeudetes Leben klagt.

Einen Augenblick fragte er sich, wo er wohl jetzt gewesen wäre, wenn ihm der Kutter nicht so weit entgegengekommen wäre. Dann drückte er seine Zigarette aus und begann, seinen Koffer zu packen. Er brauchte nicht lange dazu, weil sie den Sommer über immer nur mit ziemlich leichtem Gepäck gereist waren.

Als er damit fertig war, versicherte er sich, daß er seinen Extrawagenschlüssel bei sich hatte. Dann schrieb er ein paar Zeilen an Bert, teilte ihm mit, er habe beschlossen, nach Paris zu fahren und hoffe, zur rechten Zeit anzukommen, um das Schiff noch zu erreichen. Er fügte hinzu, er hoffe, Bert würde es ihm nicht übelnehmen und Verständnis für seinen Entschluß haben. Martha erwähnte er nicht.

Er trug seinen Koffer aus dem dunklen Hotel zum Wagen, warf ihn auf den leeren Platz neben dem Fahrersitz. Dann zog er sich einen Regenmantel und Handschuhe an, startete den Motor, fuhr behutsam durch die Ausfahrt hinaus, ohne sich umzuschauen und zu prüfen, ob das Motorengeräusch jemanden geweckt hatte und ob jemand an ein Fenster getreten war, um ihm nachzublicken.

In den Niederungen war gelegentlich Nebel über der Straße, und er fuhr langsam, spürte die feuchte Luft auf seinem Gesicht. Fast hypnotisiert von den gleichmäßigen Seufzern der Scheibenwischer und dem geradlinigen Strahlenbündel der Scheinwerfer auf der Straße vor ihm, fuhr er mechanisch und an nichts denkend.

Erst weit hinter Bayonne, als es hell genug geworden war und er die Lichter ausgeschaltet hatte und als die Straße sich grau und glänzend durch die dunklen Pinienwälder der Landschaft von Les Landes hinzog, gestattete er sich, an den Tag zurückzudenken, und an die Nacht, die eben vergangen war. Und dann hatte er nur noch einen Gedanken: Es war meine Schuld. Ich habe den Sommer einen Tag zu lang dauern lassen.

Die Übersetzer

J. Czernicky: Eine schlaflose Nacht – Ein Indianer in tiefer Nacht – Der Fels in der Brandung.

Helmut Kossodo: Wollte ich das alles noch einmal erleben? – Im Lichtkreis – Die Bewohner der Venus – Abreise und Heimkehr – Geräusche in der Stadt – Wir waren zu dritt.

Peter Motram: Auf französische Art – Das Martyrium des Gefreiten Hawkins – Peter der Zweite – «March, march on down the field» – Das Haus der Schmerzen – Im Zeitalter der Vernunft – Eine Art Liebe – An den sonnigen Gestaden des Letheflusses.